高校事変 XII

松岡圭祐

角川文庫
23101

学校に長くいればいるほど、みずから意志をさだめる機会を失う

——ピーター・ドラッカー（１９０９—２００５）

『高校事変 XI』より続く

1

硝煙のにおいが濃厚に漂い、燃え盛る炎が熱風を放つ。凜香《りんか》の弾んだ声が耳に届いた。「結衣《ゆい》姉！」

結衣の集中力は乱れなかった。木造校舎二階の屋根と壁が吹き飛び、板張りの床だけが残存する教室に、夏の直射日光が照りつける。くすぶる瓦礫《がれき》の上を、結衣は猛然と突進していった。睨《にら》みつける先に架禱斗《かいと》が立っていた。

Tシャツに羽織ったテーラードジャケットをなびかせ、架禱斗の長身がすばやく側面に逃れる。磁力の反発を思わせる俊敏な動作だった。冷やかなまなざしに憎悪のいろが宿る。架禱斗が低い声を響かせた。「死んでなかったのかよ、結衣」

まだ架禱斗に狙いをさだめきれない。榴弾《りゅうだん》発射機つきのアサルトライフルは大きいうえ重量がある。かまえながら至近の標的を追いまわせば動きが鈍くなる。無駄撃ちを避けるため、いちどもトリガーを引き絞っていない。それでも結衣は迅速なフットワークで、絶えず身を翻し、着実に距離を詰めていった。さっき撃たなかったのは、架禱斗の近くに凛香と智沙子《ちさこ》がいたからだ。

架禱斗は逆手にサバイバルナイフを握っていた。疾風のごとく、独特の足さばきで重心を移動させ、結衣の銃口を巧みに躱《かわ》しつづける。とはいえアサルトライフルの照準が、徐々に架禱斗の胸部を捕捉《ほそく》しつつある。完全に狙いがさだまるまであと四、五秒。架禱斗も承知済みのはずだ。

身体をすばやく左右に揺すり、架禱斗が後ずさる。表情にかすかな苛立《いらだ》ちをのぞかせ、ぶっきらぼうに吐き捨てた。「衣替えにはまだ早いだろ」

武蔵《むさし》小《こ》杉《すぎ》高校の冬服のことだろう。結衣はなにもいわなかった。のぞきこむ環孔《ピープ》照門《サイト》が、いま架禱斗をまっすぐにとらえた。

トリガーを引くより一瞬早く、架禱斗が投げたナイフが眼前に飛んできた。結衣はアサルトライフルを水平に振り、ナイフを側面に弾《はじ》いた。呼吸は乱れない。ただちに照準を架禱斗に戻す。

ところが架禱斗の手には、ポケットからとりだしたとおぼしきスマホがあった。結衣が狙いをさだめきる前に、架禱斗の指がスマホの画面をタップした。

いきなり騒々しくなった。上空に巨大な半透明の球体が唐突に出現した。球体の直径は十メートル以上ある。無数の黒いドットで構成されていた。

東京オリンピックの開会式で観たのと同じ、千機以上からなるドローンの編隊だった。近隣の土地に隠してあったのが、架禱斗のリモート操作で浮上したらしい。蟬の合唱に似た羽音が響き渡る。ドローンの群れがいっせいに結衣めがけ、一直線に飛来してきた。弾丸のような速度だった。

結衣は瞬時に判断した。個々のドローンには爆発物が付いている。架禱斗による遠隔操縦にしては、全機があまりにも正確に結衣を狙ってくる。顔認証にちがいない。結衣を識別しロックオンしている。

アサルトライフルをフルオート掃射したところで、ドローンの一部しか撃ち落とせない。結衣はセレクターを榴弾発射機に切り替えた。もっとも、質量のある榴弾は、軽いドローンに接触したていどでは爆発せず、空の彼方《かなた》に突き抜けてしまう可能性がある。

とはいえ結衣のほうも、無意味にセレクターを操作したわけではない。視界の端に篤志《あつし》の動きをとらえていた。ネルシャツからのぞく逞《たくま》しい二の腕が、児童用机をつかみあげ、頭上に振りあげている。

篤志が怒鳴った。「結衣!」

空中に投げられた机が、ドローンの針路と重なった。ここまで二秒と経過していない。結衣は机を狙いトリガーを引いた。発射にともなう熱風と反動を全身で受けとめる。榴弾が机に命中するや、落雷に似た爆発音が轟《とどろ》き、衝撃波が木造の床を揺さぶった。膨張した火球がドローンの編隊を呑《の》みこみ、数百機を巻き添えにした。粉砕されたドローンの破片が、ぼろぼろと辺り一面に降り注ぐ。

爆風が髪をなびかせたとき、結衣はすでにアサルトライフルごと向き直り、架禱斗を狙いにかかっていた。架禱斗は二階の高さから地上へ飛び下りようとしている。結衣の照準はあと少しで、架禱斗の背を捕捉可能だった。

複数の羽音をきいた。間近にドローンが十機ほど飛来している。苛立ちが募る。結衣はまたも架禱斗に狙いをさだめきれなかった。

たとえドローンに吹っ飛ばされようと、架禱斗を仕留められればそれでいい。だが架禱斗は常になんらかの対抗手段に守られている。いまも結衣は照準をドローンに移さざるをえなかった。ところがドローンは結衣に向かってこない。

焼け焦げた瓦礫のなかに、智沙子がへたりこんでいる。さっきの爆風でいったん倒れたものの、上半身を起こせたからには、Tシャツとデニムの下は人工筋肉繊維だろう。智沙子が周りを見まわす。ドローンは智沙子の顔に群がり、容赦なく襲いかかろうとしている。

十機ていどなら仕留められる。結衣はアサルトライフルを水平にかまえ、セミオート射撃でドローンを次々に破壊した。銃火に目は眩《くら》まない。閃光《せんこう》が虹彩《こうさい》にすっかり馴《な》染《じ》み、瞬《まばた》きすら必要を感じなかった。智沙子に体当たりしようとするドローンの群れは、あと数十センチという距離まで迫ったものの、一機残らず宙に砕け散った。

架禱斗は姿を消していた。逃げ去るとは思えない、すぐにでも反撃してくる。結衣は忌々しさを嚙《か》み締め、智沙子のもとに走った。まだ上空に羽音がこだまする。ドローンは全滅どころか、なおも数百機が宙を舞っている。

結衣は智沙子の前に片膝《かたひざ》をついた。「顔を伏せて。ドローンに識別される」

鏡を眺めていると錯覚するほど、結衣にうりふたつの顔が見かえす。智沙子の表情が険しくなった。燃えるような眼が睨みつける。ふいに智沙子は左手を背中にまわした。デニムの腰に拳銃《けんじゅう》を挟んでいたらしい。グロック17の銃口が結衣に向けられんとしている。

とっさにアサルトライフルを振り、智沙子の拳銃を横に弾き飛ばす。怒りが沸々とこみあげた。結衣は智沙子の髪をわしづかみにし、顔面を瓦礫のなかに叩《たた》き伏せた。智沙子はもがいたものの、結衣はその後頭部を押さえつけ、執拗《しつよう》に顔を瓦礫にこすりつけた。

井野西《いのにし》中学校の夏服が駆けてきた。凛香が近くにひざまずいた。「結衣姉……」

結衣は凛香を一瞥《いちべつ》してから、智沙子の頭を起こさせた。煤《すす》がこびりつき、智沙子の顔は真っ黒になっていた。

肌の色相や彩度が大きく異なれば、顔認証に捕捉されない。智沙子は結衣に飛びかかってきたが、凛香が抱きつき押し倒した。揉《も》みあうふたりを残し、結衣は全力で駆けだした。

架禱斗は結衣が処刑されたと思いこんでいた。よってドローンの攻撃目標に設定されていたのは、結衣でなく智沙子の顔だろう。架禱斗は智沙子が裏切った場合に備え、即時に抹殺可能な手段を用意していた。

いま上空に響く羽音は、結衣ひとりを追ってきている。ドローンの群れを智沙子から引き離すのには成功した。結衣は校舎二階の端に駆けていった。本来ならここに外と隔てる壁があった。空中に身を躍らせる。落下にともなう風圧は一瞬だった。アサルトライフルを腹に抱え、背を丸めながら校庭の地面に着地する。柔道の受け身のように転がり、衝撃を拡散させた。油断なく身体を起こし、周りに警戒の目を配る。

ガソリンのにおいが鼻をついた。校庭に駐車していた数十台の幌《ほろ》つきトラックは、一台残らず炎上している。あちこちに立ちのぼる火柱のせいで、視界が陽炎《かげろう》のごとく揺らぐ。空気が異常なほどの高温を帯びていた。たちまち全身から汗が噴きだす。なるほど、たしかに冬服はまだ早かったかもしれない。けれども格安賃貸のトランクスペースには、退学前に再支給された武蔵小杉高校の制服ぐらいしか、着替えは残っていなかった。

悪いことばかりではない。陽炎のせいでドローンの捕捉から逃れられている。戦場で重要なのは自身のポジションだった。一階だけになった校舎の外壁に、背を這《は》わせたりはしない。木造では遮蔽《しゃへい》にならないからだ。

架禱斗が二階から脱したのは、この場を離れるためではない。近くに武器の用意があったからにちがいない。武器を確保できしだい反撃してくる。

はっと注意が喚起された。結衣は察知した脅威に身を翻した。

燃え盛るトラック二台の狭間《はざま》に、架禱斗が仁王立ちしていた。両手に携えているのは、見たこともないビッグサイズの電子制御ライフルだった。ずんぐりした銀いろの外殻に、無数のLEDランプが点灯している。自動照準とロックオン機能を備える、スマートライフルの類《たぐ》いかもしれない。だが銃口のほかに、やたら太い砲口がのぞく。榴弾《りゅうだん》発射機ではなくロケットランチャー、あるいはスティンガーミサイルか。

電子制御ライフルはまだこちらを狙っていない。結衣は架禱斗に照準をさだめようとしたが、またも羽音が割って入ってきた。ドローン数機が結衣の顔めがけ突進してくる。至近距離に迫ったドローンを、結衣はとっさに銃撃した。

視界のドローンをすべて撃ち落としたとき、架禱斗は電子制御ライフルをこちらに向けていた。砲口が正円を描いて見える。まっすぐに狙い澄まされた。LEDの点灯がすべて赤に変わった。

結衣は反射的に側面へと跳び退いた。電子制御ライフルが火を噴き、砲弾が校舎一階の側面に命中、木造の外壁に大穴が開いた。内部爆発の火炎が窓という窓から噴出し、直後に外壁全体を突き破った。

聴覚が甲高い音とともに喪失する。激しい震動が襲った。何千何万もの木片が機銃掃射のように全身にぶつかってくる。結衣は腕で顔をかばった。

すぐに視線をあげた。校舎の一階を構成していた柱や梁《はり》が、ことごとく消し飛んでいる。すでに屋根や壁を失っていた二階の床が崩落し、黒煙と砂埃《すなぼこり》のなかに沈んでいった。

思わず息を呑んだ。凜香や智沙子、篤志はまだ二階にいたはずだ。無事だろうか。

校舎の残骸《ざんがい》に駆け寄りたかったが、電子制御ライフルをかまえる架禱斗が視認できた。結衣は校庭へと駆けだした。アサルトライフルを手に、炎上するトラックの狭間を、ひたすら縦横に走り抜けていく。

聴覚が戻ってきた。迫る羽音をきいた。結衣は振り向きざま、セミオート射撃でドローン二機を撃ち落とした。

電子制御ライフルの掃射が襲ってくる。ロックオンしきれない状態で発射されたとわかる。結衣は脚力だけですばやくバク転した。一秒前に立っていた場所の土が、着弾に破裂する。地面を踏みしめると、ただちに体勢を立て直し、結衣はふたたび走りだした。

架禱斗の声が銃撃音とともに響く。「結衣！　親父が話してた計画を、そばできいてたのは知ってた。まさか理解してたとはな」

結衣は後方に弾幕を張りながら逃走した。狙いさだめている余裕はない。足をとめたが最後、架禱斗だけでなくドローンの一斉攻撃にも晒《さら》される。

「理解？」結衣は醒《さ》めた気分で応じた。「産油国詐欺で政府を乗っ取るなんて、馬鹿げた妄想を実行に移すほうがどうかしてる」

「ウェイ五兄弟に油田の警備を突破できると、なぜ確信できていた」

「いんちき油田がばれないよう、海上保安庁も海上自衛隊も近寄らせなかったでしよ」

国の防衛圏とは呼べない状況のうえ、日本の民間警備は銃で武装できないため、じつは手薄だった。施設そのものに侵入する必要もない。核爆発は至近の海上で起こせばいい。かつて優莉《ゆうり》匡太《きょうた》が計画内容を披露したとき、結衣が直感したとおりの抜け穴を突いた。

電子制御ライフルのフルオート掃射が、猛然と結衣を追いあげてくる。架禱斗の皮肉めかした声が耳に届く。「幼稚園もでてない愚鈍な妹が、少しはわかってきたか」

結衣は振り向きざま、架禱斗への反撃を試みたが、またしてもドローンがインターセプトしてきた。身体を回転させる勢いのまま、結衣は旋風脚《せんぷうきゃく》を見舞い、踵《かかと》でドローンを蹴《け》り落とした。あえて軸足を滑らせ地面に突っ伏し、炎上するトラックの下に転がりこみ、架禱斗の銃撃から逃れる。

架禱斗がトラックを迂回《うかい》しながらいった。「偽油田が破壊されようが、日本占領の達成が早まるだけだ！」

トラックの反対側にでた。辺りは敵にとっての地獄絵図だった。破壊された荷台の部品が地面に散乱している。兵士らの死体が無数に転がる。

ここは山奥だ。半キロ離れた場所に高圧電線のタワーと、無人の受変電設備がある。

昨夜ウェイ五兄弟により、この付近で解放された結衣は、ひと晩がかりで校舎襲撃の準備を整えた。受変電設備の鉄製の梁に高電圧ケーブルを接続し、簡易超電磁砲《レールガン》の狙いを学校方面にさだめておいた。発射は目覚まし時計のリード線を用い時限式にした。ほんの十分ほど前、たった一回きりの発射が、設備からここまでの木々を薙《な》ぎ倒し、校庭のトラック部隊を全滅させた。結衣は抜かりなく学校を襲撃したのだった。

その際にもあらゆる手製兵器を校庭に散らしておいた。めあての物がある場所に、いま架禱斗をおびきよせた。結衣は立ちあがった。「表だって日本を支配できるなんて、お父さんも考えてなかったでしょ」

「そう思うか？」トラックの陰から架禱斗が姿を現した。「俺は親父を超える。堂々と日本の主権を奪ってやる。タリバンの盟友たちがアフガニスタンの支配を奪回したように」

「どうやって？」結衣は架禱斗に向き直った。

架禱斗の電子制御ライフルの銃口が、結衣をまっすぐ狙い澄ます。状況を考慮しなければ、魅力的といえなくもない余裕の表情が、架禱斗の顔に浮かんでいた。悠然と架禱斗はいった。「結衣。親父の遺志を継ぐ長男は嫌いか？」

「遺志による。お父さんとあんたがやろうとしてることはゴミ」

「勝ったつもりかよ。そもそも五大都市での核爆発なんて、終末の幕開けにすぎなかった」

「ラスボスなのに第二形態はまだかよ」

「ハッタリと思ってるのか。高校も卒業できないまま死ぬ女には、理解が追いつかないか」

「中卒でファザコンのまま成人しちゃった痛い坊主も、似たようなもんじゃね？」

架禱斗の表情が硬くなった。とたんに騒々しい羽音が結衣を包囲した。残存するドローン数百機が急降下してくる。結衣がひるむと予想していたのだろう、架禱斗の電子制御ライフルのLEDが赤く染まった。発射態勢に入ったとわかる。

だが時間を稼いだのには理由がある。一見すると鉄くずに見える装置を、結衣はひと蹴りし、ただちに地面に伏せた。

けさ早く山中の民家に侵入し、電子レンジを盗んだ。とりだした磁電管《マグネトロン》に、これもガレージの自動車から奪いとったカーバッテリー。台車で運んできて連結済みだった。閃光《せんこう》とともに白い稲妻が四方八方に走った。架禱斗は電子制御ライフルを斜めにし、とっさに顔を覆った。ふいに羽音がやんだ。数百機のドローンが動力を停止し、いっせいに落下してくる。電子制御ライフルのLEDがすべて消灯した。

辺りが静寂に包まれた。高電圧発生装置とマグネトロンのフィラメント発生装置。武蔵小杉高校事変における切り札だった。電磁波《EMP》が周辺の電子機器を破壊する。わざと引きつけておいたドローンは、結衣の思惑どおり全滅に至った。

ところが一瞬ののち、架禱斗が掲げる電子制御ライフルに、LEDの点灯が次々と復活していった。ずんぐりとしたライフルが下がり、架禱斗の殺意に燃える目がのぞいた。

さすが資金の潤沢なシビック、田代《たしろ》ファミリーが調達したジンの安物装備とはちがう。だが結衣は動じなかった。全身の筋肉が俊敏に反応し、すでに別のトラックの陰に飛びこんでいた。

電子制御ライフルの砲口がまたも火を噴く。至近の地面が裂け、炎が激しく渦巻いた。熱風が吹きつけ、大小の土片が降り注ぐなか、結衣はアサルトライフルをかまえ直した。轟音《ごうおん》が長く尾を引く。今度は聴覚も正常に機能している。架禱斗の動きをとらえんがため、油断なく耳を澄ます。

しばらくまったが銃撃はなかった。結衣はトラックの陰から顔をのぞかせた。辺りのようすをうかがう。近場に架禱斗が潜んでいる気配はない。

逃走したのではない、離脱だ。結衣の殺害を断念したはずもない。ここに長居するのは危険にちがいない。

結衣は校庭を校舎方面へと引きかえした。アサルトライフルは腰の高さにかまえ、視野を広くとる。ホンジュラスで磨嶋悠成《まじまゆうせい》に教わった走り方だった。いまや意識せずとも身についている。

腹立たしいクズ長男。結衣が相討ち覚悟なのも見越したうえで、そうならないよう徹底的に回避しつづけた。架禱斗はよほど生への執着心が強いのか。いや。まだやり残している計画があるのだろう。

焼け落ちた校舎は、もはや原形を留《とど》めない瓦礫《がれき》の山と化していた。けれども黒煙が漂うなか、人影が蠢《うごめ》くのを目にした。最初にきこえたのは篤志の悪態だった。次いで凜香の声がひときわ高く罵《ののし》った。

さっきの電磁波も、校庭と反対側の駐車場までは届いていない。結衣は校舎の残骸《ざんがい》に踏みこみながら怒鳴った。「篤志！　あっちに動かせそうなクルマある？」

全身が砂埃《すなぼこり》にまみれ、灰いろの石像のようになった篤志の顔が、両目だけ剝《む》きながら応じた。「ここに入ってくるとき、何台かSUVを見た」

「急いで。架禱斗は離脱した。なにか起きる」

「マジか」巨漢の篤志が走りだした。「先に行くぞ。アシを探す」

辺りには黒焦げの廃材が無数に折り重なる。凜香はその上にへたりこんでいた。ショートボブが砂埃をかぶり、白髪も同然の見てくれになっている。唖然《あぜん》としたまなざしが結衣を見上げる。凜香のわきで智沙子が身体を起こした。顔が煤《すす》だらけで真っ黒のままだった。

結衣は目でうながした。凜香が苦い表情で立ちあがった。次いで智沙子に視線を移す。智沙子は警戒心をあらわにしていたが、結衣はかまわず手を差し伸べた。智沙子はためらう反応をしめしたものの、ほどなく結衣の手を握った。この場に留まるのは自殺行為だと、智沙子も理解しているだろう。

腕に力をこめる。結衣は智沙子を引き立てた。自分とそっくりの顔が間近に迫った。万が一にも智沙子が襲いかかろうとも、結衣はあらゆる対処を備えていた。だが智沙子はなにもせず、ただ目の前にたたずんでいる。

校門のほうから篤志が呼びかけてきた。「結衣！　直結でエンジンがかかった」

「ハンドルロックは？」結衣はきいた。

「力ずくで解除した。急げ」

三人は互いに目配せしあうまでもなく、いっせいに駆けだした。瓦礫に足をとられたりはしない。安定した足場を見極め、ほとんど飛び移るように踏み越えていく。これができなければ幼少のころに死んでいた。

瓦礫の山から抜けだし、造園を突っ切る。駐車場のアスファルトは割れていた。凜香が並走しながら、せつない表情を向けてきた。「結衣姉……。ほんとに結衣姉かよ」

「死んでてほしかった？」

「馬鹿いうな」凜香は憤怒をのぞかせた。「汚ねえぞ。最初からウェイ五兄弟を丸めこむつもりだったのかよ。ならそういってくれれば……」

「あんたにはもっと重要なことを伝えたかった。おぼえてる？」

「忘れた」

そういうだろうと思った。弱さを晒けだし、涙を流したときの記憶を、凜香がすなおに認めるはずがない。だが凜香は姉からの伝言を忘れていない。顔に書いてある。

地鳴りに似た重低音が轟《とどろ》く。結衣は空を仰いだ。大型の輸送機が低空を横断している。プロペラ式の四発機だが、ふだん見かけないフォルムだった。胴体の下部にハッチを備える。

エンジンのかかったトヨタのハリアーから、篤志が頭上に目を向けながら歩いてきた。やけに表情をこわばらせている。「おい……。やべえぞ」

「なにが？」凜香がたずねた。

結衣は全身総毛立つ思いで声を張った。「乗って！」

きょうだい全員が反射神経にすぐれている。一瞬の躊躇《ちゅうちょ》もなく、全員がSUVの車体に駆け寄った。凜香と智沙子が後部座席に転がりこむ。結衣は助手席に飛び乗った。車内にガラスの破片が散らばっている。篤志が割ったからだろう。最後に篤志が巨体を丸め、運転席に乗りこんだ。

ただちにクルマが発進した。校門へと疾走していく。シートベルトの未装着を告げるチャイムがさかんに鳴り響く。

凜香がじれったそうに声を荒らげた。「なんなんだよ、いったい!?」

「爆撃機だ」篤志がステアリングを切りながらいった。「それも海外のニュース映像でしか見かけねえ骨董品《こっとうひん》だぜ。ツポレフってやつか？」

結衣は振りかえった。智沙子がリアウィンドウから後方を見つめる。凜香もそれに倣った。崩落後の木造校舎、廃墟《はいきょ》と化した学校。空から垂直になにかが落下してくる。太陽の光を反射し、流星のように煌《きら》めいていた。

光点は学校の敷地内を直撃した。とたんに眩《まばゆ》いばかりの白い爆発がリアウィンドウを覆った。凜香が悲鳴に似た叫びを発した。クルマが浮きあがったのがわかる。

盛大なノイズが数秒遅れて耳をつんざいた。背後から突風が襲った。道路沿いの並木を薙《な》ぎ倒し、標識を吹き飛ばすほどの猛烈な爆風。ロードノイズが途絶えた。タイヤが四輪とも路面と接触していない。車体は前方に傾き、頭から道路に衝突した。幸いにもひっくりかえることはなく、後輪が路面に落ち、またも水平になった。

間髪をいれず篤志がアクセルペダルを踏みこむ。タイヤをきしませ、クルマはふたたび走りだした。ひび割れたフロントガラスの向こうはやけに暗い。暗雲が空を覆い尽くしているかのようだ。

しばらく走りつづけた。辺りは砂嵐の様相を呈していたが、風は少しずつおさまりつつある。遮られた陽射しも、薄日と呼べるていどには回復してきた。

学校の敷地に大規模な火災が発生している。さっきまでとは比較にならない。一面が炎の海だった。ただし核爆発ではない。投下されたのが原爆なら、もう生きてはいない。

ナパーム弾と思われた。ここでなにが起きたか、のちに分析するのは困難だろう。すべてが焼き払われてしまう。そのために爆撃機を待機させていたのか。だが……。

凜香が憤りをあらわにした。「マジかよ、架禱斗兄の奴……。わたしたちみんな殺そうとしたぜ⁉」

運転席の篤志が歯ぎしりしながら、ひたすらステアリングを切りつづける。「問題はそれだけじゃねえんだ」

「あ？　どういう意味だよ」

結衣は智沙子と目が合った。煤に汚れた以外、自分とまったく同じ、なにを考えているのかわからない顔。結衣もいつもこんな表情をしているのだろう、ぼんやりとそう自覚した。ただしいまは智沙子のまなざしに、なんらかの感情が見てとれる。どんな思いかは判然としない。人間らしさがのぞくのはめずらしい。

視線を凜香に移し、結衣はつぶやいた。「さっき飛んでたのは自衛隊機でも米軍機でもない」

「それがなに？」凜香が眉《まゆ》をひそめた。「架禱斗兄は政府を牛耳ってたんだろ。世界じゅうの武装勢力とも通じてる。いまさら爆弾落としてったぐらいで驚けるかよ」

結衣は首を横に振った。「ここ奥多摩《おくたま》でしょ。横田《よこた》空域に含まれる」

篤志が一瞥《いちべつ》してきた。「そこだ。なのに空がやけに静かだ」

父も横田空域では、空からのテロは不可能だといっていた。東京西部の在日米軍横田基地を中心に、南北で最長約三百キロ、東西で最長約百二十キロにおよぶ空域。日本の領空ではあるが、米軍が航空管制を担う。

緊急事態庁の名のもと、架禱斗が国の実権を掌握したにせよ、在日米軍を沈黙させるのは不可能だ。もともと日本政府の所管ではないからだ。爆弾を抱えた国籍不明機が、横田空域を飛べるはずがない。空域に接近しただけでも、米軍の戦闘機がスクランブル発進する。

ところがいまはどうだろう。ナパーム弾まで投下されたというのに、上空には在日米軍機が飛来する気配すらない。

凜香が訝《いぶか》しそうに車外を眺めた。「放火があっても、パトカーのサイレンひとつきこえねえってこと？」

そのとおりだと結衣は思った。まさにのっぴきならない事態だ。前方に向き直りながら、結衣は静かにいった。「在日米軍が機能してない」

2

七十三歳の宮村邦夫《みやむらくにお》は、総理官邸から公邸まで、初めて徒歩で移動した。すぐ隣であっても、ふだんはクルマに乗るのが義務だった。いまは状況が異なる。国内外の報道陣を引き連れ、あたかも大名行列のように、集団でぞろぞろと歩を進める。

SPたちが苦い顔で前方にまわりこむ。しかし記者らが宮村を取り巻き、さかんに質問を投げかけてくる。テレビ中継用のカメラもさかんに追いまわしている。CNNやBBCもいた。シビックの息がかかったSPも、この場では手だしできない。宮村を狙撃《そげき》するためには、報道陣への無差別発砲が前提となる。全世界が観ている前で、さすがにそんな暴挙にはでられない。

総理公邸に近づいた。煉瓦《れんが》造の壮麗な外観を誇る建造物、旧官邸だった。宮村は集団とともに正面玄関を入った。内部も旧帝国《ていこく》ホテルに似た豪華さに満ちている。奥に行けば、日本庭園を備える純和風の邸宅があり、宮村夫妻の生活空間になっている。きょうはそこに直行する気はない。赤絨毯《あかじゅうたん》敷の大ホールに足を踏みいれる。

広さは三百二十二平方メートル。内装はアールデコ様式だった。幾何学模様に彩られた壁面が、優美な曲線を描き、アーチ状の天井へとつづく。官邸だったころは、天皇陛下の即位を祝う大礼奉祝夜会が催された。公邸となった現在でも、総理主催の晩《ばん》餐会《さんかい》や午餐会がここで開かれる。

赤絨毯の上には椅子もなく、ただがらんとしていた。記者たちが大ホール内に散りだした。取り巻きの密度が下がり、SPらと目が合う。スーツの下に拳銃《けんじゅう》をしのばせる、いかつい男どもが、こちらに接近しうる状況になった。

宮村はあわてぎみに声を張った。「記者諸君、集まってください。ここにはマイクもない。声が届く範囲に来てほしい」

また報道陣が寄り集まってくる。SPの群れはふたたび遠巻きに睨《にら》むだけになった。

ふと宮村は、近くに妻が立っていることに気づいた。テレビを観て大急ぎで準備したのだろう。よそ行きのドレスを纏《まと》っているものの、髪にはわずかに乱れがある。鈴《すず》子《こ》が不安げにささやいた。「だいじょうぶですか」

「心配ないよ」宮村は笑ってみせた。「国難を乗りきるのは慣れてる。就任以来ずっとそうだった」

鈴子がこわばった笑みを浮かべる。宮村は複雑な思いで見かえした。

妻には苦労をかけっぱなしだ。二世議員ではなく無派閥、市議会議員からの叩《たた》き上げの宮村は、もともと味方が少なかった。前矢《や》幡《はた》政権時代に官房長官を務めたが、貧相な年寄りと評される外見のせいで、国民のウケも悪かった。

一時の産油バブルに沸いた世論も、また支持を撤回するだろう。激しい浮き沈みのなか、一貫して宮村を支えてくれるのは、鈴子と子供たちだけだった。

矢幡前総理の妻である美《み》咲《さき》夫人は、やたら顔が売れている。彼女は自由奔放な活動により、森本《もりもと》学園問題を引き起こすなど、矢幡内閣にとって頭痛の種だった。鈴子はまったく対照的といえる。控えめな性格で、けっしてマスコミの前に立とうとしない。そんな鈴子がこの場に姿を現している。どれだけ心もとなく感じているか察しがつく。

宮村は小声でいった。「一緒にいてくれないか」

憂いのいろを漂わせながらも、鈴子が無言でうなずいた。

「総理」記者のひとりが発言した。「これだけ次々と原油の掘り当てに成功したのですから、新たに可能性のある試掘井について、開発を進めるべきではないですか」

論外だと宮村は内心思った。どこを掘ろうが原油などでない。宮村は険しい表情をしてみせた。「またテロの標的にならないともかぎりません。あの五か所以外に、希望の持てる試掘井の存在もきいていません。当面は資源輸入国に戻らざるをえないのです」

「石油以前には、メタンハイドレートが次世代エネルギーとして有効ではないかとの議論がさかんでした。そちらの開発を進める予定は？」

いちど資源国の幻想に浸った国民は、容易に元に戻れない。石油がだめなら、ほかに資源はないのかと考える。当然の成り行きかもしれない。

メタンハイドレートは日本近海に多く埋蔵する。クリーンエネルギーとして実用化できれば、日本も資源国になりうる、かつてはそんな希望的観測もあった。

しかし当面はありえない。宮村は説明した。「南海トラフで二〇〇〇年前後に実施された試掘に、総額五百億円もかかったものの、商業化には至りませんでした。分子レベルで深海の泥のなかに混濁しているため、採取がきわめて困難だそうです」

問題はそれだけではない。当初は約三百億円を費やした試掘の結果、相模《さがみ》湾沖の海中で、メタンハイドレートによるメタンの泡が大量発生しだした。天然ガスとちがい、採取もエネルギー利用も不可能な、ただ海洋環境を悪化させるだけの泡でしかない。中途半端な試掘が招いたミスだった。

泡の放出を防ぐため、海底に巨大な弁を建設せねばならず、約二百億円の工費が必要になった。政府と環境省がMHコンシール弁と呼ぶ海中設備だった。MHコンシール弁は、メタンハイドレート採掘の第一歩と発表されているが、じつはメタンの泡を抑えこむための蓋《ふた》にすぎない。

詳細は国民に伝えられていない。今回の石油騒動にかぎらず、政府には資源をめぐる無駄金と嘘がつきものだった。野党が真実を知れば大喜びだろう。

別の記者から質問が飛んだ。「緊急事態庁の事前情報の誤りについて、総理はさきほど厳しく対処する旨を発表なさいましたが、具体的にはどのようにお考えですか」

「国益を大きく損なったわけですから、単なる過ちとしては片づけられません。緊急事態庁が組織の権限を利用し、わが国の統治機構を破壊せんとしたのです。内乱罪の疑いさえあります」

報道陣がどよめいた。記者が目を瞠《みは》りながらたずねた。「内乱罪……ですか？　緊急事態庁がウェイ五兄弟に手を貸した疑いがあると、総理はお考えなのですか」

「調査はこれからですが、そもそも緊急事態庁に過大な権限をあたえていたことが、今回の悲劇につながったと思います。ですから早急に見直しに入ります」

「しかし最近の省庁は、緊急事態庁に大きく依存してきたと思いますが」

「だからといって、ほぼ全権委任に等しい優遇措置は行き過ぎでした。国家の統治は政府の仕事です。手始めに緊急事態庁の人選に基づくSP諸君を、この場で解任いたします」

ホール内にざわつきがひろがる。記者たちがいっせいにSPを振りかえった。

秘書官や大臣らが遅れて駆けつけている。そのなかに幾田茂雄《いくたしげお》警察庁長官もいた。

宮村は目で幾田にうったえた。

シビックの存在と首謀者を知る幾田は、宮村の真意を理解したようだ。緊張の面持ちで幾田がうなずいた。いまこそ国家の正常な運営を奪回するときだ。

幾田警察庁長官が次長に耳打ちする。何人かの命令系統を経て、警視庁の上層部らしきスーツが、SPになんらかの指示を伝えた。

宮村はいった。「SP諸君には警察官としての務めもあるだろうから、屋外の警備を頼みたい」

でていけという意味だった。厳《いか》めしい顔のSPたちは、逆らいきれない空気を感じたらしい。ためらいがちに退去していった。

ひそかに安堵《あんど》をおぼえた。しだいに自信がよみがえってくる。わが国の総理は自分のほかにいない。

真っ先に言い渡すべきことがある。宮村は声を張った。「国民のみなさまに申しあげます。油田壊滅は事実ですが、けっして動揺なさらず、今後も政府を信用していただき……」

靴音があわただしく駆けこんできた。危機管理センターの職員が、必死の形相で報道陣を搔《か》き分けてくる。やがて職員は宮村の目の前に達した。

「総理」職員は記者らに背を向けると、緊迫した小声で告げた。「空母ロナルド・レーガンが在日米軍基地に巡航ミサイルを発射しました。三沢《みさわ》や横須賀《よこすか》、岩国《いわくに》、佐世保《させぼ》、沖縄と被害は甚大です」

「なんだと」宮村は声をひそめ職員に詰め寄った。「米軍が味方の基地を攻撃したというのか」

「そうです。サイバー攻撃による偽の発射命令と思われます。その後、空母自体にも爆発事故が発生したらしく……」

「第七艦隊司令部から連絡は？」

「あらゆる通信網が不通になっています。米軍側のコンピューターネットワークは、すべてダウンしてしまったようです。被害状況が把握できないばかりか、軍としてまったく機能していない状況です」

背後に記者たちが群がっていた。ひとりが切羽詰まった声で問いかけてきた。「総理。いまのお話は……？」

言葉を失う事態だった。妻の鈴子と目が合った。鈴子の顔は怯《おび》えきっていた。同じ心境だと宮村は思った。心臓が凍りついたかのようだ。

まだ報道陣を振りかえれない。宮村は職員にきいた。「自衛隊はどうした」

「米軍との共用基地以外、特に被害はないようです。防衛大臣は総理の判断を仰ぐとおっしゃっています」

「自衛隊は出撃できるのか」

「ふつう在日米軍基地への攻撃は、日本の領空に対する侵害なしにはありえません。

ですから個別的自衛権により、自衛隊が対処可能と解釈されます。ですが……」

「攻撃したのは米軍の空母だろう。どうみなすべきなんだ。事故か」

「サイバー攻撃を受けたのなら、外敵による侵攻にはちがいありません。しかし防衛力を、どこの誰に向け行使すればいいのか……」

ふいにくぐもった男の声が響き渡った。まだ若い声だ。ききおぼえがある。優莉架禱斗の声だった。「きょう八月十五日は終戦記念日。と同時にアフガニスタンの米軍傀儡《かいらい》政権が、タリバンに打倒された日でもある」

記者たちが互いに動揺の顔を見合わせた。うちひとりの記者の手にスマホがある。その記者は取り乱しながら弁明した。「突然電話がかかってきて……。スピーカーに切り替えろというので、いわれたとおりにしただけです」

すでに通話は切れていた。ビジー音だけが反復している。ホール内は水を打ったように静まりかえった。

沈黙はわずか数秒で破られた。記者らから矢継ぎ早の質問が飛んだ。総理、いまのは誰ですか。タリバンが関わる事件ですか。さきほど在日米軍基地に甚大な被害ときこえましたが、いったいなにが起きているんですか。

やられた。宮村はひそかに唇《か》を嚙んだ。

架禱斗がなんらかのテロを働けば、緊急事態庁の無能ぶりを天下に知らしめられる。よってどう転んでも、政府による実権の回復につながる、そう思っていた。だが在日米軍となると話は別だ。

治外法権下にあるも同然の米軍基地は、そもそも緊急事態庁の管轄外だ。在日米軍が総崩れになったからといって、緊急事態庁の失策とはみなせない。組織を廃止に追いこめない。

優莉架禱斗。謎の多い若者だ。父親が逮捕されたとき、十五歳の架禱斗は諏訪野猛《すわのたける》と名を偽り、パキスタンに出国した。しかもたちまちタリバンの一員として採用されている。いったいなぜそんなことが可能になったのか。

突如けたたましい銃撃音が反響した。次いで轟音《ごうおん》が建物を大きく揺るがした。報道陣がどよめきながらすくみあがった。

天井のシャンデリアが震える。記者たちがこぞって窓辺に駆けていく。宮村の周りはがら空きになった。ふだんならＳＰが守ってくれる状況だが、いまはひとりの護衛もいない。

妻の鈴子のほか、警察庁長官や大臣らと寄り添い、宮村は報道陣につづいた。もはや誰も宮村に注目していない。カメラはすべて窓の外に向けられていた。

記者たちの肩越しに、外のようすが見てとれた。宮村のなかに衝撃が走った。

地上数メートルを飛びまわる人影が複数ある。飛行装置自体は最近のニュースで目にした。形状はサーフボードに近く、下部からのジェット噴射で浮力を生じる。ボードの上にはサーファーのごとく、黒のつなぎ姿の兵士が立ち、地上にサブマシンガンを掃射する。制服の警備ばかりか、さっき外に追いだしたSPらまで、応戦むなしく撃ち倒されていく。血飛沫《ちしぶき》が窓にぶちまけられた。報道陣が恐怖の叫びを発した。

飛行装置に乗った兵士らが続々と降下してきた。上空に輸送ヘリが待機しているのかもしれない。全員がフルフェイスのヘルメットをかぶっている。公邸の敷地内はたちまち制圧された。飛行装置が着地するや、兵士たちが徒歩でこちらに向かってきた。

記者らが蜘蛛《くも》の子を散らすように逃げだした。宮村も妻を庇《かば》いながら後ずさった。

自衛隊はなにをしている。依然として緊急事態庁のいいなりか。

遅かった。宮村が緊急事態庁の権限を奪う前に、シビックは大胆な先制攻撃にでた。ふいに閃光《せんこう》が走り、窓ガラスが粉砕された。直後に壁が爆発を起こし、窓枠より大きな穴が開いた。熱を帯びた突風が強く吹きつける。鈴子が失神したらしく、ぐったりと脱力した。宮村は警察庁長官らとともに鈴子を支えた。

ホール内に白煙が充満する。壁の大穴から、黒のつなぎがふたり、ゆっくりとした歩調で踏みこんできた。ひとりは長身で肩幅が広く、もうひとりは背が低く痩《や》せている。

大柄のほうがヘルメットを脱いだ。くせ毛に黒々とした目、鷲鼻《わしばな》のアラブ系、年齢は三十代後半か。背の低いほうも素顔を露出させた。こちらは日本人らしき細面の青年だった。

日本人青年が口をきいた。「宮村総理。彼はデスティノのムバール・アッザーム・イブラヒム司令官。日本政府に降伏を要求しにきた」

3

六十五歳の矢幡嘉寿郎《かずお》は、渋谷区《しぶや》松濤《しょうとう》にある私邸のリビングにいた。ソファから身を乗りだし、ひたすらテレビに見いる。

議員辞職はしていないものの、自宅謹慎を申し渡されて以降、ずっと家で暮らしてきた。きょうはウェイ五兄弟による爆破予告の当日だけに、いつでも外に駆けだせるよう、ワイシャツとスラックスに着替えていた。

早朝から報道を見守ってきたが、まるで予期せぬ事態が起こった。五大都市ならぬ油田五か所で核爆発。次いでテレビに映しだされたのは、総理公邸における戦慄《せんりつ》の光景だった。

妻の震える声が背後にきこえた。「嘉寿郎さん……。これはいったい……?」

矢幡は振りかえった。五十六歳になる妻の美咲が、愕然《がくぜん》としながら立ち尽くしている。

丸顔に黒く染めたショートヘアが、年齢のわりに若々しい。きょうはマスコミの取材を受けるかもしれないと、前日に美容室に行った。ハイネックのロングワンピースをきちんと着こなしている。洒落《しゃれ》た装いがテレビで流れれば、空気を読んでいないとして、また国民の顰蹙《ひんしゅく》を買いそうではある。だが報道各社は、前総理夫妻を訪ねるどころではなさそうだ。

美咲がテレビを眺め、深刻な面持ちでささやいた。「これって総理公邸……?まるで海外の紛争地帯……」

ありえなくはなかった。矢幡は武蔵小杉高校で経験した。当時の恐怖がPTSDのごとくよみがえってくる。

キャスターの緊迫した声が告げた。「総理公邸に侵入した武装勢力のリーダーは、デスティノのムバール・アッザーム・イブラヒム司令官と名乗り、日本政府に降伏を要求しにきたと語っています。その後現地からの中継は途絶えました。宮村総理夫妻や一部閣僚のほか、弊社報道局の記者やカメラマンも人質となっており……」

さっきの中継映像が録画でリピートされている。大ホールの窓の外、黒のつなぎの兵士たちが特殊な飛行装置に乗り、公邸の敷地を飛びまわる。銃撃の途中でカットが入る。警備員やSPらの死の瞬間が映っていたからだ。数分前の生中継では一部始終が放送されていた。壁が爆破されたのち、ふたりの男が乗りこんできた。ヘルメットの下から現れたのは、アラブ系と日本人らしき顔だった。

画面が切り替わった。同時刻の都庁前、低空に浮かぶ大型ヘリから、やはり飛行装置に乗った兵士たちが続々と降下する。サブマシンガンを乱射しながら庁舎内に突入していく。大阪府庁前にも同様の光景があった。

キャスターの声がつづいた。「武装勢力は東京都庁と大阪府庁の知事室をも占拠、いずれも知事以下複数の職員が人質となっているもようです」

五大都市での核爆発が予告された時点で、なぜか東京と大阪は中心部を外され、郊外の片田舎が標的になっていた。その理由がこれか。核攻撃ののちも、行政のトップを存続させ、そこを乗っ取るつもりだった。国家の機能は従来のまま、政府の首だけをすげ替える。思想に関わる部分は今後、徹底的な弾圧がなされるだろう。まさに米軍撤退後のアフガニスタンと同じ構図だった。

どういうわけか核爆発は五大都市で起こらず、五か所の油田が破壊されるに至った。じつは数日前、宮村総理から矢幡に電話があった。原油の掘りだしは幻だった、ひそかにそう教えられた。矢幡は衝撃を受けた。宮村はシビックの詐術に嵌《は》まり、それをネタに脅されていたらしい。

偽油田がすべて消滅した時点で、宮村は喜んだにちがいない。官邸での記者会見でも声が弾んでいた。けれども矢幡は不穏なものを感じていた。

非産油国に戻ったとの宣言は、シビックにとっても好都合なはずだ。救済しても旨《うま》味《み》のない国に対しては、ほかの国もこだわらない。過去に人権問題が取り沙汰《ざた》されながらも、放置された国や地域には、たいてい資源がなかった。すなわちシビックに占拠された日本について、積極的な軍事支援により、本来の政権を復活させようとする諸外国は限定される。

美咲が青ざめた顔できいた。「この人たちって誰？　武蔵小杉高校事変と関係ある？」

シビックとつながっているという意味では、まったくの無関係ではない。だが高校事変における武装勢力は、田代グループの仲介を経て、シビックから資金提供を受けていたにすぎない。このデスティノはおそらくシビックの中核だろう。

　矢幡はいった。「シリアやイラク、リビアを拠点にする武装勢力として、デスティノという名をきいたことがある。イスラム系テロ組織に限らず、アフリカやアジアの犯罪組織も吸収合併し、ここ数年で急拡大したとか」

「なんでそんな人たちが日本に……」美咲ははっとした顔になった。「大阪府庁まで襲撃されたのなら、うちも危ない」

「落ち着きなさい。総理の座を退いた僕のもとなんかに、誰も来やしないよ」

「そんなことないでしょ。連続三期を務めた、戦後最長の任期を誇る総理大臣なのに」

「過去の話だ」

「でも優莉匡太とは因縁があるって……」

「因縁というほどのもんじゃないよ。情報の橋渡しをしただけだ」

　銀座《ぎんざ》デパート事件ののち、優莉匡太は行方をくらました。ところが潜伏先を書いた匿名の手紙が、なぜか矢幡の事務所に届いた。

　当時の矢幡は体調不良で、いちど総理の座を退いていた。この手紙を警察庁長官に届けたことで、優莉匡太の逮捕につながった。あくまで偶然にすぎなかったが、日本を震撼《しんかん》させた事件の解決に貢献したという理由で、また矢幡を総裁に推す声が大きくなった。

「でも」矢幡は首を横に振った。「世間には公表されていない。架禱斗がそのことを知っているとは思えない」

「ならほかに狙う理由があるんでしょ。現総理より有名な前総理、大物政治家だし」

なんともずれた発言に思えるが、美咲はふざけているわけではない。矢幡は妻を理解していた。妻はとかく世間から誤解されがちだ。しかし悪気があるわけではない。事実はむしろ逆、彼女はいつもひたむきで真剣だった。

良家の長女に生まれ、名門女子大から一流企業に進んだ美咲には、たしかに破天荒なところがある。矢幡の総理時代にも、政権の意向に反し、TPP参加反対や医療用大麻の解禁を唱えたりした。これを家庭内野党と呼んで揶揄《やゆ》する向きもあった。なにより森本学園の名誉校長に就任したことが、大きなスキャンダルにつながってしまった。

森本学園の設立時、国有地が不当に格安で譲渡されたのは、総理夫人が名誉校長であることに対する忖度《そんたく》ではないかと疑われた。関係者全員が不起訴に終わったものの、矢幡にとっては苦い思い出になった。

けれども美咲の主張は後日、正しかったと証明されることも多い。医療用大麻は諸外国で解禁が進み、しかもそれが各国の経済成長に寄与している。現在の宮村政権も追随する姿勢に転じた。

のちに週刊誌にすっぱ抜かれたように、美咲は女子大生のころミスコンに出場したり、クラブのホステスとして働いたりした。とはいえ矢幡は、そんな美咲の自由奔放さにこそ惹《ひ》かれたのだった。いまでも愛情は変わらない。むしろ歳を重ねるほど夫婦の絆《きずな》が強まるのを感じる。

「どうしよう」美咲はおろおろと辺りを見まわした。「襲撃を受けたらどうなるの？ここの内装、輸入建材をたくさん使ってるから、傷をつけられたくない」

あいかわらずの見当ちがいな物言いに、思わず緊張の糸が切れそうになる。ただし妻の感じる不安もあながち的外れではない。

矢幡はソファから腰を浮かせた。「なにかあれば外のSPが伝えてくると思うが……。状況をきいてみよう。貴重品は持っておいたほうがいい。財布とか」

美咲はあわてぎみにハンドバッグを手にしたが、ふと思い立ったように、キャビネットに駆け寄った。フォトスタンドをとりあげる。夫婦で若いころに撮った写真だった。さらに引き出しを開け、しまってあった写真のなかから、持っていく物を品定めしだした。おもに有名芸能人と写った写真が重要らしい。

「まった」矢幡は苦言を呈した。「その写真は置いていったほうがいい」

「これ？　なぜ？」美咲が手もとの写真をしめした。十年近く前に撮られた、美咲と柚木《ゆき》若菜《わかな》のツーショット写真だった。

見るだけでも気分が悪くなる。矢幡は首を横に振った。「そんな物を持ってたら、また誤解を生むよ」

「いいたいことはわかるけど、女子大の先輩だったし、このころは柚木さんもまともだったのよ」

「わかってる。でもいまその写真を後生大事に持ち歩いてるのを、世間が知ったらどうなると思う？」

「当初は政治家としても優秀だったから、矢幡内閣でも大臣として登用するように、わたしから嘉寿郎さんに推薦……」

「事実だとしても堂々ということじゃないんだ」

「どうして？　世間は変よ」美咲は憐《あわ》れみに満ちた目で写真を見つめた。「柚木さんも可哀想。田代ファミリーなんかと関わったせいで、初の女性総理になりたいって望みが、おかしな方向にねじ曲げられちゃったのね」

夜叉《やしゃ》と化した柚木元大臣により、殺されかかった身からすれば、美咲のように甘い感情はとても持ちえない。

もっとも美咲が柚木に同情を寄せるのは、矢幡がすべてを証言していないせいでもある。矢幡と星野《ほしの》淑子《としこ》秘書官は、柚木元大臣がクーデターの首謀者だった、警察にそれだけを伝えた。故人の名誉を必要以上に貶《おとし》めたくない。遺族に対するせめてもの配慮だった。よって美咲はいまも知らずにいる。柚木が夫を殺そうとしたことを。

「行こう」矢幡は妻をうながした。「それ以上荷物は増やさないでくれ」

ふたりで広い邸内を移動していく。6LDKの戸建てにたったふたりで暮らしてきた。子供はできなかった。先に診断を受けた美咲によれば、原因は彼女のほうにあったらしい。美咲が三十二歳のとき、一年間スイスで最先端の不妊治療を受けた。矢幡は国会議員を務めながら、ひとり妻が帰るのをまった。家に戻った彼女は涙を浮かべていた。どうにもならないみたい、美咲はそんなふうにささやいた。

玄関に着いた。ヒールを履こうとする美咲に、矢幡はスニーカーを押しつけた。美咲はきょとんとしたが、やがて笑いあった。妻の天然ぶりはなんとも歯痒《はがゆ》い。だが年甲斐《としがい》もなく可愛げを感じてしまう。子供のいない夫婦は、いつまでも若い感覚を引きずるというが、うちもその例に漏れないらしい。

矢幡は錠を外した。そろそろとドアを開けながら、すぐ外にいるはずのSPに語りかける。「きみ。なにか異常は……」

はっとして辺りを見まわした。玄関前の路上に、SPの死体が累々と横たわっている。近隣の住民らが逃げ惑っていた。しかも真正面には、機関銃の台座が据えてあった。機関銃でこちらを狙い澄ますのは、黒のつなぎのアラブ系だった。

凍りついた矢幡のわきを抜け、美咲がぶらりと外にでた。手もとに目を落としている。周りのようすに気づいていない。美咲はつぶやいた。「マニキュアを直したかったんだけど、遠くに避難することになったら困……」

「美咲、よせ!」矢幡は妻の腕をつかんだ。

びくつきながら美咲が顔をあげた。驚きのいろが浮かんだとき、機関銃が火を噴いた。容赦のない掃射音、銃火の激しくせわしない点滅。なにもかも武蔵小杉高校の悪夢の再来だった。

衣服の全身から血飛沫《ちしぶき》が撒《ま》き散らされた。美咲は目を見開き、茫然《ぼうぜん》と空を仰いだ。口からも鮮血が吐きだされた。美咲はその場にくずおれた。

矢幡は声にならない声を発した。玄関先にひざまずき、美咲を両腕に抱えた。血まみれで脱力した美咲だったが、まだ息があるらしい。目もとがわずかに痙攣《けいれん》している。

靴音が歩み寄ってきた。黒のつなぎにブーツ、さっきとは別のアラブ系だった。近くに立って見下ろすと、腰のホルスターから自動拳銃《けんじゅう》を抜いた。

「やめろ！」矢幡は跳ね起き、男に挑みかかった。だが満身の力をこめても、鍛え抜かれた男の身体はびくともしない。拳銃を握った腕が、まっすぐ美咲に向けられる。矢幡はこぶしでその腕を殴りつけたが、鉄の棒のように揺るがなかった。

乾いた銃声が轟《とどろ》いた。矢幡は美咲を見下ろした。とどめの一発が額に命中していた。前髪からおびただしい量の血液が流れ落ち、美咲の顔を真っ赤に染めていった。たとえようのない悲哀が全身を駆けめぐった。視界が涙に波打ちだした。矢幡は激憤に突き動かされ、男を何度も殴りつけた。「この野郎！　よくも美咲を……。人殺しめ！」

銅像を殴打しているかのようだ。男は表情ひとつ変えない。逆に矢幡のこぶしには激痛が走った。

こめかみに別の拳銃が突きつけられた。さっき機関銃を撃った男だった。アラビア語でなにか喋《しゃべ》った。

一国のリーダーになった日以来、こんなときが来るかもしれない、ずっとそう恐れてきた。アラブ系テロリストによる、有無をいわさぬ処刑。武蔵小杉高校事変を生き延びても、運命からは逃れられなかったのか。

頭部を銃弾が貫くのを覚悟した。矢幡は目を固くつぶった。

けたたましい銃声に、心臓が喉《のど》もとまで跳ねあがった。だがおかしい。まだ感覚が持続している。矢幡は目を開けた。

拳銃を突きつけていた男は、首筋から血を流していた。瞳孔《どうこう》が開ききっている。両《りょう》膝《ひざ》をつき、うつ伏せに倒れこんだ。もうひとりが焦燥に駆られたようすで、路上を振りかえる。ふたたび銃声が轟いた。

敵の顔面は破裂し、砕けた骨片が飛散した。糸の切れた操り人形のように、あらゆる関節を曲げながら、路面に崩れ落ちた。

矢幡は茫然と立ちすくんだ。馴染《なじ》みのあるスーツを目にした。角刈りの三十代後半、鍛え抜いた身体つき。元SPの錦織清孝《にしきおりきよたか》警部が、両手で拳銃をかまえながら、油断なく近づいてくる。

黒のつなぎはもうひとりいた。機関銃に飛びつき、こちらを狙い澄まそうとする。錦織がすかさず銃撃した。硝煙のにおいとともに薬莢《やっきょう》が宙を舞う。三人目の敵も頭部を撃ち抜かれ即死した。

「総理」錦織が辺りを警戒しながら歩み寄ってきた。「いえ、矢幡議員。ご無事ですか」

思わず子供のように泣きそうになる。矢幡は震える声を絞りだした。「錦織君……」

錦織は美咲を見下ろし、絶句する反応をしめした。片膝をついた錦織が、腹の上に投げだされた美咲の手首を握る。指先で脈をとる。絶命はあきらかだった。

暗く沈んだ表情で、錦織が矢幡の腕をつかみ、美咲の手を握らせた。

血流のまったく感じられなくなった、それでもまだ温かい手を、矢幡はしっかりと握りしめた。別れの言葉を口にしたかったが、声にはならなかった。ただ心で伝えた。さよなら。

錦織は路上の拳銃を拾っては、マガジンを引き抜いた。血液が付着するのもかまわず、まとめてスーツのポケットに押しこんだ。「立ってください。以前と同じように、私のあとにつづいて」

脇目を振ってはならない、それが緊急事態下の義務だった。もう美咲のことは忘れねばならない。錦織がふたたび両手で拳銃を水平にかまえる。路地を移動し始めた。

矢幡は遅れまいと必死に追いかけた。

路上には敵やSPの死体が転がる。近隣住民も怯《おび》えた顔で立ち尽くす。混沌《こんとん》とした状況が内戦状態の国を思わせる。電柱の陰から黒のつなぎが飛びだしてきた。銃口がこちらに向いていた。だが錦織が一瞬早く発砲した。敵はもんどりうって倒れた。

耳に馴染みのない銃声だと矢幡は思った。「いつもの拳銃じゃないな」

「ええ」錦織が振り向きもせずに応じた。「STIコンバットマスターです。敵の銃を奪いました」

「きみの銃は？」

「装備品は本庁に返上してます。あなたの謹慎にともない、私も任を解かれたので」

「すまない」

「いえ。失職したわけじゃないので、給料はもらっています。ただずっと家にいて、少々身体が鈍りました」

「息子との時間が作れただろう」

「律紀《りつき》ですか。一緒にいます。そこへお連れします」

警察署は安全ではないのだろう。路地で息絶えるSPたちを見ればわかる。錦織も敵から武器を奪わざるをえない、そんな状況だ。法はろくに機能していない。

路地を折れたところにクルマが停まっていた。2ドアのクーペ、スバルBRZだった。錦織が鋭く指示した。「乗ってください」

後部座席のない車両に乗るのはひさしぶりだ。学生以来かもしれない。矢幡はドアを開け、助手席に乗りこんだ。シートにおさまった瞬間、銃声に思わずすくみあがる。錦織が路地の先を銃撃しつつ、運転席側のドアに走る。行く手で黒いつなぎが突っ伏すのが見えた。錦織は運転席におさまると、ただちにエンジンを始動し、クルマを急発進させた。敵の死体をかまわず轢《ひ》き、さらに速度をあげる。

井《い》の頭《かしら》通りにでた。暴動が起きないのは、この国の美点にちがいない。それでも辺りは荒《すさ》んでいた。大震災の発生直後に近い。道路が渋滞しがちで、クラクションがひっきりなしにきこえる。コンビニにやたら長い列ができている。店からでてきた婦人はトイレットペーパーとティッシュペーパーを抱えていた。

錦織が運転しながらいった。「アフガニスタンと同じ状況です。新政権からの緊急放送があったので」

「緊急放送？」

カーラジオがオンになる。宮村総理の弱々しい声がきこえた。「繰りかえしお伝えします。きょう八月十五日をもって、わが国政府は統治権をシビックなる組織に移譲しました」

思わず耳を疑う。日本は武装勢力の侵攻に対し、白旗をあげたというのか。

宮村の声がつづいた。「全国民の生命と安全には代えられないと判断し、苦渋の決断を下したものです。天皇皇后両陛下にもお伝えしました。貨幣経済は存続し、社会のシステムもほぼそのまま踏襲されるため、国民のみなさまにおかれましては、どうか冷静にこれまでどおりの生活を送っていただきたく……」

錦織がため息まじりにいった。「国民を人質にとられたも同然でしたから、宮村総理もどうしようもなかったんでしょう」

矢幡は言葉を失った。日本はいとも簡単に陥落してしまった。

総理の任期中から、ぼんやりと感じていたことがある。一国のトップといえど、ただの人間にすぎない。執務室は民間企業の社長室と変わらず、閣僚会議もある意味、重役の集まり以外のなにものでもない。こんな数部屋と十数人が日本の中枢なのか、そう思うたび空恐ろしくなった。いかに警備が厳重であっても、実際に数部屋を占拠されてしまったら、国家は乗っ取られたも同然ではないのか。いまその危惧《きぐ》が現実化した。

錦織はしきりにステアリングを切っていた。「駅は大混雑です。ニュースによれば、空港にも国外脱出を求める人々が殺到していますが、シビックは空路すべてを閉鎖しました」

「自衛隊は？　在日米軍もいるだろう」

「米軍基地はサイバー攻撃で沈黙、自衛隊のほうは総理大臣の命令により、まったく動けずにいるとか……。ほかに奥多摩でも大規模爆発があったそうですが、詳しいことはわかりません」

先進国の主権を奪うには、アフガニスタンのタリバンより、ずっと狡猾《こうかつ》で巧妙な手段が要求される。けれども優莉架禱斗のシビックはその賭《か》けに勝った。

矢幡はうつむいた。「油田はシビックの仕掛けたペテンだった」

錦織が驚きの声を発した。「ペテンですって？」

「ああ。経済で甘い汁を吸わされ、まんまと隙を突かれた。緊急事態庁がシビックの隠れ蓑《みの》だ」

「そこは気づいていました。なにしろ面識もない連中が総理のSPになってるんです。いちおう警察官ではあるものの、緊急事態庁の差し金による人事とわかりました」

「だが敵はSPを殺したぞ」

「使い捨ての駒にすぎなかったんでしょう。デスティノはシビックの主力です。優莉架禱斗はすべてを手中におさめたんです」

「知っていたか。優莉架禱斗のことを」

「ええ。旧知の坂東《ばんどう》という警部が知らせてくれました。いまや私と同じ、はぐれ者です」

はぐれ者か。元総理大臣の自分も同じ立場だった。矢幡はきいた。「これからどうなる」

「さあ。日米安保に基づき、米軍による救済に期待したいところですが……」

「アフガニスタンを見ればわかる。国民が盾にされていれば、ろくに攻撃もできない」

「あるいは全土が焼け野原の戦場と化すか……。多大な犠牲を強いながら泥沼状態です」

矢幡は目を閉じた。妻との永遠の別離。まだ受容できない。耐えがたい気分とともに矢幡はいった。「またきみと一緒に、こんな状態にあるな。武蔵小杉高校と同じだ。しかも今度は……」

「ええ」錦織が憂鬱《ゆううつ》そうに応じた。「優莉結衣が死にました。首謀者が優莉匡太の長男だというのに……」

救いの女神を失った。司法解剖時のDNA鑑定で、母親が友里佐知子《ゆうりさちこ》だったとも伝えられている。

彼女は優莉匡太と友里佐知子、最悪の犯罪者のもとに生まれた。行動のすべてを肯定できずとも、そんな家系のなかでは、良心を持った最後の存在だったかもしれない。

矢幡は目を開けたが、なおも虚空を眺めるしかなかった。日本は優莉匡太の長男、優莉架禱斗の手に落ちた。悪の秀才を誰が超越できるというのだろう。

4

夜九時すぎ、結衣は青梅《おうめ》市の国道沿いにある、無人自販機コーナーにいた。きょうだいのほかに、周りには誰もいない。

バラック小屋のような庇《ひさし》の下に、いくつもの自動販売機が並ぶ。昭和《しょうわ》レトロ風の、カップうどんの自販機もあった。硬貨をいれてボタンを押せば、スープの入ったうどんがでてくる。

その前は屋根もない、ただの広場だった。正確には、吹きさらしにテーブルやベンチが置かれただけの、砂利敷の空き地になる。自販機の放つ明かりを除けば、近くには街路灯ひとつ見えない。民家もなく雑木林に囲まれている。道路を行き交うクルマもない。静けさのなかに虫の音ばかりがきこえる。

停めてあるクルマはトヨタカローラのハイブリッドだった。奥多摩の学校にあったSUVはさっさと乗り捨てた。次々にクルマを盗みながら移動し、これが三台目になる。架禱斗が警察の追跡網を牛耳っている以上、GPS位置情報のみならず、Nシステムも警戒せねばならない。

篤志は近くのベンチに座っていた。巨体を丸めながら、カローラにあったタブレット端末をいじる。「シビックの天下になっても、ネット自体は規制されてねえんだな。もっとも言論統制以前に、みんな怖くて本音なんか書けねえだろうが」

結衣は辺りを警戒しつつ、自販機前をうろついた。「そのタブレット、ロックを解除できたの？」

「ロゴに見せかけた〝ROCK-BLACK-WHITE〟って小さなシールが貼ってある。プリンターで作った手製だとわかる」

「ああ。岩、黒、白で１０９６４６」

「ＰＩＮコードの覚書だ。付箋《ふせん》のメモを堂々と貼るよりは利口な偽装だ」

「なにを検索する？」

「そうだな」篤志が画面をタップした。「キーワードは、ＡＶ。うるさい。苦情。青梅市。これぐらいでいいか」

どういう意味を持つか問いただすまでもない。結衣はいった。「戸建て、もしくは一軒家とも付け加えて」

「そうだな。アパートやマンションよりいいからな」

厳かなオカリナの響きが耳に届く。少し離れたベンチで、智沙子がオカリナを吹いている。『アメージング・グレイス』の旋律だった。譜面としては初級だが、ミスもなく優雅に吹きこなす。

結衣は智沙子の手もとを見つめた。紙粘土を固めた手製のオカリナがあった。かなり年季が入っている。

篤志が顔をあげずに告げてきた。「健斗《けんと》がむかし架禱斗にプレゼントした物だってよ」

「……わたしもむかし、同じ物をもらった」

「俺はもらってねえ。凜香は？」

近くに立つ凜香がささやいた。「もらってねえよ」

心が微妙に疼《うず》く。幼少期に友里佐知子に連れられていった智沙子が、健斗からの贈り物を持っているはずがない。架禱斗が智沙子に譲ったのは本当だろう。

演奏の細かいところが、自分とまったく同じだと感じる。息の吹き方、指づかい、ブレスのタイミングと長さ。一緒に教わったわけでもないのに感性が共通する。これが双子のなせるわざか。

架禱斗は智沙子を葉瀬《はせ》中学校に送りこんだ。健斗をいじめていた生徒を皆殺しにさせた。

あんなろくでもない長男でも、弟の無念を晴らしたかったのだろうか。いや。どうせ感情の捌《は》け口を求めただけだ。

オカリナの音いろをきくうち、田代勇次《ゆうじ》のことを思いだした。多摩川の河川敷で勇次はオカリナを吹いた。武蔵小杉高校の校歌だった。

謎が残る。武装勢力が武蔵小杉高校を占拠したとき、田代勇次はいち早く脱出した。その後、敵はひとり残らず全滅した。にもかかわらず田代ファミリーは、ことの顚末《てんまつ》を最後まで知っていた。のちに勇次と両親が死んで、誰も報告する者はいなかったはずなのに、シビックはすべての経緯を知っていたようだ。なぜだ。

ふと視界の端に凜香をとらえた。凜香はずっと結衣から目を離さない。両手で持った缶ジュースを、なぜかこれみよがしにすすっている。

篤志と凜香は、きょうの昼まで架禱斗に囚《とら》われの身だった。結衣も昨夜までウェイ五兄弟のもとにいた。智沙子は世話を受ける立場だ。誰ひとり金など持っていない。

ここまで乗り継いだクルマにも、小銭ひとつ見つからなかった。なのにどうして自販機でジュースを買えたか、凜香はそれをきいてほしいのだろう。

かまってもらいたがる妹はめんどくさい。結衣は視線も合わせずにつぶやいた。「一台目のクルマにあったＩＣライター。着火で微量の電磁波が生じるから、古い自販機ならクレジットがつく」

「知ってたのかよ」

「自販機荒らしは食いつなぐ基本って、真っ先にお父さんから習ったでしょ」

「ジュース一本だしてやろうか」

「いらない」

「なんだよ。可愛くねえ」

「いるかいらないかでしょ。いらない」

凜香は缶ジュースを片手にぶらさげた。自販機に寄りかかると、夏物の制服が白く透けた。「結衣姉」

「なに」

「ヨンジュが死んだ。目の前で」

湧き起ころうとする感情を閉めだす。結衣はただささやいた。「そう」

「怒らねえのかよ」

「なんでわたしが怒るの」

「突入してきやがった」凜香の声が震えだした。「警察でもSATでもねえ武装した奴らが……。あいつらをやっつけられたなら、ヨンジュは死ななかった」

「しょうがない」

「なんだよそれ」凜香は怒りをあらわに食ってかかってきた。「結衣姉があの場にいたならどうしたんだよ。しょうがないで済ませたりしなかったろ？」

「どう答えてほしいの」

「すかしてんじゃねえぞ結衣姉！　結衣姉ならあんな奴ら、皆殺しにしてただろうが！」

「自分の駄目さ加減を指摘してほしいの？」

「ざけんな！」凜香は殴りかかってきた。

結衣はあえて避《よ》けなかった。凜香のこぶしが頬に当たった。痺《しび》れが走り、痛みに変わっていく。

凜香の唖《あ》然《ぜん》としたまなざしが結衣を見つめる。結衣は黙って凜香を見かえした。どうせ結衣に殴らせたかったのだろう。鶴巻《つるまき》温泉の線路沿いでボコボコにされたように、いまも結衣から懲罰を受けるのを望んでいる。ヨンジュを死なせてしまった罪の報いに、多少なりとも償いの実感を得たい。凜香の胸中はそんなところにちがいない。

「迷惑」結衣はいった。「後悔も反省も自分ひとりでしなよ」

凜香は涙ぐんでいた。憤然としながら凜香が怒鳴った。「上から目線でほざいてんじゃねえぞクソ姉！」

地面に缶を投げつけ、凜香は駆けだした。どこかで野良犬が吠《ほ》えている。凜香は悪態を怒鳴り散らした。さらに野良犬が興奮して吠えると、凜香もいっそう大声で罵《のの》った。その声がしだいに遠ざかる。

静寂が戻ってきた。智沙子の吹くオカリナはまだつづいている。

篤志はタブレット端末をいじっていた。「犬と張り合ってやがる。あれが俺たちの妹か」

結衣は思いのままをつぶやいた。「わたしたちも変わりゃしない」

「パグェは悲しむ身内もいないんだろ。親子の縁を切ってメンバーになるからな」

「だからなに」

「凜香の気持ちも多少はわかってやれ」

共感などしたくない。結衣は黙っていた。ヨンジュはパク家から勘当されても、パグェの常で母親から下の名を継がせてもらった。姓がちがう一方、母の名もヨンジュだ。完全な改名でない以上、いずれ母が娘の死を知る機会もありうる。母親は悲しんでくれる。結衣や凜香よりは恵まれている。

タブレット端末に目を落としながら、篤志がため息をついた。「検索結果、いいのが見つかった。防犯情報。青梅市頴原《えはら》5－14－5。夜中じゅうAVの音声がうるさいと近所から苦情多数。自治会からの申しいれにも応じず。一昨年《おととし》の春から現在までに、通報四回。頻度は減少したものの改善みられず」

地方の小規模な自治体によっては、回覧板の内容をそのままネットに載せる。それが迷惑住民への抑止力になると思っているのだろう。

結衣は篤志に歩み寄った。「グーグルアースで見せて」

篤志が住所を入力する。静止画が表示された。古びた平屋の戸建てだった。窓は雨戸にふさがれている。衛星放送のパラボラアンテナがあり、光ファイバーの引き込み線も見てとれる。辺りは山林。都会の市街地とは異なり、両隣や向かいの家とは、それぞれ十メートルほど離れていた。AVの音が迷惑でも、周りの家が窓を閉めきるなり、耳栓をして寝るなりすれば凌《しの》げるレベルだ。

「悪くない」結衣はカローラに歩きだした。「ここから近い」

「行くか」篤志が立ちあがった。「凜香！　出発するぞ」

オカリナの音いろがやんだ。智沙子が無表情に腰を浮かせる。

凜香が不満げな顔で戻ってきた。「どこへ行こうってんだよ」

篤志はタブレット端末を差しだした。凜香がそれを一瞥《いちべつ》し、ふんと鼻を鳴らす。

智沙子が後部座席に乗りこむ。凜香も後部ドアに近づいたが、しかめっ面で振りかえった。

「また後ろかよ」凜香がいった。

運転席に乗りこみながら篤志がきいた。「助手席に乗るか？」

「そうじゃなくてよ……」

すると智沙子が空気を察したように車外にでた。結衣を一瞥したのち、智沙子は助手席に乗りこんだ。凜香は黙って後部座席に乗った。

結衣はため息をついた。凜香は結衣と並びたかったらしい。やれやれと思いながら、後部ドアに向かう。結衣は凜香の隣におさまった。

すべてのドアが閉まる。クルマは発進した。闇のなかの国道を飛ばしていく。

凜香がためらいがちに話しかけてきた。「結衣姉。前にいったこと、ほんとかよ」

「なんの話」

「弘子《ひろこ》と仲よくしろとか、伊桜里《いおり》や耕史郎《こうしろう》を不良にするなとか。神社にいる瑠那《るな》に手を差し伸べろとか」

「瑠那か。お父さんがつけた名前じゃないよね」

「なにも知らずにすくすく育ってるだろうに、関わるべきじゃねえだろ」

「わたしたちみたいになっちゃう可能性はあるでしょ。そうならないようにさせて」

「なんでわたしに頼むんだよ」

結衣はうんざりした。「めんどくさい質問」

「いいから答えろよ。妹や弟たちの面倒なんて、わたしたち全員でみりゃいいじゃねえか。っていうか先に成人する結衣姉のほうが、妹や弟たちに会いに行けるだろ」

「……もうその話はよしてよ」

しばし沈黙があった。また凜香がぼそりといった。「結衣姉」

「今度はなに」

「友里佐知子が生きてたら、結衣姉はどうする？」

結衣はサイドウィンドウの外の暗がりを眺めた。「友里佐知子は死んでる」

「だから架空の話をしてんだよ。母親を殺せるのか、殺せねえのか」

「前にいったでしょ。どんな母親だろうが関係ない。自分とはちがうと思ってりゃいい」

「クソみたいな母親が生きてりゃ、そうもいかないんだよ……」

凛香がすすり泣きだした。結衣のなかに困惑が生じた。

近いうち結衣は死ぬ気だった。そんな姉に情を持ってほしくない、そう思っていたが、冷たくしすぎたかもしれない。結衣はそっと凛香の手を握った。凛香は払いのけたりしなかった。結衣の手を握りかえしてきた。

「ねえ凛香」結衣はささやいた。「わたしが市村凛《いちむらりん》を殺しても恨まない？」

「恨まない……と思う。わかんない」

「なにそれ」

「わかんねえって。そういう状況になってみないと」

結衣は小さくため息を漏らした。あんな女でも母親は母親か。

助手席の智沙子が振りかえった。口のきけない智沙子が、なにかいいたげな顔をしている。結衣は見かえした。鏡像のような互いの顔をしばし眺めあった。やがて智沙子はまた前方に向き直った。

篤志がクルマを徐行させた。「着いたぞ」

山林に民家が点在するだけの、うら寂しい集落の一角だった。道沿いにバス停がある。さっきグーグルアースで見たままの平屋が建っていた。雨戸が閉じているため、室内の明かりは確認できない。だがクルマが停車し、エンジンが静止すると、いかにもAVの音声らしきものがきこえてきた。

レイプもののようだ。泣きながら許しを請う少女の声。嘲笑《あざわら》う男の声は複数だった。

結衣はドアを開けた。「まってて」「わたしも行く」

凜香が涙を拭《ぬぐ》いながら、一緒に降りようとした。

「やめてよ。ここにいて」

「なんで？」

「もう関わらないほうがいい。ふつうの中三に戻りなよ」

「馬鹿いえ。架禱斗兄の天下になってるのに、施設に帰って、無事で済むわけねえだろ。元どおり暮らせってんなら、そうしてやる。でもそのためにはまず架禱斗兄をどうにかしねえと」

またため息が漏れる。凜香の主張はまちがっていない。施設に姿を現したら、緊急事態庁の兵隊どもに襲撃されるだろう。いまの世のなかに生きるかぎり、日常など戻らない。

「……なら」結衣は凜香にいった。「いまは英気を養ってなよ。とにかくクルマからでないで」

結衣は返事をまたず、ひとり平屋に向かった。

玄関のドアの前に立つ。鍵穴《かぎあな》に指先を触れた。古い美和《みわ》の鍵だった。ヘアピンを二本外し、ドアに押しつけることで、軽く先を曲げる。そっと鍵穴に挿しいれ、内部のシリンダーを一本ずつ押し戻す。

十秒足らずで解錠の音が響いた。そろそろとドアを開ける。チェーンはかかっていなかった。蛍光灯に照らしだされたのは、ごく短い廊下だった。手前に靴脱ぎ場がある。やけに多くのスニーカーが並んでいた。

結衣は靴を履いたまま、廊下を静かに歩いた。すぐ脇は引き戸だった。ＡＶの音声はそこからきこえてくる。引き戸に手をかけ、すかさず開け放った。

音声は急に途絶えた。八畳ほどの室内に、十人以上の男たちがひしめきあいながら座っている。ほとんどが十代から二十代、ワルぶっている輩《やから》に特徴的な、オラオラ系の黒シャツがめだつ。刈り上げに口髭《くちひげ》、鼻ピアス、タトゥー。絵に描いたような田舎の不良の集まりだった。下半身を脱いでいる者が多い。全裸もいた。誰もが妙な顔で結衣を見つめた。

男たちはふたりの少女に群がっていた。少女たちは小学校高学年か、せいぜい中学生と思われた。ひとりはベッドの上に仰向《あおむ》けになり、制服を半分ほど脱がされている。顔を真っ赤にして泣きじゃくっていた。もうひとりは裸で床に四つん這《ば》いになり、男の手によりロープで首を絞められている。彼女の顔は紫いろに変色し、口から唾液《だえき》をしたたらせ、苦しげに喘《あえ》いでいた。結衣に驚いた男が力を抜き、ロープが多少緩んだ。

四方の壁にはあらゆる制服や、官能的なドレスなど、コスプレ用の衣装が吊《つ》られている。男たちのなかでひとりだけ異質な存在がいた。気の弱そうな青年は暴行に加わらず、部屋の隅で身を小さくしている。いまは驚きに目を瞠《みは》っているという点では、ほかの連中と変わらない。

結衣は醒《さ》めた気分でたたずんだ。状況は説明を受けるまでもない。この家の住人は気の弱そうな青年。大音量でAVを流すよう、不良グループから強制された。何度か警察から注意を受けても、かまわずつづけるうち、誰も訪ねてこなくなった。近隣住民も仕方ないとあきらめた。そんな頃合いを見計らい、不良グループが乱交用の隠れ家にする。コスプレ衣装は、ここが繰りかえしそういう用途で使われるうち、自然に数を増やしていった。

田舎の半グレや暴走族の類《たぐ》いには、お馴染《なじ》みのカモフラージュだった。問題は女が同意しているかどうかだ。多くの場合は成人の商売女でしかない。それならもぐりの風俗店とそう変わらない。

だがベッドの少女は、顔に大きな痣《あざ》ができている。肌を煙草の火に焼かれてもいた。床のほうの少女は殺されかけている。やはり全身に打撲の痕《あと》があった。どちらも髪を染めてもいなければ、派手なメイクもピアスもない。

家出少女ですらなかった。ふたりともただ外を歩いていて拉致《らち》された。暴行のあとは殺害が日常か。

ベッドの少女が涙ながらにうったえてきた。「助けて……」

「うるせえ!」男が手で少女の口をふさいだ。

馬面の男が立ちあがった。下半身は裸だった。酒くさい吐息とともに、男が顔を近づけてきた。「なんだぁ? 飛び入りかよ。冬服のコスプレにはまだ早《はえ》ぜ?」

男たちが嘲笑った。わらわらと立ちあがっては結衣を取り囲む。

垂れ目に髭《ひげ》の男が、結衣の胸に手を伸ばしてきた。「でけえじゃねえか。DかEぐらいはあ……」

胸をつかまれるより早く、結衣はすかさず男の腕を握った。男の垂れ目がぎょっと見開かれた。

「おまえらさ」結衣はつぶやいた。「世のなか大変だってのに、動物以下の知能なら死ねよ」

男の前腕に指を食いこませ、尺骨《しゃっこつ》と橈骨《とうこつ》を引き離すようにへし折る。腕力は必要ない。人体の構造を知ったうえで、みずからの肉体を武器にするすべを身につけるだけだ。男が激痛に悲鳴を発し、ばったりと床に倒れ、ひたすらのたうちまわる。馬面があわてたように挑みかかってきた。結衣は左右の手に握ったヘアピンを、男の目に突き立てた。一瞬にして引き抜き、ふたつの眼球を宙に放りだす。

阿鼻叫喚《あびきょうかん》ともいうべき絶叫が響き渡った。男たちが血相を変え、結衣につかみかかってくる。だが手足が突きだされるたび、結衣はすばやく確実に、最も折りやすい骨を折った。悲鳴を発する男が次々に増えていった。

少女の首を絞めていた男が、両手のあいだにロープを張り、猛然と向かってきた。結衣は軽い跳躍で、両太股《りょうふともも》で男の胴体を蟹挟《かにばさ》みにし、みずから身体を大きくひねった。男は逆さまになり、頭部を床に叩《たた》きつけるや、首の骨が折れる音がした。

奪ったロープを手に巻き、結衣はシステマのかまえをとった。男のひとりがナイフで向かってきた。腕をロープで遮り、ねじりあげながら背を向け、刃《やいば》を男の胸部に向かせる。すかさず背を突き飛ばし、壁に激突させ、ナイフで心臓を貫かせた。濁った絶叫がほとばしる。

いまや男たちの大半が、床に折り重なり倒れていた。立ちあがろうとする男の脚を、結衣は次々に容赦なく蹴《け》り、腓骨《ひこつ》と中足骨《ちゅうそくこつ》を砕いていった。

数人が引き戸へと逃走した。下半身が裸でもおかまいなしだった。ところが廊下にでたとたん、男たちは部屋のなかに後ずさってきた。

凜香が現れた。小柄な凜香は姿勢を低くし、蹴りで足首を払うことで、男たちをなぎ倒した。梃子《てこ》の原理で体重をかけ、脚の骨をまとめて折った。

結衣は凜香にきいた。「なんで外にいなかった？」

「さっさと片づけねえと智沙子姉が来ちまう。部屋のなかが血みどろになるのは困る」

すでに四人ほど死んだ。人殺しの可能性の高い順から始末した。残った者も戦闘不能の重傷以上だった。凜香が男たちを蹴りながら、部屋の奥に集める。結衣は床に横たわった少女を抱き起こした。少女の首には生々しいロープの痕がある。

「だいじょうぶ？」結衣はきいた。「息できてる？」

少女は大粒の涙を滴らせながらうなずき、両手で顔を覆った。

「まってて」結衣はベッドに向かい、もうひとりの少女を横抱きに持ちあげ、部屋の手前に運んだ。ふたりの少女を床に座らせ、毛布を羽織らせる。なるべく穏やかに結衣はたずねた。「ここへはなぜ……?」

ひとりが泣きながら答えた。「塾の帰りに……。自転車にクルマをぶつけられて、倒れちゃって。そのままクルマに乗せられて……」

「あなたは?」結衣はもうひとりに目を移した。

掠《かす》れた声で少女が応じた。「駅に着いたとき、お母さんが病気だから、病院に送ってくといわれました」

半グレ然とした男たちに、少女をだませるとは思えない。結衣は立ちあがった。またベッドに戻り、脱ぎ散らかされた衣類をあたる。ブルマをつまみあげて結衣はいった。「これの世代がいるはずでしょ。年齢的に四十代後半から五十代。駅での拉致に協力した男。たぶん金を払って参加させてもらってる。いまどこよ」

瀕死《ひんし》の男たちが怯《おび》えきった目で一方向を見つめる。サッシにかかったカーテンに、人影が浮かびあがっていた。

凜香がナイフを拾いあげた。「十字喋《しゃべ》り終えるまでに、でてこなきゃ刺す。だるまさんがころ……」

「まて!」カーテンを割って現れたのは、五十歳前後の全裸の男だった。脂肪太りした醜い身体に禿《は》げ頭。うろたえた顔で結衣にすがってくる。「頼む。家族がいる。ほんの遊びだ。見逃してくれたら、いくらか払うから……」

結衣は男の禿げ頭をわしづかみにした。男の頭部を振り下ろすと同時に、顔面に膝《ひざ》蹴《げ》りを食らわせた。鼻血を噴いた男に前蹴りを浴びせる。後方に吹き飛んだ五十男は、ほかの男たちにぶつかり、仰向けに転がった。男たちは情けない声でどよめいた。

凜香が男たちの前に立った。「説明する。わたしたちは文無しで行き場がない。宿泊施設も足がつく。でもシャワーを浴び、服を洗濯し、安全に寝泊まりできて、ネットができる環境がほしい。もちろん金も奪う。おい、そこの青年。おまえの家だな？」

ひとりだけ無傷のままの、気弱そうな青年が応じた。「あ……はい」

「名前は？」

「岩国祥一《いわくにしょういち》です……」

「祥一。AVの音で苦情がでて、警察が来てもやめないって家は、ほぼこういう目的に使われてる。わたしたちの滞在にうってつけ。おまえは家を貸してただけというだろうけど、いままでの犯行に見て見ぬふりをした罪は重い。だからこいつらと一緒に死ねよ」

「そんな」岩国は涙を浮かべた。「どうか助けてください」

「ならこいつらから身ぐるみ剝《は》ぐのを手伝え。スマホも財布もなにもかも奪う。そのあと全員を殺して、五キロ先の焼却炉で燃やす。八百度以上なら骨も残ら……」

凜香はすばやくナイフを投げた。ナイフ投げはさしてダメージをあたえられない、それが常識だったが、凜香は手首のスナップを研究してきたらしい。ひとりの男の喉《のど》もとに、刃が深々と突き刺さった。男は口をぽっかり開け、その場に倒れこんだ。手にはスマホが握られていた。

こっそり通報しようとする男が葬り去られた。凜香が目でうながすと、スマホを隠し持っていた男たちが、こぞって放りだした。

戸口に篤志が顔をのぞかせた。「結衣」

少女たちが本来着ていた服は、段ボール箱のなかにまとめてあった。結衣は箱を篤志に差しだした。「この子たちをそれぞれの家に送ってあげて」

箱を受けとったのは篤志ではなく、ふいに現れた智沙子だった。結衣そっくりの智沙子に、少女たちは戸惑いをしめした。智沙子のTシャツの袖《そで》から人工筋肉繊維がのぞいている。それも異様に思えたようだ。

だが智沙子は慈しみを感じさせるまなざしで、少女たちを見かえした。結衣にはけっして見せたことのない表情だった。ふたりの少女はそんな智沙子に、心を許せると思ったらしい。一緒に廊下へとでていった。

結衣は複雑な思いを抱えた。智沙子があんな顔をすることがあるなんて。

篤志が結衣にささやいた。「クルマで送ったら、すぐに戻ってくる」

「わたしたちのことは……」

「ああ。喋らないよう約束させる」

特にいまは警察が頼りにならない。緊急事態庁の傘下どころか、シビックの犬も同然の憲兵どもに成り下がった。早々に日和《ひよ》る警察官も多くいるだろう。抵抗する者もいるかもしれないが、国家の定める法には、しだいに従属せざるをえなくなる。

少女のひとりがもういちど顔をのぞかせた。首を絞められていたほうの少女だった。徐々に血色が戻りつつある。少女は結衣にささやいた。「ありがとう」

「早く行って」結衣は少女を送りだした。

室内はやけに騒々しかった。立てなくなった男たちが、床に這《は》いつくばり、凜香を相手に必死に命乞《いのちご》いをしている。

凜香が悠然といった。「静かにしろ。三人だけ生きるチャンスをくれてやる。三つの席を獲得できるよう全力で争え。そのためには逆らうな。嘘をつくな。弁解もするな。まずネットできる環境はどこにある」

手を動かせる者は全員が洋服ダンスを指さした。凜香が結衣を一瞥《いちべつ》してきた。結衣は洋服ダンスに歩み寄った。開けてみると、なかにノートパソコンがおさめてあった。結衣はノートパソコンを卓袱台《ちゃぶだい》に据えた。死体を蹴ってどかし、卓袱台の前に座りこんだ。家主の名を結衣は呼んだ。「祥一」

「は、はい」岩国が泡を食いながら駆けてきた。

「隣に座って。パスワードは？」

「やります」岩国は震える手をキーボードに這わせた。パスワードが入力されると、OSの画面が表示された。

凜香がなおも男たちを痛めつけている。結衣は鼻を鳴らした。野放図《のほうず》の三代目リーダーで、パグェの総まとめ役。凜香は案外、適任だったのかもしれない。

結衣は岩国にきいた。「ひとり暮らし？」

「はい……。両親のもとにいたんですけど、ずっと引きこもってたので、いまは生活保護で」

親に厄介払いをされた身か。それ自体は同情に値する、結衣はそう思った。就職がうまくいかないのも本人のせいではない。生まれ育つ環境は選べない。

だが悪い報《しら》せがある。結衣はつぶやいた。「生活保護はたぶん早々に打ち切られる」

岩国が愕然《がくぜん》とした。「なぜですか」

かつて父が息巻いていた。日本を支配したあかつきには、真っ先に生活保護を廃止し、受給者全員を死刑にしてやると。架禱斗が父の遺志を継いでいるのなら、近いうち法改正がある。人権などあったものではない。たぶん北朝鮮以下の国になるだろう。

結衣はいった。「世のなかを変えなきゃ、あんたは死ぬ。罪滅ぼしに、わたしたちに協力して」

「なにをすればいいんですか」

「数日間匿《かくま》ってくれればいい。買いだしも頼みたい。お腹がすいた」結衣は両手の指でキーボードを叩《たた》いた。検索窓に友里佐知子と入力する。

馴染《なじ》みの元女医の顔写真が現れた。ハイミセスのモデルのように、気どったポーズをとっている。結衣は岩国にたずねた。「知ってる？」

「友里佐知子……ですよね」

「わたしの母」

岩国は結衣の顔と画面をかわるがわる見て、驚きと当惑をしめした。「あのう……。

ひょっとして、優莉結衣さんですか？　死んだかと……いえ、亡くなったかと」

やれやれと思いながら、結衣はマウスを操作し、画像一覧をスクロールさせた。この先どこへ行っても、似たような反応にでくわすだろう。

ふと手がとまった。友里佐知子の関連画像のひとつ。青空に映える白亜の大観音像がそびえていた。

5

二十五歳の紗崎玲奈《ささきれな》は、千代田《ちよだ》区にある廃校の職員室にいた。備品がすべて撤去されたわけではない。がらんとした板張りの室内に、いくつかの事務机が残っている。壁には予定表の黒板や貼り紙。ＰＴＡからのお知らせ、一枚の紙にはそう書いてあった。

電気は通っていないが、まだ昼間だ。カーテン越しに陽射しが室内を照らす。水道はちゃんと使える。建物の取り壊しの際、水撒《みずま》きが必要になるからだ。よって隠れ家に適している。調査会社に勤めていたころ得た知識が役立った。いちおう仲間に貢献できた。

玲奈は事務机の上に重なる新聞を眺めた。ここ数日、駅の売店やコンビニで買う新聞や週刊誌が、唯一の情報源だった。スマホの電源をいれるのは危険すぎる。

見たこともないほどの大見出しで〝シビック政権発足〟とある。中見出しは〝国家代表は優莉架禱斗〟〝軍事政権樹立　自衛隊は国軍へ〟となっていた。ゴシップ紙のエイプリルフール記事に思えるが、いまは夏だ。しかも主要六紙がすべて同様の内容を報じている。

じつは各国首脳や世界の有力者にとって、シビックという名はお馴染みだったらしい。テロを請け負うオンラインサービスとして、数年で急成長を遂げ、いまや闇社会のアマゾンと呼ばれるほどの大資本を獲得した。アマゾンの創始者ジェフ・ベゾスが、若くして頭角を現したのと同じく、優莉架禱斗もある意味でIT産業の成功者だった。

無国籍で実体がないからこそ、各国の追及を逃れていたシビックが、とうとう領地を獲得した。それが全世界の認識だった。国連は非難決議を採択したが、なんの意味も持たないようだ。常任理事国のうち中国はシビックの大手スポンサーといわれる。日米安保条約に基づき、アメリカは空母を新たに派遣すると脅しをかけたが、シビックは在日米軍基地をまるごと人質にとっている。日本国民および在日外国人の命も掌握済みだった。いまや鎖国状態の日本に対し、各国は対話を呼びかけるだけでしかない。

いちど国家の乗っ取りが成功すれば、それが既成事実になってしまう。いまはそんな国際情勢かもしれない。アフガニスタンもミャンマーもそうだった。ウイルスを世界じゅうにばらまいたと目される国があっても、他国が軍事攻撃を仕掛けたりはしない。どこの首脳も自国のことで手いっぱいのようだ。

産油国でなくなった日本に対してはなおさらだった。非難声明だけが虚《むな》しく連呼されながら、自治に問題を抱える厄介な国は、ただ世界から切り離されるのみ。

物音がした。部屋の隅の寝袋で眠っていた中年、坂東志郎《しろう》が起きだし、ポットに湯を汲《く》みだした。

ワイシャツにスラックス姿の坂東がきいた。「コーヒー飲むか？」

「いえ」玲奈は首を横に振った。

「港も空港も閉鎖、海外への渡航も禁止」坂東が物憂げにつぶやいた。「その記事にもあるように、自衛隊は国軍に再編されるのをまってる。警察も軍警察になるとか」

玲奈は窓の外を眺めた。「テレビを観れないけど、たぶんラジオと同じで、政見放送ばかりよね。CMは流れないし、街頭ビジョンも消えてるって。でもみんな働いてる。通勤通学して、いままでどおりの一日を送ってる」

職員室にはもうひとりいる。事務用の椅子をまわし、アスリート風の引き締まった身体つきの十九歳が、坂東に向き直った。Tシャツ姿の醍醐《だいご》律紀がたずねた。「『インデペンデンス・デイ』って知ってる？」

坂東が紙コップでコーヒーをすすった。「映画だろ。でかいUFOが攻めてくる」

「小説版じゃ、日本人は上空にUFOが来ても、みんな電車通勤をやめなかったって書いてある。それで東京の被害が甚大になったって」

「ありえないといいたいところだが」坂東はため息をついた。「そうでもないかもな。震災だろうがコロナ禍だろうが、みんな働くしかなかった。給料もらわなきゃ生きていけないからな。いまも同じだ。不安で仕方なくとも、日常を送ってるうちになんとかなってほしいと願う」

玲奈はささやいた。「たぶんネットには抗議の声があふれてる」

「どうかな」坂東は同意しなかった。「タリバン政権下のアフガニスタンみたいな状況だとしたら、インフルエンサーから順に投獄の対象となる」

「捕まえるのは警察でしょ。政権に刃向かう警察官はいないの？」

「……どの仕事も同じだ。家族を守らなきゃならない」

醍醐が坂東にきいた。「奥さんや娘さんは……？」

「千葉の民泊を転々としてるが、そろそろどこかに落ち着かせないとな。無許可の宿泊施設自体、今後は容赦なく取り締まりの対象になるだろうし」

軍警察は国家の番犬としての性格を濃くする。太平洋《たいへいよう》戦争中、私服の刑事は徴兵に従わない若者を摘発してまわった。警察官などそんなものでしかない。あくまで体制側。まともな人間がいたとしても握り潰《つぶ》される。

室内にいるのは三人きりだった。遠方にパトカーのサイレンが湧いている。官憲に一般市民が虐げられる、そんな独裁国家が始まる。かつての日本がそうだった。アフガニスタンと同じく、米軍が無力化されるや、歴史が元に戻った。それだけかもしれない。

玲奈は床に目を落とした。「そもそも警察は信用できなかった」

「おい」坂東が疲弊した声でいった。「その話は終わったろ。いまさらよせ」

「優莉結衣を追い詰めたのは警察でしょ」

「連続殺人が事実なら、逮捕後に裁判を受けただろう。酌量の余地があれば相応の判決が下る」

しらけた気分で玲奈はつぶやいた。「なにもかも分業。逮捕だけして、あとは丸投げ」

「それが法治国家ってもんだ。独断で私刑におよぶなんてもってのほかだ」坂東は言葉を切った。また深いため息を漏らす。「詭弁《きべん》だな。いいたいことはわかる。俺は市村凜を逃がした。結衣に家族ごと命を救われた。刑事の信念なんかドブに捨てる時代になっちまったのかもしれん。国家がまともにならないかぎりは」

また妹の顔がちらつきだす。咲良《さくら》のことを忘れようとしても、自然と脳裏によみがえってくる。市村凜が生きているとわかったせいだ。しかも優莉架禱斗に近しい立場にあるという。

とんでもなく悔しい。あの女が支配者一族として君臨する国。とても耐えられない。

坂東が静かに告げてきた。「紗崎、なにか行動を起こそうとは考えるな。きみのためだ。かつての職場スマ・リサーチ社も、緊急事態庁の厳重な監視下に置かれてる。調査会社はどこもそうだ。今後は解散させられるかもしれん」

身体の内側を削られるような思いだった。玲奈は震える声を絞りだした。「ずっと逃げ隠れしながら過ごせって？」

「好機をまてというんだ。こんな状況、さすがに長くはつづかん。日本は先進国だ。国民に知恵もある。きっと近いうちに変化が……」

坂東が口をつぐんだ。玲奈のなかにも緊張が走った。廊下に靴音がきこえる。それもかなりあわただしい。ひとりではなくふたりか。ずいぶん乱れた歩調だった。

三人はほぼ同時に動いた。事務机の陰に身を潜める。坂東は缶切りを握っていた。現状ではそれが味方の持つ唯一の武器になる。

この校舎の出入口には、あえてバリケードなど設けていない。なかに人が隠れていると知らせるも同然だからだ。よって建築業者が設置したフェンスを乗り越えれば、誰でも入りこめてしまう。

靴音が近づいてきた。摺《す》りガラスの向こうに人影が躍る。いきなり引き戸が開け放たれた。

玲奈ははっとした。錦織警部が汗だくになり、もうひとりのスーツを支えながら、室内に転がりこんできた。ぐったりしているのは矢幡元総理だった。

錦織が荒い息遣いでうったえた。「椅子を頼む」

坂東がキャスター付きの椅子を転がし、矢幡のもとに運んだ。錦織が矢幡を椅子に座らせる。矢幡は腰かけるや背もたれに身をあずけ、苦しげに天井を仰いだ。息を切らしながら手足を投げだす。

玲奈は大急ぎでペットボトルの水を紙コップに注いだ。それを手に矢幡に駆け寄る。矢幡は一気に水を呷《あお》った。ようやく呼吸が落ち着きだした。

「ありがとう」矢幡が疲弊しきった顔でささやいた。

錦織が紹介した。「彼女が紗崎玲奈です。ここに来る途中で説明したでしょう。それと……」

坂東はかしこまって敬礼した。「捜査一課の坂東です」

矢幡が力なく苦笑した。「私はとっくに総理じゃないんだ。いまや議員かどうかも怪しい。堅苦しい挨拶《あいさつ》は抜きにしよう」

醍醐が恐縮しながら歩み寄った。「矢幡さん」

「ああ、律紀君か。大きくなったな」矢幡が心配そうに付け加えた。「お母さんは……？」

錦織が苦い顔で応じた。「元妻《あいつ》はだいじょうぶです。ただ律紀が私のところに来ているうちに、急速に世情が悪化して」

いまや親子揃って反体制派の逃亡者となってしまった。坂東に手を貸した結果だ。むろん玲奈も同じ立場だが、後悔などしていない。錦織親子も同様だろう。

きのうラジオが総理公邸での一大事を報じた。錦織は飛びだしていった。矢幡夫妻の救出に向かう、そう言い残していたが……。

玲奈は矢幡にきいた。「奥様は？」

矢幡の表情が暗く沈んだ。錦織がいっそう深刻な表情になり、黙って首を横に振った。

室内に重苦しい空気が充満する。玲奈の胸に悲哀が満ちた。喪失の苦悩を抱える人物が、またひとり増えた。政界の大物ですら、辛《つら》い運命は回避できない。

坂東が険しい顔で矢幡に問いかけた。「いったいなにが起きてるんですか」

「詳細は不明だ」矢幡が掠《かす》れた声で答えた。「宮村総理に尋ねたいところだが、そうもいかない。きみたちのほうこそ、なにか知らないか」

「どうも変です。優莉架禱斗は緊急事態庁を通じ、国家を裏から支配するつもりじゃなかったんですか。なぜ堂々と表にでる気になったんでしょう」

「たしかに優莉家による国家乗っ取りの意志は、当初ただのカモフラージュにすぎなかったようだ。本命は緊急事態庁の発足だった。しかし半グレ同盟のトップたる優莉匡太にしては、どうもやり方が知的すぎる。むしろ恒星天球教《こうせいてんきゅう》のような策略だ」

「優莉結衣の母親は友里佐知子だったとか……。優莉匡太が軍事テロを画策できたのも、友里の知恵を借りたからでしょう」

「本来の優莉匡太の野望は、より単純で直情的だった可能性がある。裏の権力者などではなく、やはり堂々と一国の王に君臨することだ」

「架禱斗もそうだとおっしゃるんですか」

矢幡が自嘲《じちょう》ぎみに鼻を鳴らした。「おかしな話にきこえるかもしれないが、私には理解できる気がする。総理大臣をめざした理由のひとつとして、飽くなき権力欲は否定できないからな」

錦織が坂東にいった。「架禱斗は若い。裏でじっとしていられる性分でもなかったんだろう。油田爆発という番狂わせが起き、馬脚を露《あら》わすのが早まったとも考えられる」

「なんにせよ」矢幡がつぶやいた。「油田は偽物だった。宮村内閣は担がれてただけだ」

「なんと」坂東が啞然《あぜん》とした。「油田が偽物……」

玲奈はさして驚かなかった。そもそもバブルのような好景気について、どことなく胡散臭《うさんくさ》さを感じていた。介護職の現場が慢性的な予算不足のまま、いっこうに改善されるきざしがなかった、そのせいかもしれない。よって原油産出が幻だといわれても、やはりと思うだけだ。特に失望や落胆はない。

矢幡がため息まじりにいった。「ずっとここに隠れてるわけにもいかんだろう。これからどうすればいい」

坂東は真顔で矢幡に報告した。「いちおう手は打ってあります。どのていどの助力になるかはわかりませんが」

妙な感触があった。玲奈は坂東を見つめた。なんの手を打ったというのだろう。錦織も眉《まゆ》をひそめている。特に相談はなかったと思うが。

また靴音がきこえた。みな一様に身体を凍りつかせた。さっきのように事務机の陰に隠れるには、すでに動きだすのが遅すぎる。靴音は間近に迫っている。

引き戸は半開きのままだった。摺りガラスに映った人影はひとりのようだ。ほどなく男の声が呼びかけた。「坂東係長」

坂東がほっとした表情になった。「ここだ」

戸口に現れたのは、三十歳前後の痩《や》せたスーツだった。神経質そうな面持ちが室内をのぞきこむ。

玲奈は面食らった。知っている顔だ。捜査一課で坂東の部下だった男。たしか長谷《はせ》部《べ》憲保《のりやす》警部補。

長谷部はスポーツバッグを片手に、遠慮がちに入室してきた。矢幡に目をとめ、あわてたように敬礼する。

錦織が不満げにいった。「坂東さん。彼は……」

「知ってるだろ。長谷部班長だ。職場も知らない彼の電話番号を、私は知ってた。だから公衆電話からかけてみた」

「呼んだんですか？」錦織は長谷部に目を移した。「きみはいまも本庁勤務だろ？坂東さんの行方を追うようにいわれてるな？」

「はい」長谷部はうなずいた。「でも坂東係長から連絡を受け、命令に背いてここに来ました」

「いいのか？」

「捜査一課は緊急事態庁のいいなりです。しかも今後はシビック政権のもと、軍警察化が進むようです。きょうも上から通達があり、新体制が確立するまで待機するようにいわれました。とても耐えられません」

「本庁に楯突《たてつ》いたのか」

「ええ。なにが正しいかは自分で判断します」長谷部はスポーツバッグを事務机に載せ、ジッパーを開けた。「備品を持ちだしました。情報も少々」

自動拳銃《けんじゅう》が並べられる。シグザウエルP226。それも三丁もある。

猜疑心《さいぎしん》が募る。玲奈はきいた。「本庁から盗んだの？」

長谷部の目が玲奈に向いた。「国家が正常なら窃盗も成立する。いまは異常な事態だ。正しい目的のために行動を起こした」

「そんなに簡単に持ちだせる?」

「簡単じゃなかったよ」長谷部がじっと見つめてきた。「疑ってるのか? あいかわらずだな。まだ警察官が信用ならないか」

ならない。玲奈が市村凜を追っていたころからの犬猿の仲だ。あのころ警察は法を盾に、玲奈のおこないを妨害しつづけた。咲良の仇をとらせまいとした。容易に心を許せるはずもない。

玲奈は坂東に向き直った。長谷部の上司に抗議する。「なにが起きるかわからないのに、警視庁の人間に電話するなんて」

坂東が苦笑いを浮かべた。「そう目くじらを立てるな。長谷部なら信用できる。現状を打開するには助力も必要だろ。彼に調達を頼んだのは拳銃だけじゃない」

「ええ」長谷部はスマホをとりだした。「SIMフリーでプリペイド式」けっして足がつきません」

錦織がたずねた。「たしかなのか?」

「保証します。もちろんあまり長く使うのは好ましくありませんが、少しだけ調べものをするには……」

すると醍醐が長谷部に歩み寄った。「助かった。どうしてもチェックしときたいラインがあるんです」

玲奈は不安をおぼえた。「ラインはまずくない？」

「大勢参加してるし、徹底してクローズドだし、俺のアカウントだとはばれてないし……。いちどのぞくぐらいなら心配ありません」

そうまでして調べねばならないラインとはなんだろう。玲奈が疑問を呈するより早く、スマホが醍醐の手に渡った。醍醐はスマホをいじりながら、部屋の隅へと遠ざかった。玲奈は醍醐を目で追った。だいじょうぶだろうか。

長谷部が声を張った。「重要な情報も得ています。優莉結衣は死んでいないかもしれません」

全身に衝撃が走った。みな同じように驚愕《きょうがく》の反応をしめしている。

矢幡も身を乗りだした。「本当か」

「間接的な情報です」長谷部がいった。「ですが間接的といえば、そもそも結衣の死亡自体、ただの伝聞です。科警研がウェイ五兄弟に脅され、検視結果をでっちあげたとの噂もあります」

「根拠はそれだけか」

「いえ。きょうになって上から命令がありました。もし優莉結衣の所在が判明したら、組織の再編をまたず捜査に乗りだせと」

「……その命令は、おそらくシビックから下りてきてるんだろうな」

「警察は国家の命により動きます。内閣はシビックへの従属を表明していますから、実質的にシビックが政府です」

坂東が興奮をあらわにした。「死んでいれば所在を知る必要はない。優莉結衣は生きているんだろう」

長谷部は淡々と報告をつづけた。「結衣以外のきょうだいも対象になっています。四女の凜香、次男で改名済みの篤志、それに長女の智沙子」

「智沙子⁉」坂東は目を剝《む》いた。「彼女も死んでいなかったのか」

玲奈は胸騒ぎをおぼえた。結衣が生きている。本当だろうか。いまのところ長谷部の発言のみ、それも又聞きのような情報だ。上からの命令が事実だったとしても、結衣の仲間を炙《あぶ》りだすためのガセとも考えられる。長谷部は信用できるのか。なによりそこが気がかりだった。

ふいに醍醐が甲高い声を発した。「マジか！　〝同窓会〟の集会だなんて」

みないっせいに醍醐に注目する。醍醐はスマホの画面を見つめていた。

　錦織が渋い顔になった。「律紀。なんのことだ。〝同窓会〟とは？」

「チュオニアンの元生徒だよ」醍醐が真剣な顔で応じた。「あの地獄から生還した仲間たちだ」

「なに？　連絡をとりあうのを禁止されてただろ」

「こっそりつながってた。みんな心の拠《よ》りどころが必要だったから」

　矢幡が真剣な目を醍醐に向けた。「ラムッカ島でなにがあったか、事実を知る者たちの集まりってことだな」

　醍醐はためらいがちにうなずいた。「取り調べではすべてを話してません」

「〝同窓会〟は生還者全員が参加してるのか？」

「はい。武蔵小杉高校の啻山里緒子《ただやまりおこ》が動いて、ほかの事件で優莉結衣に命を救われた人たちも加わりました。大人もいます。警察官や弁護士まで」

「みんな互いに面識はあるのか」

「いえ。ラインでつながってるだけですから……。世のなかは冷たいし、結衣を悪者あつかいするし、理解しあえるのは同じ立場の仲間だけです。だからこっそり励ましあってきたんです」

　矢幡がふっと笑った。「重要なメンバーが欠けている。私だよ」

醍醐の顔に安堵《あんど》のいろが浮かんだ。「そりゃ矢幡元首相が加わったら、本当に心強いです」

錦織が口をへの字に曲げた。「あまり調子に乗るな」

坂東も苦々しげにいった。「そもそも取り調べに正直に応じなかった時点で、誠実さに欠けとる。本当はチュオニアンでも、優莉結衣が先頭に立ち、敵と抗戦したんだな？」

「律紀」錦織は息子にきいた。「集会ってのはなんだ？」

醍醐がスマホの画面を父親に向けた。「みんなの発言を見ればわかる。どうせこれから監視が強化されるし、へたすれば身柄を拘束されるかもしれないから、みんな家をでて集まろうって」

「集団家出か？　そんな状況は見過ごせん」

矢幡の眉間《みけん》に皺《しわ》が寄った。「民衆の自由を奪う支配体制が確立する一方、反体制派の若者が集結する。ある意味で当然の成り行きだ。レジスタンスの芽となることも多い」

錦織が焦燥のいろを浮かべた。「なら芽を摘もうとする体制側の標的にもなりえます」

「そのとおりだ」矢幡は錦織を見つめた。「なんとか守ってやる方法はないのか。集会を開けば、まとめて犠牲になる可能性も高まってしまう」

「同感です」錦織は醍醐に向き直った。「集会の中止を呼びかけられないか」

「無理だよ。みんながどれだけ肩身の狭い思いをしてきたか、父さんはわかってない。しかも優莉架禱斗が支配する国になった以上、今後は命まで脅かされる。家にいたって誰も頼れないよ。みんな団結は力だと信じてる」

長谷部が無表情にいった。「矢幡元総理が動くことで、かえって集会の存在をシビックに知られる結果になるかも」

室内は静まりかえった。全員が互いの顔いろをうかがいあう。

予断を許さない状況だと玲奈は思った。過去に結衣と関わった人々は、たしかにシビック政権にとって排除の対象になりうる。当事者らに自制を求められないとなれば危険だ。

だがこの部屋から脅威が始まっていないと、どうしていえるだろう。当面の懸念はやはりひとつに絞られる。長谷部を信用していいのか。

6

夜九時すぎ。田舎に建つ七階建てのマンションは、まだ真新しい。オートロック式の玄関にも、警備会社のステッカーが貼られ、ドーム型の防犯カメラを備える。

結衣は人通りのない路上に立ち、ガラス越しにエントランス内のようすを見てとった。カメラの視界には踏みこんでいない。自動ドアには向かわず、ビルの側面にまわる。鉄網をよじ登り、非常用の外階段に侵入した。

階段を上っていき、五階に達する。外に面した廊下に防犯カメラはない。結衣は廊下を歩き、めあてのドアの前に立ちどまった。表札はでていない。マンションの住人にはありがちだった。

インターホンのボタンを押した。ほどなく四十過ぎとおぼしき女性の声が応じた。

「はい」

ききおぼえのある声だ。濱林菜子《はまばやしなこ》だろう。結衣はいった。「遅くにすみません。同じマンションに住む者ですが、澪《みお》さんが落とし物をなさったようなので」

「まあ、どうもすみません。わざわざ届けてくださったんですか。少々おまちください」インターホンが沈黙した。

　これでいい。このマンションは各部屋のチャイムにカメラがついていない。エントランスのオートロック前で呼びだせば、訪問者の顔がモニターに映るが、部屋のドアの前なら誰がいるかはわからない。

　解錠する音がした。ゆっくりドアが開き、ショートボブの丸顔がのぞいた。元クラスメイトの十八歳、濱林澪はブラウスに膝丈《ひざたけ》スカートの私服姿だった。

　こちらを見たとたん、澪は目を丸くした。「ゆ……」

　結衣は手で澪の口をふさいだ。澪がスニーカーを履いているのを確認したのち、ドアの前から連れだした。外階段の踊り場までひきずっていった。

　踊り場で澪の口から手を放す。暗がりでも澪が目を泳がせているのがわかる。

「まさか」澪は茫然《ぼうぜん》と結衣を眺めていた。そのうち白目になり、全身を脱力させた。

　とっさに澪の身体を支える。失神したようだ。結衣はじれったく思いながら、その場にしゃがみこんだ。仰向《あおむ》けになった澪のみぞおちを強く圧迫する。柔道の絞め技で気絶した相手に、活をいれて我にかえらせる、その応用だった。

　澪は短い悲鳴を発し、ただちに跳ね起きた。目をぱちくりとしながら、また結衣を凝視してくる。

結衣はため息をついた。「もう卒倒しないで」

「そんな。結衣。ほんとに結衣なの⁉」澪は信じられないという顔で、まじまじと見つめてきた。「なんで武蔵小杉高校の制服……。それもあのときと同じ冬服なんて。オバケじゃなくて？」

「ちがう」

「あー。そのぶっきらぼうな返事。不機嫌な猫みたいな表情……」澪はたちまち泣き顔になった。結衣にぶつかるも同然に抱きついてきた。「結衣！ 結衣。生きてたんだね。よかった。おかえりなさい、結衣」

あまりにベタな反応に、やや引きぎみだったものの、やがて胸が詰まりだした。おかえりなさい、そんな言葉をきいたのは、いつ以来だろう。誰も結衣にそういってはくれなかった。

号泣する澪に困惑をおぼえる。結衣は澪の頭を撫《な》でながら、静寂をうながした。

「しーっ」

涙に濡《ぬ》れた澪の顔が、ただ茫然と結衣に向けられる。「いままでどこにいたの？ ホンジュラスで失踪、その後国内でバラバラ死体が見つかったって……」

ホンジュラスか。北朝鮮にくらべればぬるま湯だった。結衣は声をひそめてきいた。

「澪のほうは？　農業高校には入らなかったんでしょ？」

「高校事変被害者救済基金から支援を受けられて……。目黒区《めぐろ》の芳窪《よしくぼ》高校に編入を希望したけど、手続き中に結衣がまた別の高校に転校しちゃって」

「ああ……」結衣はうつむいた。澪は結衣と同じ学校に通おうとしたのか。芳窪高校には早々に居づらくなってしまった。修学旅行の飛行機が落ちたからだ。

澪が興奮ぎみにつづけた。「次は泉《いずみ》が丘《おか》高校だったでしょ？　都内ならアクアライン経由でバス通学できるけど、さすがに栃木は……。お父さんの美容室も、この近くに開店したばかりだし」

「わたしと同じ高校に来ようとしなくていいのに」

「そんなこといわないでよ。友達でしょ」

「……富津《ふっつ》の高校に通ってるの？」

「そう。ここからバスで三十分ぐらい」

視線をあげると、外階段のフェンスの向こう、遠方に灯台の光が見える。市街地の先は東京湾だった。別の方角に目を向ける。低い山々が連なっていた。ここは千葉県富津市。与野木《よのき》農業高校事件の現場からそう遠くない。

結衣は暗闇を眺めた。「あっちの山の頂上、白い観音様が建ってるでしょ」

「東京湾観音？」

「そう。行ったことある？」

「お母さんがクルマで連れてってくれた。お父さんも。この辺りはほかになにもないから、せめて励まそうとしてくれたみたい。でも女子高生に観音様のありがたみを感じろといわれても……」

「観音様の胎内に入った？」

「上まで登ったよ。だけど高いところはあまり好きじゃなくて」

「案内して」結衣はいった。

「ちょ……」澪は不穏な空気を察したらしい。「いまから？」

「真っ暗だろうし、前に行ったことがある澪がいれば助かる」

「わたしよりもっと詳しい人がいると思うけど……」

結衣は黙って澪を見つめた。澪も口をつぐんだ。緊張の面持ちに納得のいろが浮かぶ。東京湾観音に精通している者がいたとしても、優莉結衣に協力してくれるとはかぎらない。

廊下でドアが開く音がした。菜子の声が呼んだ。「澪ー？」

澪があわてて声を張った。「いま戻るから」

またドアを閉じる音がきこえる。長居はできない。結衣は階段を下りだした。「エントランスの外にいる。スマホは持ってきてもいいけど、マンションをでる前に電源を切って」

「まって」澪が呼びとめた。「結衣……。日本ってこれからどうなっちゃうの？　優莉架禱斗って、結衣のお兄さんだよね……？」

「ぶっ殺して元の日本に戻す。そのためにも東京湾観音に行かなきゃ」

「……わかった。いえ、よくわかんないけど、また結衣に会えただけで嬉《うれ》しい。だからどこまでもついてく」

澪が廊下へと引きかえしていく。ドアの開く音、次いで母親に告げる声が小さくきこえる。「お母さん、近所の友達のところへ行ってくるから。すぐ帰る」

結衣は無言で階段を駆け下りた。靴音を響かせないよう細心の注意を払う。二階の踊り場まで下ると、手すりを飛び越え、膝《ひざ》を曲げて着地した。防犯カメラを警戒しながら、ビルの外を大きく迂回《うかい》し、エントランス方面に戻った。

しばらくまつと澪が自動ドアからでてきた。結衣は手招きした。澪が小走りに走ってくる。辺りはひっそりとしていた。ふたりで車道にでた。

そこに停まっているのは、またも乗り替えたＳＵＶ、日産エクストレイルだった。

きょうだい三人はまちきれなかったのか、車外をうろついている。

結衣は澪に紹介した。「兄の篤志。姉の智沙子。妹の凜香だけは、前に会ったよね」

澪は慄然《りつぜん》とする反応をしめし、結衣と智沙子をかわるがわる見た。

うんざりしながら結衣は説明した。「双子」

「あー」澪はぽかんとしながら応じた。「いつぞやのニュースで観たような……。でもやっぱ亡くなったってきいたけど」

智沙子は軽く鼻を鳴らすと、さっさと助手席に引っこんだ。篤志も運転席に乗りこんだ。後部座席では、真んなかに澪を挟み、結衣と凜香が両端の席におさまった。車外から銃撃を受ける可能性も考慮せねばならない。こちらは全員が丸腰だが、澪を危険に晒《さら》すよりましだった。

結衣は運転席の篤志にいった。「澪は東京湾観音に行ったことあるって」

「無駄足にならなきゃいいけどな」篤志が不満げにクルマを発進させた。

ノートパソコンを膝の上に載せる。結衣はタッチパッドに指を滑らせた。オフライン状態だった。保存済みのファイルを開きにかかる。

このパソコンは岩国祥一からもらった。奥多摩の家には三日間滞在し、おかげで四人とも身綺麗《みぎれい》になった。

滞在中はずっと友里佐知子について調べつづけたが、あまり集中的に検索をかけるわけにいかなかった。万が一にも検索内容と接続元を解析された場合、架禱斗に居場所がばれる恐れがあった。無関係な検索を多々挟みつつ、ようやくあるていどの情報が収集できた。友里佐知子。恒星天球教。東京湾観音事件。

凜香が澪にいった。「なに見てんだよ」

澪は凜香の横顔をうかがっていたらしい。あわてたように視線を落とした。「いえ。それ、どこの中学の制服？」

「関係ねえだろ」

「そうね。ただ、そのう……。お姉さんと仲よくなったのなら、よかった」

「いまでもときどき鉛の弾をぶちこみたくなる」

結衣はパソコンを操作しながらため息をついた。「凜香。澪は高三。そんな口の利き方ありだと思う？」

さも不満げな声を凜香が響かせた。「夜中に観音の胎内めぐりなんて、なんでそんなことしなきゃならねえんだよ」

篤志が振りかえらずにいった。「凜香。びびってんのか。小さいころから肝試しは嫌いだったもんな」
「ふざけろ！　架禱斗兄の兵隊が潜んでいるかもしれねえってんだよ」
その可能性は低いと結衣は思った。かつて友里佐知子が事件を起こした現場という
だけで、怪しむべきところは残っていない。架禱斗も警戒対象にはしていないはずだ。
結衣は過去の新聞記事を画面に表示した。「澪、見て。この事件知ってる？」
「東京湾観音事件……。あー、ぼんやりとしか知らないけど」
「友里佐知子は恒星天球教っていうカルト教団を組織してた。信者たちの前頭葉を切
除し、暗示が効きやすくしたうえで、東京湾観音に参拝させた。来る日も来る日も、
信者たちは観音像に出入りした。ガウンみたいに大きな信者服を羽織って」
「信者服？」
「観音像に入る信者の足跡は、でてきたときの足跡よりくっきりしてた。服の下に重
い物を隠してたことになる」
のちにあきらかになったことだが、信者たちはこっそり電子部品を持ちこんでいた。
ジャミング電波の発振装置が、観音の頭の内部で組み立てられた。一般の参拝客が立
ち入れない、最上階の床下の空間だった。それにより羽田《はねだ》空港の管制レーダーを狂わ
せ、敵味方識別装置を攪乱《かくらん》し、自衛隊機に旅客機を撃墜させる。それが恒星天球教の

テロ計画だった。

結衣はいった。「報道各社の記事によると、一日あたり三十人前後の信者が、一か月間にわたり観音像に出入りしてる」

澪が理解不能という顔になった。「なんのことかさっぱり……」

「装置のなかでいちばん重量があったのはバッテリー。制御回路のほかにマグネトロン、高周波結合器、冷却器。電波発振用のパラボラ、モニター、配線や基板、こまごまとした部品。でも三十人で一か月なんて多すぎる」

篤志が運転しながら口をはさんだ。「信者が全員、部品を抱えてたとはかぎらねえだろ。ばれにくいように一部の信者に持たせただけかも」

結衣は首を横に振った。「警視庁の蒲生《がもう》って警部補の証言が裁判記録にある。観音像周辺の足跡すべてに、出入り時の体重差が見受けられたって。搬入された物は装置だけじゃない」

「なら事件後の警察の調べで判明するだろ」

「すべての壁をぶち抜いたわけじゃないでしょ」

凜香がじれったそうにきいた。「そこになにがあるんだよ」

すると助手席の智沙子が唸《うな》った。なにやら諭したがっているような声の響き。篤志と凛香もそう感じたらしく、ふたりともそれ以上の苦言を控えた。

結衣はただ現状を打開するため、なんらかのヒントを求め、友里の記録を追ったにすぎない。架禱斗は優莉匡太からすべてを受け継いでいる。だが優莉匡太の師は友里佐知子だった。半グレ同盟のトップでしかなかった父が、本格的なテロの知識を得たのは、友里あってのことだ。

岩国の部屋でパソコンを操作していたとき、智沙子がのぞきこんできて、なぜか東京湾観音の画像を指さした。意図がはっきりしなかったため、結衣は筆談を求めたが、智沙子はなにも書かなかった。彼女も具体的なことを知るわけではなさそうだ。

智沙子は友里佐知子のもとで育った。遺志を感覚的に受け継いでいるかもしれない。同じ血を引く結衣にはそう思えた。東京湾観音には行ってみる価値がある。姉妹の意向が、おそらく初めて一致をみた瞬間だった。

クルマはいつしか山道を登っていた。きちんと舗装された緩やかな上り勾配《こうばい》だった。富津市の中央に位置する大坪山《おおつぼやま》。標高はさほどでもない。じきに山頂に着く。

木立のなかに延びる道を走りつづける。ほどなく視界が開けた。前方の広場に、ヘッドライトの照射を受け、巨大な観音像がうっすらと浮かびあがる。

観音像の足もとまで接近し、篤志がクルマを停めた。全員が降車した。辺りは真っ暗でひとけはなかった。

結衣は頭上を仰いだ。高さは五十六メートルだときいている。冠をかぶり裾をひきずる、柔和な顔の観音像だった。

澪が辺りの暗がりを指さした。「あっちに水子供養のお地蔵さんがある。向こうには浦島太郎《うらしまたろう》の像。長寿祈願だったかな……。観音様の入口は踵《かかと》」

凜香が臆《おく》した目つきで観音を見上げた。「たくさん部品が運びこまれたって、まさか歩くように改造したんじゃねえよな?」

篤志が嘲《あざけ》った。「架禱斗が牛久《うしく》大仏を改造してたら終わりだな。倍の背丈だ」

「からかってんじゃねえぞブタゴリラ」

結衣は呆《あき》れながら澪をうながした。智沙子も歩調を合わせてきた。三人で観音の背後へとまわっていく。

澪が戸惑い顔できいてきた。「喧嘩《けんか》してるの?」

「いえ」結衣は否定した。「凜香は甘えてる。きょうだいがいるときは、いつもああなる」

観音の踵部分に着いた。短い上り階段の先に、鉄製の扉がある。施錠されているのはあきらかだった。

智沙子が駆け上った。用意してきた針金数本をとりだし、鍵穴《かぎあな》に挿入する。岩国の部屋にいたとき、智沙子は手製のピッキング用具を何本もこしらえていた。

澪が結衣を見つめてきた。「お母さんの記憶はある？」

「ない。母は智沙子と一緒だった。わたしは父のもとに残された。友里佐知子のことは報道でしか知らない。父以前にとんでもない暴挙を働いて、日本の治安を根底から揺るがした」

「たしか山手《やまて》トンネル事件とか……。大勢の人が亡くなったんだよね」

「昭和から平成《へいせい》にかけての、ほとんどの凶悪犯罪に、なんらかのかたちで関わってるって」

「……辛《つら》いね」

「べつに」結衣はつぶやいた。「優莉匡太の子に生まれた時点で、もうまともな人間じゃなかったし」

澪が気遣わしげなまなざしを向けてきた。鋭い金属音がした。智沙子が解錠したらしい。扉が開け放たれた。結衣は階段を登りだした。幸いだった。澪から慰めの言葉をきかずに済んだ。

スカートベルトに挟んであったＬＥＤペンライトを点灯する。観音の胎内に入った。

見上げると天井ははるか遠くにあった。巨大な空洞だ。立像の内部全体が吹き抜けになっている。真んなかには太い支柱が立ち、壁沿いを螺旋《らせん》階段が上昇する。

だがいまは階段を登るつもりはなかった。上は警察がさんざん調べたはずだ。一階部分を見渡した。なにもなくがらんとしている。床は平面でコンクリート敷だった。

結衣は澪にきいた。「胎内めぐりをしたとき、ここになにかなかった？」

澪が指さした。「そっちに祭壇があった」

「ここ？」結衣は移動した。「大きい祭壇だった？」

「かなり。それにずいぶん古かった。常設かと思ったけど、夜はなくなるんだね」

ということは観音の胎内が一般開放されるたび、祭壇は同じ場所に設置されるのだろう。友里は当然それを知っていた。ふだん人が寄りつきにくい場所は、祭壇の下。床のこの辺りになる。

篤志と凜香が入ってきた。凜香は怖々と頭上を仰いでいる。篤志の手には大型の鉄製ハンマーがあった。クルマのトランクに積んできた物だ。

結衣は床を蹴《け》ってまわった。特に音の変化は感じられない。だが可能性はここ以外にない。

「そこか？」篤志が歩み寄ってきた。「なにもなさそうだけどな」

「地下十メートルまで支柱が十六本埋まってる。土台に関わるから、警察も掘って調べるわけにはいかなかったはず。せいぜい警察犬とレーダー探査だけ」

「レーダー探査をしたんなら、空洞があれば見つかるだろ」

「空洞も金属も、本来の土台にあった構造と見分けにくい。いいから壊して。ここ」

「ったく」篤志はハンマーを振りあげた。「こんなことしてる場合かよ」

ハンマーが力いっぱい床に叩《たた》きつけられる。やけに硬い音がした。篤志がしかめっ面をあげる。手が痺《しび》れたらしい。またハンマーを頭上に運び、強く打ち下ろした。コンクリートに亀裂《きれつ》が走った。だが破片が妙に薄い。剝《む》けるも同然に表層のみが除去されていく。出現したのは金属の表面だった。

篤志が真顔になった。「床全体が金属かよ。しかも頑丈だ」

ネットで調べたとおりだった。この観音像が建設されたのは一九六一年。全国的にダムの建設ラッシュだったころだ。当時はダムの監視塔の底部に、厚い鉄製の円盤を嵌《は》めることで、耐震性を高められると信じられていた。観音像も同じかもしれないと推測したが、その事実が裏づけられた。

「結衣」篤志が鼻息荒くいった。「こりゃ可能性がでてきたな」

床全体が金属なら、金属探知器の反応は当てにできない。地中レーダーにしても、地下を構成する物質の大半が金属の場合、埋設ユーティリティをしめす反応が表れにくい。警察がなにも発見できなかったのもうなずける。

四つん這《ば》いになり、コンクリートの破片を払いのけた。結衣は息を呑《の》んだ。一メートル四方のハッチが見つかった。

凜香が目を輝かせた。「地下室かよ」

やはりそうだ。土台に含まれる空洞を、友里は隠し部屋として利用した。地中探査で発見されにくい構造を知ったうえでの判断だ。

記事によれば、日中の搬入要員の信者以外に、ひとりが夜間も観音像の内部に居残っていた。交代で装置の組み立て作業を進めたらしい。ほかにも工事を手がけられたはずだ。このハッチの設置も可能だっただろう。

澪が震える声でうったえた。「やばくない？　慎重にね」

把《と》っ手を探りあてた。結衣はハッチを開け放った。すぐ下にもうひとつのハッチがあった。今度はいにしえの液晶パネルが嵌めこまれている。ＬＥＤライトを向けると、ドットの粗い表示が読みとれた。〝自爆装置作動〟。残り十秒からカウントダウンが開始された。

篤志が動揺した。「友達もやべえっていったじゃねえか！」

残り時間七秒。六秒。五秒……。結衣はハッチの小さな窪《くぼ》みに気づいた。直径二センチ、深さは五ミリていど。中央の最深部に細い針が突きだしている。

三秒。二秒。全員が固唾《かたず》を呑んで見守っている。結衣は親指を窪みに押しつけた。針が親指の腹に刺さった。ちくりとした鋭い痛みが走る。出血はあきらかだった。だが同時にブザーが鳴った。カウントダウンの表示は一秒前で停止した。

静寂があった。凜香が喜びの声を発した。「やった！」

結衣は安堵《あんど》とともに、そっと親指を浮かせた。窪みに血が溜《た》まっている。直感に従った。それが正解だった。結衣は顔をあげた。智沙子と目が合った。

血液に含まれるDNA型がキーか。友里佐知子の遺伝子を継ぐ実子にしか開けられない。これは智沙子への遺産にちがいなかった。

ハッチを開ける。垂直に下りるハシゴがあった。LEDライトで照らすと、地下空洞は半径三メートルぐらいの半円形だった。収納庫になっているのが一見してわかる。

篤志が歓声をあげ、さっそくハシゴを下りだした。

結衣は澪にいった。「あなたはここでまってて」

澪がうなずいた。「気をつけて……」

LEDライトを口にくわえ、結衣もハシゴを下りていった。内部には非常灯が点《つ》いていた。若干の息苦しさはあるが、埃《ほこり》っぽさはない。ずっと密閉されていたからだろう。内壁も金属だった。

四方を囲む棚には、武器類がぎっしりと並んでいた。アサルトライフルはコルト・カナダC7、HK M4、AIMS74。拳銃《けんじゅう》はベレッタ92やFNブローニング・ハイパワー。狙撃銃《そげきじゅう》や対戦車ライフル、迫撃砲。榴弾《りゅうだん》発射機やロケットランチャーまである。どれも年式は古めだが、充分使えそうな物ばかりだ。弾はパッケージに入ったままの新品がたっぷりあった。手榴弾もパイナップル型にアップル型と、各種取りそろっている。

凜香がはしゃぎながらいった。「マジか。友里佐知子様々じゃねえか！」

篤志もライフルを数丁まとめて抱えこみ、ハシゴを上りだした。「クルマに積めるだけ積もうぜ！　凜香も手伝え」

「いわれるまでもねえ。好きなだけかっぱらってやる。これで架禱斗兄と戦争できる」

結衣は武器以外の棚に歩み寄った。黒革表紙の分厚いファイルが数冊ある。うち一冊を引き抜いた。開いてみると、東京タワーの図解が目に入った。一般に非公表の構造や材質まで、詳しく調べあげている。どこにどれだけの爆発物を仕掛ければ、どの方向に倒せるか、分析結果が掲載されていた。国会議事堂や各省庁、空港、主要駅。あらゆる場所でテロを起こすための情報が網羅してある。

ふと智沙子に気づいた。智沙子は一枚の写真を手にとっていた。結衣は歩み寄った。友里佐知子の写真だった。女医としての顔とはちがう。恒星天球教の幹部らしき男たちを、左右に侍《はべ》らせている。獲物を狙う豹《ひょう》のような眼光。いつも鏡に映る自分との共通項を、結衣はたしかに見いだした。智沙子との共通項も。

結衣は智沙子の肩に手をかけた。智沙子が振り向いた。目を真っ赤に泣き腫《は》らしている。結衣がうながすと、智沙子は棚を離れた。写真は棚に戻した。結衣は一瞬、後ろ髪を引かれそうになった。だが思い直した。智沙子が置いていくときめた写真だ。母親ではない。ただの異常な凶悪犯だ。

7

宮村邦夫総理は、夜更けに総理官邸の地階、危機管理センターへと連行された。

ずっと妻の鈴子と一緒に、公邸に監禁状態だった。それでもテレビの報道だけは目にした。日本全土が武装勢力の占領下に置かれ、ロックダウン状態になった。政治が空転する異常事態ながら、国民は粛々と生活を送っている。職場も学校も休みになっていない。シビックがそう強制しているからだ。

アラブ系の兵士たちは、全身を鱗《うろこ》のようなプロテクターで覆い、アサルトライフルを手にしていた。官邸内の至るところに外国人兵士が待機する。従来の警備員はひとりも見かけない。この国の根幹が様変わりした事実を如実に物語る。

地階の危機管理センターに入った。オペレーションルームや情報集約室と強化ガラスで隔てられた、対策本部会議室の円卓に向かう。列席者の一部が立ちあがった。

大臣たちの顔ぶれは半分しか揃っていない。あとは物々しいシビック側の人員がひしめきあう。総理の席に座るのは優莉架禱斗だった。いつもどおりTシャツにジャケットを羽織っただけの、カジュアルなスタイルで、円卓に脚を載せている。隣に座るのはデスティノのムバール・アッザーム・イブラヒム司令官だった。

ふたりの後ろに立つ三十代の日本人は、兵士たちと同じ装備に身を包んでいる。イブラヒム司令官とともに公邸に現れた通訳で、茄城《かじよう》と名乗った。アラブ系以外の外国人の兵士も列席する。東南アジア系と、頰に傷がある黒人。それぞれ異なる軍服姿だが、いずれもリーダー格らしい。彼らと同じ装いの兵士らが、円卓の周りに隙間なく集う。

茄城がいった。「総理。こちらはフィリピンのエストバ解放戦線、ジェリコ・ガルシア司令官。それにエルサルバドルの武装集団モリエンテス、セブリアン・ゴメス総帥。話したいことがあれば俺が伝える」

デスティノと同じくシビックの実動部隊だろう。宮村は頭をさげなかった。日本は野蛮なテログループに切り売りされたか。

起立しているのは閣僚だけだった。第一順位指定大臣、薄い頭髪の冬木《ふゆき》浩介《こうすけ》財務大臣が、おずおずと告げてきた。「総理。シビック政権下における補正予算案をまとめました。国会と各省庁との連携は、ほぼ従来どおりですが、直近の法改正が前提となっており……」

「まて」宮村は驚きと同時に当惑をおぼえた。「補正予算だと？　誰が話し合った？」

大臣たちは後ろめたそうな顔で、互いに視線を交錯させた。

「あのう」冬木財務大臣はいいにくそうにつづけた。「シビックの支配下に置かれた現状でも、国家の運営は維持せねばなりません。無秩序状態では社会が崩壊してしまいます。ですから現状でも、シビックに認可された範囲内で……」

「総理は私だぞ。四百六十五人の衆院議員もいる。国会を開くこともなく法案を審議する気か」

「……議決までこの場でおこないたいというのが、首領のご意思でして」

「首領？」

架禱斗がぼそりといった。「俺だよ。今後は専制君主制にしたいと思ってるが、王とつく称号はなんかダサい。国王、大王、帝王、どれも微妙だろ。天皇ともかぶる」

宮村は鼻を鳴らしてみせた。「それで首領を名乗るのか？　まるで盗賊団だ。きみにはふさわしいかもしれんが」

「総理。試しに命令してみろ。かつては飼い犬も同然だった大臣どもに」

妙な緊張が漂う。宮村は大臣らに指示した。「座ってくれ」

閣僚たちは困惑ぎみにうつむいた。誰ひとり着席しようとしない。

子供じみた茶番に苛立《いらだ》ちが募りだす。宮村は声を荒らげた。「座れ。早く」

堀野《ほりの》秀子《ひでこ》法務大臣と衣笠肇《きぬがさはじめ》外務大臣が、困惑しきった顔を見合わせる。だがすぐ目を逸《そ》らしあい、そのまま立ちつづけた。制服姿の瀬賀《せが》道博《みちひろ》防衛大臣や、幾田茂雄警察庁長官までが、気まずそうに直立姿勢を保つ。

「座るんだ！」宮村は怒鳴った。「おい。なにをしてる。堀野君。衣笠君。着席したまえ」

わりと若い寺坂弘文《てらさかひろし》科大臣が、半泣きのような顔でささやいた。「総理。どうか……」

「座れというんだ！　座れ！」宮村は激昂《げっこう》した。「きみたちはそれでも閣僚か。誰に任命されたと思ってる。国民の代表として、日本国憲法に従い、民主主義に則《のっと》り、公平な政治をおこなう立場にあるんだぞ。議員として命に替えてでも、武装勢力には断じて……」

架禱斗がいった。「座れ」

室内が静まりかえった。大臣たちが視線を落としたまま着席した。宮村は言葉を失った。

「あんたも」架禱斗が宮村を睨《にら》みつけてきた。

膝《ひざ》が震える。足腰が立たなくなった。兵士のひとりが椅子を引く。宮村は尻餅《しりもち》をつくも同然に、椅子のなかに沈んだ。身体の震えがおさまらない。円卓に肘《ひじ》をつき、両手で顔を覆った。

しばし沈黙があった。状況に耐えかねたかのように、四十代の経済産業大臣、牧田《まきた》耕助《こうすけ》が勢いよく立ちあがった。「総理！　私もこんな状況は受容できません。政治に空白を生じないためにも、総理の権限で……」

けたたましい銃声が内臓まで揺さぶった。宮村ははっとして顔をあげた。牧田大臣の頭部は砕け、鮮血が噴出していた。身体ごと円卓に突っ伏す。堀野秀子法務大臣が悲鳴をあげた。閣僚らが激しく動揺する一方、武装勢力はみな平然としている。

架禱斗の右手に拳銃《けんじゅう》が握られている。銃口から煙が立ち上っている。拳銃を円卓の上に置きながら架禱斗がいった。「命令もなく立つな」

黒人のゴメス総帥が背後の部下を見やる。牧田の死体に兵士たちが群がった。両腕をつかんで持ちあげると、死体の下半身を床に引きずりながら遠ざかった。

宮村は凍りついていた。狂気だ。こんな蛮行が許されるはずがない。だが抵抗の手段など、いっさい頭に浮かばなかった。ここには防衛大臣と警察庁長官がいる。国防と治安維持のトップまでが人質になっているではないか。

架禱斗が据わった目を向けてきた。「総理。どう考えても議員定数が多すぎる。今後は閣僚が従来の半分と、その補佐たる官僚だけでいい。実際シビック政権に理解のない大臣たちには、とっくに消えてもらった」

黙ってはいられない。宮村は震える声できいた。「消えたとはどういう意味だ」

「言葉どおりだ。一般議員の処刑も進んでる。弾がもったいないから東京拘置所の刑場を使ってる。あれは便利だな。今後も全国七か所の刑場はフル稼働だと思う」

「人権を無視するな！　国際的非難を浴びるぞ」

「それがどうした。ウズベキスタンやトルクメニスタン政府にEUが圧力をかけたか。ウイグル自治区を蹂躙《じゅうりん》する中国政府、アフリカ諸国の独裁的指導者、みんな野放しだ。どこも軍事行動にはでない。経済制裁？　お笑いぐさだ。貿易などこっちからお断りだ」

「じきにアメリカが攻撃に乗りだす」

「大統領とのホットラインなら連日おこなってる。こっちを暫定政府と認めたわけではないと前置きしながらも、人質の解放交渉を申しいれてきてる。とりあえず米大使館員と軍関係者の退避を優先したいとさ。いまどき同盟国の対応なんてそんなもんだ」

「きみがやったのは戦争行為だ。いつまでも人質を盾にできるわけじゃない。いずれ全面攻撃が始まる」

「無理だといってんだろ」架禱斗は円卓から脚を下ろすと、おっくうそうに立ちあがり、室内をぶらつきだした。「ホワイトハウスはシビックを知ってる。合衆国内でテロが起きるのを最大限に憂慮してる。加えて海外派兵にも消極的だ。過去にさんざん辛酸をなめてきたからな。あくまで交渉、交渉の一点張りだ」

北朝鮮に対する外交と同じか。欧米から遠い極東の国に対しては、そうならざるをえない側面もある。シビックがアメリカ人の人質を少しずつ解放すれば、それだけ交渉の余地ありとみなされる。軍事攻撃を先送りにできる。

架禱斗が寺坂文科大臣の肩に手をかけた。寺坂はびくついた。なだめるように軽く肩を叩《たた》きながら、架禱斗が宮村に告げてきた。「日本が乗っ取られるはずがないといってる馬鹿は、信じられないことに、いまだに全国に存在する。奴らは報道がマスコミの陰謀だと思ってるらしい。現実に目を向けるべきだよな。日本はアフガニスタンと同じ運命をたどった」

宮村は首を横に振った。「政治も経済も、あの国とはまったくちがう」

「ちがわない。アメリカはいつも、軍事力を肩代わりする名目で基地を置き、その国の実質的な支配権を得る。そのため被支配国の民を従順に手なずける。GHQによる日本の支配は、アフガニスタンよりずっとうまくいった。だから誰も銃の撃ち方を知らない。ナイフの刺し方さえもだ。警察が取り締まってるからな」

シビック側の通訳、茄城がつづけた。「それが囚人と同じあつかいだと、国民は疑問すら持ちません。おかげで支配体制が変わろうと、みんななすすべがない。きょうも粛々と働き、家庭に帰るだけ。製造も流通も小売も、公共交通機関の運行も前のまま。今後どうなるかと不安に怯《おび》えながらも、ほかになにもできやしない」

架禱斗が冬木財務大臣を見下ろした。「近いうち預金封鎖をおこなえ。誰も銀行から金を引きだせなくしろ。一千万円を上限とし、それ以上の預貯金は没収する」

冬木財務大臣は血相を変えた。「無茶な。経済界の同意を得られるわけがないだろう」

「誰に向かって喋《しゃべ》ってる」

「け……経済界の同意を得られません。国民の生活を締めつけると、労働意欲が低下し、あらゆる産業に影響が生じます」

「自動小銃を持った兵士が職場に派遣されても、なお怠惰でいられるかどうか、おおいに見ものだな。これからは警察力を強化する。幾田警察庁長官、軍警察への再編案はできてるか」

宮村は身を乗りだした。「まて。きみがやってることは大規模な人質籠城《ろうじょう》にすぎん。鎖国状態では資源が枯渇する。きみがいちばんよくわかってることだろう」

架禱斗は表情を変えなかった。「いんちき油田を支えてたのは誰だった？　運搬船に偽装したタンカーが、アンゴラやイラク、リビアから原油を運んでくる。輸出元の武装勢力は俺の仲間だ」

「諸外国が海上封鎖する。各国海軍による臨検も実施されるぞ。物資の行き来を途絶えさせるのは基本中の基本だ」

「兵糧攻めか？　あいにく大勢の人質を殺すと脅されれば、アメリカも無害な運搬船の出入りぐらい容認する。ほかにも要求を呑《の》ませる方法はいろいろあるが、俺たちの高度なやり方を理解できるほど、おまえらは利口じゃないだろう」

「なにが目的なんだ。シビックはそれ自体が一大勢力のはずだろう。国家など必要としないはずだ」

「ところが拠点がないと規模の拡大が難しい。俺はシビックを世界公認の事業にしたい。アフガニスタンのタリバン政権と同様、日本を根城とし、テロは国家ビジネスとする。依頼は東京で受注し、世界各地の仲間に仕事を振る。各国の裏仕事を手伝ううち、どこも俺たちに対し、柔軟な姿勢に転じていく」

　茹城も平然といった。「持ちつ持たれつ。北朝鮮が核武装していくのを、指をくわえてみているだけだったのが、国際世論ってやつだよ。日本に対してもそうなる」

　二十四歳の若造に、こんな大それたことが可能なのか。いや若いからこそ、恐れを知らず世界を敵にまわせるのだろう。躍進したIT富豪はみなそうだった。法と倫理を率先して打ち砕いてきた。シビックは平和や秩序までも乱そうとしている。

　だがすべて架禱斗の思惑どおりではないはずだ。宮村は挑発した。「本当は緊急事態庁による裏の支配が、もっと長期にわたる予定だったんだろ？　国民をしっかり手なずけたうえで、表舞台に立つつもりだった。ところが油田爆破で日程が早まった」

　架禱斗がじろりと睨んできた。「だとしたらなんだ」

「足もとがぐらついている。恐怖政治で民衆を抑えつけているにすぎん。長続きはせん」

「状況は刻一刻と変化する。柚木若菜のクーデターが成功していれば、もう少し早く土壌が築かれた。柚木政権ならおまえらより物分かりがよかっただろう。だからシビックは投資した」

「利益がだせたか？」

「高校事変の発生を前もって知っていたからな。株価の変動で儲《もう》けられた。だが本質的には未来につながる投資こそ重要だった。チュオニアン計画で得られるデータも、集団統制に有意義と考えられた」

「仲介役の田代ファミリーが失態つづきで気の毒だった」

「そうだな、中間マージンの無駄遣いでもあった。こうして直接取引を余儀なくされたが、そのぶんへまもなくなる」

日本人の兵士が駆けこんできた。「航空自衛隊三沢基地から無許可で戦闘機発進。F35Aです。海上自衛隊の護衛艦も東京湾に接近」

宮村は驚いて振りかえった。ガラス越しに見える情報集約室のスクリーン、二か所のレーダーにそれぞれ、機影と船影が表示されている。

架禱斗が鼻で笑った。「ステルス機でも、味方には位置を知らせる電波を発する仕組みだ。意味がないな」

茄城が立ちあがった。「首領。基地の上層部は抑えこんであります。部隊内で勝手な行動を起こしたんでしょう」

「戦闘機と護衛艦に音声通信をつなげられるか？　可能なら基地に中継させ、直接喋れるようにしろ」

「ただちに」兵士が情報集約室に引きかえしていった。

架禱斗が瀬賀防衛大臣に向き直った。「デスティノもエストバ解放戦線も、司令官はちゃんと下々の兵隊の面倒までみる。あんたも馬鹿な自衛官たちを説得してくれるか。基地に戻っておとなしくしてろといえ」

スピーカーから音声が響き渡った。「つながりました。両方に話せます」

頭の禿《は》げた六十代、瀬賀防衛大臣が頬筋《きょうきん》を引きつらせている。架禱斗が目でうなががした。瀬賀は円卓に前のめりになった。震える声が室内にこだまする。「こちら総理官邸、瀬賀防衛大臣だ」

通信相手が驚きに息を呑んだ、そう思える間が生じた。防衛大臣からの連絡ゆえだろう、パイロットが日本語で応答した。「301飛行隊、久墨《ひさずみ》二尉です」

別の声が割って入った。「護衛艦すずなみ艦長、邦本《くにもと》一佐です」

瀬賀がためらいがちにいった。「邦本一佐、久墨二尉……。どうするつもりだ。命令は下っていないだろう」

応じたのは邦本一佐の声だった。「承知しています。しかし現状わが国は、外敵の侵略を受けたと解釈できます。首都を脅かす勢力の存在は確認済みです。実力行使により排除を試みます」

「よせ！　敵はあまりに強大だ。全容もまだあきらかになっていない」

邦本一佐の声が告げてきた。「敵は在日米軍への一時的なハッキングにより、兵器類を操作したにすぎません。その後は沈黙しています。独自の海軍や空軍を有さない以上、各拠点への攻撃により弱体化できます」

また沈黙が降りてきた。大臣たちは一様に固唾《かたず》を呑み、瀬賀防衛大臣の横顔を見つめている。武装勢力側は無反応だった。イブラヒム司令官のぼんやりとした目が、ガラス越しにレーダーを眺める。

「きけ」瀬賀防衛大臣は腰を浮かせた。円卓に両手をつき、躊躇《ちゅうちょ》をしめしながらうつむく。ふたたび顔をあげたとき、瀬賀は意を決したように声を張った。「手段を選ばず攻撃しろ！　敵勢力をひとりでも多く排除し……」

銃火が閃《ひらめ》いた。またも銃声が耳をつんざいた。架禱斗による発砲だった。瀬賀防衛大臣は脱力し、椅子の背もたれに全身をあずけた。目を剝《む》いたまま、身じろぎひとつしなくなった。こめかみからとめどなく血液が滴り落ちる。

堀野秀子法務大臣は椅子からずり落ち、へなへなと床に座りこんだ。ほかの大臣らも悲痛な顔で絶句している。

架禱斗が醒《さ》めた顔でガラスに歩み寄った。「ハッキングが一時的でないことを見せてやれ。最寄りの米軍イージス艦、対空対艦ミサイル同時発射」

「やめろ！」宮村は立ちあがり、架禱斗に挑みかかった。

だが宮村の腕は、架禱斗の胸倉をつかむことさえなかった。まだかなりの距離があるうちに、架禱斗の長い脚が鞭《むち》のように繰りだされ、宮村の腹を抉《えぐ》った。

宮村は思わず呻《うめ》いた。よろめきながら後ずさり、転ぶも同然に椅子に沈んだ。大臣たちが駆け寄ってくる。総理。口々にそう告げる声は、気遣いよりも嘆きに近かった。

武装勢力の司令官らが部下たちを振りかえる。兵士らがトランシーバーになにかを命じる。どこの国の言語かもわからない。ガラスの向こうでも見知らぬ兵士たちが、我がもの顔で制御パネルを操作する。

レーダーに新たな船影が現れた。在日米軍のイージス艦だった。ミサイルの軌道がまっすぐ自衛隊の戦闘機と護衛艦を捉《とら》える。発射後のミサイルの機影、飛行時間は一瞬だった。銃弾のようにふたつの標的を直撃する。スピーカーに激しいノイズと、短い絶叫が届いた。すぐに静寂が訪れた。レーダー上にはイージス艦の表示のみが残った。

激しい虚脱感とともに失意が襲う。宮村は立ちあがることさえできなかった。ただ茫然《ぼうぜん》とレーダーを眺めるしかない。

なにも考えられない。在日米軍はせめて、自分たちの兵器類を無力化できないのか。だが主要な装備の周辺から、人員が退避済みだともきく。制御を奪われた以上、いつ爆発するともしれないからだ。もうシビック側の武装勢力が、イージス艦を乗っ取っている可能性もある。

茄城が宮村の心中を読んだようにいった。「イージス艦どころか潜水艦隊を獲得済みだよ。近海のパトロールにあたらせてる」

情報集約室のスクリーンに新たな表示が現れた。今度は市街地の映像だった。ビルの上の定点カメラが俯瞰《ふかん》で市街地をとらえる。夜間にネオンの消えた渋谷、銀座四丁目、大阪府庁前の路上。大勢の人間が繰りだしているのがわかる。集団は棒やプラカードを振りかざし、石や火炎瓶を投げている。

武装勢力が笑い声を発した。架禱斗が嘲《あざけ》るようにいった。「見ろ。日本が被支配国でしかなかった証《あかし》だ。反逆の狼煙《のろし》をあげようとしても、デモか過激派の火遊びぐらいしか打つ手がない。先の尖《とが》った竹槍《たけやり》すら常備できてない。家に置いてあったら犯罪者あつかいだからな。万一の自衛手段を非常識ととらえる間抜けな国だ」

宮村は切実にうったえた。「彼らに手をださないでくれ」

「さあ。そこは治安維持の最高権威に意見をきいてみないとな」架禱斗は円卓を振りかえった。「幾田警察庁長官。あの無法者の集団を制圧したいと思うが、どうだ？軍警察はまだ編成中だから、こちらで手を打たせてもらうが」

幾田警察庁長官は狼狽《ろうばい》をしめしつつ、ひたすらスクリーンを見つめた。次いで宮村に視線を向けてきた。

じれったい思いとともに宮村はいった。「幾田君」

だが幾田は弱腰に転じていた。拒否できるはずもなかった。うなずくように視線を落とした。

暗然とした絶望が宮村のなかにひろがった。もがいても這《は》いあがれない谷底に落ちた、そんな感覚だけがあった。

架禱斗が外国語を発した。イブラヒム司令官が部下になにかを命じる。部下は無線で連絡をとった。

スクリーンの各映像内に兵士が飛来した。例の飛行装置に乗っている。三か所にほぼ同時に現れ、集団の上空を飛びまわった。群衆にはなすすべもない。兵士らが手榴《しゅりゅう》弾《だん》を次々に投げ落とした。路上に爆風が吹き荒れた。無数の肉体が粉々になって消し飛ぶのを、宮村はまのあたりにした。

8

朝六時すぎ、結衣は富津から二十キロほど東に入った、山奥深くにいた。久留里《くるり》線からもかなり離れた、なにもない山林のなかだった。道なき道に乗りいれた日産エクストレイルが、近くに停まっている。

篤志や凜香、智沙子らと腰を下ろし、銃器類の分解と手入れを進めた。長年放置されていた銃ばかりだ。しかも新品でなく使用済みとわかった。命を預けられるだけの信頼は、自分の手で築く必要がある。

地面に敷いたシートに、クルマから下ろした銃器が並ぶ。拳銃《けんじゅう》のなかでもFNブローニング・ハイパワーは、合理的な設計で部品の数が少ない。結衣は複列弾倉を抜き、スライドを外し、グリップパネルも除去した。骨組だけになった状態で銃口をのぞくと、火薬や鉛がこびりついているのが見てとれる。専用のオイルを吹きつけたのち、ティッシュを巻きつけた細い棒で、銃身の内側をこする。

篤志もアサルトライフルのHKM4を分解し、機関部《レシーバー》の稼働ぐあいをたしかめていた。スライドがぎこちないと感じたらしく、首をひねりながら綿棒で内部を掃除する。

「なんだかな……。ほったらかしてたせいか、不良品もいくつか交じってるぜ？」

智沙子は黙々とレシーバーをオイルで拭《ふ》いていたが、それを篤志に差しだした。

凜香が鼻を鳴らした。「智沙子姉に賛成。使える部品を組み合わせて、完璧《かんぺき》な銃にしたほうがいい。銃の数は半分以下に減るけど」

「おい」篤志が凜香の手もとを見た。「グリップ付近にオイルを注入すんな。木が腐る」

「ちゃんと付着しないようにやってるよ」凜香は木製グリップのAIMS74を手入れ

中だった。「篤志兄ほど不器用じゃねえ」

近くに置いたラジオがニュースを告げている。「昨夜、全国数か所で発生した暴動は、シビック暫定軍警察によって制圧されました。生存者は全員逮捕されています。今後も集団による治安を乱す行為には厳罰が科せられます。従来の検察による起訴や、裁判制度とは異なる告発がおこなわれますので……」

濱林澪がペットボトルの入ったビニール袋を提げ、クルマから戻ってきた。憂いのいろが浮かぶ。「放送内容がずっと同じだね。報道っていうより広報。そんなに暴動を働く人が多いのかな」

篤志が首を横に振った。「暴動じゃなく抗議の集まりか反乱だろうぜ。架禱斗の軍隊が相手じゃ、庶民が集まったところでどうにもならねえけどな」

大勢が犠牲になったのはあきらかだ。結衣は心苦しく思ったが、すぐには行動を起こせなかった。架禱斗の居場所はおそらく総理官邸の地下だろう。しかも複数の武装勢力に守られているはずだ。命は惜しくないが、架禱斗を道連れにできなければ、ただ犬死《いぬじに》に終わる。

拳銃を組み立て終えた。スライドを引きハンマーを起こし、空撃ちしてみる。智沙子の提言どおり不良パーツを除去し、三丁から一丁を再構成した。未使用のパーツはまとめて捨てる。特に複列弾倉のバネに力不足がめだった。装弾状態で長く放置されたからだろう。それらの弾もいまひとつ信用がおけない。すべて交換せねばならなかった。

結衣はいち早く作業を終えた。手持ち無沙汰《ぶさた》になり、黒革表紙のファイルを膝《ひざ》の上で開く。

澪が隣に座った。「妹さんを手伝ってあげたら……?」

「自分の銃は自分で手入れしないと。稼働不良で撃たれたら責任は持てない」

凜香がさばさばした態度でいった。「そう。わたしたち全員、お父さんの教育が染みついてる」

「ねえ澪」結衣はファイルから顔をあげなかった。「そろそろ帰ったほうがよくない?」

「ゆうべ三回も公衆電話から家に連絡したし……。お母さんも、友達と一緒ならって」

その友達が結衣と知れば、きっと心中穏やかではいられなくなるだろう。結衣はささやいた。「世のなかがどうなるかわかんない状態で、ほんとはご両親も不安でしょ。学校は夏休み中だろうけど」

「九時半から親戚が来る。不安だからみんな集まろうって」

「なら家に送ってく」

「……わたしは結衣たちと一緒にいたい」

「だめ」結衣は澪を見つめた。「二度も生き延びられたのは、運がよかったと思って。これからは遊びじゃ済まない」

澪の顔が当惑のいろを深めた。「いままでも遊びだったとは思ってないけど……」

凜香が尖った視線を澪に向けた。「いうとおりにしたほうがいい。弾を食らうと熱いよ。痛いっていうより、焼かれてるみたいに熱い。のたうちまわるうちに大量出血して、今度は吐きそうになる」

篤志もうなずいた。「意識が朦朧《もうろう》として、眠るように息を引きとるなんて、そんな綺麗《きれい》な最期はないと思ったほうがいい。殺し合いで死んだ奴の顔は、みんな見るに耐えないほど歪《ゆが》んでる。解剖すると、恐怖で脳が縮んでるのもわかる。眼球もたいてい小さくなってる」

怖がらせすぎたのか、澪は泣きそうな顔で呻《うめ》き声を発した。結衣はファイルに目を戻した。あえて不安を払拭《ふっしょく》しないほうが、いまは適切にちがいない。

友里佐知子のテロ指南を読み進める。米軍の大型輸送ジェット機C17の詳細な図解がある。こんな知識、役に立つときが来るだろうか。

　もっと現実的な情報を求め、さかんにページを繰る。環境省のコンピューターへの侵入方法が目にとまった。省庁のITセキュリティは信じられないほど甘い。スマホですらハッキングが可能だとわかる。

　ただし環境省が相手では、アクセスできるデータにろくなものがない。気候変動のモニタリング。都内の水門や排水機場のオンライン操作。それにMHコンシール弁の開閉操作。

　MHコンシール弁の設置海域は以下のとおり。北緯四一度四二分、東経一七一度七二分。北緯四〇度一八分、東経一三八度八八分。北緯三四度四〇分、東経一三九度四〇分……。

　篤志がきいた。「なにを熱心に読みこんでる？」

「環境省が海底に巨大な弁を設置したって。メタンハイドレートを掘ろうとして、うまくいかなかったツケを払わされてる。全国に二十か所以上あるけど、関東地方は七か所」

「そんなもの開けたところで、泡ひとつ湧きゃしない。どうせ定期的に溜《た》まった泡を解放してる」

「当然でしょ。そのための弁なんだし」

注釈が付け加えてある。弁の設置海域がフェリーの航路と重なる場合、あまり頻繁に泡は解放できない。日本政府の危機管理の常として、ハイリスクでぎりぎりの管理がおこなわれるだろう、そんな記述があった。たしかに福島第一原発のことを考えれば、現場にすべての責任を背負わす事なかれ主義は、いかにも日本的といえるかもしれない。

ファイルを読むうちわかってきた。実践的なテロの段取りというより、あくまでヒント集の趣が強い。収集した玉石混淆《ぎょくせきこんこう》の情報を、とりあえず網羅しておいたという印象だ。現在は通用しない方法や、あきらかな誤りも多かった。総じて知識が古い。最新の装備を揃えるシビックに対抗するには心もとない。

凜香が組み立てたＡＩＭＳ74に弾倉を叩《たた》きこんだ。「結衣姉。試射しねえと」

結衣はうなずいた。「やっていいと思う。ここなら銃声も民家に届かない」

手入れを終えた銃は試し撃ちをする。常識だった。地面に敷いたシートに腹這《はらば》いになり、横たえた材木を銃座がわりにする。アサルトライフルで遠方の木の幹を的がわりに狙撃《そげき》。最初は凜香が撃ち、結衣が双眼鏡で着弾を確認した。照準とのずれは、つまみを回しながら、少しずつ調整していく。きょうだい全員が交替で試射し、銃の命中率を向上させた。

　時刻は七時をまわっていた。誰がいいだすでもなく、結衣がホンジュラスや北朝鮮で身につけた、本格的なコンバット技術の講義が始まった。

　きょうだい三人を前に、結衣はアサルトライフルによる索敵を教授した。「零時三時六時九時に警戒の目を向けろって、お父さんに習ったでしょ。でもそれじゃ敵に動きを読まれる。二時五時十時で済ませる」

　篤志がきいた。「斜め前方や後方を見るのか？　それも三か所だけか？」

「照準にこだわらず視野を広くとれば、上方に六十度、下方に七十五度、鼻側に六十度、耳側に百度まで見える。銃は視野の中央に据えて動かさないことで、とっさの判断にも対処できる」

　凜香がアサルトライフルを手に、前進しながら三方向を順に警戒する。たちまちふらついた。舌打ちしてから凜香がいった。「五時から十時に移るのが厳しい」

　結衣は実演してみせた。「軸脚は右。そこから左に移して振り向く。すぐにまた右に重心。この繰りかえし」

　智沙子がアサルトライフルを水平にかまえ、ゆっくり歩いていくと、すばやく三方向に身を翻した。凜香が圧倒されたように目を丸くした。智沙子は平然とした面持ちで練習をつづける。

油断ならないと結衣は思った。智沙子はまさに鏡像だった。いま実演したばかりの結衣の動きがそこにある。人工筋肉繊維の助けもあるだろうが、重いアサルトライフルを携えていても、まったく重心がぶれない。

ナイフや素手の接近戦術についても、ひととおり改善点を教えた。篤志と凜香の呑《の》みこみは早かったが、やはり智沙子の吸収力は抜きんでていた。みずから教えておきながら、結衣のなかに不安が募った。これでもう智沙子に対し、結衣の優位性はほとんどなくなった。

智沙子と目が合った。不機嫌な猫のような顔、澪はそんなふうに表現した。いま智沙子の表情はまさしく不機嫌な猫だった。鏡のなかの結衣にうりふたつといえる。結衣への殺意はまだくすぶっているだろうか。架禱斗が敵にまわったため一時休戦、智沙子はそういう認識かもしれない。双子の姉であっても、智沙子は無慈悲に人を殺す。

横須賀市の友愛《ゆうあい》育成園で、智沙子は藤沢訓正《ふじさわくにまさ》医学博士を惨殺した。結衣が幼少のころ出会った命の恩人。九歳当時、結衣は頸動脈《けいどうみゃく》に鉛筆を突き立て、自殺を図った。藤沢がいなければ死んでいた。彼は智沙子にも救いの手を差し伸べた。だがその出会いが最悪の結果につながった。

また智沙子への怒りと憎悪が募りだす。動きを目で追っていると、篤志が結衣の肩を叩いた。腕時計を差しだしてくる。もう八時近い。そろそろ澪を送っていかねばならない。

銃器類をクルマに積みこむ。全員が車内に乗りこんだ。また後部座席は澪を真んなかに、結衣と凜香が左右に座った。

クルマが緩やかな山道を下っていく。ほどなく幹線道路にでると、富津市内に向かいだした。道は混んではいなかった。澪のマンションまで二十分とかからない。

助手席の智沙子は、山中で摘んだ花を空き缶に挿し、カップホルダーに飾った。花を眺める智沙子の顔が、バックミラーに映っている。穏やかで安らかな表情があった。なにを考えているのか、心のなかを察するのは難しい。いまは少なくとも警戒を解いているようだ。でなければ結衣を一瞥《いちべつ》もせず、花だけに見とれてはいられまい。

凜香がつぶやいた。「妙じゃねえか。辺りが静かすぎる」

運転席の篤志が嫌そうに口をきいた。「よせってんだ。架禱斗の兵隊も、日本の隅々まで警戒するわけにいかねえんだろ。喜ばしいことじゃねえか」

ときおりクルマは道を外れ、木立のなかを突破しては、また道へと戻る。Nシステムを回避する必要があるからだ。

追跡されないだけの注意を払っている。だがいまの日本は架禱斗の支配下にある。超監視社会といっていい。凜香の危惧《きぐ》があながち的外れとも思えない。いかに地方といえど、武装勢力をひとりも見かけないのは変だ。

市街地に入った。通勤する人々をちらほら見かけるが、表情は一様に暗い。黙々と歩くさまが平壌《ピョンヤン》を思わせる。澪の七階建てマンションが見えてきた。篤志がクルマを減速させた。日産エクストレイルは路肩に停車した。

凜香が顔をしかめた。「なんだよ。あとちょっとじゃねえか」

篤志は双眼鏡をのぞきこんだ。「念のためだ。部屋は五階だったか？　いまのところ異常は見えねえ」

双眼鏡が結衣に渡される。結衣はそれをマンションに向けた。外に面した通路の五階。ドアは閉じていた。周囲の空にも双眼鏡を向けた。ドローンは飛んでいない。次いで路上もチェックする。不審な車両もない。

凜香がいった。「澪はノーマークでも、ほかに結衣姉と関わりのある奴らは監視対象になってるかもしれねえ。だとすればそのうちここにも敵が来る」

「そんな」澪がうろたえだした。「やめてよ」

けれども凜香の指摘は的を射ている。結衣はそう思った。架禱斗が結衣たちの行方を追っている以上、過去の知り合いを片っ端から調べることもありうる。

澪がふと思いついたような顔になった。「ああ、それなら……。ラインをチェックすればわかるんだけど」

「ライン？」凜香が眉《まゆ》をひそめた。

「そう。〝同窓会〟」澪が結衣を見つめてきた。「啓山里緒子さん、おぼえてるでしょ。彼女に誘われて加わったの。チュオニアンから帰った子たちが中心のグループでね。みんな結衣を心から信頼してる。大人もいるよ」

初耳だった。結衣のなかに当惑が生じた。「ラインでグループを作ってるの？　目的はなに？」

「目的って……。お互いに支えあうことだよ。事件に巻きこまれたってだけでも偏見の目を向けられるし、結衣の友達なのに、そのことを堂々といえない風潮もあるし……」

凜香がため息まじりにたずねた。「交流ってやつ？」

「そう。交流。仲間どうしなら気兼ねなく話せるでしょ。会うのは禁止されてるから、せめてラインでつながってる」

篤志がいった。「結衣。ここはもう澪のマンションに近い。これからすぐ帰すのなら、スマホの電源をいれても、位置情報的に問題はないんじゃないか?」

結衣はうなずいた。「澪。確認してくれる?」

澪がアルミホイルに包まれたスマホをとりだす。念のためそうするよう、結衣が指示したからだ。アルミホイルを剝《む》くと、澪がスマホの電源をいれた。点灯した画面をタップする。「チェックするのはひさしぶり」

凜香が硬い顔になった。「結衣姉。シビックはラインぐらい覗《のぞ》けるんじゃないのか」

当然だろう。以前にもラインは利用者の個人情報が、中国の関連会社からアクセス可能な状態になったりした。どうせ架禱斗はあらゆる通信網を掌握している。問題はその目がすでに〝同窓会〟に向いているかどうかだ。

「びっくり」澪がスマホの画面を眺め、歓喜に似た声を発した。「集会だって! みんなで集まることになったみたい」

篤志や凜香が表情を曇らせた。結衣も同様の気分だった。こんな事態のなか、不安が募るのは理解できるが、好ましいこととは思えない。

「よくねえな」篤志が難色をしめした。「架禱斗が気づかねえはずがねえ」

結衣は澪にきいた。「集会の場所はどこ?」

「けさきまったばかりみたい。みんなが情報をまわしてる。ほら、ここ」

画面に住所と地図が表示されていた。結衣は思わずため息を漏らした。なんとも酔狂な選択だ。神奈川県茅ヶ崎《ちがさき》市、森本学園。

9

優莉架禱斗は総理官邸の五階にいた。

この建物は中央が吹き抜けになっている。各階とも吹き抜けをガラスが囲む構造だが、五階のみ東側と西側に砂利敷の空中庭園がある。天井は開閉式。いまは開放されていた。明るい午前の陽射しが降り注ぐ。

砂利の上に大きな直方体の岩が横たわる。架禱斗はそこに腰かけていた。手すりの向こうは吹き抜けで、一階の中庭が見下ろせる。従来は大勢の職員や記者らの出入りがあったのだろう。いまは架禱斗以外に人影もない。官邸全体が静寂に包まれている。

父に見せてやりたかった。すなおにそう思える。先進国の支配者の城を奪った。すでに宮内庁の連中も屈服させている。皇居のほうも出入り自由だ。

二十四歳にしてこれだけの実績を成し遂げた。父もきっと誇らしく思うにちがいない。人生は正しかった、いまこそ胸を張ってそういえる。この国は変革のときをまっていた。優莉架禱斗こそ、戦後の歴史に終止符を打ち、国家を根底から生まれ変わらせうる、唯一無二の存在だった。

ガラス戸が押し開けられた。ヒールの音が響く。小柄で痩《や》せた女が姿を現した。優雅な夏物のワンピースドレス。父の奔放な交際相手のひとりだったが、まだアラサーだ。小母《おば》呼ばわりはできない。髪型はショートボブ、やたら瞳《ひとみ》が大きく、鼻と口は小さめ。頰が瘦《こ》けている一方、骨格は丸顔。娘の凜香によく似ている。

市村凜は空中庭園に歩を踏みだしたが、たちまち砂利に足をとられた。ヒールには不向きな場所だ。架禱斗は立ちあがり、凜に手を差し伸べた。すると凜は架禱斗の手をとり、直方体の岩の上に飛び乗った。

凜が鼻で笑った。「地の利を得た」

「俺と戦うつもりかよ」

「まさか」凜は岩の上を歩き、手すりに迫った。吹き抜けを見下ろしながら、嘲《あざけ》るように凜がいった。「家が広いのはいいけど、あちこちガラス張りで落ち着かない」

「父の夢だった。官邸と公邸に住むことが」

「まだ支配しきってないでしょ。公邸で総理夫妻が寝泊まりしてる」

「総理には居候をつづけてもらう。今後も身を粉にして働いてもらう必要があるからな。国会で議決された法案が、シビック最高会議にあがってくる仕組みだ。こっちは是非を判断するだけでいい」

「マスコミはさっそく忠実な下僕と化したけど、ネットには悪口があふれかえってる。優莉架禱斗は死ねとか」

「言論統制に違反する者の逮捕と処刑はもう始まってる。国内のプロバイダーすべてに情報開示を強制してるし」

「へえ。迅速」

「軍警察が再編成されるまでは、緊急事態庁の職員だけで対応しなきゃならない。ちょっとした人手不足だ」

「警察は嫌い」凜が真顔になった。「あいつらがすなおにいうことをきくかしら」

「心配ない。公務員は国家の犬だ」

「飼い犬に手を噛《か》まれなきゃいいけど」

「なにがいいたい」

「結衣のことよ」凜は架禱斗をじっと見つめた。「凜香に篤志も。野放しでしょ」

「逃げ場はない。もう追い詰めたも同然だ」

凜がふっと笑みを浮かべた。「そんなことといって、奥多摩でも仕留められなかったでしょ。居場所がわかってれば爆弾を投下、あるいは軍勢の総攻撃？　甘すぎ」

神経を逆撫《さかな》でする物言いも凜香に似ている。架禱斗は醒《さ》めた気分できいた。「甘いだと？」

「そう。六畳の部屋に害虫が一匹いたとする。家ごと燃やす。どうなると思う？　害虫はまんまと逃げおおせる」

市村凜は粗暴だが馬鹿ではない。意見は傾聴に値する。架禱斗はいった。「家全体を焼くには、味方を部屋から退避させなきゃならない。そのせいで次に打つ手がなくなる」

「わかってきたじゃん」凜がてのひらで架禱斗の頰を軽く叩《たた》いた。

架禱斗のなかに苛立《いらだ》ちが生じた。無邪気に背を向ける凜に殺意をおぼえる。シビック政権の首領になった架禱斗に対し、まだ子供あつかいしてくる。この先も態度が改まらなければ粛清も悪くない。

ただしいまは利用価値がある。めざわりな妹どもの思考を読めるのは、同等の異常性を誇る市村凜しかいない。

凜は岩の上でスキップを始めた。「チュオニアンあたりまでは、結衣はサイコパスの脳だった。これは医学検査で証明されてる。でもいまは変化してきてる」

「本当にそうか？　平気で嘘をつけるのはサイコパスの証明じゃないのか」

「なんでそういえるの？　結衣が友里佐知子の娘だから？　最凶最悪の犯罪者の娘なら、サイコパスにちがいないって？」

最凶最悪の犯罪者。優莉匡太はそうでないといわんばかりだ。いちいち嫌味を口にしたがる女だった。架禱斗はつぶやいた。「結衣はサイコパスだ」

「ちがう。結衣はどんどんサイコパスから離れてる」

「サイコパスには治療法がないのにか」

「まだ十代でしょ。人格形成の途中。周りの影響で変容していく。結衣はもう自分のことだけを考えて生きてはいない。他者への思慮が育ってる。この意味わかる？」

「事実なら大幅な弱体化だ」

「当たり」凜はにんまりとした。「利己的の極みであることがサイコパスの強さ。武蔵小杉高校事変での結衣はたしかにそうだった。それを悟られまいと情に厚そうに振る舞うのもサイコパスの特徴。じつは人殺しに快楽をおぼえるだけの異常な小娘だった」

「人殺しに明け暮れる一方で、矢幡元総理の信頼を得られた。他者を魅了できるのもサイコパスだからな」

「本当の意味で人に共感できないからこそ、相手が好感を持つ人格を平気で装える。自分自身が空っぽだからよ。わたしもそんな人生を送ってきたからよくわかる。でもわたしは結衣の変化に気づいた」

「いまはもう高校事変のころの結衣じゃないといいたいのか」

「ええ。周りが結衣に情動をあたえ、変容をもたらした。そいつらは全員、結衣の弱点。傷つけられるのを無視できない」

まちがってはいない。智沙子を攻撃するドローンを、結衣はためらわず銃撃した。架禱斗の追跡より姉を救うことを優先した。

架禱斗はいった。「結衣の弱点となる奴らが一堂に会する場なら、著しい弱体化が期待できそうか」

「そう！　特に面白そうなのが、芳窪高校の綿谷《わたや》蒼太《そうた》。沖縄の修学旅行で、相思相愛に近かった」

「結衣が相思相愛だと？」

「疑いたくなるのもわかるけど、ああいう小娘ほどピュアな面を持ってるものなの。

それに高校生天才ピアニストの桐宇翔季《きりゅうしょうき》。結衣は好意を持たれてることに気づいてる。同性では雲英亜樹凪《きらあきな》。父親殺しで共感度マックスでしょ」

「重要なのがひとりいる」

「濱林澪」凜が声をあげて笑った。「武蔵小杉高校事変では、ただの可愛いペットみたいに思ってたはずなのに、与野木農業高校事件ではすっかり情が移っちゃって」

「ちがう」

「……なにが」

架禱斗は凜に詰め寄った。「凜香だよ。結衣の最大の弱点は凜香だ。理由は単純きわまりない。凜香が結衣を慕ってる。心からな。結衣も凜香を無視できなくなった。いまや妹への深い情愛に満ちてる」

市村凜の顔が曇りだし、たちまち憤怒のいろを帯びだした。「そんなもの結衣が一方的に想ってるだけ……」

「結衣はいちど処刑を覚悟した。凜香はそんな姉に心を開いた。結衣に大きな変化が生じたのはあの瞬間だ」

「ちがう」凜の顔面が紅潮しだした。「ちがうちがうちがうちがう！」

架禱斗はしらける気分を自覚した。凜が冷静さを失うさまを眺める。やはりこの女も単純のきわみだ。

凜の額に青筋が浮きあがった。「凜香はまんまと結衣を欺いてる！　チュオニアンからずっとそう。結衣が凜香を好きになっても、馬鹿姉の勘ちがいでしかない」

厄介な母親だった。屈折した愛情で娘を独占しようとする。娘からすれば憎悪の塊、母親にそんな自覚はないらしい。

　市村凜はまた吹き抜けを見下ろした。「架禱斗。あなたの人生はこれで満足？」

「どういう意味かな」

「匡太さんの遺志を継いで、とうとう日本の主権を奪った。そこまでは立派。だけどこの先どうするつもり？　このガラスの城でふんぞりかえってるだけ？」

「シビックは勢力を拡大していく。テロは世界を動かす。各国のパワーバランスは俺の手で操られる。文字どおり世界の頂点だ。父を凌駕《りょうが》し、俺は歴史に名を残す」

「犯罪者として？」

「偉人としてだ。誰もいいたがらないが、CO_2の削減には人口の減少しかない。食糧問題の解決もだ。適度な紛争と地域戦争を生じさせ、世界人口を三分の一まで減らす」

「そんなのほっといても、人類は滅亡に向かうんじゃないの？」

「勝手に戦争をさせた場合、重要な科学や文化までも失われる。死んでもいい人間をうまく死なせていくんだよ。環境破壊を最小限に留《とど》めたうえでだ」

「へえー、壮大」凜はやけに軽い口調でいった。

「ここまでのことを成しうる人間は有史以来いなかった。俺は二十四歳でこの段階だ。生涯をかけて地球を救う。それが俺の自己実現でね」

「わたしも人を死なせるのが好きだったけどさ、マクロよりミクロな視点が好きなの。もともとモグリの探偵ごっこに興じてて、のぞき趣味があったし」

「ならいまはどんなことに関心がある？」

「結衣のお母さんについて、あなたがどう思ってるのかとか」

吹き抜けに重低音が響く気がした。天井から流れこむ風のせいで、共振が発生しているのかもしれない。この建物の構造上の問題だろう。

架禱斗の心は渇ききっていた。「友里佐知子はただの凶悪犯だ」

「そう？　案外あなたと同じで、国家転覆の野望の先には、壮大な夢があったのかも」

「前頭葉を切除した信者を集めて、カルト教団を率いて、なにが夢だ」

「友里佐知子が嫌い？　あなたのお父さんは惚《ほ》れてたんでしょ？　人生の師でもあっ

たし」

反感と同時に醒《さ》めた気分が生じてくる。凜は目を輝かせている。楽しんでいる。架禱斗が結衣に抱く敵愾心《てきがいしん》について、理由をそこに集約させるつもりだ。

架禱斗は静かにいった。「父が友里から受け継いだのはテロの技術だけだ」

「思いが通じあってたと思うけど。そんなふたりのもとに生まれたのが、結衣と智沙子よね」

沈黙が降りてきた。架禱斗は黙って凜を見つめた。凜は気まずそうな態度をしめさない。架禱斗が不快感を抱いたとしても、それはむしろ凜の意図するところなのだろう。

恋多き優莉匡太の本命は、友里佐知子だったかもしれない。真に望まれた子とは、結衣と智沙子だったのではないか。架禱斗はそんな可能性を拒絶してきた。とりわけ父への憎悪をあらわにする結衣は許せない。

凜も友里に対する劣等感にさいなまれている。嫉妬《しっと》に狂っている。屈辱を晴らすことを架禱斗に託そうとしている。だから執拗《しつよう》に共感を押しつけようとしてくる。

架禱斗はわざと冷静な声を響かせた。「友里佐知子など取るに足らない女だ」

「へえ。なら結衣に負けるはずがないわよね」

予想どおりの言いぐさだ。架禱斗はいった。「俺のほうが知識が勝っている。経験も体力もスキルもだ。結衣が母親から継いだものがあるとすれば、ただひとつ……」

「なに？」

「選択的注意」

「……なんのことよ」

心理学用語だ。聴覚の場合はカクテル・パーティー効果ともいう。架禱斗は説明した。「大勢の雑談のなかでも、興味ある単語は自然に耳に入ってくる。視覚においても無意識に気にかけている物が、瞬時に目にとまったりする」

凜はつまらなそうな顔になった。「それがなに？　誰にでもあることでしょ」

「友里佐知子はなぜ千里眼と呼ばれていたか。同じく千里眼と渾名《あだな》された明治時代の女、御船千鶴子《みふねちづこ》の子孫だからだ。千鶴子は透視能力があるとされた。海底の図面から炭鉱を発見したことで有名になった」

「詐欺師でしょ。いんちきを暴かれて、二十四歳で服毒自殺したんじゃなかった？」

「本当は詐欺じゃなかった。じつは生得的に選択的注意に秀でていた。兄の催眠誘導により、無意識の領域が表層化したことで、その才能が開花した。海底図面のわずかに歪《いびつ》な、ほかと規則性の異なる箇所を、選択的注意により直感的に発見した」

特異な血統を示唆されたからだろう、凜は不機嫌そうな態度をしめした。「そんな言い伝えも含めていんちきじゃないの？」

「そういう説もある。だが俺が子供のころ、父の友人がいった。御船千鶴子が詐欺師あつかいされたせいで、その子供は激しい差別を受けた。友里佐知子の家系は代々、世を呪わざるをえないほど悲惨な立場に置かれた。友里佐知子は最初から社会への復《ふく》讐心《しゅうしん》にとらわれていた。幼少から犯罪者になり、十代前半で人を殺した」

「十代前半で……？」

「結衣と同じようにだ」

凜は表情をこわばらせたものの、だしぬけに笑いだした。「結衣が中一で初めて殺人に及んだのは、わたしがそう仕向けたから。それがなに？　いかにもそういう家系だなんていっちゃって。ああ、おかしい。架禱斗がそんなに迷信深いとはね」

一笑に付すことで友里佐知子を貶《おとし》めようとする。凜は自分が劣った存在だと認めたくないのだろう。この女がどう思おうが問題ではない。架禱斗は事実を無視できなかった。

ホンジュラスのベアトリス・スクールで、結衣はモスキート音が遮断された位置を敏感に察知し、ヴコール・ミシチェンコフを倒した。桐宇翔季が弁護士に証言した内容から、そのように推察できる。架禱斗は弁護士を抹殺し、証言を闇に葬ったが、それで終わりにはできなかった。

結衣がヴコールを殺した。スペッナズ出身、ゼッディウムの統率者ヴコール・ミシチェンコフを、一対一の勝負で打倒した。そんな女子高生がこの世にいるだろうか。ありえない。勝敗を分けたのが、友里佐知子から遺伝した才能だったとしたら。

優莉結衣は危険な存在だ。生きているとわかった以上、たとえ国家の実権を奪おうとも安泰ではない。他人の手には託せない。ウェイ五兄弟もナパーム弾投下も当てにならなかった。直接的に手を下す必要がある。

ガラス戸を押し開ける音がした。迷彩服姿の茄城が顔をのぞかせた。

「首領」茄城が報告した。「優莉凜香が始末したはずの坂東志郎警部が生存し、矢幡元総理と行動をともにしています。元SPの錦織警部や、紗崎玲奈という女が一緒です」

架禱斗は凜を見つめた。凜は目を瞠《みは》っていた。

「紗崎玲奈！」凜の声は官邸じゅうに響き渡った。「こんな面白いことってある⁉ 架禱斗が釣りたかったのは矢幡元総理でしょ。なのにあのクソ女が、コバンザメみたいにくっついてきた」

「大漁ってことだ」架禱斗は平然といった。「茄城。〝同窓会〟の歓迎準備は？」

「はい。予定どおりに進んでいます」

「よし。ほかには？」

「牧田経済産業大臣や瀬賀防衛大臣の死は、まだ報じなくていいんですか。矢幡元総理の妻、美咲夫人の死は？」

「閣僚の大半が粛清されたと発表済みだ。大臣どもの訃報《ふほう》はすべてそこに含まれる。元総理夫人の死は、旦那《だんな》の矢幡が知れば充分だ。報道で追い打ちをかけるまでもない」

「了解」茄城がにやりとして踵《きびす》をかえした。

市村凜は直方体の岩の上を、花道のごとく気どったしぐさで歩いた。「紗崎玲奈。紗崎玲奈！　最高じゃないの。楽しすぎ。また素っ裸にひんむいて、優莉結衣の死体と抱きあわせて、硫酸の海にでも沈めてやりたい。今度こそ自分の手で！」

架禱斗は空を仰いだ。眩《まばゆ》いばかりの夏の光線を全身に浴びる。力が漲《みなぎ》ってくるようだ。名実ともに支配を完全にするときがきた。

石垣はわずか一個が欠けても、そこから壁全体の崩落につながる。優莉結衣は人身《ひとみ》御供《ごくう》となる。篤志も凜香も犠牲になればいい。優莉匡太の子はひとりしかいない。

10

夜七時半、矢幡嘉寿郎元総理は、唖然《あぜん》としながら高台にたたずんでいた。

神奈川県茅ヶ崎市、江《え》ノ島《しま》の西約五キロの海岸近く。星がやたら綺麗《きれい》だった。地上にまったく明かりがないせいだ。この辺りは宅地造成されているものの、新築の家は一軒も建っていない。道路だけはとりあえず舗装済みだが、信号や標識は見あたらない。まるで被災地の復興風景のようだ。

中央に広大な敷地がある。真新しい校舎がいくつも連なる。瀟洒《しょうしゃ》な外観はインテリジェントビルの趣だった。体育館やグラウンドなど施設も充実している。ただし窓明かりは見えず、外灯や非常灯ひとつ点《つ》いていない。すべては闇に没している。

私立森本学園。学校法人名も森本学園。幼稚園から大学まで内部進学できる一貫校で、大学には医学部もある。この敷地内にすべてがおさまっている。とはいえ五年前に建設されて以来、ずっと未使用のままだ。国会で論争になったため、新入生の募集が実施されなかった。周辺の宅地開発も中断している。もとは国有地だったため、大いなる無駄として、野党やマスコミがさかんに槍玉《やりだま》にあげてきた。シビック政権下ではどんなあつかいになるのだろう。

学園都市になるはずだった一帯。いま矢幡が立つ高台は、その入口にあたる。道端に二台のクルマが縦列駐車していた。錦織のスバルBRZと、長谷部が乗ってきたクラウンだった。分乗する全員がクルマから降りている。みな矢幡に対し、気まずそうな態度をしめす。

とりわけ錦織がそわそわしだした。「こんなところで〝同窓会〟の集会だなんて……。律紀。ありえなくないか」

醍醐が顔をしかめた。「知らないよ。〝同窓会〟のみんなが集まるのは初めてだし」

「見たところ誰もいないみたいだぞ。たぶんクルマ一台停まってない」

「そりゃ人目を忍んでるんだから当然だろ」

玲奈が遠慮なく意見を口にしてきた。「やたら広い学校の敷地が、いちども使われないまま立入禁止になってる。周りにも民家がない。反乱分子の集会には持ってこいでしょ」

坂東や長谷部は発言を控えている。現在の立場は微妙だが、公務員としての自覚が捨てきれないからだろう。矢幡にとってはありがたかった。森本学園問題について、あまり追及されたくはない。

民間人の玲奈だけは遠慮がなかった。「矢幡さん。『桜を見る会』に反社勢力が出席してたのはなぜですか」

錦織が苦い表情を玲奈に向けた。「おい。国会じゃないんだぞ」

「いいんだ」矢幡は片手をあげ制した。「あれは妻の招待枠だった。交友関係が広かったからな。ここの学園長もそのひとりだ。だから妻に名誉校長の話がきた」

総理夫妻への忖度《そんたく》により、国有地が不当に安く学園側に売られた。そんな疑惑のせいで、人の寄りつかないゴーストタウンができあがった。それが世間の解釈だった。皮肉なものだ。いまそこを訪ねざるをえなくなった。

「しかし」錦織が遠目に校舎を眺めた。「やはり無人にしか……」

醍醐はSIMフリーのスマホを一瞥《いちべつ》した。「集会は今夜。もう現場に着いたって、みんないってる」

坂東がクルマに戻りだした。「行ってみましょう。それしかない」

反対の声はあがらなかった。矢幡は仕方なくスバルBRZの助手席に向かった。行くべきではない場所だが、本当に集会が開かれているなら無視できない。運転席には錦織が乗りこむ。あとの四人はクラウンに乗車する。そちらのドライバーは長谷部だった。

錦織がクルマを発進させた。明かりひとつない宅地造成地、真っ暗な道を走っていく。後ろをクラウンがついてくる。

矢幡はこぼした。「私はまちがってたんだろうか」

「森本学園ですか」錦織が慎重にステアリングを切りながら応じた。「いえ。教育内容は立派なものでしたし、奥様が名誉校長をお務めになることも、なんの問題もありませんでした。疑惑はまったく別のところに生じたんです」

「……きみは疑惑について、私にいちども問いただささなかったな」

「必要ないことですから」

「私は自分や妻が無実だと国会で主張した。財務省は記録を破棄。苦しい言いわけを迫られた。あのあたりはさすがに呆《あき》れただろう？」

「ささいな行きちがいはどこにでもあります。矢幡さんは通算組閣十一回、総理としての通算在職日数も三千二百日。歴代最長ですよ。正しいことをしてきたから国民に支持されたんです」

国民の支持か。いまとなっては虚《むな》しくきこえる。シビックの執拗《しつよう》な侵略行為がついに実を結んだ。民主政治は根底から覆されてしまった。東京オリンピック前から暗雲が垂れこめてきて、コロナ禍へと至るなか、日本は何度となく国家的危機に瀕《ひん》した。

政府は一枚岩であるべきだった。柚木若菜のような反日思想家を紛れこませてはならなかった。真の愛国心こそがテロを撥《は》ねかえしえたというのに。

森本学園の敷地を囲む、高いフェンスに近づいた。海岸まで一キロ弱だが、そこまでつづく平地を、森本学園が占有している。校門が目の前に迫ってきた。大規模な工場のゲート然としている。いくつものカラーコーンに、黄と黒のバーが横たえられ、入口を塞《ふさ》ぐ。立入禁止の看板もある。

二台のクルマは停車した。後方のクラウンから降車したのは醍醐だった。門のほうへ駆けていき、校庭の暗がりをのぞきこむ。醍醐はバーをまたぎ敷地内に侵入した。

矢幡はつぶやいた。「だいじょうぶかな」

「息子のことは信頼してます」錦織が校門を眺めながらいった。「もう大人ですよ」

本心ではクルマから飛びだし、息子のもとに駆けつけたいだろう。総理でなくなった矢幡をガードしつづけなくとも、錦織は職務に違反しない。だが錦織は律儀に、以前のままの義務を果たそうとする。そういう男だった。

できれば校内に誰もいてほしくない。矢幡は心からそう願った。集会場がここ以外ならどこでもいい。無人と判明ししだい、すぐ引きかえそう。そうせねばならない理由がある。

ほどなく醍醐が駆け戻ってきた。十代の少年が一緒だった。ふたりでカラーコーンとバーを排除にかかる。醍醐が手招きした。

まずい。矢幡は気が気ではなかった。やはり集会が開かれているのか。

「よし」錦織はふたたびクルマを発進させた。校門から敷地内へと乗りいれていく。いっそう工場を彷彿《ほうふつ》させる光景がひろがる。校舎のビルはそれぞれ歩道で結ばれていた。開校に際しては並木が植えられる予定だったのだろう。いまは緑の類《たぐ》いはほとんどない。やたら広々とした面積に、積み木のような四角い建物ばかりが点在する。

矢幡がここに来るのは初めてだった。図面だけは見せてもらったことがある。幼稚舎から小学校、中学校、高校、大学と、だんだん建物のサイズも大きくなる、そんな設計だったはずだ。いまクルマは中学と高校の校舎の中間、幅の広い私道に入っていった。

ガレージ用のシャッターが上がっている。照明はないがヘッドライトの光で確認できる。敷地外からはクルマ一台見えなかったが、じつはSUV二台とミニバン一台が、屋内駐車場に停まっていた。

錦織がスバルBRZを停車させた。クラウンも横に並んだ。矢幡は自分でドアを開け、車外に降り立った。

醍醐は少年と小声で話し合っている。少年が鉄製の扉にいざなった。一行はそちらへと向かいだした。

扉の向こうは多目的教室とおぼしき、わりと広めの空間だった。かなり蒸し暑い。窓には隙間なく布が継ぎ接《は》ぎに張られている。机や椅子の類いはなかった。けれども闇のなかに大勢の人影がひしめきあっている。

玲奈がささやきを漏らした。「ああ……」

そこかしこでLEDランタンが揺れるたび、周囲の半径一メートルほどを照らしだす。少年少女ばかりだった。制服と私服が半々ぐらい、男女比率も同様に思える。中高生がほとんどのようだが、小学生らしき顔もある。

家出してきたも同然の不安げな表情が、矢幡を見つめたとたん、ふいに輝きだした。矢幡首相だ。矢幡首相。ざわめきのなかにそんな声がこだまする。実際には前首相だが、子供には関係ないのだろう。たちまち笑顔がひろがりだした。

矢幡の心境は真逆だった。焦燥ばかりが募りだす。こんなに大勢の子供たちがいたのか。目が慣れるにつれ、部屋の奥まで群衆が埋め尽くしているとわかる。おそらく千人は下らない。

なんということだ。SIMフリーのスマホであっても、なるべくアクセスを少なめにした結果、集会の場所がここと判明したのが午後五時すぎ。その後も半信半疑だった。もっと早く、いちどでもアクセスしておけば……。

いや。仮に森本学園での集会を断念するよう呼びかけたとしても、この少年少女らがすなおに応じたとは思えない。理由をつまびらかにすれば、結果もちがったかもしれないが、ラインで詳細を伝えたくはない。錦織らにもまだ明かしていないというのに。

そう思っていると、大人の男性が近づいてきた。白髪頭で眼鏡をかけ、瘦身《そうしん》にスーツをきちんと着こなしている。愛想よさげで親しみやすいが、どことなく頼りない微笑が浮かぶ。よく通る甲高い声で男性がいった。「矢幡首相！　いえ元首相。お目にかかれて光栄です」

男性の襟には弁護士バッジが見てとれる。錦織が警戒するように歩み寄ってきて、男性にたずねた。「あなたは？」

「申し遅れました。弁護士の宮園《みやぞの》です。以前は人権支援団体に属しておりまして、その縁で優莉結衣さんの弁護を」

坂東がいった。「ああ、検察審査会でご活躍だった……。沖縄からの帰りの飛行機にも乗り合わせたんですよね？」

「ええ、まあ」検察審査会のことを持ちだされたからか、宮園は坂東が警察官だと気づいたらしい。救いを求める目で群衆を振りかえった。「ここにも警察のかたはおられますよ。梅田《うめだ》さん。綾野《あやの》さんも」

ふたりのスーツが近づいてきた。五十前後の恰幅《かっぷく》のいい口髭《くちひげ》と、二十代後半の華奢《きゃしゃ》な色白。元総理の前でも臆《おく》さず、余裕あるしぐさでおじぎをした。

長谷部が驚いた顔で、五十前後の口髭に歩み寄った。「梅田浩介《こうすけ》さんですか。たしか公安の……」

「いや」梅田が苦笑した。「私も綾野も、いまじゃ所轄勤務です」

華奢な色白が綾野のようだ。綾野も穏やかにうなずいた。「小笠原《おがさわら》署に飛ばされてましたが、やっと二十三区内に戻れまして」

錦織がふたりを指さした。「思いだした。清墨《きよずみ》学園から生還した公安の刑事か。やはりあのパグェの巣窟《そうくつ》で……」

結衣とともに修羅場を潜り抜けたのだろう。証言では結衣などいなかったことになっている。だが事実はちがう。梅田と綾野は体裁悪そうな顔になったが、上目づかいに矢幡と錦織の表情をうかがってくる。武蔵小杉高校でも同じだったはずだろう、暗にそう確認を求めている。

坂東がきいた。「警察官はほかにも……?」

「ええ」綾野が先導しだした。「あっちにいます。紹介します」

一行は少年少女の群れのなかを歩きだした。子供たちが笑顔で手を差し伸べてくる。

矢幡は握手しながら前進していった。こんな歓迎を受けるのはひさしぶりだった。

元首相の到着にざわめく室内で、いっこうに関心をしめさない大人の男が、しゃがんで誰かと喋《しゃべ》っている。話し相手は高校生ぐらいの男女だった。

その大人は二十代後半で、引き締まった身体に革ジャンを羽織る。黒髪をオールバックで固めていた。地方へ行くと、こんなふうに多少ガラの悪い私服警官を目にする。

白バイ隊員かもしれないと矢幡は思った。

綾野が声をかけた。「神藤《しんどう》さん」

神藤と呼ばれた男がこちらを見た。厳《いか》めしい顔に似合わず笑いを浮かべ、立ちあがるや深々とおじぎをした。「初めまして。甲子《こうし》園《えん》署刑事一課、神藤光昭《みつあき》巡査部長です」

いかにも関西の訛《なま》りだった。所轄署員だとわかったからか、錦織が高圧的な態度でいった。「元総理がお越しだぞ。真っ先に出向くべきだと思うが」

「申しわけありません」神藤は悪びれたようすもなく応じた。「ここにも重要人物がいるので、なるべく付き添っていようと思いまして」

重要人物。矢幡は少年少女を見下ろした。ふたりが立ちあがった。顔を見たとたん矢幡は衝撃を受けた。「桐宇翔季君？　それに雲英亜樹凪さんか」

ふたりとも私服姿だった。最年少で国際コンクールに優勝した天才ピアニスト、精悍《せいかん》な顔の桐宇が会釈した。

かつて内親王も同然に持て囃《はや》された雲英亜樹凪は、矢幡を見ても暗い顔のままだった。うつむいた姿勢からさらに頭を下げる。

矢幡は桐宇を見つめた。「日本に帰ってきてたのか」

「慧修学院《けいしゅうがくいん》高校でふつうに授業を受けてました。彼女のほうは……」

桐宇が気遣わしげな目を亜樹凪に向ける。亜樹凪はずっと視線を落としている。

父親の雲英健太郎《けんたろう》は強盗に射殺されたときいている。矢幡はお悔やみを口にした。

「お父様は気の毒だった」

亜樹凪の顔があがった。なにかいいたそうな表情を浮かべたが、結局なんの発言もなく、また床に目を戻した。

〝同窓会〟に参加しているからには、優莉結衣がらみの事情があるのだろう。雲英グループの元ＣＯＯ、糠盛俊雄《ぬかもりとしお》が緊急事態庁長官を務めている。緊急事態庁の実体がシビックだと判明したいま、グループが国際犯罪と無関係だったとは思えない。あの偽油田も雲英石油の管轄だ。

桐宇がきいてきた。「やはり武蔵小杉高校でも、優莉結衣さんが……？」

「……察するにまかせるよ。きみらもそうだろう」

「みんなで優莉さんを追悼しようとしてたところなんです。彼女の勇気や行動を思いだして、僕らの力にできないかと……。矢幡さんがいてくださると心強いです」

矢幡は困惑をおぼえた。桐宇の言葉に呼応するように、周りの少年少女らが歓迎に沸きだしたからだ。宮園ら大人たちまで笑顔になっている。

「まて」矢幡は両手で制した。「みんな。ちょっときいてほしい。その場に座ってくれないか」

未成年の群れがしゃがみこむ。多目的教室の真んなかで、矢幡を中心に大人たちだけが立っている。衆目環視の状態になった。

固唾《かたず》を呑《の》んで見守る少年少女らに、矢幡は声を響かせた。「みんな。ここにいちゃまずい。すぐ退去して、別の場所に移るべきだ」

一同がざわめきだした。宮園弁護士が戸惑いがちにいった。「矢幡さん。ここにどんな謂《いわ》れがあろうが、私たちは矢幡さんを責めるつもりは……」

「ちがう。そうじゃない」矢幡は額の汗を拭《ぬぐ》った。「知ってのとおりここは国有地だった。約十億円の土地評価額に対し、地中のゴミの撤去費用として八億八千万円が免除され、一億二千万円で売買された。名誉校長だった妻と、私への忖度《そんたく》だと揶揄《やゆ》された」

宮園が同情のいろを浮かべた。「いっこうに気になりませんよ。いろんな事情がおありでしょう」

「……世間が思ってるような事情とはちがう。本当に八億八千万円の除去費用が必要だったんだ。二十発以上の不発弾を無事に掘り起こすには……」

一瞬の静寂があった。少年少女らがうろたえだした。大人たちも互いに顔を見合わせた。

玲奈が信じられないという表情できいた。「不発弾なんてどこに……？　これだけのビルを建てる際には、土台が十メートル以上掘られるはずですよね？」

矢幡はうなずいた。「それが十五メートルから二十メートルも地下に埋まってる」

錦織も初耳だという反応をしめした。「なんでそんなことになったんですか」

「戦時中ここには海軍の施設が建設されていた。それも地下の潜水艦ドックだ。しかし米軍に情報が漏れ、集中的に空襲を受けた。工事のために掘ってあった縦穴に不発弾が多く残っていたが、土に埋もれてしまい、戦後そのままになった」

「そこが国有地に……」

「ああ。森本学園への譲渡は、当初は賃貸とし、工事完了後に売却という段取りだった。地中検査が不充分なまま、校舎がすべて建ってしまった」

「どんな爆弾か判明してるんですか」

「いまではもうわかってる。空襲の不発弾といえば焼夷弾《しょういだん》がほとんどだが、ここは軍事拠点だったため、もっと破壊力のある一発千ポンドの爆弾が投下された。それが二十発以上だ。爆発すれば学校の敷地どころか周辺まで吹っ飛ぶ」

玲奈がため息をついた。「宅地造成地を一か所も売らないのも、それが理由だったんですね。こんなに広い校内が、警備員ひとり置かず放置されてるのも」

矢幡は認めるしかなかった。「そのとおりだよ……。売買契約は締結済みだったため、森本学園に配慮し、不発弾の処理費用を差し引いた。国側でおこなうことだからだ。取引内容は非公開にされたが、情報が漏れ、野党が騒ぎだした」

「不発弾が埋まってると、正直に明かせなかったんですか」

「たとえ爆弾をすべて除去できたとして、その旨を発表したとしても、いまさら世間の信用は得られない。新たに入学希望者が集まるとは考えにくい。もともとここは名門私立になるはずだった。有力者のご子息ご令嬢が二の足を踏むようでは、経営が立ちゆかなくなる。それが学園側の主張だった」

宮園弁護士が眉《まゆ》をひそめた。「でもここは海沿いでしょう。海中から校舎の下を掘るかなにか、できないんですか」

とっくに検討済みの案だった。矢幡は説明した。「不発弾のことを公表したくない学園側と、一刻も早く安全を確保すべきという政府側のせめぎあいだった。疑惑のせいで監視が強まり、こっそり掘りだすことも難しくなった。来年からなんとかしようと協議が進んでいたが……」

錦織が静かにきいた。「奥様はそのことをご存じだったんですか」

「……いや」矢幡は首を横に振った。「知らなかった」

学園長が公表に断固として反対しつづけたため、美咲には教えられなかった。彼女はなぜ土地売買に疑惑が生じたかわからず、ずっと途方に暮れていた。涙ながらに矢幡に抗議してきたこともある。矢幡はなにもいえずじまいだった。

罪悪感だけが尾を引く。妻に不名誉を背負わせてしまった。いずれ汚名をそそぎたい、強くそう願ってきた。だが叶《かな》わないまま美咲は帰らぬ人となった。

矢幡は周りを囲む未成年者らに頭をさげた。「申しわけない……。私の優柔不断が招いたことだ」

沈黙は長くつづいた。言葉を失った大人たちに業を煮やしたのかもしれない。桐宇が立ちあがり、同胞らを振りかえった。

「でよう」桐宇は呼びかけた。「きいたとおりだよ。ここにいちゃ危ない。ひとまず退去しないと」

一同がざわめきながら腰を浮かしだした。坂東が梅田にきいた。「クルマでピストン輸送するのか？」

梅田が唸《うな》った。「来るときは朝から一日がかりで、みんな駅からばらばらに歩いてきた。本来は翌朝までいるつもりだった。この暗がりのなか、未成年者を徒歩で帰らせられない」

「こんな状況下でよく見逃されてきたな」

「ああ。奇跡だよ。今後もそれを願うしかない。帰りは大人たちの運転で、定員いっぱいずつ運ぶ以外に方法はない」

「手伝うか。とはいえこっちのクルマはクーペとセダンだから、微力にしかならないが……」

唐突な眩《まぶ》しさに目が眩《くら》んだ。驚きの声がいっせいにあがった。

なにが起きたのか、一瞬は理解できなかった。錦織が拳銃《けんじゅう》を手に、辺りに警戒の視線を向け、矢幡に寄り添う。坂東もあわてぎみに拳銃をとりだしていた。

初対面の梅田や綾野、宮園らの顔が、明るい照明の下にある。天井の蛍光灯がいっせいに点灯していた。いまや多目的教室の隅々まで明瞭《めいりょう》に見える。少年少女らが怯《おび》えた顔で動揺をしめしている。

坂東がスーツのポケットから、もう一丁の拳銃をとりだし、玲奈に押しつけた。「持て」

玲奈が当惑のいろを浮かべた。「でも……」

「港で獅靭会《しじんかい》と撃ち合ったことぐらい知ってる。使えるんだろ。受けとれ」

神藤が口をはさんだ。「なんなら俺にくれませんか」

「ああ」坂東が反対のポケットから、さらにもう一丁の拳銃を引き抜いた。「ぜんぶで三丁ある。これでなんとか……」

ふいに男の声がスピーカーから響き渡った。「坂東さん。申しわけありません。それらの拳銃は使いものになりません」

矢幡は寒気をおぼえた。長谷部刑事の声だった。あわてて周りを見まわした。

錦織が唇を嚙《か》んだ。「長谷部がいない」

玲奈は目を閉じ、深くため息をついている。

神藤が拳銃のスライドを引き、天井に向けトリガーを引いた。撃鉄が戻る音が軽く響く、それだけに終わった。眉をひそめながら弾倉を抜く。しばし弾頭を眺め、拳銃ごと放りだした。呆《あき》れたように神藤がつぶやいた。「押収後の対策完了品だ。撃てない鉄クズ。どの署にもゴマンとある」

坂東が憤りに震えた。「長谷部！　日和《ひよ》ったのか」

長谷部の声はどこか弱気だった。「軍警察への再編が進んでるといったでしょう……。俺たちはみんな新しい国家に順応してかなきゃいけないんです」

「見損なったぞ。おまえほど優秀な男が」

「軍警察でも能力は適正に評価されるそうです。坂東さん。それより窓の外を見てください」

不安が霧のようにひろがる。全員が窓辺に目を向けた。玲奈が壁ぎわに声を張った。

「そっちにスイッチがあるでしょ。いったん明かりを消して」

少年たちが応じた。パチンという音とともに、室内がまた真っ暗になった。

玲奈が子供たちを掻《か》き分け、窓辺へと向かっていく。矢幡は錦織らとともに、玲奈につづいた。早くも少女のすすり泣く声が、あちこちからきこえる。

窓辺に達した。玲奈が布の縁を剝《は》がし、外のようすをのぞいた。

矢幡も玲奈の肩越しに、校庭の状況を確認した。最悪の光景としかいいようがなかった。サーチライトの光がやたら眩しい。装甲車両を含む軍勢が何百何千、隙間なく校舎を包囲していた。

11

夜の茅ヶ崎に向かう国道一三四号線は、薄気味悪いほど空《す》いていた。タリバン制圧下のアフガニスタンは、ニュース映像で観るかぎり、あちこちに武装勢力側の車両や兵士がいる。だがいま結衣たちはここに来るまで、なんの脅威にも晒《さら》されていない。

結衣は日産エクストレイルの後部座席でスマホをいじっていた。岩国祥一の家にいた性犯罪者どもから巻きあげたスマホのうち、ひとつだけ電源をいれた。過去にまったくつながりのない人間が契約した端末だ。ネットにつないでも結衣とはバレないだろう。ロックはむろん持ち主に解除させてある。

5G電波が普通に飛んでいるのが意外だった。ヤフーのトップページには、シビック政権下でのネット利用に新たな規約が設けられる可能性があります、そう書いてあった。

結衣はつぶやいた。「ヤフコメ欄がやけにおとなしい」

隣の澪がきいた。「どんなふうに？」

「反体制的なコメントがほとんどない。たまにあっても、そのコメントに対する批判のレスばかりが相次ぐ」

後部座席におさまるもうひとり、凜香が鼻を鳴らした。「シビック側に日和る正義マンどもが、さっそく湧いてんのかよ。どういう国になろうがゴミはいるよな」

ニュース記事も淡々としている。シビック政権のプロパガンダは、意外にも見受けられなかった。荒れた状況ゆえか、泥酔状態の運転が増えているらしく、全国で人身事故が頻発している。いずれのケースも、警察はドライバーを逮捕せず、その場で射殺したとある。現場の画像も掲載されていた。路上に横たわる容疑者の死体。近くに立つ機動隊の制服はアサルトライフルを手にしていた。まさしく中東のニュースそのものだった。

一部の警察はもう新体制下で動きだしているようだ。架禱斗は恐怖政治を徹底するつもりだろう。ただ無気力に怯える国民が、それぞれの仕事を粛々とこなす、そんな暗黒の世相が始まっている。

　クルマは幹線道路を外れた。海につづく南側の宅地造成地に乗りいれる。開発が中断している一帯だけに、行く手は真っ暗だった。

　澪が不安そうにささやいた。「森本学園って海辺にあるんでしょ？　まさかこっそりボートで海から上陸なんて、そんなことしないよね？」

　凜香が窓の外の闇を眺めながら吐き捨てた。「ド素人の考え」

　運転席の篤志は振りかえりもしなかった。「洋上じゃ身動きがとれない。隠れる場所もないから狙撃《そげき》されやすい。重装備で海に落ちたら溺《おぼ》れる」

「……ごめんなさい」澪が詫《わ》びた。

　結衣は釘《くぎ》を刺した。「澪をいじめるならこの場で殺す」

「おい」篤志が苦言を呈した。「俺たちはきょうだいだろうが」

「架禱斗も」結衣はいった。

　車内は静まりかえった。篤志がため息をつき、ステアリングを大きく切った。クルマを徐行させ、なにもない道端に停める。

　高台だった。結衣はドアを開け、車外に降り立った。街路灯も家もない宅地造成地に囲まれた、森本学園の敷地が見下ろせる。全体が暗闇に覆われていた。校舎のシルエットがかろうじて見えるていどだ。

みな車外にでてきた。凛香が森本学園を眺めた。「誰もいないんじゃね？」

ひとり怯えた顔の澪が、結衣のわきに立った。

結衣は澪をちらと見た。「あなたが一緒に来る必要はなかった」

澪が不服そうに反論した。「校門を入ってから合言葉をいう必要があるの。〝同窓会〟メンバーじゃなきゃ受けいれられないし」

篤志が醒《さ》めた口をきいた。「よくそれでここまで食い下がったよな」

智沙子は夜になり、Tシャツに薄手のブルゾンを羽織った。服装にはそれだけの変化しかない。無表情に森本学園を観察する。結衣にいちいち警戒の目を向けなくなった。

結衣は篤志にきいた。「双眼鏡は？」

「ある」篤志がふたたびドアを開け、シートに手を伸ばした。

だしぬけにスマホの着信音が鳴り響いた。みな怪訝《けげん》なまなざしを向けてくる。結衣の手にしているスマホだった。

画面には非通知設定とでている。結衣は通話ボタンを押した。特に応答の声は発さない。

架禱斗の声が一方的に告げてきた。「誰のスマホだろうと、いまその場所に立ちどまるのは、おまえぐらいしかいない」

携帯キャリアの位置情報電波はすべて把握済み、国内のすべての端末が追跡可能。架禱斗はそう主張したがっている。結衣はスマホをスピーカーモードに切り替え、クルマの屋根の上に放りだした。「森本学園が見える高台だから?」

「さっきまで矢幡元総理もそこにいた。いまは学園内だ」

「わたしたちの居場所がわかってるのなら、巡航ミサイルでもぶちこめばよくね?」

「マクロな攻撃はミクロな標的を取り逃がす。家ごと焼いても、害虫は炎をかいくぐって逃げる」

「なら大勢の兵隊に襲撃させる?」

「それも駄目だ。おまえらはどこに逃げるかわからない。奥多摩の失敗は繰りかえさない。狭い場所に誘いこんで、直接仕留める必要がある」

「狭い場所なんか行く予定がない」

ふいに森本学園内の暗がりに、部分的に青白い閃光《せんこう》が走った。静寂に銃声がこだまする。悲鳴が短くきこえた。

結衣は息を吞《の》んだ。篤志の差しだす双眼鏡を受けとる。学園の敷地内を観察した。

暗視ゴーグルではなく、ただの双眼鏡のため、はっきりとは見てとれない。だが校舎の廊下側とおぼしき窓を、人影が横切った。あわただしい動きだった。また銃火が数回、断続的に閃《ひらめ》く。それっきり沈黙した。

架禱斗の声がいった。「森本学園はもうシビックの所有物だ。不法侵入した〝同窓会〟メンバーの駆除のため、デスティノとエストバ解放戦線を突入させた。広い学園内だが、もう鬼ごっこは始まっている」

澪が悲痛な呻《うめ》き声を漏らした。両手で口もとを覆い、嗚咽《おえつ》を堪《こら》えている。

結衣はあえて関心なさそうな物言いをしてみせた。「帰るからせいぜい頑張って」

しかし架禱斗の声のトーンは変わらなかった。「学園内にいる者の名を伝える。綿谷蒼太。啻山里緒子。桐宇翔季。雲英亜樹凪。その他おまえの友達多数。ほかに公安の梅田と綾野。宮園弁護士。甲子園署の神藤。矢幡元総理。SPの錦織警部。その息子の醍醐律紀もいる。坂東警部。そして紗崎玲奈」

思わず言葉を失う。みな忌まわしい過去を忘れたがっている、そう思ってきた。なのにラインでつながった。結衣を慕っているわけではないのだろう。だが共通項は結衣だった。誰もが辛《つら》い記憶にさいなまれながら、互いに支えあっている。

架禱斗の声がつづけた。「あいにく〝同窓会〟メンバーの同伴がないと、森本学園には立ち入れない。いまそこに濱林澪がいるだろう。一緒に連れてこい」

「拒否したら?」

「学園内にいるガキらが、いますぐ吹っ飛ぶ。ゲームのルールを変えたくなきゃ、友達同伴で校門を入れ」

「ゲームってなによ」

「破壊力のある火器を使用するわけにいかない。森本学園の地下には、撤去に八億かかるゴミが埋まってるからな。この意味がわかるか」

「……不発弾?」

「察しがいいな。破壊力のある爆弾ばかり二十発以上が眠る。地上で派手な爆発を起こせば、強烈な震動が発生し、寝た子を起こさないともかぎらない。だから制圧側も使えるのは小火器類だけだ」

「こっちにも武器はくれないの?」結衣はきいた。クルマのなかに積んだ銃器のことは伏せておく。

「おまえは敵から武器を奪うなりして、友達を守るべく必死に戦え。前にもやったろ?」

「さあ」

「現状〝同窓会〟メンバーが多く集ってるのは、学園内でも高校の校舎だ。結衣。これが最後の高校事変だな」

「ステージにラスボスがいないと燃えない」

「あいにく俺は多忙だが、森本学園にいる敵を激減させれば現れるかもな」

篤志が口をはさんだ。「架禱斗。俺たちを忘れてねえか」

「ああ。篤志か。おまえ死亡フラグ立ってないか」

「どういう意味だよ」

「身体を張ってみずから犠牲になって、結衣を助けるとか、キャラ的にそういう予感しかしねえ」

「ざけんな。おめえをぶっ殺すまで死ねるかよ」

架禱斗の声が別のきょうだいを呼んだ。「智沙子。そこにいるんだろ」

沈黙が訪れた。結衣は智沙子に目を向けた。智沙子が見かえした。

「智沙子」架禱斗の声は厳かに響いた。「結衣を殺せばおまえをシビックの幹部に迎えてやる。篤志と凜香まで仕留めれば俺の側近だ」

結衣は智沙子を見つめていた。智沙子の姿がまた鏡像に思えてくる。心まで映りこんでいる気がした。ふと気づかされる。智沙子はもう無感情ではなかった。

かすかな憂いのいろと、いつもどおりの反発を漂わせ、智沙子は首を横に振った。

凛香が鼻で笑った。「架禱斗兄。ふられたぜ」

架禱斗の声は動じなかった。「もうゲームは始まってる。警察や自衛隊の助けは永久にない。結衣、早めにエントリーしろ。eスポーツもサーバーが遠いとレスポンスが遅れる。圧倒的不利になるぞ」

通話が切れた。静寂がひろがった。森本学園もいまは無音だった。しばらく銃声は途絶えている。

結衣はクルマの屋根からスマホをつかみあげ、遠くに放り投げた。今後も位置情報を知らせるつもりはない。

地面にスマホが跳ねる音が、かすかに耳に届いた。結衣はつぶやいた。「ひとりで行く」

間髪をいれず篤志がいった。「運転できるのは俺だけだ。おめえは原付にも乗れねえだろ。山ほど積んである武器をどう運ぶつもりだ」

「なら校舎の前まで送ってよ。わたしひとりだけ降ろして」

澪が首を横に振った。「結衣。わたしを連れてかなきゃ……」

「いまさら〝同窓会〟の受付があると思う？　合言葉も必要ない。架禱斗はただ澪を巻きこみたがってる」

「なんでわたしを……？」

結衣の弱みになる人間をひとりでも増やしたいからだ。それが結衣を〝狭い場所で確実に射殺〟するための下準備なのだろう。わかっていて友達を危険に晒《さら》せない。結衣は澪を見つめた。「無事に富津まで帰れる。凜香や智沙子が守ってくれる」

凜香が大仰に顔をしかめた。「まてよ。また楽しみを独り占めしようってのかよ。好きなだけ虐殺に明け暮れたいって？　そうはいかねえ」

「……楽しくなんかない。前とはちがう」結衣は思いのままを言葉にした。「これはゲームなんかじゃない。日本がシビックに占領されたいま、学園内の敵をいくら倒しても、増援が無限に送りこまれる。警察も敵。死ぬだけでしかない」

また全員が無言になった。今度の沈黙は長かった。

智沙子がなぜか身振り手振りで、ものを書くしぐさをした。筆談を要求しているらしい。篤志がボールペンと紙切れを渡した。智沙子はペンを走らせたが、文面を結衣や篤志に見せることなく、ポケットにしまいこんだ。ペンだけが返された。篤志が妙な顔をした。結衣も不可解に思った。なにを書いたのだろう。

凜香が震える声でうったえた。「一人プレイは無謀だろ、結衣姉。きょうだい参加の四人プレイにしとけよ」

じれったさが募りだす。結衣は声を荒らげた。「何度もいってるでしょ。凜香はふつうの中三の暮らしに戻ってよ」

「こんな国でかよ⁉　無事に生きてけるわけねえだろ」

「いままでとそう変わらない」結衣は語気を強めた。「危険人物とみなされて、警察に追いまわされて、自由を奪われ、みんなから除《の》け者にされる。でも大人になって何年も経てば、なにかが変わってくるかもしれない。だからあんたにはそれまで生きてほしい。智沙子にも、篤志にも」

「なんだよそれ」凜香がむきになった。「かっこつけてんじゃねえぞ結衣姉。農業高校でわたしをぶっ殺そうとしといて、いまになって善人面かよ」

「殺さなかったでしょ！　原宿《はらじゅく》で水をかけるだけにしといてやった。いまになってわかる。わたしはあんたを殺せない。あんたにはまともになってほしい。不幸な人殺しのままにさせたくない！」

「それは結衣姉も同じだろ！　わたしたちみんなそうじゃねえか。生まれさえちがってりゃ、いまごろこの四人でマクドナルドのテーブル囲んでたかもしれねえ。もうひとつテーブルをくっつけて八人席にして、架禱斗や健斗も詠美《えみ》も弘子も、一緒に晩飯を食ってたかもしれねえ」

「マックのテーブルは固定されてる。動かせない」

「んなこと知るかよ！　いちいち豆知識をぶっこんできてんじゃねえよクソ姉！」凜香の目が潤みだした。「小さいころ結衣姉は冷たかった。でもいまはちがう。そのままの結衣姉でいてくれよ。わたしは結衣姉と一緒にいたいんだよ！」

ほとんど絶叫に等しい怒鳴り声が、闇の静寂にこだました。凜香の涙は直視できない。結衣は顔をそむけた。

だが視線の先には智沙子がいた。智沙子がじっと見つめてくる。物言わぬ鏡像と意思を通じあう、そんな錯覚があった。

生まれさえちがっていれば、さっき凜香はそういった。このきょうだいに共通する唯一の真意だろう。どれだけ強く願ったところで、現実はどうにもならない。ずっと虚《むな》しさを抱えながら生きるしかなかった。

優莉匡太半グレ同盟の最大の犯罪は、せいぜい銀座デパート事件、世間はそう思っている。武器も3Dプリンター銃に、サリンやVXガスていど、それが一般社会の認識だった。本当はもっと高度な訓練を、幼少期から強制されてきた。片手で拳銃《けんじゅう》を撃ち、フライトスーツで飛び、手製爆弾を作れなければ体罰。そんな常軌を逸した毎日も、ほかの人生を知らなければふつうに思えた。

父も母も愉快犯のレベルではなかった。本気で国家転覆を企てようとした。自分たちの人生では間に合わないと知ったからか、願いを子供に託した。長男だけがまともに受け継いだ。架禱斗の信念だけは揺るがなかった。いま狂気のファミリービジネスは現実のものになった。それは多くの人々を不幸にする。優莉の血筋さえこの世になければ。誰もが憎しみとともにそう思う。

ならやれることはひとつだけだ。架禱斗を殺す。異常者に育った結衣自身も死ねば、こんなに望ましいことはない。生まれてきた意義だけは残る。それで充分だった。

篤志が穏やかに告げてきた。「結衣。架禱斗のいったとおり、エントリーが遅れちゃゲームは不利だぜ?」

ふいに感情を閉めだすのが容易になった。冷静な自分を実感した。結衣はクルマを振りかえった。車体の後方にまわりこみ、リアハッチを開ける。アサルトライフルのHKM4をとりあげた。弾倉を叩《たた》きこみコッキングする。拳銃はFNブローニング・ハイパワーを選んだ。スカートベルトの後ろに挟みこむ。

篤志と智沙子もそれに倣った。凜香が涙を拭《ぬぐ》いながら、AIMS74を携えた。結衣と凜香の目が合った。銃を手にしたとたん、一滴の涙も浮かばず、けろりとしている。これが優莉家の血筋だろう。

劣勢ばかりではない。架禱斗はこのクルマに積んだ武器について知らない。きっと油断がある。敵勢の攻撃が苛烈《かれつ》を極めないうちに、まずは学園内に飛びこんでやる。

結衣は澪に目を移した。「ここでまっててほしいけど」

「冗談でしょ」澪が真顔で応じた。「ひとりでほうっておいたほうが危険じゃない？」

正論だった。どうあってもついていく、そんな固い意志をしめす口ぶりだった。結衣は後部ドアを開けた。「澪。真んなかに乗って」

全員がふたたび乗車する。すべてのドアが閉じられた。運転席の篤志がエンジンをかける。「行くぞ」

ほどなくクルマが急発進した。高台から坂道を下っていく。明かりひとつない宅地造成地、区画の狭間《はざま》に延びる道路を疾走する。

夜空になんらかの動きを見た気がした。結衣はボタンを押し、サイドウィンドウを下げた。同時に助手席の窓も開いた。智沙子が操作したとわかる。風が強く吹きこんでくる。結衣は頭上の星々に目を凝らした。

闇のなかにひずみを見てとった。結衣はセミオートで仰角に銃撃した。銃火の閃き《ひらめ》が視野を点滅させ、けたたましい発射音が鳴り響く。暗がりに紛れていた黒いドローンに火花が散り、真っ赤な炎を噴きつつ四散する。別のドローンも空中爆発を起こした。智沙子による撃墜だった。

クルマのエンジンの唸《うな》りよりも、無数の羽音が騒々しかった。夜空に無数のドローンが飛来している。結衣はセレクターをフルオートに切り替えた。小刻みにトリガーを引き絞っては解放する。急降下してくるドローンを次々に狙い撃つ。

クルマから逸《そ》れているドローンは、あえて追わない。道端の地面に落下したドローンが、轟音《ごうおん》とともに火柱を立ち上らせる。後方でも路上に火球が膨張した。爆風に車体が浮きあがる。

やはりドローンは爆薬を積んでいた。執拗《しつよう》に体当たりを試みてくる。結衣と智沙子は上空を撃ちまくった。車体に衝突寸前のドローンを片っ端から破壊しつづける。隣の澪は手で両耳をふさぎ、ずっとうつむいていた。逆側の凜香は狙いがさだまらないようだ。ただ闇雲にフルオート掃射しているのがわかる。たちまち弾倉が空になり、凜香の銃火が途絶えた。

結衣は怒鳴った。「凜香！　ドローンは気にしなくていい。水平方向だけを警戒して」

「わかった」凜香が弾倉を交換しコッキングした。「どうせ闇夜のカラスなんか見えやしねえ。結衣姉たち猫の目かよ」

篤志は運転しながら右腕を車外に突きだし、拳銃を発砲している。やはりドローンを追いきれていない。やけっぱちな銃撃にうったえていた。

結衣のなかに実感があった。これが遺伝か。集中すればドローンの動きは目で追える。智沙子も着実に、クルマに迫るドローンを撃墜しつづける。

だが篤志の運転の腕は信頼が置ける。脱輪しない範囲で巧みに車体を左右に振り、ドローンの急降下を躱《かわ》す。両脇では絶えず爆発の炎があがっている。ヘッドライトの照射範囲に降ってくるドローンを、篤志は見逃さず、確実に回避している。

後輪を滑らせ、ドリフトぎみにコーナーを曲がる。フェンス沿いの道を猛然と突っ走った。ドローンが車体の周りで地面にぶつかっては、眩《まばゆ》い閃光《せんこう》を放ち、土塊を撒《ま》き散らす。爆発にともなう地響きが、車中にまで伝わってきた。不発弾が埋まっているのは学園内、まだ距離があると信じたい。前後左右の連続爆発のなかを、日産エクストレイルが突破していく。

さっきとは逆方向へ、またドリフトの横滑りも同然にターンする。クルマが校門のなかに飛びこんだ。敷地内で速度があがったとき、凛香が校庭に水平射撃を開始した。広大な校庭のそこかしこに敵兵の姿が点在する。行く手で銃火が閃き、フロントガラスが砕け散った。車体に被弾した音が鈍重に響く。進路を阻む敵兵を篤志が撥《は》ね飛ばした。凜香による掃射が、至近側面の敵勢を片っ端から撃ち倒す。

グラウンドには装甲車両も数台見てとれた。機銃掃射が追いまわしてくる。対戦車ライフルやロケットランチャーで吹き飛ばしてやりたいが、そうもいかない。装甲車両の真下あたりに不発弾が埋まっていないともかぎらない。地上爆発により強い衝撃を与えたら、地中で起爆する恐れがある。

敵側もそれを危惧《きぐ》したのか、クルマが敷地に乗りいれて以降、ドローンの攻撃がやんでいる。いかに逃れようのない大爆発を起こせようとも、そこに結衣たちを巻き添えにする抹殺手段は、架禱斗が禁止しているのだろう。混乱の規模が大きければ、結衣は隙間を縫うように脱出を図る、架禱斗はそう確信しているらしい。直接的な殺害にこだわり、今度こそ命を奪う気でいる。

篤志がステアリングを切った。クルマがビルの谷間に向かう。架禱斗は〝同窓会〟のメンバーの多くが、高校舎に集まっているといった。見るかぎり最も大きなビルを大学とすれば、それに次ぐサイズが高校と考えられる。クルマは五階建てのビルに猛進していった。

外壁にシャッターが下りていた。横幅が広い。ガレージの出入口にちがいない。篤志がクルマをさらに加速させた。みるみるうちにシャッターが迫ってくる。結衣は澪のうなじをつかみ、顔を膝《ひざ》の上に伏せさせた。激しい衝撃が襲い、騒音が耳をつんざいた。車体が大きく揺さぶられる。シャッターを突き破った。闇のなかに駐車するSUVやミニバン、クーペを目にした。しかしそれは一瞬にすぎない。クルマはガレージ奥の壁にぶつかった。

篤志は内壁の一部が幅数メートルにわたり、コンクリートでないと見切っていたらしい。眼前でベニヤ板を粉砕しながら、クルマが急停車した。車体の前半分は広めの多目的教室に突っこんでいる。

結衣は後部座席から身を乗りだした。前部ドアが左右に開き、篤志と智沙子が降車していく。澪に手を貸しながら、結衣も前部座席に移り、ドアから車体側面に転がりでた。逆側から凜香も這《は》いだす。

教室内はがらんとしている。闇のなか目を凝らすと、白い床に無数の足跡が見てとれる。ここに大勢いたようだが、いまは校舎じゅうに散りぢりになっている、そう考えるべきだった。

人影に気づいた。敵兵をまのあたりにするや、結衣はトリガーを引き絞った。反動とともに薬莢《やっきょう》が排出される。暗がりのなかで兵士がのけぞり、仰向《あおむ》けに倒れた。

結衣は距離を詰めなかった。致命傷をあたえたのはたしかだ。倒れた敵を遠目に観察する。外にいた兵士らとは装備が異なる。防弾ベストが妙に膨れあがっている。

凜香がアサルトライフルをかまえながら近づいてくる。結衣の倒した敵を見ると、凜香はそちらに向かいかけた。「せっかくだから奴の銃や装備を奪っ……」

結衣はとっさに凜香の制服の襟をつかんだ。前進を阻まれた凜香がつんのめりそうになった。

と同時に兵士の死体が白い発光に包まれた。直後に爆発音が轟《とどろ》き、兵士の四肢がばらばらになり宙を舞った。

凜香が目を瞠《みは》った。智沙子も篤志も凍りついている。くすぶる火のなか、もう死体は原形を留《とど》めていない。むろん装備も粉々に砕け散っていた。

「な」凜香が信じられないという顔になった。「なんだよこれ。遠隔操作？」

結衣はいった。「身体に電極を貼りつけて、鼓動にともなう電気信号を検出してた。心肺停止になると自爆スイッチが入る仕組み」

「マジで？　死んだとたんに強制的に自爆テロ？」

「アラブ系兵士に多い。デスティノの仕来りなんでしょ」結衣はこめかみの汗を拭《ぬぐ》った。

いまの爆発による震動ぐらいなら、地下の不発弾に影響はないらしい。あるいは運が良かっただけか。火災報知器とスプリンクラーが作動しないことはたしかめられた。

「やべえじゃん」凜香が戦々恐々とささやいた。「人質に抱きつかれたりしたら、たとえ頭を撃ち抜いても……」

少女のおののくような声が短くきこえた。智沙子が室内の隅を見つめている。その先に段ボール箱が積みあげてあった。声の主は箱の陰にいるようだ。

結衣は歩み寄った。身を潜めるのは三人。少女ふたりは制服姿で、ブラウスとチェックのスカートを身につけている。おそらく中学生だろう。少年ひとりは私服だった。恐怖に顔をひきつらせる少女に見覚えがある。結衣は声をかけた。「枝沢美佳《えだざわみか》さん」

葉瀬中学校三年、十五歳の美佳が結衣を見つめた。救いを求める目を向けながらささやいた。「結衣さん」

無理もない。智沙子は葉瀬中で集団虐殺を働いた。美佳はその場に居合わせたとき。

一瞬だけ智沙子の顔に哀感がのぞいた。だがすぐ身を翻し、廊下に面する引き戸を銃撃した。開放された引き戸の外で、敵兵がひとり倒れた。絶命とともに爆発が起き、引き戸の周りの壁までも吹き飛ばした。出入口が大きくなった。

智沙子と凜香がアサルトライフルをかまえ、廊下へと駆けだしていく。凜香が去りぎわに声を張った。「結衣姉、篤志兄！　その子たちを連れて、クルマごとどっか行け！　この校舎はわたしと智沙子姉で充分」

爆発音をききつけ、兵士がこちらに向かってくるのは当然だ。校舎の外にも敵勢が集まりつつあるだろう。

結衣は怒鳴った。「乗って！」

三人が日産エクストレイルの前部ドアに逃げこむ。車内を後部座席に移っていった。澪がそれにつづく。篤志が運転席に乗りこむ。結衣は廊下への出入口を警戒しつつ、助手席に飛びこんだ。後部座席は四人と窮屈だが、辛抱してもらうしかない。

クルマはいきなりバックした。駐車場に突入してきた敵兵らを轢《ひ》き、瞬時に校舎から脱出する。外にでたとたん周囲から銃撃を受けた。後部座席の四人が悲鳴とともに伏せた。

篤志がギアを入れ替え、ステアリングを切った。クルマがスピンしながら前進に転じる。結衣は助手席から半身を乗りだし、敵の包囲網にフルオートで掃射した。猛スピードで高校舎を離れていく。兵士を何人か撥ね飛ばした。後方で心肺停止になった兵士が、次々に爆発を起こす。

震動が伝わるたび、不発弾への影響が気にかかる。だが熟考はしていられなかった。前方に校旗掲揚用のポールが迫った。篤志が間一髪回避した。ポールはふたつの校舎の中間に建っている。昇降用ロープは、中学校舎側の三階バルコニーへと、斜めに延びていた。

結衣は車内に身体をひっこめた。「篤志。敵のバリスティックヘルメット、こめかみに小型カメラがない」

「リアルタイム映像の中継はいまのところなしか」篤志はステアリングを右に左に切りつづけた。「兵士の目を架禱斗がモニターしちゃいねえってことだ。だが全員とは思えねえ。たぶん司令官クラスはカメラを装着してる」

「学園内に防犯カメラがないのは幸い」

「開校してねえからな。備品も皆無か?」

「いえ。ニュースで観た。大半の教室には机も椅子も備品もある」

「ああ。報道用と見学用か」

爆発が起きる場所に敵兵が集まってくる。うまく引き寄せれば、学園内の〝同窓会〟メンバーらから遠ざけられる。そのためにはどこに味方がいるのか知らねばならない。結衣は後部座席を振りかえった。「みんなはどこ？」

美佳が応じた。「さっきの多目的教室から逃げだして、校舎のあちこちに隠れてます」

無闇に逃げまわらないあたり、修羅場の経験者ばかりが集まっているだけのことはある。結衣は念を押した。「さっきの校舎内にいるってことね」

すると少年が告げてきた。「啓山里緒子さんがチュオニアンの仲間を率いて、外にでていった。たぶんそっちの中学校舎」

声で誰なのか気づいた。控えめな性格の十八歳、チュオニアンにいた桐谷陽翔《きりたにはると》だった。

挨拶《あいさつ》を交わしている余裕はない。結衣はもうひとりの少女に目を移した。「あなたは？」

美佳が震える声で紹介した。「クラスメイトの桜井椿《さくらいつばき》……」

椿という少女は尋常でないほど怖がっている。結衣は椿にいった。「智沙子が襲ってくることはないから安心して。わたしも」

返事には期待していない。結衣は前方に向き直った。「桐谷君。啓山さんはなにかいってた？」

「とにかく隠れようって……。武蔵小杉高校では、校舎の端の特別教室が、わりと安全だったって」

慰安所と化した図書室のことだろうか。あのときと同じように、身体を売って生き延びるという意味ではあるまい。たしかに校舎の端なら、戦闘に生じる銃撃や爆発の影響が及びにくい。里緒子は図書室でそれを実感したのかもしれない。

高校舎を脱出した里緒子らが、中学校舎の端の教室に移るとすれば、最短距離の場所にちがいない。行く手は中学校舎だった。校舎一階の端、引きちがいサッシの掃きだし口が見える。結衣は顎《あご》をしゃくった。「あそこへ飛びこんで」

篤志がクルマの速度をあげた。見える範囲に残存する敵兵を轢き、掃きだし口へ突進していく。後方で絶命した兵士らが連続爆発した。クルマの行方を目で追う敵が、一時的に皆無になったとわかる。

引きちがいサッシには二枚ぶんの横幅があった。クルマはサッシを突き破った。ぎりぎり屋根と側面を擦《こす》りながら、車体が特別教室内に入りこむ。篤志がブレーキをかけた。

急停車するや結衣はドアの外に躍りでた。暗がりにもすっかり目が慣れている。額入りの世界地図と地質断面図が掲げてある。広めの教室内の半分は備品が占める。鉱石のサンプルが一個ずつガラスケースにおさまり、地図収納棚の上に並んでいる。キャスター付きのワゴンも据えてあった。

中学地理の特別教室だと一見してわかる。実際に授業がおこなわれたわけではないため、ドラマのセットのように整然としている。

教卓の陰から飛びだした人影が、刃渡りの長いアーミーナイフを振るい、結衣のアサルトライフルを弾《はじ》き飛ばした。見たことのない敵兵の動き、未知の体術だった。アラブ系兵士の接近戦術らしい。

敵が銃を用いなかったのは、あまりに近すぎたため、狙いをさだめにくかったからだろう。縦横に振られるナイフの太刀筋を見切り、結衣は後ずさって躱《かわ》しながら、鉱石のサンプルを一瞥《いちべつ》した。黒曜石とラベルに書かれたガラスケースを蹴破《けやぶ》り、瞬時に石をつかみとる。手の感触により、平らな楕円形《だえんけい》で長さ二十センチぐらいと知った。

降車した篤志がアサルトライフルをこちらに向ける。だが結衣と敵が揉《も》みあっているため、狙撃《そげき》を躊躇《ちゅうちょ》している。自分ひとりで充分だと結衣は思った。敵がスイングしてくるアーミーナイフに、黒曜石をわざとぶつけ、何度か鍔《つば》ぜりあいに持ちこむ。刃が擦れるや火花が散り、黒曜石が割れた。先端が尖《とが》った状態になった。

火山岩である黒曜石は、石器時代から刃物の代わりだった。切れ味の鋭さは折り紙付きといえる。結衣は逆手に握った黒曜石で、敵の右腕の付け根を斬りつけた。パットに守られていても、地肌まで深々と刺さったうえ、神経や血管を切断した。絶叫を発した敵兵の喉《のど》を水平に掻《か》き切り、声をだせない状態にする。最後に腹部に黒曜石を突き立てた。呻《うめ》き声をあげ、前のめりになった敵兵に、結衣は回し蹴《げ》りを浴びせた。

敵兵がワゴンの上につんのめる。結衣は駆け寄り、もうひと蹴り食らわせた。篤志が廊下につづく引き戸を開ける。キャスター付きのワゴンは敵兵を乗せたまま、廊下をまっすぐ滑っていく。篤志が引き戸を閉めにかかる。結衣は近づき、戸のわずかな隙間から廊下をのぞいた。

みるみるうちにワゴンが廊下を遠ざかる。中央階段前を通過した。そこを兵士がふたり降りてきた。さっきのクルマの突入に気づいたのだろう、こちらに駆けてこようとする。

だが廊下のはるか先で、ワゴンに乗った兵士の心肺停止にともない、派手な爆発が発生した。ふたりの兵士はそちらに向き直った。火災の起きた廊下の果てへと走り去っていく。

あのふたりにかぎらず、ほかの兵士たちも爆発の起きたほうに殺到する。ここでいくらか時間が稼げる。結衣は引き戸から離れ、教室を振りかえった。「啓山さん」

棚の陰から人影がいくつか現れた。瘦身《そうしん》をまた別の高校の制服に包んだ十八歳、まぎれもない啻山里緒子がいた。すっぴんのせいか男っぽい精悍《せいかん》さが漂う。里緒子は啞然《あぜん》とした。「優莉さん？　マジで？　生きてたの？」

さらにふたり、ワルぶった私服姿の少年らが身体を起こした。いずれも結衣と同じ十八歳だった。リーゼントで頰がこけた祢津直樹《ねづなおき》。髭面《ひげづら》で肥満ぎみの鷹取浩一《たかとりこういち》。ふたりは結衣を見たとたん、甲高い歓喜の声を発しかけた。

「しっ」結衣は静寂をうながした。「仲間は三人だけ？」

里緒子が教室内を見まわし、そっと呼びかけた。「恵麻《えま》、茉莉花《まりか》。定華《さだか》」

現れた三人の少女はみな結衣と同学年だった。動きやすそうな私服、髪も後ろでまとめている。チュオニアンでAKMを撃った宮本恵麻《みやもとえま》と斉藤茉莉花《さいとうまりか》は、半ば軍隊を思わせる機敏さで、結衣に駆け寄ってきた。どちらも興奮ぎみに目を輝かせている。だが武蔵小杉高校出身の真向定華《まむかいさだか》だけは、ひたすらおろおろとしていた。おそらく里緒子に庇護《ひご》を求め、ただついてきただけなのだろう。

時間は浪費できない。結衣はクルマにひきかえすと、リアハッチを開けた。銃器類をつかみだし結衣はささやいた。「アサルトライフルの使い方はわかってるでしょ。手榴弾《しゅりゅうだん》も持っていって」

五人が喜びをあらわに駆け寄ってくる。チュオニアン経験者の女子三人、男子ふたりだった。例外の定華だけが、怖《お》じ気づいたようすで立ち尽くす。

後部座席から澪が這《は》いだしてきた。さらに美佳と椿、桐谷が車外に降り立った。里緒子は気遣いをしめしたが、ほかの四人は武器の品定めに夢中だった。桐谷はため息をつき、アサルトライフルに手を伸ばした。

篤志が訝《いぶか》しげに近づいてきた。「結衣。こいつら使いものになるのか？」

銃の撃ち方と手榴弾の投げ方を知っている。それだけでも日本人の十代には希少な存在だった。いまこの場では心強い。

教室内を見まわす。防火扉に貼られた校舎見取り図のパネルが目にとまった。構造を手早く読みとる。結衣は全員に声をかけた。「集まって」

アサルトライフルを携えた六人と、震えるばかりの四人、それに篤志が結衣を囲んだ。

結衣は見取り図を指さした。「この校舎、北側にもう一本廊下が走ってる。あっちの出口から二階に上って、最初の階段を降りて。昇降口わきの物置、小さく〝雨水〟と書いてあるでしょ。まずここを確保して」

里緒子がきいた。「ただの狭い物置を？」

篤志はもう結衣の意図に気づいたらしい。「雨水管に下りられる蓋《ふた》があるんだ。校舎の外には多いが、なかには数か所しかない」

澪が腰の引けた態度をしめした。「ようするに下水？　くさそう」

結衣は首を横に振った。「この配水管は雨水専用。雨水と汚水はちゃんと分けられてる。問題になった武蔵小杉の混合下水処理とはちがう」

「ならそこを通って学園の外にでられる？」

「いえ。雨水管はいくつかの地下浄化設備を経由して、たぶん一キロ西の相模川に注いでる。そこまで人は通れない」

「すぐ近くに海があるのに……。そっちに出口はないの？」

「海辺に雨水管がつながってたら、台風や津波のときに、海水が逆流してきちゃうでしょ」

「ああ……。そっか」

「でもこういう平地の学校施設の下には、豪雨対策で広い空洞が設けられてる。天井も壁も床もコンクリート。最近は雨も降ってないから、いまは水がないはず」

「そこに避難するの？　だけどどこへも行けないんでしょ？」

「出入口さえ死守すれば、なかを地下要塞《ようさい》化できる。校舎のあちこちに未成年者を放置しておくより、そこに集めておいたほうが安全。通気も確保されてるし」

里緒子が浮かない顔になった。「矢幡さんは不発弾が埋まってるといってた」

わかっていれば話が早い。結衣はうなずいた。「ポジティブに考えれば、そのおかげで敵が地下空洞に爆弾を仕掛けた可能性がない。不発弾が誘爆する危険があるから」

「そんなポジティブ・シンキングってある……？」

「校庭には装甲車両がいて、わたしたちを逃がさないようにしてる。学園内に留《とど》まらざるをえない以上、不発弾の脅威は不可避。だからみんな地下空洞にいたほうがいくらかまし」

篤志が見取り図を指さした。「敵の注意をこの物置に向かせないことが重要だな。ここを入口と気づかれないよう、物置内に隠れて警備しながら、なるべく大勢を地下空洞に避難させる」

「そう」結衣は作戦を説明した。「銃を持つ六人のうち、ふたりは篤志とともに、物置をこっそり死守。四人は校舎内をめぐって、隠れてる子たちを誘導して」

「なら」篤志がクルマを振りかえった。「載せてある武器はぜんぶ、物置に運ぶか」

「それがいい。チュオニアンでの戦闘経験者はほかにもいる。その子たちが物置に避難してきたら、武器を渡して戦力になってもらう」

澪が心配そうにきいた。「この見取り図、校舎内のあちこちにあるんでしょ？　敵が見て作戦に気づかない？」

篤志が鼻を鳴らした。「〝雨水〟って漢字で書いてある。連中には読めやしねえ」

「でも」澪が見つめてきた。「結衣はどうするの？」

「わたしはひとりで別の階を攪乱《かくらん》する。銃撃や爆発があれば、敵がそこに群がる」

里緒子が理解したようにうなずいた。「わたしたちは極力撃たないようにしなきゃ。みんなを物置に逃がしてると気づかれたら終わり」

結衣は里緒子にたずねた。「元総理はどこに……？」

「まだ高校舎かも。もし会うことがあったら、ここの物置に行くよう伝える」

鷹取が乱暴な声を響かせた。「おい。俺の銃と交換しろ」

「なんで？」桐谷がたずねた。

「黙ってよこせ」鷹取は強引に桐谷のHKM4を奪った。「あー。こっちのほうがかっこいいよな」

代わりにコルト・カナダC7が桐谷に押しつけられた。桐谷は不満げな顔になったものの、新たな銃を手に馴染《なじ》ませるべくかまえだした。

もうひとりの不良、祢津はクルマに駆け戻り、身体じゅうのポケットに手榴弾を詰めこみだした。ほかの面々のぶんを横取りするのも、おかまいなしの態度に見える。

篤志が渋い顔を結衣に向けてきた。「やる気のある馬鹿は足をひっぱるぜ?」

鷹取と祢津はチュオニアンでAの区分だった。暴力的ないじめっ子という意味だ。それでも危機的状況においては、いじめられっ子の桐谷にも同等に仲間意識を持ち、一丸となって戦った。それは事実だった。結衣は里緒子にささやいた。「あいつらに伝えといて。チュオニアンでは、じつはひそかに援護してくれる傭兵《ようへい》がいた。あのときの戦果を自分たちの力と錯覚しないでって」

「わかった。ちゃんと話しとく。わたし自身の心にも刻んどく」里緒子の真剣なまなざしが結衣をとらえた。「こんなことばかりだけど、わたしはあなたに感謝してる。自分で生き抜くすべを教えてくれたし」

「銃で身を守る方法なら、この国では教える人がいないだけ」

「それだけじゃない。心を強く持つことや、偏見に打ち勝つことを……。優莉さんはもっと辛《つら》い生い立ちだったと思えば、どんなことでも乗りきれた。それと……」

「なに?」

「コンビニのバイトしてて、強盗をねじ伏せられた」

今後も架禱斗の支配体制がつづくようなら、必須《ひっす》の技能だろう。結衣は定華を横目にとらえた。「真向さんを守ってあげて」

定華がひきつった声で呼びかけた。「あの、優莉さん……。わたしも優莉さんのおかげで、ネットの誹謗《ひぼう》中傷にもなんとか耐えられてる。武蔵小杉高校で、身体を売って生き延びたなんて、褒められたもんじゃなかった」

「いえ」結衣はアサルトライフルの弾倉を交換した。定華はまちがってはいなかった。いまになって強くそう思う。どんなかたちであろうと生存の道を探るべきだ。結衣はつぶやいた。「あなたは勇気がある。あれもあなたなりの戦いだった」

驚きの反応ののち、定華の目が潤みだした。「ありがとう。優莉さん」

澪が泣きついてきた。「結衣。行っちゃうの?」

「先に安全な場所に逃れてて」結衣は澪を見つめた。「きっとまた会えるから」

返事をまたず、結衣は動きだした。この教室の出口は二か所。ひとつは二階への階段につながっている。結衣がめざすのはもうひとつの方向、廊下につづく引き戸だった。

篤志が声をかけてきた。「高校舎の凜香と智沙子も心配だ」

「あっちのようすも見に行く」結衣は桐谷に向き直った。「移動中、美佳と椿が隠れられる場所を常に見つけてあげて。壁の強度の確認に叩《たた》くのは一回だけ。二回叩くと、もう人為的なノックだと敵にバレる」

桐谷がうなずいた。「優莉さんも気をつけて」

他人の身を案じられるあたり、桐谷の強さの表れに思える。結衣はひとり引き戸に向かった。もういちど振りかえり、一行に目配せしてから、引き戸を開け放った。

廊下を猛然と走りだす。アサルトライフルは腰の高さ、視界を狭めない。結衣の行く手に、いまのところ敵兵の姿はない。だが結衣の靴音が響いている。武装勢力側が無反応のはずがない。

そう思った瞬間、中央階段から三人の敵兵が飛びだした。ひとりはゴーグルを装着、タンクらしき物を背負っている。所持するのはアサルトライフルではなかった。タンクとホースでつながった銃部だ。

火炎放射が襲う寸前、結衣はわきの引き戸を開け、教室内に飛びこんだ。背後から苛烈《かれつ》な熱風が押し寄せてくる。ただちに跳躍し、生徒用の机の上を滑り、黒板の下の教壇に転がった。

身体を起こす。敵兵三人が教室内に突入してきた。先頭は火炎放射器だった。たちまち炎が猛烈な勢いで噴射された。視界を火の壁が覆い尽くした。完全に追い詰められた。あと数秒で全身が焼き尽くされる。

だが校舎での戦闘経験となれば、結衣のほうが上だった。とっさに教卓からチョークの詰まった紙箱をつかんだ。手首のスナップをきかせ回転を加えながら、眼前の火の壁に箱を投げつけた。箱の軌跡を追うように、結衣も頭から飛びこんでいった。

燃えた紙箱が空中で破裂し、チョークが放射状にばら撒《ま》かれる。チョークは炭酸カルシウムでできているため、燃えも焦げもしない。飛び散った無数のチョークに縁取られ、火の壁に丸い穴が開いた。直径は約五十センチ、穴の発生はわずか一秒足らず。結衣は瞬時にそのなかを通り抜けた。

教室の引き戸付近に転がりながら着地する。三人の敵兵がぎょっとしながら振りかえる。結衣は間髪をいれず三人の顔面を狙い撃った。全員が血飛沫《ちしぶき》とともに突っ伏した。

延焼がひろがるなか、結衣は敵の死体に飛びかかり、背中からタンクを引き剝《は》がした。間もなく死体が爆発してしまう。重油と圧搾ガスの詰まったタンクを一緒に置いておけない。大爆発が起きれば地中の不発弾に影響する。

タンクとアサルトライフルを抱え、結衣は廊下に飛びだした。教室内で三つの死体が爆発した。すでに騒音をきき、廊下を敵兵の群れが押し寄せてくる。銃撃を受け、周りの壁に跳弾の火花が散った。結衣は床に伏せ、火炎放射器の銃部を横たえた。トリガーを引き絞ると、前方の床を水平方向に炎が走り、敵勢の足もとを焼いた。苦痛の叫びが響き渡る。兵士の群れはブーツを燃やしながら、両手を振りかざし暴れた。

結衣は立ちあがり、銃のセレクターをセミオートに切り替えると、目の高さにかまえた。兵士らの顔が直線上に重なりあった瞬間、アサルトライフルを発射した。十数人の敵が一瞬にして頭部を撃ち抜かれ、火のくすぶる床にばたばたと倒れた。

火炎放射器の燃料はほどなく空になった。炎の勢いが弱ったとみるや、結衣は中央階段を駆け上った。踊り場に達したとき、一階廊下の死体がいっせいに爆発し、校舎を揺るがした。

アラブ系兵士の自爆は、空中に勢いが分散されるらしい。不発弾の起爆には至らなかった。手榴弾《しゅりゅうだん》やロケットランチャーによる爆破ほどには、強い震動を生じさせない。とりあえず二十人未満なら、まとめて葬り去っても問題なし、そう解釈すべきか。甘いかもしれないが、ひとまずそう仮定して行動する。

気づけばスカートに穴が開き、太腿《ふともも》が火傷《やけど》にひりつく。こんなものは怪我のうちに入らない。結衣はアサルトライフルを携え、階段を駆け上りだした。

これだけ派手な騒動を起こせば、敵勢をおびき寄せるのに不自由はなかった。二階に到達するや、廊下の両端から兵士らが押し寄せてきた。あいにくその状況では、敵は同士討ちを避けんがため、発砲を控えざるをえない。結衣は真正面の引き戸を開け放ち、なかに逃げこんだ。ただちに引き戸を閉める。

今度は教材準備室だった。暗がりの棚の谷間に、ふたりの人影がしゃがみこんでいた。ひとりは私服の若い女でOL風、もうひとりは制服姿だった。

制服の少女が声をあげた。「結衣さん⁉」

嘉島理恵《かしまりえ》だ。もうひとりは姉の嘉島奈々未《ななみ》だとわかった。

奈々未は目を丸くした。「生きてたの？　結衣さん」

もう校内放送でいっぺんに生存を伝えたい、そんな煩わしさをおぼえなくもない。姉妹と再会できたのは純粋に嬉《うれ》しかったが、喜びあう暇もなかった。結衣は棚から長い鉄パイプをつかみあげた。長さは約二メートル半、片手で持ってもしなったりしない。重さは一キロ弱か。陸上のやり投げと仕様はほぼ同じだった。

廊下に集団の靴音が響く。次になにが起きるのかは予想がつく。敵勢は横一列にひしめきあい、壁越しに隙間なくフルオート掃射してくるだろう。引き戸の摺《す》りガラスに人影が映った。敵兵の群れのなかのひとり、その頭部のシルエットだった。

掃射を受けるより早く、結衣は前方に踏みこんだ。左手に握った鉄パイプを、まっすぐ前方に、力いっぱい投げつける。上半身をひねりながら前に倒す、やり投げのフォームの完全な再現だった。鉄パイプは摺りガラスを突き破り、敵兵の喉《のど》もとを貫通した。摺りガラスが血飛沫に染まった。

次の瞬間、心肺停止した敵兵が立ったまま爆発し、ひしめく集団全体が誘爆した。結衣は姉妹をかばって伏せた。爆風が壁を吹き飛ばす。身体が自然に浮きあがる。空気が異常な高温を帯びていた。

ほどなく風がやみ、黒煙が立ちこめだした。結衣が身体を起こすと、理恵も奈々未も頭から埃《ほこり》をかぶり、灰いろに染まっていた。嘉島姉妹は揃って激しく咳《せ》きこんだ。

甲高い耳鳴りのなか、結衣は醒《さ》めた気分で思った。そろそろ間抜けな敵も、規律の愚かさと不合理さに気づくだろう。廊下にボンバーマンが群れるのは、集団自殺にしかなりえない。

結衣は奈々未にたずねた。「立てる?」

奈々未は理恵と支えあい、ふらつきながら立ちあがった。憔悴《しょうすい》しきった顔で奈々未がささやいた。「これからどうすれば……」

「来て」結衣はアサルトライフルを携え、廊下にくすぶる死体の山を踏みこえた。

嘉島姉妹はチュオニアン経験者ではなかったが、結衣とそれなりに長いつきあいがある。あるていど肝も据わっていた。わき目も振らず結衣を追いかけてくる。結衣は周囲を絶えず警戒しながら走った。北側の廊下へと急いだ。いまのところ敵兵との遭遇はない。

階段に近づいた。予想どおりデスティノが出方を迷いだした。

すると階下から靴音が響いてきた。歩調も靴底の材質も、敵兵とは異なる、そう気づかされた。

桐谷陽翔がコルト・カナダC7をかまえ、上半身をのぞかせた。二階が戦場になっているのを知り、ようすを見にきたのだろう。いい勘をしている。こちらに目を向ける桐谷の姿勢は、もう少年兵そのものだった。

結衣は桐谷にいった。「このふたりを物置に連れていって。発砲は極力避けて」

「優莉さんは？」桐谷がたずねた。

「わたしは敵を引きつける」結衣は階段を三階へと駆け上った。

またひとりになった。三階で階段からそっと身を乗りだし、廊下の左右を警戒する。敵兵の姿は見えない。結衣は南側の廊下へと走っていった。廊下沿いの窓から外を観察した。

隣の高校舎の窓に、断続的に銃火が閃《ひらめ》いている。一か所ではない。三階と五階が戦場になっているようだ。見下ろすと地上も騒々しかった。少年少女の群れが、高校舎から中学校舎へと逃走してくる。おそらく高校舎で凜香と智沙子が暴れまわるせいで、敵勢がそこに集中している。一階が手薄になったため、集団脱出が始まっている。中学校舎に避難してくれば、みな里緒子らに誘導され、続々と物置から地下空洞に逃れられる。退避がおおいに捗《はかど》る。そこは好ましい状況といえる。

歓迎できない状況は高校舎の三階に見てとれる。追い詰められているようだ。シルエットから凜香だとわかる。教室より狭い部屋で身を潜めたまま、廊下からの銃撃に耐えている。

五階の智沙子は、防弾仕様の人工筋肉繊維に守られているが、凜香は井野西中の夏服姿だ。銃弾を一発も浴びるわけにいかない。

結衣は廊下沿いのサッシを開け、バルコニーに駆けだした。手すりに校旗昇降用のロープが結わえてある。結衣は手すりに飛び乗ると、ロープをほどき、両手でしっかり握った。ただちに空中に身を躍らせた。

ポールの頂上が支点となり、ロープをつかんだ結衣の身体は、大きく振り子状に振られた。強烈な風圧が全身に押し寄せる。足もとが地上をかすめ、ポールをわずかに脇に避《よ》けつつ、また高校舎へと上昇していく。結衣は空中で手を放した。左脚から窓に突っこんでいく。踵《かかと》でガラスを蹴破《けやぶ》った。凜香の頭上を飛び越え、結衣は室内に前転着地した。

廊下に面するドアが大きく開け放たれた。敵兵が殺到してくる。結衣は仰向《あおむ》けになり、仰角で銃撃した。ふいに床に出現した結衣に、敵勢は対処しきれず、次々と被弾していった。廊下に死体が積みあがる。

急に静かになった。薬莢《やっきょう》が床に跳ねる音がきこえた。敵勢を殲滅《せんめつ》したが爆発は起きない。装備がアラブ系兵士と異なっていた。ひとまわり小柄で、全身を覆うプロテクターも少なめだった。

結衣は起きあがった。「こいつらは?」

「エストバ解放戦線とかいう奴らだろ」凜香の息遣いはさすがに荒かった。「結衣姉。いいときに現れやがる」

「デスティノのアラブ系たちは?」

「だんだん見かけなくなった。この東南アジア系どもに随時交替してる。自爆で味方を巻き添えにしちまうことに、ようやく気づいたみてえだ」

こちらでも同じ状況か。おそらく敵勢は矢継ぎ早の反撃など、まるで想定していなかったのだろう。少なくとも不意打ちは功を奏した。

階上から銃声がきこえる。智沙子が撃ち合っているようだ。だが戦闘が長引けば、しだいに智沙子も劣勢に立たされていく。自明の理だった。

結衣は室内を見まわした。ここが放送室だとわかった。割れた窓ガラスにロープの端が絡みついている。風に吹かれ、ロープが激しく躍る。いまにも外れそうだ。迷っている暇はない。結衣は凜香にいった。「このロープで地上に降りて。みんな中学校舎に逃走してるから、援護してあげて」

「中学校舎に行ったらなにがある？」

「啻山さんや桐谷君たちの一派が、一階北側の物置に誘導してる。雨水管から地下空洞に退避させてる」

「チュオニアンで戦争ごっこしてたガキらかよ。先が思いやられる」

「だから凜香が支援してあげるべきでしょ。篤志もそこにいる」

凜香は窓辺に駆け寄り、ロープを手にとった。「智沙子姉を頼んだ」

返事をまたず、凜香は宙に飛んだ。結衣は窓の外を見下ろした。振り子が真下に達した瞬間、凜香は地面に降り立った。周りを少年少女らが中学校舎へと逃走していく。校庭から敵兵が攻めこんできた。凜香が銃撃する。周りは悲鳴とともに伏せた。結衣も窓から俯角《ふかく》で地上の敵勢を狙撃《そげき》した。

ひとまず敵の襲来は途絶えた。凜香が周りに怒鳴った。「急げ！」

結衣は放送室内に目を向けた。いまこの校舎にいるきょうだいは智沙子のみ。なら風向きを変える方法がある。

アンプの電源をオンにするとランプが灯《とも》った。停電状態ではないとわかった。隣接する制御パネルに、曲名の入ったボタンがある。〝ベートーベン　ピアノソナタ第14番『月光』第三楽章〟を押した。

激情のほとばしるようなピアノ曲が流れだした。高校舎じゅうに反響しているとわかる。急速なテンポで上昇していくアルペッジョ。騒々しく、荒々しく、禍々《まがまが》しい。望んだとおりに耳障りな音楽がこだまする。結衣は廊下にでた。敵勢の困惑を感じる。ピアノの音の合間に靴音をききつけた。結衣は背中に手をまわし、スカートベルトに挟んだ拳銃《けんじゅう》を引き抜いた。

階段の陰から敵が飛びだす。一瞬早く予測し、そこに銃口を向けた。人影の出現とともに、結衣はトリガーを引いた。兵士の頭部が破裂した。廊下の反対側の靴音も耳にしていた。振り向きもせず、腕だけを後方に伸ばし銃撃する。敵兵の絶叫が一瞬だけきこえ、ばたりと倒れる音がした。

東京湾観音で見つけた黒革表紙のファイル、最後のページ。友里が智沙子に託したメッセージがあった。選択的注意に優れた血筋。それを千里眼呼ばわりし、人とのちがいを差別につなげる、低俗かつ悪辣《あくらつ》な世間の連中。そんな奴らに復讐《ふくしゅう》する運命を代々背負う。友里はわが子にそう書き遺《のこ》していた。

カクテル・パーティー効果。たしかに武蔵小杉高校の地歴室で、結衣はいち早くドローンの羽音に気づいた。牛頭《ごず》組の事務所に乗りこんだとき、戦闘中にダンススクールの受付と通話することに、なんの支障もなかった。

いまも同じだ。ピアノ曲が鳴り響くなかでも、敵兵たちの靴音や、装備品の擦《こす》れる音がききとれる。暗闇にわずかにのぞく敵の顔を、めざとく見つけられる。斜め前方、遮蔽《しゃへい》にならないベニヤの壁を、結衣は数発撃った。引き戸が外れ、敵の死体ごと廊下に倒れてきた。

敵勢は聴覚のみならず、集中力もかき乱されている。いまやただ狼狽《ろうばい》するばかりになった。次々に飛びだしてきては結衣の銃撃の的になる。入れ食いもいいところだった。

弾が尽きても心配なかった。自爆しない敵の死体からは銃器が拾える。結衣はステアーのAUGA3を獲得した。前からほしかった。全長が短いうえ、プラスチックパーツが多いため軽く、取りまわしが楽だ。目の前に現れた敵兵四人を、結衣は瞬時に蜂の巣にした。

階上で智沙子とおぼしき銃撃音が、また勢いを増してきた。結衣は鼻を鳴らした。音楽がやまないかぎり有利がつづく。

廊下の壁沿いにロッカーが並ぶ。結衣はかすかな物音をききつけた。ロッカーの扉を叩《たた》きながら声をかける。「こんなとこにいちゃ危ない」

扉がそろそろと開いた。現れたのは栃木泉が丘高校のセーラー服、おかっぱとボブの中間の髪型。なんと野球部元マネージャーの山海《やまみ》鈴花《すずか》だった。

「ゆ、結衣!?」鈴花が目を丸くした。「ほんとに結衣なの？　っていうか、いまなんでわたしがここにいるって……」

隣のロッカーの扉も開いた。スーツ姿の三十代が、血相を変えながら躍りでた。他校に飛ばされた元担任の普久山《ふくやま》裄廣《ゆきひろ》が、歓喜に顔を輝かせた。「優莉！　なんだおい。死んだかと……」

結衣は遮った。「大声で騒いでればすぐにそうなります。鈴花。みんなこの校舎から逃げだしてる。普久山先生と一緒に、あっちの階段まで走って。援護するから」

甲子園球場という戦場を体験したふたりは、無駄口を叩かなかった。鈴花が身を翻した。「行こ。先生」

普久山も駆けだした。「すまん、優莉。また世話になる」

先行するふたりを結衣も追った。周囲を警戒しながら走る。ピアノ曲はまだつづいている。いまのところ敵との遭遇はない。行く手に階段が迫った。

なにかがきこえた。結衣はひとり足をとめた。廊下を振りかえりつつ、鈴花と普久山に指示する。「そのまま階段を下りていって」

ふたりの靴音が階下に遠ざかる。結衣は三つ目の教室の引き戸を注視する。以前なら視覚や聴覚になんらかの気配を察しても、それが誤認識かもしれないと疑う、無駄なタイムラグがあった。選択的注意に敏感なる遺伝を知らされたいま、自問自答は生じない。

引き戸が弾《はじ》けるように開いた。瞬時に人影を見極める。ほかの兵士と装備がちがった。スキンヘッドで眉《まゆ》を剃《そ》り、目つきの据わった二十代半ば。日本人だった。緊急事態庁がらみの戦闘員、すなわちシビックの非正規雇用者とわかる。手にしたライフルの種類までは、識別している暇がない。結衣はAUGA3で狙い撃った。

銃撃は先んじたものの、スキンヘッドはすばやく廊下の床に回転し、ぎりぎり弾を躱《かわ》した。間髪をいれず反撃に移る。その姿勢ではまともに狙えないはずだ。だが結衣の目の前で火花が散った。AUGA3が手もとから弾き飛ばされた。

敵の手にあるのはスマートライフルだった。真っ先に銃器にロックオンする設定なのだろう。丸腰になった敵を撃ち倒すのは容易だからだ。結衣は姿勢を低くしながらジグザグに走った。戦場ではありえないことだが顔を伏せながら突進した。銃を失った以上、次は人の顔を認識しロックオンする、そんなプログラミングと考えられる。前を向かねばそれを避けられる。

銃声が響いた。弾丸が頭上をかすめた。ロックオンを回避できている。行く手で敵がヘッドセットに無線連絡している。「こちらゲンゾー、最重要の標的を発見」最重要の標的。結衣のことだろう。敵の間合いに踏みこむや、結衣は身体を反転させ、スマートライフルを蹴《け》り飛ばした。ゲンゾーなるスキンヘッドは、武器を失おうとも動揺しなかった。ただちに挑みかかってくる。思いのほか長身だった。結衣はヘッドロックされ、ふたりとも身体を床に強く叩きつけた。

12

矢幡元総理は真っ暗な外に駆けだした。高校舎を脱出した少年少女たちは、みな中学校舎のほうに逃げているようだ。しかし矢幡は錦織親子とともに逆方向をめざした。学園内で最も海側にある十階建てのビル。大学棟だった。一部はまだ建設中らしく、外壁に足場が組んである。

ほかの仲間とははぐれてしまった。坂東警部や紗崎玲奈はまだ高校舎のなかだろうか。わからない。辺りに銃声がこだまする。足をとめられる余裕はない。

いきなり突風が襲った。飛行機のジェットエンジンに近い音が響く。醍醐律紀が頭上を仰ぎ、驚きの声を発した。

矢幡は思わず立ちすくんだ。敵兵らが宙に浮かんでいる。サーフボードに似た飛行装置の上に仁王立ちし、アサルトライフルを俯角《ふかく》にかまえる。アラブ系兵士が十人近く降下してくる。飛行装置の噴射により、地上に砂嵐が発生していた。

テレビで観た顔があった。デスティノのムバール・アッザーム・イブラヒム司令官だった。バリスティックヘルメットのこめかみに、LEDの赤ランプが小さく光る。カメラを備えている。矢幡らの姿は中継中か、あるいは録画が開始された。

錦織が拳銃《けんじゅう》を上空に向けた。だが複数の飛行装置が威嚇射撃してくる。隠れられる場所はなかった。錦織は苦い顔でたじろいだ。

飛行装置のひとつに、唯一銃器を手にしない日本人兵士が乗っていた。テレビでもイブラヒム司令官の隣に映りこんだ、通訳を務める男だ。茄城と名乗ったと報じられている。

「矢幡元総理」茄城が声を張った。「SPに武器を捨てさせろ。拒否すれば三人とも即刻銃殺する」

イブラヒム司令官が真っ先に地上に降り立った。着地した飛行装置の動力がオフになり、にわかに静かになった。それでもなお上空にはエンジン音が響く。ほかの兵士らが、それぞれに高低の差を維持しながら、油断なく飛びまわる。

錦織が当惑をしめしながら矢幡を見た。矢幡は錦織に目でうながした。この場には彼の息子もいる。無謀な行動は強いられない。錦織がためらいがちに拳銃を投げ捨てた。

茄城も着地した。地面に落ちた拳銃を拾う。「矢幡元総理。ただちに殺してもかまわないが、あなたは重要人物だ。この戦闘に収拾をつける人質になりうる。よって連行し……」

ふいに頭上が騒々しくなった。五階の高さを飛ぶ兵士が、高校舎の窓にアサルトライフルをフルオート掃射する。割れた窓から人影が空中に飛びだし、兵士の飛行装置に乗り移った。

ブルゾンにデニム姿の痩身《そうしん》が、飛行装置の上で兵士と取っ組み合いを始めた。不安定な足場をものともせず、すばやい体術で兵士を叩きのめし、高いキックで蹴り落とす。奪ったアサルトライフルで周りの兵士らを掃射した。狙撃《そげき》も正確きわまりなかった。空中にいた敵は次々と弾を食らい、飛行装置ごと落下してきた。周りのあちこちで無残な墜落事故が連続する。

瘦身の乗る飛行装置が降下してきた。私服姿の少女だとわかる。なんと優莉結衣だった。

イブラヒムが焦燥をあらわにし、アサルトライフルを矢幡に向けてきた。と同時に茄城が拳銃を抜き、結衣を狙おうとする。だが結衣は地に這《は》い、茄城に足払いをかけ、勢いよく横倒しにした。跳ね起きるやイブラヒムに襲いかかる。矢幡を撃たんとするアサルトライフルを、結衣は両手でつかみ、銃口を逸《そ》らせた。銃火が閃《ひらめ》き、銃声が耳をつんざいた。発射された弾は矢幡をぎりぎりかすめ飛んだ。

なおも結衣はアサルトライフルを放さず、イブラヒムに矢幡を狙わせまいとする。矢幡と錦織を庇《かば》うように背にしながら、ひたすらイブラヒムに抗《あらが》いつづける。

おかしい。いくらなんでも結衣の腕力が強すぎる。イブラヒムと拮抗《きっこう》するどころか、徐々にねじ伏せているではないか。

結衣のブルゾンと下のTシャツが、あちこち裂けていた。銃創だとわかった。地肌が被弾しているはずが、負傷ひとつないようだ。裂け目にのぞくのは地肌でなく、鎖《くさり》帷子《かたびら》のような金属繊維だった。

錦織が愕然《がくぜん》とする反応をしめした。「まさかきみは、智沙子か」

智沙子と呼ばれた、結衣にそっくりの少女が、ちらと振りかえる。冷静なまなざしはたしかに結衣にうりふたつだ。けれども結衣と会った矢幡にはわかる。別人だった。まさに生き写しのような外見と身のこなし。それでも結衣ではない。

優莉智沙子は死亡が報じられていた。しかし緊急事態庁が警察の監督官庁となった後のことだ。報道内容は信用ならない。

だが一方で智沙子といえば、歩くことさえ困難な身体のはずだ。緊急事態庁の発足前から広く知られていた。どうやら服の下の金属繊維が、彼女の筋力を著しく高めるらしい。

醍醐が横面から飛びかかり、イブラヒムに体当たりを食らわせた。体勢を崩したイブラヒムに、智沙子が手刀と蹴りを見舞う。イブラヒムは苦痛に呻《うめ》き、片膝《かたひざ》をついた。アサルトライフルは手放していないが、銃口は地面に向いていた。

智沙子の非情な顔がイブラヒムを見下ろした。こぶしを固め、イブラヒムの顔面を叩《たた》き下ろしにかかる。

ところがそのとき、茄城が智沙子の背後に駆け寄った。スタンガンらしき物を智沙子の脇腹に押しつける。青白い稲妻がほとばしり、智沙子がのけぞった。ふいに脱力した智沙子が地面にくずおれる。半身を起こすことさえ叶《かな》わないのか、仰向《あおむ》けに横たわったまま動かない。

茄城が勝ち誇ったようにスタンガンをかざした。「人工筋肉繊維の油圧系は、高電圧に弱くてな。もう筋力ゼロの人形にすぎない」

イブラヒムが出血した口もとを拭《ぬぐ》いながら、憤りをあらわに立ちあがった。智沙子を見下ろし、アサルトライフルを俯角にかまえる。醍醐が制止しようと挑みかかったが、イブラヒムは一撃で突き飛ばした。あらためてアサルトライフルで智沙子を狙い澄ます。胸部めがけ数秒間フルオート掃射した。

跳弾の火花が走る。鮮血も飛び散ったかに思えたが、赤く染まったオイルのようだ。智沙子の表情は苦痛に歪《ゆが》んだものの、まだ生きている。人工筋肉繊維には防弾効果があるとわかる。イブラヒムも承知していたようだ。アサルトライフルを茄城に投げ渡すと、智沙子の腹の上に馬乗りになり、両腕を振りかざした。左右のこぶしで智沙子の顔を激しく殴りだす。

錦織がイブラヒムに襲いかかった。イブラヒムは瞬時に身体を起こし、錦織の顎《あご》を突きあげた。えび反りになった錦織を、矢幡は背中から抱き留めた。

イブラヒムが無防備な智沙子の顔を、ただ一方的に殴りつづける。矢幡にはどうすることもできなかった。智沙子の鼻血が飛散した。イブラヒムが手をとめたとき、智沙子の顔は無残に腫《は》れあがっていた。

矢幡は痛ましさに息を呑《の》んだ。自分の無力さを痛感する。この少女になにもしてやれないのか。

周囲に兵士の群れが駆けつけた。デスティノのアラブ系ばかりが揃っている。イブラヒムが鼻息荒く立ちあがった。智沙子は身じろぎひとつできず、仰向けに手足を投げだしている。

兵士たちが智沙子の両腕をつかみあげた。地面をひきずり大学棟のほうへ向かいだす。

茄城が鼻を鳴らした。「人工筋肉繊維が壊れると途方もない重さになる。矢幡元総理。あなたたちはそこまでの手間をかけさせないでほしい」

無数の銃口がいっせいに向けられる。矢幡と錦織親子は苦悶《くもん》に満ちた顔を見合わせた。敵の軍門に降《くだ》るしかないようだ。

13

桐宇は亜樹凪とともに、教室の暗がりに潜んでいた。

ここは高校舎の二階だった。ずっと逃げまわるしかなかった。ただしふたりきりではない。同学年のおとなしそうな男子生徒が一緒にいる。初対面だったが、さっき互いに自己紹介した。彼は芳窪高校の綿谷蒼太と名乗った。

スピーカーからピアノ曲が鳴り響く。『月光』第三楽章。校舎じゅうにこだまする。ときおり階上から銃声もきこえる。

綿谷がささやいた。「たぶん結衣さんだ」

同感だった。桐宇はうなずいた。「彼女は音楽家並みの聴力だよ。モスキート音を耳ざとくききつけた。この曲も彼女に味方してる」

「僕には厄介だ。廊下の音がきこえなくなった」

「心配しなくても、いま靴音はない。誰もいないよ」

「でもさっきほかのみんなが、階下に逃げていったろ？　僕らも動きだしたほうがよくない？」

桐宇は亜樹凪に目を向けた。机の陰で亜樹凪が、ひとり脚を崩し座っている。憂愁に満ちたまなざしを床に落とす。

再会してから塞《ふさ》ぎこんだままだ。彼女の身を案じればこそ、逃走を無理強いできない。桐宇は小声で綿谷に伝えた。「刑事さんたちはひたすら隠れてろって」

「梅田さんと綾野さん？」

「神藤さんもそういってた」

綿谷がため息をついた。「飛行機の墜落でだいぶ鍛えられたけど、それでも怖い」

「沖縄からの帰りの飛行機？　修学旅行の……」

「そう、それ。まさかまた銃声をきくことになるなんて」

「機内で優莉さんはどうしてた？」

「ハイジャック犯と戦ってたよ」

「クラスのみんなはそれを……？」

「もちろん知ってる。でも取り調べでは誰も本当のことをいわなかった」

桐宇は安堵《あんど》をおぼえた。「慧修学院高校も同じだったよ。ホンジュラスでのできごとを証言してない。みんな優莉さんを庇ってる」

亜樹凪の視線がわずかにあがった。なにかいいたげな表情に思えた。しかし桐宇が見つめるうち、また亜樹凪はうつむいた。

別の不安も生じてきた。桐宇はつぶやきを漏らした。「曲がもうすぐ終わる」

「本当に？」綿谷がきいた。

「もともと第三楽章は、ゆっくり弾いても七分か八分。これはテンポが速いから六分半ってとこだな。もう終盤に差しかかってる」

「つづいて第四楽章が始まるとか？」

「第三楽章までしかないんだよ」

両手のユニゾンでアルペッジョが奏でられたのち、フォルテッシモの主和音が響く。曲が終わった。ふいに静寂が訪れる。銃声も途絶えていた。

だが壁の向こう、廊下にかすかな靴音がきこえた。

綿谷が怯《おび》えた顔を桐宇に向けてきた。「誰かな？」

「しっ」桐宇はささやきかえした。「気を抜かないほうがいい」

突然けたたましい騒音とともに、引き戸が蹴破《けやぶ》られた。乗りこんできたのは武装した兵士ひとりだった。アサルトライフルを携えている。アラブ系ではなく東南アジア系の顔とわかる。血走った目でこちらを睨《にら》みつけた。机や椅子を蹴り飛ばしながら、荒々しく前進してくる。

思わず桐宇は尻餅《しりもち》をついた。綿谷も同様だった。恐怖にすくみあがっている。立ちあがれない。ただ後ずさることしかできない。

兵士が間近に迫った。アサルトライフルの銃口が狙い澄ます。フィリピン訛《なま》りの英語で兵士が吐き捨てた。「小僧ども《ユウブラーッツ》、うろちょろしやがって《スタップロイタリン》。この場で死《デェイヒ》……」

いい終わるより早く銃声が轟《とどろ》き、銃火が辺りを明滅させた。三発がつづけざまに発射された。

桐宇はびくっとした。だが負傷はない。ぐらついたのは兵士のほうだった。防弾ベストより上、喉《のど》もとから血を滴らせ、兵士が両膝《りょうひざ》をついた。そのまま突っ伏すと、痙《けい》攣《れん》すらしなくなった。即死したらしい。床に赤い水たまりがひろがる。

綿谷が唖然《あぜん》としながら振りかえる。桐宇も綿谷の視線を追った。硝煙のにおいが漂う。

亜樹凪が自動拳銃《けんじゅう》を手に立っていた。彼女の細い腕からすれば、不相応に大きな拳銃に見える。

腰を抜かすとはまさにこのことだ。桐宇は亜樹凪を見上げた。「雲英さん。それは……？」

虚《うつ》ろなまなざしが、なおも兵士の死体に向けられていた。亜樹凪は拳銃を持つ手を下ろした。妙に醒《さ》めた表情で亜樹凪がつぶやいた。「父の寝室にあった。雲英製作所のKRP9。自衛隊にも卸してる」

「銃を持ってきてたのか？」

「でも」綿谷が泡を食いながらたずねた。「いままで撃たなかったのはなんで……？」

亜樹凪が興奮を抑制するような物言いで応じた。「アラブ系の兵士は自爆ベストを着てた。殺せば爆発するから危険だって、マラスから教わった。この人はそうじゃなかったから」

言葉を失わざるをえない。内親王にも喩《たと》えられた清楚《せいそ》きわまりない令嬢、そんな雲英亜樹凪の面影はどこにもない。かといって優莉結衣ともちがう。冷静ではない。表情筋がこわばり、ずっと身体が震えていた。なにかの衝動がきっかけになり、見境なく発砲しそうだ。

「なあ」桐宇は怖々としながら立ちあがった。「雲英さん。落ち着いて。そういう物はなるべく隠しといたほうが」

亜樹凪は桐宇を一瞥《いちべつ》したものの、さっさと死体に歩み寄った。床に投げだされたアサルトライフルを手にとる。片手で何度か振り、付着した血液を飛ばした。より強力な武器を得たからか、拳銃を桐宇に手渡そうとする。

桐宇は及び腰だった。とても手をだす気になれない。綿谷も遠慮する素振りをしめした。

すると亜樹凪は拳銃をベルトに挿した。アサルトライフルをかまえ歩きだし、廊下へとでていく。

綿谷が困惑顔を向けてきた。桐宇はうなずき、綿谷とともに亜樹凪につづいた。めまいをおぼえるほどの不安感に襲われる。危険が軽減されたようにはまったく思えない。移動を開始してだいじょうぶなのだろうか。

14

闇に覆われた廊下を、紗崎玲奈は小走りに進んだ。

高校舎四階、暗がりに目が慣れていたはずなのに、なぜか視界が閉ざされたままだ。硝煙のにおいが濃厚に立ちこめる。煙のせいかもしれない。さっきまで激しい銃撃があったが、ふいに静かになった。隠れている少年少女に退去を呼びかけるならいまのうちだ。

廊下沿いの手洗い場の下は、人など入りこめないスペースに思える。だが実際はそうでもない。探偵業の経験から、身体は案外狭いところに押しこめられる、玲奈はその事実を知っていた。

玲奈はそっと声をかけた。「いまなら安全。でてきて」

予想どおり、手洗い用シンクの下端と床のあいだに、少女の顔がのぞいた。這《は》いだしてくると半袖《はんそで》のセーラー服姿とわかった。ひとりかと思いきや、同じ制服の少女がさらにふたり隠れていた。

階下からは、なにやら騒々しい音がきこえてくるものの、この階の廊下にかぎれば静寂が保たれている。玲奈は少女たちに指示した。「みんな校舎の外にでてる。端の階段から下って」

少女のひとりが涙声できいた。「どこへ行けばいいんですか」

「隣の校舎に移るしか……。当初この校舎に大勢いたから、武装勢力もここに集中したみたい。刑事さんたちが撃ち合ってるようだし、いまのうちにほかへ移ったほうが、まだ安全だと思う」

三人は抵抗の素振りをしめしたが、階上からも銃声が響いてくるや、びくつきながら走りだした。廊下を一目散に遠ざかっていく。

学園内が広いとはいえ、限られた空間を逃げまわるだけでしかない。玲奈は唇を噛《か》んだ。このままでは埒《らち》が明かない。

靴音が追いかけてきた。歩調と息切れから坂東だとわかる。玲奈は振り向きもせずにいった。「もう少し静かに」

「悪いな」坂東は荒い呼吸とともに応じた。「こんな状況には慣れてない。しかも丸腰だ」

「拳銃を持ってるのは錦織さんだけのはずなのに、撃ち合う音があちこちからきこえる」

「梅田や神藤が敵の武装を奪ったのかもな」

だとすればずいぶん善戦している。外国の武装勢力を相手に、わずか数人の刑事が、そこまで戦えるものだろうか。玲奈は歩きだした。「敵が減ってなきゃ、未成年者たちがほかの校舎に逃げても、また追われるだけ。いたちごっこがつづくうちに犠牲者がでるかも」

坂東が玲奈に並んで歩いた。「現状みんなうまく逃げ隠れしてるよ。子供の死体は見かけない」

優莉結衣を慕う者の集まり、すなわち地獄絵図の経験者ばかりだからか。敵がまだ本気をだしていない気もする。〝同窓会〟メンバーの殲滅《せんめつ》以外に、なにか目的があるのだろうか。

玲奈は行く手に人の気配を感じた。坂東の腕に触れ、立ちどまるようにうながす。煙のなかを靴音が接近してくる。ひとりだとわかる。坂東の手には包丁が握られていた。さっき通りかかった家庭科室の調理台で、玲奈が見つけた物だ。唯一の武器だが坂東に譲っておいた。

そっと廊下の壁ぎわに寄る。人影がゆっくりと近づいてくる。まだこちらには気づいていないようだ。いまにも目の前を通り過ぎようとしている。

だしぬけに坂東が大声を発し、人影に躍りかかった。半ば無茶な猛進ではある。それでも相手の胸倉をつかみ、向かいの壁に押しつけることに成功した。坂東は逆手に握った包丁の刃を、相手の喉もとに突きつけた。

武装勢力でなくスーツなのは一目瞭然《いちもくりょうぜん》だった。玲奈は歩み寄った。距離を縮めると顔が確認できた。長谷部が坂東を見つめた。「係長……」

「か」長谷部が坂東を見つめた。長谷部が取り乱したようすでもがいている。

「まだ俺を係長と呼ぶのか」坂東が凄《すご》んだ。

「まってください。誤解ですよ」長谷部は情けない声を発した。「シビックを探るためです。寝返ったふりをしてるんです」

「しらじらしいことを……」

「本当です」長谷部が横目に玲奈を見た。右手にぶら下げた自動拳銃《けんじゅう》を、そっと玲奈に差しだしてくる。「ほら、受けとれ。いまきみを撃とうと思えば撃てた。わかるだろ？」

玲奈は拳銃をひったくった。「わたしを撃ち殺せても、坂東さんに喉《のど》もとを掻《か》き切られるでしょ」

「だから降参したって？」

坂東は包丁を突きつけたままいった。「実際そうなってるよな」

長谷部がおろおろと応じた。「ここの校舎に入ったとき、背中に銃を突きつけられたんです。司令官のもとに連行されて……。通訳が来てました。テレビにもでてた茄城ってやつです。それであの校内放送を強制されて」

「俺たちに撃てない拳銃を渡したな？　からかうような台詞《せりふ》も吐きやがった」

「放送で警告したんですよ！　撃てない拳銃だったのは、茄城と会ってから知りました」

「証明できるか」

「未分類棚があるでしょう。警察手帳だけで押収品を持ちだせるのはあそこしかない。ふつう未分類棚にある銃が、対策品だなんて誰も思わないでしょう？」

押収品、未分類棚、対策品。それらが捜査一課でどんな区分になっているのか、玲奈は知らなかった。だが坂東の顔に戸惑いのいろが生じている。胸倉をつかむ手の握力も弱まった。

どうやら長谷部の言葉に、腑《ふ》に落ちるものがあったらしい。坂東が長谷部に詰問した。「未分類棚から盗んで、なぜ撃てない拳銃だったんだ？」

「課長が先に手をまわしてたとしか……。あるいは課長も知らないうちに、緊急事態庁が反乱分子を炙《あぶ》りだそうと画策したのかも。なにしろ緊急事態庁の職員らは、フリーパスで本庁に出入りしていますから」

ありえない話ではない、坂東の顔にそう書いてある。それでもなお問いただした。

「俺たちを危険な目に遭わせておいて……」

「私にもどうにもならなかったんです。わかるでしょう。でも今後は別です。高校舎の四階はオールクリアと報告します。誰も隠れていないという意味です」

「それで俺と紗崎の安全が確保されるって？　問題は未成年者たちだ」

「ここが安全地帯になれば、徐々に〝同窓会〟メンバーたちを迎えられます。私も誘導を手伝いますよ。とにかく、まずは坂東さんたちが小学校舎に逃げたと、茄城に伝えます。矢幡元総理も大学棟に逃げたそうですし、この辺りから敵を遠ざけられます」

坂東はしばし長谷部を睨《にら》みつけていたが、やがて玲奈にたずねる目を向けてきた。だが玲奈にはよくわからなかった。坂東に迷いが生じたきっかけ、捜査一課内の事情を知らない。やむをえず玲奈はいった。「坂東さんがこの人を信用できると思うのなら」

なおも坂東は包丁をひっこめなかった。けれども時間の浪費も無視できない、そんなふうに感じたらしい。長谷部の胸倉をつかむ手を放した。ため息とともに坂東が命じた。「行け」

長谷部は表情を和らげたものの、まだ立ち去ろうとせず、しきりに玲奈の手もとを見つめてくる。拳銃の返却を求めているようだ。

あっさり渡した結果、形勢が逆転したのでは困る。玲奈は拳銃の弾倉を抜いた。スライドを引き、装填《そうてん》済みの一発を排出させる。拳銃と弾倉を別々に渡した。長谷部が当惑顔で受けとる。もし長谷部が敵だったとしても、拳銃をまた撃てるようにするには、最低三秒はかかる。坂東の包丁が長谷部を刺すほうが早い。

長谷部はぎこちない微笑を浮かべ後ずさった。玲奈にぼそりといった。「感謝する」

玲奈がなにも答えずにいると、長谷部は踵《きびす》をかえした。そそくさと立ち去っていく。弾倉を叩《たた》きこむ音はきこえない。もしそんな音が耳に届いたら、ただちにわきに飛び退く必要がある。だがいまは靴音が遠ざかるだけだった。

坂東がいまさらのようにささやいた。「あいつを信用してよかったのか……」

迷うのは当然だった。玲奈も坂東に判断を委《ゆだ》ねておきながら、どうしても不信感が拭《ぬぐ》えない。玲奈はきいた。「渡された三丁の拳銃、本来なら信用できる物だったの?」

「ああ。押収品のうち、鑑定が済んでいない物だけが、未分類棚に預けられる。証拠収集がすべて完了したら、破棄する前に改造し、発射不能にする。それを対策品と呼ぶ」

「……対策品ってのは警察の備品に含まれるの? 長谷部さんが初めて現れたとき、たしか備品を持ちだしたって……」

坂東の目つきが急激に険しくなった。苦い表情が浮かぶ。しまったという後悔の念にちがいない。

ふたりは同時に駆けだした。玲奈も自分の失態を呪った。疑問は早々にぶつけるべきだった。

いちど見えなくなった長谷部の背が、また行く手にうっすらと浮かびだす。長谷部がちらと振りかえった。だがすぐに前方に向き直り、猛然と逃走しだした。

もう疑惑の段階ではなくなった。玲奈は全力疾走で追いあげた。あの男を敵陣に帰らせてはならない。

廊下の端に達した。長谷部の後ろ姿が上り階段に消えていく。玲奈も追跡をつづけた。背後に坂東がつづく。坂東の呼吸がまた荒くなっているが、玲奈との距離はさほど開いていない。

踊り場をまわる。さらに駆け上っていった。五階の廊下に達した。なぜか武装勢力の死体が多く横たわる。割れたガラスから風が吹きこんでくる。あちこちに火がくすぶっていた。激しい戦闘があったようだが、いまは静寂だけが包む。ゆえに長谷部の靴音が甲高く響く。

金属音がきこえた。長谷部が走りながら背を丸め、手もとに目を落としている。弾倉を拳銃のグリップにおさめる音。次いでスライドを引く音。

玲奈は後ろの坂東に怒鳴った。「気をつけて!」

長谷部が後方に拳銃を乱射してきた。玲奈はあるていど速度を緩めたものの、追跡を断念することはなかった。前に走りながら後ろ向きに撃っても、けっして命中しない。長谷部も承知しているはずだ。むしろ長谷部の逃走の足こそ遅くなる。

坂東が速力を上げ、玲奈を追い越していった。いまこそ長谷部を捕まえる好機と悟ったのだろう。たちまち距離が詰まりだす。

ところが斜め前方で引き戸が開いた。教室から飛びだしてきたのは、日本人らしき兵士だった。両手に握った拳銃が狙い澄ましてくる。

玲奈は坂東の背に飛びつこうとした。押し倒しながら伏せる、それしかなかった。だが間に合わない。銃火の眩《まばゆ》い閃光《せんこう》が二度走った。断続的に二発の銃声が響き渡った。

玲奈はとっさにみずから足を滑らせ、その場に転倒した。坂東は両手で腹を押さえ、前のめりになった。

思わず息を呑《の》んだ。玲奈は坂東に駆け寄った。両膝《りょうひざ》をついた坂東が天井を見上げた。仰向《あおむ》けに倒れてくる。玲奈は抱きつきながら支えた。坂東の全身がしきりに痙攣《けいれん》する。被弾は右肩と左脇腹。急所は外れているものの重傷だった。スーツが真っ赤に染まっている。玲奈はそっと寝かせにかかった。頭のみを膝枕に抱える。

玲奈は坂東の両手をとり、二か所の傷口を圧迫させた。「しっかり押さえて。力をこめることを意識しつづけて」

気を失うことを避けるためだ。だが坂東の顔面は蒼白《そうはく》となり、瞳孔《どうこう》が開きだしていた。寒さを感じているように震えがとまらない。

靴音が周りに群がる。玲奈は怒りとともに顔をあげた。日本人らしき兵士たちが並ぶなか、長谷部が弱腰に立ち尽くす。その手には依然として拳銃をぶら下げていた。場ちがいなヒールの音が響いた。軍用ブーツのなかに白いパンプスが現れる。鳥肌が立つ思いで、玲奈は頭上を仰いだ。

市村凜の顔がそこにあった。凜は大仰なほどの笑みとともに見下ろしてきた。「とうとう会えた。玲奈。紗崎玲奈! このときをどれだけまったかわかる?」

言葉ではいいあらわせないほどの悔しさがこみあげてくる。だが坂東の呻《うめ》き声が耳に届いた。玲奈が視線を落とすと、坂東は息も絶えだえになっていた。

玲奈は凜にうったえた。「先に坂東さんを手当てして」

「はぁ!?」凜が目を剝《む》いた。「なにそれ。ひょっとして涙でも誘おうとしてる? 馬鹿玲奈。死に損ないなんか、ガーゼ一枚くれてやるかっつうの。おい長谷部。このゴミを撃ち殺せ」

長谷部が当惑と怯《おび》えのいろを強くした。さかんに目を泳がせる。兵士らが黙って見守る。凛も軽蔑《けいべつ》のまなざしを長谷部に向けた。

そのうち長谷部の拳銃《けんじゅう》が坂東を狙った。やたら手が震える。歯を食いしばり、必死の形相でトリガーを引こうとする。だがなかなか撃てずにいる。玲奈は坂東を庇《かば》うべく抱き締めた。

やがて銃声が鳴り響いた。弾は大きく外れ、兵士らの足もとに跳ねた。凛は激怒した。兵士のひとりからアサルトライフルをひったくり、水平にフルスイングした。「危ねえだろがこのカス！」

頬を強打され、長谷部は床に叩きつけられた。兵士らの下品な笑い声がこだまする。「玲奈」市村凛の殺意に満ちた目が、以前と同じように見下ろしてきた。「人生は面白いね。こんなことになるなんて誰が予想ついた？　治安が崩壊して、日本の体制そのものがわたしの味方だなんてねー。おまえにはもう逃げ場がない」

兵士たちが力ずくで玲奈を引き立てた。坂東の後頭部が落下し、硬い床にぶつかる。それっきり坂東はぐったりとした。まだ息はあるだろうが、早急に治療が必要だ。止血だけでも処置を求めたい。しかしいまは病院すら悪の政権下にある。

玲奈は兵士の群れに連行されていった。暗黒の廊下が果てしなくつづく。涙が滲《にじ》みだそうとするのを必死に堪《こら》えた。冗談のように過剰だ。いまや市村凛が警察を凌駕《りょうが》する立場にあるなんて。

15

結衣は階段の踊り場に追い詰められていた。眉《まゆ》なしスキンヘッドのゲンゾーが、執《しつ》拗《よう》に腕と脚を繰りだし、打撃と蹴《け》りを矢継ぎ早に放ってくる。

でかい男の筋力と、まともにぶつかりあって勝てるはずがない。結衣はゲンゾーの蹴りが逸《そ》れた一瞬の隙を突いた。宙に浮いた脚をつかみ、重心を大きくずらしつつ、みずから身体をひねる。

体勢を崩したゲンゾーがのけぞった。結衣はさらに押しこんだ。ふたりは組み合ったまま、階段を転げ落ちた。

背を丸めることで可能なかぎりダメージを軽減する。ゲンゾーも同じ体勢をとっていた。ふたりは同時に二階廊下に投げだされた。痛みなど感じている余裕もない。結衣が立ちあがったとき、ゲンゾーもすでに身体を起こしていた。長いリーチの蹴りが絶え間なく襲ってくる。結衣は縦横に身体を振り躱《かわ》しつづけた。

じりじり後退するうち、背後で引き戸が開いた。不意を突き、何者かが結衣を羽交い締めにした。

かなりの巨漢だった。よほど息を潜めていたのか、寸前まで物音ひとつきこえなかった。まずいことにアラブ系兵士だとわかる。防弾ベストが不自然に浮きあがっていた。爆薬を身につけている。

アラブ系兵士がなにか叫んだ。目の前でゲンゾーが、武装勢力の死体からアサルトライフルを拾う。銃口をこちらに向けてきた。結衣に命中させずとも、羽交い締めにしている兵士を殺せばいい。心肺停止とともに爆発する。兵士はどうあっても結衣を放さない覚悟だ。

だが結衣はさっき抱きつかれる寸前、反射的に身体を斜めにしていた。満身の力をこめ、肘打《ひじう》ちを兵士の脇腹に浴びせる。兵士が呻き、腕の力がわずかに弱まった。結衣は羽交い締めを脱し、瞬時に姿勢を低くした。

ところがゲンゾーが発砲した。弾丸が兵士の額を撃ち抜いた。兵士は目を剝き、後方へと倒れていく。ゲンゾーが茫然《ぼうぜん》となり、結衣を狙い直すのが遅れた。ただしそれは一瞬にすぎず、また銃口が結衣に向けられた。

結衣は避《よ》けなかった。別の銃口がゲンゾーを狙っているのを、視界の端にとらえたからだ。

アサルトライフルが火を噴いた。フルオート掃射がゲンゾーを襲う。全身を蜂の巣にされ、ゲンゾーは血飛沫《ちしぶき》をあげながら崩れ落ちた。

廊下で少女が片膝《かたひざ》をつき、アサルトライフルを水平にかまえていた。銃口から煙が立ち上る。雲英亜樹凪だった。その後ろにふたりの少年が寄り添う。桐宇翔季、それに綿谷蒼太だとわかった。

再会を喜んでいる暇はない。たちまち悲劇に変わってしまう。アラブ系兵士の死体が背後に横たわる。完全に脱力しきった身体を動かすのは困難だ。

結衣は跳ね起きた。「下に逃げて!」

亜樹凪が真っ先に反応し、階段を駆け下りだした。桐宇と綿谷がそれを追う。結衣は最後に階段の下り口に飛びこんだ。先行する三人は、まだ踊り場をまわったところだ。結衣は跳躍し、三人の背中に体当たりするも同然に、前のめりに押し倒した。四人は絡み合いながら階段を転落していった。

視界が真っ赤な光に覆われ、階上で爆発音が轟《とどろ》いた。火球が踊り場まで覆い尽くし、さらに下ってこようとする。一階廊下に横たわった四人の眼前で、火柱は天井へと噴きあがった。炎は結衣たちをかすめたものの、かろうじて難を逃れた。

全身の水分が蒸発しきったかのように思える。異常な熱風もしだいに弱まった。無数の木片や砂埃《すなぼこり》、灰のなかに四人が横たわっている。結衣が起きあがると、ほかの三人もそれぞれ身じろぎしだした。負傷したようすはない。とりあえず無事は確認できた。

頭から灰をかぶった綿谷が、うっすら涙を浮かべていた。「結衣さん……」

なんらかの強い感情がこみあげてくる。結衣の左手は、自然に綿谷の手を握った。綿谷の穏やかなまなざしが見かえす。互いに手に力がこもりだした。

あのとき綿谷は身を挺《てい》し、クラスの乱暴者たちから結衣を庇ってくれた。それが大きかったかもしれない。絶えず記憶から離れない。ふと思いだすと妙に落ち着かなくなることもある。

とはいえそんな感情を突き詰めて考えたりはしない。誰だろうと結衣と一緒にいれば危害が及ぶ。現状も同じだった。結衣は綿谷から手を放した。綿谷は寂しげな表情になったものの、すぐに微笑を浮かべた。

「嬉《うれ》しいよ」綿谷がささやいた。「また会えて」

結衣は視線を逸らした。顔が火照ってくるのを実感する。集中をかき乱されることへの苛立《いらだ》ちと、ほのかな心のゆとりに浸りたい気分が葛藤《かっとう》している。だがすぐに虚《むな》しさをおぼえる。こんな状況下で感情を優先しても、錯覚に似た偽の安らぎを得るだけでしかない。

桐宇がぽかんとこちらを見ている。目が合うと、またなんらかの思いが胸をかすめた。今度は戸惑いに近かった。もっとましな状況で再会したかった。それが正直な自分の気持ちだと悟った。

いまは最も気遣うべき相手がいる。結衣は立ちあがった。瓦礫《がれき》のなかに亜樹凪がへたりこんでいる。両腕でアサルトライフルにしがみついていた。近くに歩み寄ると、結衣はまた姿勢を低くした。

「雲英さん」結衣は静かに声をかけた。

亜樹凪が結衣を見かえした。ホンジュラスで顔を合わせたときとはあきらかにちがう。幼いころに目にした妹や弟たちの表情に似ている。絶望の淵《ふち》に立たされ、がむしゃらに生き延びたあとに生じる、昂揚《こうよう》と虚脱感。人でなく獣に近づいた自覚。もう戻れないと気づいたときの悲しさ。

おおよその見当はつく。結衣はいった。「銃の撃ち方はマラスが……」

「お父様を」亜樹凪がこぼした。「父を撃ち殺した」

桐宇と綿谷が絶句する反応をしめす。結衣は亜樹凪から視線を逸らさなかった。

共感できる辛《つら》さだった。否定的な感情は持ちえない。ある意味、結衣に成し遂げられなかったことを、亜樹凪は果たした。

最後まで自制心を働かせようとしただろう。父を信じたかったはずだ。けれども実の親はひとりの大人にすぎないと知る。やがて許しがたい罪深さまでも。

結衣がいえることはひとつだけだった。「あなたは逃げなかった」

「優莉さん」亜樹凪が声を震わせた。「人の殺し方を教わった代償に、わたしは……」

亜樹凪の目に大粒の涙が膨れあがる。頰を流れ落ちる雫《しずく》の意味も、亜樹凪に語らせるまでもなかった。

胸もとを斬りつけられるような罪悪感にとらわれる。結衣はうつむいた。「わたしのせいで……」

「ちがう」亜樹凪が泣きながら首を横に振った。「マラスの密輸船でしか、ホンジュラスから帰るすべはなかった。彼らへのお礼は、わたしが自分から申しでた。悲しいのは、それがいままで唯一、人の肌の温かさを感じた瞬間だったから」

雲英家に居場所がない、そう痛感したうえでの孤独感だろう。結衣は亜樹凪を抱き寄せた。亜樹凪も躊躇《ちゅうちょ》せず結衣に抱きついてきた。

嗚咽《おえつ》にまみれた声で亜樹凪がささやいた。「お母様に本当のことをいえない。お父様を殺したなんていえない。一生嘘をつきつづけるなんて……」

母親がいるだけ幸いだ。結衣は亜樹凪の震える肩に手を這《は》わせた。「もうすぐすべては過去になる」

事実だけを言葉にした。亜樹凪には新たな人生を歩んでほしい。なにもかも悪夢でしかなかった、そんなふうに割りきり、やがて忘却の彼方《かなた》に追いやればいい。不可能ではない。世のなかを根底から変えさえすれば。

16

玲奈には逃れるすべがなかった。屈強な兵士たちに囲まれ、大学棟の六階まで連行された。そこは医学部のようだった。最新の医療設備を備える実習室が、病院さながらに並んでいる。

うちひとつの部屋、ＭＲＩ検査室には、土管のような装置が横たわっていた。幅の狭いベッドが、装置へとスライドしていき、土管のなかへおさまる仕組みだ。正式名は磁気共鳴画像診断装置。

いまベッドは装置から引きだされ、部屋の中央にあった。玲奈はそこに寝るよう指示された。しかもなぜか、装置のほうを頭にするのではなく、足を向けて横たわれという。

複数の銃口が、至近距離から狙い澄ましてくる。やむをえず仰向《あおむ》けになると、両手首が頭の上で枷《かせ》に固定された。股《また》を肩幅ほどに開いた状態で、両足首にも枷が嵌《は》められた。身動きがとれなくなった。

自由を奪われたとたん、喩《たと》えようのない不安にとらわれた。抵抗もできず従属させられ、ただ無防備を晒《さら》すに至る。やむをえないこととはいえ、口惜しくてたまらない。兵士らがいっせいに退いた。なにもない白い天井だけを見つめる。視界に市村凜の顔が入ってきた。

凜は玲奈を見下ろした。「なんで裸にしないかわかる? おまえもう羞恥心《しゅうちしん》なくね? 辱めようと思っても、どうせしらけた顔でこっちのテンション下げてくんだろ。割りきっちまえば終わりだもんな。妹みたいにヒイヒイいってくれりゃ満足いくけど」

憎悪しか抱けない。玲奈は怒りをぶつけた。「咲良のことを二度といわないで」

「へえ」凜が侮蔑《ぶべつ》の表情を近づけてきた。「二度いったらどうなんの? 咲良。咲良。咲良。咲良。誰の名前を呼ぼうが人の自由だろブス。ああ、そうだ。おまえにはまだ見せてなかったな」

凛がスマホをとりだした。画面を玲奈に向けてくる。動画が映っていた。どこかの草むらだ。フレームが激しく揺れている。ときおり黒い影も生じる。隠し撮りにちがいない。

見おぼえのある中学校の制服が映った。すぐに咲良だとわかった。もうひとりはパーカーを着た男だった。男が咲良を押し倒した。玲奈は総毛立つ思いにとらわれた。男が何者かはあきらかだ。岡尾《おかお》芯也《しんや》、三十二歳。住所不定で無職。咲良の殺害犯だった。

「やめろ」玲奈は怒鳴った。「こんな映像はよして！」

凛はむしろスマホを近づけてきた。「もっとじっくり見なよ。映像に黒味が増すとさー、観てる自分の顔が映りこむじゃん。それすげー味わい深くね？　咲良が白黒やる現場だぜ？　ウーマナイザー片手に、わたしにとって最高のオカズ」

「やめてっていってるでしょ！」

「なんだよそれ。むかしはもっと物騒な台詞《せりふ》を吐いてただろ、ぶっ殺すぞてめえとか。迫力が足りねえんだよ。この映像の価値わかってる？　九年ぶりの再会だろが」

咲良の横顔は恐怖にひきつっていた。両手を激しく振りかざし、必死に抵抗している。

とても観ていられない。玲奈は目をつむり、顔をそむけた。

だが音声は耳に届く。咲良が悲鳴をあげた。「助けて！　やだ。やだよ。お姉ちゃん！」

玲奈ははっとして画面に向き直った。思わず声が漏れる。「咲良」

岡尾が咲良に馬乗りになった。正視できない暴行のかぎりがつづいた。

画面が揺れる。隠し撮りをしている人物の、くぐもった笑い声がきこえた。市村凜の若いころの声だった。「ひ、ひ、ひ……」

玲奈は憤怒とともに暴れたが、手枷《てかせ》と足枷は外れなかった。「このクソ女！」

凜がさも嬉《うれ》しそうに顔を輝かせた。「いいねえ！　やっとそういうリアクションがでたかよ。市村医院へようこそ。この大学棟、建設中で放棄されててよ。あちこちに大工道具が転がってやがんの。これもそう。資材を切るために使うやつ」

兵士たちが木製の台を運んできた。上部に回転ノコギリが半円状に突きだしている。直径三十センチはある。ギザギザの刃が光っていた。

台は玲奈のベッドとＭＲＩ装置の中間、二本のレールに挟むかたちで据えられた。

耳障りな音とともにノコギリが回転しだした。

ベッドがレールの上を、MRI装置側へと、ゆっくり水平移動していく。玲奈の両脚のあいだに、徐々にノコギリが迫ってくる。

凜が回転ノコギリの音に掻《か》き消されまいと、大声でわめいた。「おまえは股の割れ目から斬り裂かれて、身体が左右に真っぷたつ！　最高じゃね？　自動的に動くベッドが、この部屋にしかなくてよ。工夫を褒めてあげてよ」

玲奈は凍りつくような寒気に襲われた。両腕と両脚を枷から外すべく、全力で身をよじった。だが自由は戻らない。

傍らで凜がスマホを自撮り棒にセットした。三脚式の自撮り棒を玲奈の枕元に据える。画面の角度を変え、玲奈に向けた。じりじりと回転ノコギリに近づいていくベッドの上、玲奈の視界にスマホの画面が固定された。そこには咲良の暴行現場がリピート再生されている。

「やめてよ！」玲奈の目に映るすべてが、涙に波打ちだした。「なんでこんなことするの」

「おめえ人の胸に刃物刺しといて罪悪感なしかよ！　姥妙《うばたえ》先生みてぇな三流を病院送りにしたぐれえで、勝ったと思うなよ！　日本国がいまやわたしの味方だぜ⁉　潔く負けを認めろ。参りました、ごめんなさいといえ」

「……おまえなんかに謝る道理はない」

「そう、それよ！　イキってくれなきゃ玲奈じゃねえよな。わたしのオカズとして永遠に記憶のなかに生きつづけろ、さいなら玲奈！」

激しい騒音と振動が生じた。思わず身体がびくつく。ベッドの下端が回転ノコギリの刃に接触していた。たちまちベッドが裂けていく。回転ノコギリが玲奈の両脚のあいだを、ゆっくりと接近してくる。

玲奈は泣きじゃくっていた。子供のように声をあげて泣いた。もうそれしかできなかった。

凛が目を剝《む》き、げらげらと笑った。「猿みたいなクシャ顔、最高！　ほらもっと泣け、わめけ。断末魔の悲鳴をあげる前に、さんざん悲し……」

飛んできた物体が凛の顔面を直撃した。スパナが鼻頭にめりこんでいた。玲奈は息を吞《の》んだ。兵士らがどよめき、いっせいに警戒の姿勢をとる。

玲奈は身をよじり、かろうじて壁ぎわに視線を向けた。愕然《がくぜん》とする光景がそこにあった。

いつしか窓が開放されていた。吹きこむ風がブラインドをしきりに泳がせる。その前に立つのは金髪のショートボブ、夏の制服姿の女子中学生だった。市村凛を若返らせたような顔つき。優莉凜香が母親を睨《にら》みつけていた。

凜は鼻血を拭《ふ》いた。もう鼻から頬にかけ内出血の黒ずみができている。茫然《ぼうぜん》とした表情で凜がつぶやいた。「凜香……」

「結衣姉なら煽《あお》りスキル全開の台詞を吐くだろうけどよ」凜香が低くいった。「なにも思いつかねえ」

市村凜はスパナを振りかざした。回転ノコギリの騒音を上まわる甲高い声で怒鳴った。「このでき損ないのクズ娘！　母親にこんな物を投げつけて……」

兵士らが凜に同調し、アサルトライフルで凜香を狙う。だが凜香はブースのなかに飛びこんだ。ガラスの向こうで制御パネルをいじった。

警告のブザーがけたたましく鳴り響く。凜のスパナが見えない手にひったくられた。次いで兵士らからアサルトライフルが奪われ、すべて土管に飛んでいった。ベッドの上のスマホと自撮り棒も同様だった。

ＭＲＩ装置の強烈な磁力が発生していた。兵士の群れが宙に浮き、全員が土管めがけ、瞬時に吸い寄せられた。金属の装備だらけのせいだ。兵士たちは土管の入口に重なりあって密着した。全身の関節をあらぬ方向に曲げながら、狭い筒の内部に吸いこまれていく。骨の折れる音が響き、苦痛の叫びがこだました。

ベッドはレールにしっかり嵌まっているらしく、変わらず水平移動をつづける。玲奈の股に回転ノコギリの刃が迫っていた。しかし凜香はMRI装置の磁力を極限まで強めたらしい。ノコギリは横方向にブレだすと、台から外れ、回転したままMRI装置に飛んでいった。回転ノコギリが兵士たちの胸部や首を切り裂きながら、深々と突き刺さった。

鮮血が濃霧のようにひろがる。ブザーがやんだ。磁力がオフになった。MRI装置に貼りついていた兵士たちが、いっせいに床に落下した。アサルトライフルやスパナ、回転ノコギリも投げだされた。ベッドが静止した。

兵士らが絶命しているのはあきらかだった。味方を失った市村凜は、ひとり苦りきった顔で後ずさった。ブースからでてきた凜香が、悠然と母親に歩み寄る。

凜はひきつった笑みを浮かべていた。「凜香。みごとね、ほんとに成長した。お母さんこんなに嬉しいことは……」

「ざけんな」凜香は母親から目を離さなかった。「この反社会性人格障害。娘のわたしが始末してやる」

「母親にそんな口をきくことは許さ……」凜は腰から抜いた銅製ナイフを凜香に投げつけた。「死ねえ！」

だが凜香はあっさりそれを躱《かわ》した。青ざめた市村凜が身を翻し、廊下に面したドアに逃走していく。凜香は床に転がり、アサルトライフルと手榴弾《しゅりゅうだん》を拾った。凜はドアに達した。

MRI検査室だけに、ドアは分厚い密閉型で、頑丈そうなレバー式ストッパーを備えていた。凜香は容赦なく母親を銃撃した。しかし凜がレバーを下ろすまでのあいだに、狙いが定まらなかった。開け放ったドアの向こう、廊下に凜が飛びだしていく。凜香が舌打ちしながら追いかける。

ベッドに固定されたままの玲奈は焦った。しかし凜香はすぐに駆け戻ってきた。廊下に怒号が響き渡る。大勢の兵士がドアに殺到してくる。凜香は手榴弾を廊下に投げたのち、室内からドアを閉じ、ストッパーで施錠した。ほどなくドアの向こうで爆発音が轟《とどろ》いた。フロアが激しく揺れたものの、すぐにおさまった。それっきり廊下が静かになった。分厚いドアはびくともしなかった。

凜香がこちらに向き直った。玲奈を一瞥《いちべつ》し、床からスパナを拾う。ベッドに駆け寄ってくると、凜香は玲奈に覆いかぶさるように身を乗りだした。手枷を固定しているボルトを、スパナで外しにかかった。

目の前に市村凜そっくりの、女子中学生の顔がある。似てはいるが人格がまるでちがう。いま凜香はひたむきに、玲奈の自由を取り戻そうとしている。その真摯《しんし》なまなざしを玲奈は眺めた。ありえない光景に思える。けれどもすべては現実だった。

手枷と足枷がすべて除去された。玲奈はベッドの上で上半身を起こした。

凜香が近くに座った。神妙な顔で凜香がささやいた。「あのう。玲奈さん」

「……なに?」

ばつが悪そうに発言をためらう態度は、巷《ちまた》の不良少女を彷彿《ほうふつ》させる。凜香の飾らない目が玲奈をとらえた。「アパートの部屋、荒らしてごめんなさい。鶴巻温泉の……」

あまりのギャップにおかしさを感じる。玲奈はつい吹きだした。と同時に、せつない感情が胸を締めつけてくる。玲奈は凜香を抱き寄せた。

凜香はすなおに玲奈に身をまかせた。いいにくそうな口調が玲奈の耳に届いた。

「いま謝ったこと、結衣姉にはいわないでほしい」

玲奈は泣きながら笑った。凜香を抱き締めると、涙が堰《せき》を切ったように流れ落ちた。

市村凜の娘は母親と異なっていた。いまこうして玲奈と一緒にいてくれる。どんなに嬉《うれ》しいことだろう。幸せのかけらはまだ残されていた。

17

　矢幡は大学棟の屋上に立っていた。

　海に近い十階建てのビル、強く吹きつける風は自然に由来しない。陸上自衛隊の特別輸送ヘリEC225、通称スーパーピューマが降下してくる。メインローターが屋上ヘリポートに嵐のような突風を生じさせる。

　周囲のサーチライトが、円に囲まれたHのマークを照らしだす。白と青のツートンカラー、ずんぐりとした機体が、マークの上に着陸しようとしている。

　日本政府の要人専用機だった。矢幡も総理だったころ何度となく乗った。武蔵小杉高校へも、このヘリででかけた。

　屋上にアラブ系と東南アジア系、日本人の兵士らが居並ぶ。むろん全員が武装していた。囚《とら》われの身の矢幡は、この場に立ち尽くすことしかできない。一緒にいる錦織親子も同様の立場だった。

　階段塔からさらにふたり現れた。デスティノのムバール・アッザーム・イブラヒム司令官、それに通訳の茄城だった。イブラヒムは葉巻を吹かしていた。

ヘリが着陸した。機体側面、キャビンのドアが横滑りに開いた。

真っ先に降り立ったのは、一見して司令官クラスとわかる、頬に傷がある黒人だった。名は前もって茄城からきかされていた。エルサルバドルの武装集団モリエンテス、セブリアン・ゴメス総帥。さらにフィリピン系の司令官がつづく。エストバ解放戦線、ジェリコ・ガルシア。

三人目はスーツを着ていた。五十代半ば、黒縁眼鏡の奥に一重まぶた。雲英グループの元COO、現在は緊急事態庁長官の糠盛俊雄。ネクタイを締め直すしぐさとともに、無表情に矢幡を一瞥した。

錦織が矢幡に耳打ちしてきた。「シビック政権の最高幹部ってことですね」

矢幡はうなずいた。緊急事態庁がシビックそのものだ。今後はその事実を前面にだしてくるだろう。

次いで機内から現れたのは、サマーニットにスラックス、カジュアルスタイルの青年だった。ほかならぬ優莉架禱斗。ひとりだけ場ちがいに見える装いだが、いまや日本の全権を掌握している。

矢幡は妙な感覚にとらわれた。架禱斗を直《じか》に見るのは、これが初めてだ。なのになぜか既視感がある。ニュース映像で観た優莉匡太の面影と重なるからか。いや。それを差し引いても、架禱斗本人に会ったことがある、そんなふうに感じられてならない。

架禱斗にイブラヒム司令官と茄城が歩み寄った。報告を受ける架禱斗の表情は険しかった。無理もない。まだ学園内のあちこちから銃声がきこえる。この大学棟ですら、階下で銃撃音が響き、爆発の震動を生じる。状況の詳細はわからないが、制圧は完了していないはずだ。

ヘリにはまだ乗員が残っているようだが、架禱斗はかまわず歩きだした。矢幡には目もくれず階段塔に消えていく。三人の司令官と糠盛、茄城がつづく。

兵士らが銃口を向けてきた。歩けと指図している。矢幡は錦織親子とともに階段塔に向かった。前後を兵士の群れが固める。また汗ばむ暑さの屋内へと戻らねばならない。

階段を下りながら錦織がささやいてきた。「ふしぎです。架禱斗には前にも会った気が」

「きみもか」矢幡は小声で応じた。驚きを禁じえない。なぜふたりともそう感じたのだろう。

階段を下りきると、十階はフロア全体が学園長執務室だった。ガラス張りの広々とした部屋に、エグゼクティブデスクや会議用テーブル、ソファが配置されている。さっき屋上に向かう直前、矢幡はこの部屋を横切った。エレベーターで十階に直行させられたからだ。

大理石の床に智沙子が横たわっていた。服がびりびりに裂け、全身を覆う人工筋肉繊維があらわになっている。完全に故障したらしい。智沙子は身動きひとつできずにいた。顔も無残に腫《は》れあがったままだ。

架禱斗は智沙子を見下ろした。にわかに憤りを表出させ、架禱斗は低い蹴《け》りを繰りだした。智沙子の顔を何度となく蹴りつける。痛そうに横を向いた智沙子の頬を、架禱斗は靴底で踏みにじった。

矢幡は思わず声を発した。「やめてくれ」

だが架禱斗は足を浮かさなかった。「智沙子。この人工筋肉繊維も高価だ。田代家の内偵ぐらいにしか役に立たないおまえを、なぜ重用したと思う。おまえは結衣と同様、あの淫《みだ》らな女の血を引くゴミだ。親父の汚点だ。まだ生かされてるだけマシに思え」

架禱斗の靴がもうひと蹴り浴びせた。智沙子はまた鼻血を噴いた。憤然と踵《きびす》をかえし、架禱斗が立ち去る。智沙子は手足を投げだした状態で取り残された。青く腫れた瞼《まぶた》が、瞬《まばた》きを繰りかえしたのち、涙がこぼれ落ちた。ときおりかすかな呻《うめ》きを漏らす。

矢幡は智沙子が不憫《ふびん》でならなかった。痣《あざ》だらけになった結衣そっくりの顔。とても見るに忍びない。優莉匡太と友里佐知子、最凶の両親のもとに生まれ、人殺しに育てられてしまった。いまも長男から酷《ひど》い仕打ちを受けている。智沙子には良心が芽生えだしていた。なのに彼女は苦しむだけの運命から逃れられずにいる。

茄城が申しわけなさそうな顔で、架禱斗についてまわった。「〝同窓会〟メンバーが予想に反し、さほどパニックに陥らず、高校舎と中学校舎内を巧みに逃げ隠れしています。三人の刑事たちもいつしか武装し、ゲリラ戦を展開しており……」

架禱斗が部屋の一角に向き直った。武装兵ばかりが居並ぶなか、三十代の痩《や》せたスーツが、気まずそうな顔でたたずんでいる。

「長谷部とかいったな」架禱斗が睨《にら》みつけた。「元上司の刑事に、撃てない拳銃《けんじゅう》を渡した。そんな報告があがってきてるが、ならこの銃声はなんだ」

「あのう」長谷部が及び腰に応じた。「結衣や凜香、篤志が乗りこんできまして……。どこかで武器を調達したようです。チュオニアン出身者らの手にも渡っておりまして」

錦織親子が驚きの顔を見合わせた。矢幡の心もひそかに昂《たか》ぶった。

結衣が来ている。どうりで武装勢力が押されるわけだ。たしか凜香は結衣の妹、篤志は兄のはずだ。優莉きょうだいが架禱斗の敵にまわっている。架禱斗は冷静さを保っているが、ときおり苦々しげな表情がのぞく。

イブラヒム司令官がヘルメットを脱いだ。こめかみに装着したカメラからメモリーカードを抜く。それをモバイル機器に挿し、架禱斗に渡した。

架禱斗はモバイル機器の小型モニターを眺めた。音声がきこえる。さっき外で智沙子が矢幡と錦織を庇《かば》った、そのときの録画だとわかる。架禱斗の表情がいっそう険しくなった。モバイル機器を会議テーブルの上に投げだす。

イブラヒム司令官が不満げになにか喋《しゃべ》った。茄城が恐縮ぎみに通訳する。「首領。やはり全員にカメラを装備させ、リアルタイム中継をさせるべきだったかと」

「俺に通訳の必要はない。アラビア語はわかる」架禱斗がそっけなく応じた。「ワイファイを通じた中継など、結衣にハッキングされて当然だ。いまもおまえらの部隊が全滅していないのは、カメラを装着していないからだ。そういってやれ」

茄城が困惑顔をイブラヒムに向ける。イブラヒムが茄城を見つめた。たじたじになった茄城が、言葉を選んでいるらしく、いいにくそうにアラビア語を発した。

架禱斗がガラスの外に目を向けた。「かまわない。反乱分子を一網打尽にする罠《わな》を仕掛けてある。じきに全滅する」

ハッタリだろうか。いや、この場に虚勢を張るべき相手はいない。架禱斗はこれまでも用意周到だった。策略を駆使し、国家の支配権すら奪った。学園内の混乱が想定外だったとは、とうてい断定できない。

エレベーターの扉のわき、防火扉が弾《はじ》けるように開いた。ワンピースドレス姿の痩せた女が、慌てふためいたようすで、両手を振りかざし駆けこんできた。ヒールの音がせわしなく響く。顔の真んなかが内出血に黒ずんでいる。

錦織がささやいてきた。「市村凜です」

凶悪犯の名だ。最新の報告によれば、優莉凜香の母親だという。矢幡はきいた。「たしかか」

「はい。替え玉の入院患者とはちがいます。本人です」

市村凜はまっすぐ架禱斗のもとに向かい、泣きつくような声でうったえた。「凜香に玲奈を奪われた！」

ざわっと兵士らが反応する。架禱斗はひとり落ち着いた顔を凜に向けた。

「どこで？」架禱斗がたずねた。

「ここの六階」凜が下を指さした。「医学部のＭＲＩ検査室に籠城《ろうじょう》してる。ドアが破れない」

茄城の眉間《みけん》に皺《しわ》が寄った。「大学棟の防御は、いま最大限に固めてあるのに……。どうやって入りこんだ？」

「……で」架禱斗は頭を掻《か》いた。「凜姉さんはどうしてほしいのかな」

「ふたりとも殺して！　玲奈も凜香も」

「凜香は娘だろ」

「子供はまた作れる。アラサーの出産はごくふつう」

「なあ凜姉さん。ここは結衣の弱味だらけのはずだよな？　結衣が弱体化するとかいってなかったか」

「……まちがってない」凜が表情をこわばらせた。「あれはサイコパスじゃなくなった。人への共感を持つようになった。弱さを露呈してる」

錦織が口をはさんだ。「逆だな。それは弱さじゃなく強さだ」

兵士らのアサルトライフルが、いっせいに錦織に向けられる。茄城が声を張った。「黙ってろ」

しかし錦織は臆《おく》さなかった。「初めて会ったとき、結衣は目の前で何人も殺した。当初は憎悪と反感しかなかった。だが徐々に理解していった。武蔵小杉高校でも結衣は、けっして人殺しに興じるばかりではなかった。総理や友達を助けようとしていた」

凜が嚙《か》みついた。「そんなのは日和《ひよ》ってただけでしょ。総理による指揮権発動を当てにし、八方美人に努めながら、裏では好きなだけ殺しを楽しんだ」

「周りに誰もいなくなってから、俺の脚に応急処置を施してくれた」

一瞬だけ沈黙があった。凜が焦燥に駆られたように、早口にまくしたてた。「総理のSPには媚《こ》びを売っときゃいい。事件後に有利に働く」

「殺したほうが早かったはずだ。人目はなかったんだからな。あのときわかった。彼女はサイコパスじゃなかった」

「チュオニアン後の脳検査を知らないの？　結衣はサイコパス……」

「心はちがったんだ」錦織がきっぱりといった。「おまえにはわからない」

怒りに顔面を紅潮させた凜が、錦織に詰め寄ろうとした。だが架禱斗が凜の肩をつかみ、力ずくで引き戻した。

どうやら一枚岩ではないようだ。敵側に亀裂《きれつ》を広げれば分断できる。矢幡は架禱斗を挑発した。「きみは結衣の抹殺にこだわっていたんだな。そんなに妹が怖いのか。友里佐知子の娘だからか？　父親が同じでも、母親が何者でもないきみにとっては脅威か」

架禱斗の冷やかな目が矢幡をとらえた。「宮村総理にきいたか？」

　図星だったが、矢幡は表情を変えまいとした。宮村が電話で偽油田について知らせてきたとき、架禱斗の母親にも触れた。六本木オズヴァルドに勤務していたホステスで、薬物中毒で死亡したようだ。架禱斗は友里佐知子への嫌悪感をのぞかせる一方、自分の母親については詳しく語りたがらなかったという。長男でありながら、妹の智沙子と結衣に対し、少なからずコンプレックスがあるらしい、宮村はそういった。

「前総理」架禱斗がまっすぐ見つめてきた。「ホステスだった俺の母親を軽蔑《けいべつ》するか？」

「職業差別なんかしない」

「だろうな。でなきゃ死んだ奥方があの世で怒りに震えるだろう。俺の母親もだ」

　不穏な静寂がひろがる。妙な気配を察し、矢幡は辺りを見まわした。ヒールの音が響く。だが凜は立ちどまったまま、醒《さ》めた目を階段に向けていた。

　屋上からつづく階段を、ヒールがゆっくり下りてくる。ハイミセス用の黒いチュニックには見覚えがある。錦織親子が先に驚嘆の声を発した。矢幡も愕然《がくぜん》とせざるをえなかった。

　黒く染めたショートヘアが乱れていないのは、ヘリのメインローターが停止するのをまったからだろう。五十六歳の丸顔にも若々しいメイクを施す。いつものことだった。存在があまりに自然すぎ、これまで目にしたすべてが幻に思えてくる。

美咲はファーストレディ風の振る舞いを忘れていなかった。最後の数段を下るにあたり、架禱斗の差し伸べる手をとった。ふたりが醸しだす空気感が、関係性を如実に表していた。架禱斗について初対面と感じなかった、その理由に気づかされた。美咲の面影を架禱斗のなかに見てとったからだ。

架禱斗が低い声を響かせた。「前総理。母を紹介するまでもないな。よく知ってるはずだ。俺たちは複雑な家族になる」

あまりの衝撃に前後不覚に陥る。矢幡は途方に暮れながら、死んだはずの妻を見つめた。「美咲。どういうことなんだ……？　なぜ生きてる。架禱斗は……きみの……？」

美咲は夫婦喧嘩《げんか》で見せるような澄まし顔でたたずんだ。

「わたしね」美咲の喋り方も日常そのものだった。「この学園の小中学校の名誉校長でしょ。あなたが来てるなら、わたしも来ないわけにいかない」

はぐらかすようにピントのずれた物言いも、いわばいつもどおりだ。妻の生存が確認できた、そこに喜びの感情はまるで湧いてこない。矢幡はじれったさとともに首を横に振った。「子供ができない身体のはずだろう！」

「主治医はあなたに本当のことを伝えてなかった。不妊の原因はね、わたしじゃなくあなただったの」

耳を疑うひとことだった。矢幡は茫然《ぼうぜん》とつぶやいた。「じゃあ……」

「わたしの交遊関係は広かったでしょ。あなたと出会う前からクラブで働いてた。わたしは子供がほしかった。夫婦間にできないのなら、ほかをあたるしかないでしょ」

「それで……。いや、まさか」矢幡のなかには混乱した思考だけがあった。「そんなはずは……」

現実がしだいにあきらかになってくる。美咲は三十二歳のとき、一年間スイスで最先端の不妊治療を受けた。国会議員の矢幡には仕事があった。ひとり妻の帰国をまっていた。

矢幡は美咲に問いかけた。「スイスへは……？」

「行ってない」美咲が平然と応じた。「妊娠を知ってから一年間、離島の産婦人科病院に匿《かくま》われた。匡太さんの仲間が院長を務めてた」

それで架禱斗を産んだというのか。優莉匡太にとって初めての子を。

「なぜだ」矢幡は震えを禁じえなかった。「どういう理由で優莉匡太なんかと……」

「望むときにセックスをしてくれて、隠し子をもうけるのを手伝ってくれる男。半グレのほかにいると思う？　あのころの匡太さんはアウトローの極みで魅力的だった。まだ苗字《みょうじ》も優莉じゃなくてね。武装半グレを率いてもいなかった」

「僕と結婚していながら、浮気と隠し子を求めたというのか。しかもならず者を相手に」

「当初はそれだけだった」美咲の顔に翳《かげ》がさした。「でもわかるでしょ。議員として出世が始まってからのあなたは……。日本という国と結婚してた。わたしの愛情は、しだいに子供に移っていった。架禱斗に」

架禱斗は手持ち無沙汰《ぶさた》にたたずみ、視線を逸《そ》らしている。母親が不貞行為について告白しても、架禱斗にとっては自明でしかないようだ。

矢幡は受容しがたい状況を、なんとか理解しようと努めた。「次いで優莉匡太は二番目の女と関係を持った。友里佐知子と……。あの男がテロの野望を持ちだしたのはそれからだ。架禱斗もその影響を受けたにすぎない。なのにきみは架禱斗を援助しつづけたのか」

「わたしの子よ。父親の教育方針が変わっても、その事実は揺らがない。架禱斗は物心ついてから、自分の意思で将来を考えた。母親として後押ししてあげようと思った」

「それがまちがっていると思わなかったのか⁉　架禱斗が父から受け継いだ目標は国家転覆だぞ！」

「あなたにも貢献してあげたでしょ！　わたしは常に強い男と結ばれていたいの。銀座デパート事件のあと、匡太さんの落ちぶれようは見る影もなかった。でもわたしはあなたを、総理の座に返り咲かせた」

矢幡の事務所に届いた、あの匿名の手紙だ。優莉匡太の潜伏先が書かれていた。あれは美咲がだしたのか。

きき捨てならない告白だ。矢幡は架禱斗に目を移した。「いまのをきいたか。美咲は私を総理にするため、きみの父親を売ったんだぞ」

架禱斗の顔に複雑ないろが浮かんだものの、それは一瞬にすぎなかった。母親譲りの頑《かたく》なな態度をのぞかせ、架禱斗がきっぱりといった。「潜伏先がばれたぐらいで逮捕されるなら、父はそれまでの男だ。本来の志は立派でも、ただの逃亡者でしかなくなった以上、せめて母や俺の将来のため人身《ひとみ》御《ご》供《くう》になればいい。俺が父の遺志を受け継げば、父は俺の心のなかに永遠に生きつづける」

常軌を逸した理屈だ。だがそれだけ母親と強く結ばれている。矢幡はこれまでの経緯に気づきだした。

第一次矢幡内閣当時、総理夫人の美咲は、各方面から便宜を図ってもらえた。優莉匡太の逮捕時には、矢幡はいちど総理の座から退いていたが、すでに美咲の根まわしは完了していたのだろう。十五歳の架禱斗が諏訪野猛と改名し、ひそかに出国するなど、政府関係者の協力がなければ成しえないことだ。

架禱斗は海外の武装勢力を転々とした。シビックの創設にも力を貸したと考えられる。そこにも美咲の後押しがあったにちがいない。ISやアルカイダ、タリバンに対し、日本を攻撃させまいとしてきた、その理由もあきらかだ。架禱斗にとって母のいる国だからだ。

矢幡は空虚な気分で美咲を見つめた。「きみはいつも強い国を望んでいたな」

「ええ」美咲の顔にはなんの表情もなかった。「わたしからの助言を、あなたは保守系の国づくりと解釈した。でもちがう。わたしが望んだのは本当の強国。世界に媚《こ》びない軍事国家の再興が不可欠。わかりやすい話でしょ。なのに憲法九条改正から始めるといいだして、遅々として進みゃしない」

「民主国家だからだ。独裁政治なんかあってはならない」

「だからあなたは国と結婚してるっていうの。いわば国の伴侶《はんりょ》でしょ。でもわたしが愛するのは日本の支配者。代議制とかいうエセ民主主義の代表者じゃない」

矢幡は寒気をおぼえた。渋谷区松濤の自宅で、夫婦ふたりきりの日々を過ごしてきた、少なくとも矢幡はそう信じていた。だが結婚生活のすべては偽りだった。美咲は不倫相手の子に夢を追わせた。その夢が国家転覆と知りながら。

　美咲は柚木若菜と親しかった。だから柚木にシビックの日本窓口、田代ファミリーを紹介した。架禱斗があらゆる事情に詳しかったのも当然だ。チュオニアン事件、与野木農業高校事件、ラングフォード社事件、甲子園事件。田代夫妻や田代勇次の死に至るまで、もはや報告者がいなかったはずの一部始終も、架禱斗は把握していた。矢幡が総理として報告を受けたすべてを、美咲に話したからだ。ふたりきりの家庭では、見聞きしたあらゆることが雑談の材料になっていた。それらの情報は美咲を通じ、架禱斗に筒抜けだった。

　矢幡はシビックから要求された二千億円を支払った。警察庁長官と相談のうえ、送金後の行方を追うことで、シビックの拠点を炙《あぶ》りだす計画だった。危険な賭《か》けだったが、準備は入念に進められた。警視庁外事三課もオンライン追跡態勢を整えていた。

　信じがたいことにシビックに裏をかかれ、金の受取人は不明のまま、全額を奪われてしまった。この失態のせいで、巨額の使途不明金を追及され、矢幡は辞任を余儀なくされた。シビックがどうやってこちらの意図を見抜いたのか、まったくわからなかった。だがいまなら腑《ふ》に落ちる。矢幡が家で警察庁長官と話すのを、美咲はきいていた。

日本での実務を田代一派にまかせ、架禱斗は自身の正体を伏せてきた。けれども架禱斗はシビックのすべてではなかった。美咲もだ。シビックとはすなわち、母と息子の共同作業による産物だった。

架禱斗は矢幡の思いを見透かしたようにいった。「俺は誓った。子供のころの俺を見捨てなかった母に、すべてを捧《ささ》げると」

かえって平静になっていくのを自覚する。矢幡は皮肉に感じながらつぶやいた。「『桜を見る会』に反社の出席か。美咲の招待枠だったな。息子の知り合い、裏社会の連中に、常に権威を与えつづけていたわけか」

美咲が見つめてきた。「わたしを厄介者だと薄々感じてたでしょ。だからわたしが死んでも嘆き悲しまなかった」

「馬鹿いえ。この世の終わりに等しい絶望を感じた」

すると美咲の冷酷なまなざしに、いくらか穏やかな感情が重なった。「ワンピースばかりか、ウィッグにも血糊《ちのり》が仕込んであってね。額から赤いものが垂れてくるの。目が痛くてしょうがなかった」

「脈拍が途絶えたぞ」

「脇の下に固形石鹸《せっけん》をはさんでおいた。ぎゅっと脇を締めると脈はとれなくなる」

架禱斗が告げてきた。「兵士は戦場で死を装う。母にも訓練に半年かけてもらった」

美咲が悪びれたようすもなくいった。「フィットネスに通ってたのは嘘」

代わりにテロリストの許《もと》へ行き、死んだふりをするための指南を受けていたわけだ。

矢幡は思わず声を荒らげた。「きみの死はこのうえなく悲しかった。なんのために偽ったんだ」

答えたのは架禱斗だった。「夫婦が一緒だと逃げまわるばかりだろう。前総理が独り身になれば〝同窓会〟メンバーとの合流も早まる」

「……私をここにおびき寄せることが、そんなに重要だったのか」

美咲が語気を強めた。「あなたの真意をたしかめたかったの！　武蔵小杉高校の完全再現。真実を知ったあなたは、どっちにつくの。わたしと架禱斗？　それとも結衣？」

矢幡は部屋の隅に視線を向けた。智沙子は仰向《あおむ》けに倒れたまま、依然として身じろぎひとつしない。けれども顔はこちらに向けている。腫《は》れあがった瞼《まぶた》の下に、潤んだ瞳《ひとみ》が見てとれる。

答えなど口にするまでもない。矢幡は美咲に向き直った。「きみはまちがってる」

「あきれた人」美咲は憤怒をあらわにした。「それはわたしと架禱斗への嫉妬《しっと》？　匡太さんへの嫉妬でもあるのよね。多少複雑な事情を抱えた家族でも、国家の支配者一族として君臨できるのに」

「支配者一族？　北朝鮮にでも対抗するつもりか。こんな国に未来はない」

「架禱斗はあなたよりずっと優秀。日本を根底から造り替える才能があった。役立たずをすべて殺し、最高に効率的な国家を築くの。あなたを見てイライラしてたことが、架禱斗のおかげでスカッとする。これが本当の愛国心でしょ」

「どこが愛国心なんだ。専制君主制の全体主義国家じゃないか。それも極度に好戦的だ」

「愛国心に満ちた立派な教育の拠点として、ここ森本学園は聖地になるはずだった。あなたのおかげで廃校になった。国会であなたがつまらないことをいうから……」

「そもそも不発弾が埋まっていたのに、聖地になんかなりえない」

「不発弾なんかない！」

広い室内が静まりかえった。遠くから銃声が響いてくる。物音はそれだけだった。

錦織親子が固唾《かたず》を呑《の》んで見守る。糠盛緊急事態庁長官は鼻を鳴らした。

「ったく」美咲の髪を掻《か》きむしるしぐさは、家にいるときと同じだった。「わたしが名誉校長になるんだから、国有地を森本学園に安く譲らせるなんて当然でしょ。そのため裏社会に工作を頼んだのに、それが途中でばれたら、ピュアなあなたは国会でなんていった？　事実だったら辞職するだなんて」

「……総理として当然の責任だ」

「どれだけ財務省が苦労したかわかる？　わたしや学園長はちゃんと先手を打ってた。あくまで追及されたら、最後の手段として不発弾の話を持ちだすつもりで、その根拠を捏造《ねつぞう》しといた。この土地を放棄せざるをえなくなっても、わたしたちの面目は保たれる」

「だが……。不発弾の話は公にならなかったぞ」

「それ以前にあなたが総理の座を退いた。弁解の必要はなくなり、ここはただの廃墟《はいきょ》と化した」

矢幡は言葉を失った。もうなにもいえなかった。

真実などひとつもない。公私のすべてが欺瞞《ぎまん》だと知らされた。武蔵小杉高校事変のずっと前、総理に就任したときから、美咲による国家乗っ取りは始まっていた。妻と信じた女は、あろうことか架禱斗の母親だった。

「前総理」架禱斗の美咲に似た目つきが見つめてきた。「もうわかってると思うが、あんたや結衣など盤上の駒にすぎない。学園内にのさばるガキらや刑事たちもだ。いまから綺麗《きれい》に片づけてやるよ。この国の運命にはいささかの揺らぎもない」

18

結衣は高校舎と大学棟の中間地点にいた。まだ大学棟まで五十メートルはある。十階建てのビルは足場に覆われ、周辺にも建設業者の遺留物が放置されていた。地面に積んであるセメント袋の陰に、結衣は綿谷とともに身を潜めた。

アサルトライフルで周辺を警戒する。銃声は散発的になっていた。敵が兵を引き揚げたせいだ。武装勢力の大半が大学棟のなかに籠《こ》もっている。各階に兵力を分散配置したにちがいない。

守備を強固にしたのには理由がある。結衣は屋上を見上げた。大型ヘリが着陸している。メインローターは静止していた。要人が到着済みか。

綿谷が息を切らしながらきいた。「あれが大学棟？　少し高台にあるね」

結衣はうなずいた。「見取り図によれば、大学棟の周囲にだけ雨水管の蓋《ふた》がない。水勾配《みずこうばい》がとれてるからだと思う」

地下空洞は校庭の真下にあった。幼稚舎から高校舎までの雨水管が、すべて斜め下に延び、地下空洞につながっている構造だ。さっき亜樹凪や桐宇らを連れていったとき、内部のようすも確認した。雨水管の傾斜はわりと緩やかで、距離は長いものの、這《は》い上ることも可能だ。すでに大勢の少年少女らが、地下空洞のなかに避難している。通気も問題なさそうだった。

綿谷が不安げにつぶやいた。「もし敵が地下空洞に目をつけたら……」

一巻の終わりだ。四つの校舎の内と外に、無数の雨水管の蓋がある。兵士はどこからでも突入できる。敵にバレないようにするため、入口を中学校舎内の物置に限定し、秘密裏に死守している。しかし敵が避難計画に気づかないともかぎらない。日本人らしき敵兵を見かけるようになった。蓋や見取り図の〝雨水〟という表記に、注意を引かれるかもしれない。

銃撃音が至近距離に鳴り響いた。地上にいた敵兵が数人、連続して倒れた。結衣ははっとして振りかえった。

三人の男が、それぞれ拳銃《けんじゅう》やアサルトライフルを携え、こちらに駆けてくる。顔馴《かおな》染《じ》みの刑事たちだ。元公安の梅田と綾野、甲子園署の神藤。敵の目を盗みながら、結衣のもとに走ってきて、セメント袋の陰にしゃがみこんだ。

綾野が笑顔になった。「やっと会えた。生きてるなら電話ぐらいしてくれよ！」

神藤も興奮を抑制するような声でつぶやいた。「俺は信じてたぜ」

梅田だけは年配のせいか、落ち着いた態度を漂わせている。ただし息が若干あがっている。せわしなく呼吸しながら梅田がささやいた。「きみの兄貴のせいで、ひどい国になった。俺と綾野は軍警察で炊事係だ」

「マジで？」結衣はきいた。

「本当だよ」綾野が応じた。「本庁の長谷部みたいに、シビックに寝返らないかぎり、僕らに安泰はない」

神藤が鼻を鳴らした。「どうせもう銃殺刑だ。死ぬまで戦ってやる」

刑事たちは敵兵の装備を奪っていた。スーツのポケットにも手榴弾《しゅりゅうだん》を詰めこんでいる。結衣は三人に問いかけた。「これまでなにがあった？」

梅田が答えた。「錦織警部が射殺した敵から武器を拾ったのが、俺たちの反撃の始まりだ。中学校舎で銃を持った高校生が、みんなを地下空洞に避難させてるといった。きみの無事もそのとき知らされた」

咳《せ》きこんだ梅田に代わり、綾野がつづけた。「敵兵がほとんど大学棟に撤退して、辺りが手薄になったおかげで、集団避難が捗《はかど》った。特に幼稚舎や小学校舎は、いまや数人の見張りがうろつくだけだ」

結衣はきいた。「矢幡さんは?」

「たぶん大学棟に囚《とら》われてると思う。屋上にヘリも来てるし」

背後にまた銃声が轟《とどろ》いた。振りかえると高校舎の一階に、銃火が断続的に閃《ひらめ》いている。

ふたりの少年がアサルトライフルを乱射しながら、校舎を飛びだしてきた。揃ってこちらに駆けてくる。姿を隠すどころか、甲高い奇声を振りまいている。

梅田が苦い顔で吐き捨てた。「なんだあいつら。馬鹿か」

チュオニアンから帰還した元不良、祢津直樹と鷹取浩一だ。遠方から狙撃《そげき》を受け、足もとに着弾の砂埃《すなぼこり》が跳ねあがっても、ふたりとも臆《おく》することなく走りつづける。たちまち接近してきた。祢津と鷹取は堂々と結衣に合流した。

刑事たちのように敵の目を盗む慎重さなどかけらもない。そのせいで大学棟の守備隊に、こちらの居場所が発覚したらしい。ビルの割れた窓から一斉射撃を受けた。結衣は綿谷の後頭部をつかみ、セメント袋の陰に伏せさせた。全員が寄り添いながら地面に這う。

　銃弾がセメント袋にめりこむ鈍い音が連続する。しばらくして静かになった。銃声が途絶えた。敵はようすをみている。結衣は顔をあげた。綿谷と目が合った。みな無事のようだ。

　神藤が少年たちを叱りつけた。「阿呆《あほう》。せっかく闇に紛れてるのに、こっちの位置を敵に教えんじゃねえ」

　少年ふたりはすっかり興奮していた。説教に耳を傾ける気もないらしい。祢津が目を輝かせていった。「優莉さん。敵はみんなあのビルに逃げこんだっぽい。一気に叩《たた》くか」

　梅田が咎《とが》めた。「寝言はよせ。ひとまず冷静になれ」

　結衣はわずかに身体を起こした。セメント袋の上端から、大学棟のようすを観察する。

　兵士らは学園内の戦闘を一時中止し、大学棟の守りを固めた。ヘリで降り立った者はよほどの重要人物か。ひょっとして架禱斗だろうか。しかし不発弾が大量に埋まる森本学園に、架禱斗みずからが乗りこんでくるとは考えにくい。

　別の可能性もある。爆発の危険がないとわかっていればこそ、架禱斗が来た。

ふと浮かんだ考えを、結衣はささやきに変えた。「不発弾が埋まってないのかも」

梅田が眉《まゆ》をひそめた。「なに？　矢幡元総理が嘘をついたってのか？」

「矢幡さんも騙《だま》されてたとしたら？……奥さんの不祥事を隠すため、不発弾の話がでっちあげられたとすれば腑《ふ》に落ちる」

「森本学園問題の隠蔽《いんぺい》工作か。ありえなくはないな」

神藤が苦笑した。「政治家なんて嘘つきばかりだ」

だがヘリで飛来したのが架禱斗だとしても、なぜ元総理夫人の嘘を知っているのだろう。

たちまち脳裏に閃くものがあった。過去にニュース映像で目にした美咲夫人の顔。どこか架禱斗の面立ちと重なる。

どんなに意外なことだろうと、もう驚くには値しない。矢幡美咲が架禱斗の母親なら、すべての疑問に説明がつく。美咲は柚木若菜の大学の後輩だと報じられていた。総理に集約された機密情報が、妻を通じ、息子の架禱斗に伝わっていた。

ただしこんな状況下で、美咲は夫と別行動をとれるだろうか。死んだふりをしたのかもしれない。それが効果的だ。経験者の結衣にしてみれば、ほかに妙手はないと断じられる。

いきなり祢津が跳ね起きた。「じっとしてても埒《らち》が明かねえ。特攻しようぜ！」

鷹取も同調した。「俺も行く。互いに援護しあえば、大学棟まで進めるだろ」

梅田がなだめようと必死になった。「愚行はよせ。とりあえず伏せろ。……おい!?」

結衣は息を呑《の》んだ。祢津と鷹取が飛びだし、大学棟へと疾走しだした。奇声を発しながら猛進し、ビルに銃を乱射しまくる。

神藤が歯ぎしりした。「あの不良どもが」

三人の刑事は援護射撃を開始した。少年ふたりは仰角にアサルトライフルを撃ち、ひたすら大学棟をめざす。

ところがビルの四階、割れた窓から大型の機銃がのぞいた。俯角《ふかく》に少年たちを狙い澄ます。綿谷が叫んだ。「危ない！」

機銃がフルオートで火を噴いた。鷹取の肥満ぎみの上半身は、肉塊となって消し飛んだ。祢津のほうも口から血を吐き、手で腹を押さえながら、その場にくずおれた。

刑事たちがビル四階の機銃を銃撃する。だが敵の機銃掃射が襲った。結衣たちはいっせいに伏せた。遮蔽《しゃへい》物のセメント袋が粉砕されていく。火力では敵が圧倒的に勝る。

背後に人の気配がした。高校舎のほうから巨漢が近づいてくる。篤志だった。肩に

SMAWロケットランチャーを掲げている。篤志は姿勢を低くしたりせず、セメント袋より前方へと駆けだしていく。大胆にもビルの正面に全身を晒《さら》した。機銃が狙いをさだめないうちに、篤志のロケットランチャーが砲火を放ち、発射の轟音《ごうおん》を響かせた。砲弾がビルの四階に命中し、激しい爆発を巻き起こす。フロアに残存する窓ガラスがいっせいに砕け散った。

機銃掃射はやんだが、ビルのあちこちの階から銃撃がつづいた。ただし黒煙や砂埃が立ちこめ、こちらに狙いがさだまらないらしい。篤志は左手で祢津の襟の後ろをつかみ、右手の拳銃《けんじゅう》でビルに発砲しながら、こちらに向かいだした。祢津を引きずっているぶんだけ動きが鈍い。結衣たちはセメント袋から身を乗りだし、絶え間なく援護射撃した。

篤志がセメント袋の陰に転がりこんだ。祢津が仰向《あおむ》けに横たわっている。目を剝《む》き、苦しげな息遣いを響かせる。呼吸でわかる。肺と腹に被弾している。

祢津が救いを求めるように結衣を見上げた。もうどうすることもできなかった。結衣は祢津の手を握った。身体を何度かひきつらせたのち、祢津は脱力した。顔が横向きになり、瞬《まばた》きさえもしなくなった。

結衣は小さくため息をついた。そっと祢津の瞼《まぶた》を閉じさせる。

ふたりともチュオニアンからは生還した。勇敢に戦ったのはたしかだ。だがここでは命をつなげなかった。

篤志が声を張った。「おい！　敵もロケットランチャーを……」

ビル三階の窓に動きが見てとれる。敵兵が肩に円筒を掲げ、発射口をこちらに向けていた。ＲＰＧ29だとわかる。結衣は怒鳴った。「散って！」

刑事たちが放射状に飛びだしていく。結衣も綿谷の腕をつかみ、セメント袋の陰から抜けだした。砲弾の接近にともなう空気の振動を敏感に察した。先に綿谷を地面に倒し、結衣はその上に覆いかぶさった。

さっきまでいたセメント袋の陣地に火柱が噴き上がる。爆発の衝撃波が周辺に走り、直後に熱風が吹き荒れた。激しい縦揺れが襲う。黒煙と砂埃の霧はいっそう濃くなり、ビルの外観すら判然としなくなった。

散開した三人の刑事たちの銃火が、そこかしこに見える。大学棟の守備隊と撃ち合っているようだ。結衣のすぐ近くに篤志もいる。篤志は片膝《かたひざ》をつき、アサルトライフルでビルを狙い澄ましては、セミオートで狙撃する。敵の銃火を標的にしているらしい。

結衣は身体を浮かせた。下になった綿谷にたずねる。「だいじょうぶ？」

仰向けに横たわった綿谷が、激しくむせだした。「なんとか……」

この視界の悪さなら、綿谷がただちに狙われることはなさそうだった。結衣は横方向に転がった。地面に伏せ、アサルトライフルを仰角にかまえる。

そのときビルに、銃火以外の光の明滅を見た。六階だ。LEDライトを点《つ》けたり消したりしている。ほどなくモールス信号だとわかった。長、長、短。短、長、短、長、短。短、長、短、短、短。

篤志がつぶやいた。「凜香だ」

あの厳重な警備のなかを、凜香は六階まで上ったのか。敵の巣窟《そうくつ》に等しいビルの内部で、どう自衛手段をとっているのだろう。

モールス信号により、凜香からの伝達事項を理解した。結衣は篤志にいった。「ビルの側面まで進む。援護して。それが終わったら、綿谷君を地下空洞に連れてって」

篤志が顔をしかめた。「ひとりだけ避難するのに付き添うなんて、非効率だろうが」

「避難の付き添いじゃない」結衣は弾倉を交換しコッキングした。「重要な作戦の変更がある」

19

茨城県小美玉市《おみたま》、航空自衛隊百里《ひゃくり》基地の司令棟、作戦司令室はやけに静かだった。第7航空団司令、五十九歳の深浦武雄《ふかうらたけお》将補は制服姿のまま、基地から一歩もでずに過ごしてきた。もう何日目になるだろう。ずっと通夜のような状況がつづいている。深浦は壁面に並ぶモニターの前をうろついた。防空警報《アップルジャック》も警戒警報《レモンジュース》も発令されていない。戦闘空中哨戒《CAP》も許されない。

瀬賀防衛大臣の殉職が伝えられたが、後任はまだ決まっていないようだ。法律では総理大臣が自衛隊の最高指揮監督権を有する。宮村総理は沈黙と待機を命じた。内閣はシビック政権の傘下にあるが、命令系統は以前と変わらず生きている。総理が優莉架禱斗の意に沿う方針であるかぎり、自衛隊も従属を余儀なくされる。

第7航空団副司令の古葉《こば》一佐が、浮かない顔で歩み寄ってきた。「せめて警戒監視の名目で、戦闘機の発進を……」

深浦将補は首を横に振った。「何度か要請したが却下された。独断で戦闘機を飛ばせば、シビックに乗っ取られた在日米軍の対空ミサイルの餌食《えじき》だ」

「ハッキングで攻撃システムの機能を奪ったにすぎないでしょう。作戦行動で攻略にでるべきです」

「久墨二尉が犠牲になったのを忘れたか。横田も佐世保も嘉手納《かでな》も、モリエンテスに占拠されたとの情報がある。海上自衛隊もうかつに動けないでいる」

モリエンテスはエルサルバドルの武装集団だという。むろんシビックの一部だった。米軍のイージス艦や潜水艦は、すでにモリエンテス兵が制圧し、従来の乗員らをひとり残らず駆逐したらしい。すなわち艦長に銃を突きつけている段階ではない。いま日本近海を徘徊《はいかい》する米軍の艦船には、モリエンテス兵しか乗っていないことになる。

飛行群司令の鍛冶《かじ》一佐も近づいてきた。やはり苦虫を嚙《か》み潰《つぶ》したような顔でささやいた。「戦えるだけの力があるのに、外敵による支配から国民を解放できないんですか」

もどかしい感情ばかりが募る。誰もが同じ思いを抱いている。だが自衛隊は国家防衛のためにある。政府はシビックに降伏し、新政権樹立が宣言されてしまった。国連が認めないと主張しても、武力行使は事実上不可能だ。もし周辺国が軍事攻撃を仕掛けてきたら、そのときこそ自衛隊は戦わざるをえなくなる。シビック政権下の日本のために。

ふいに若い男の声がきこえてきた。「こちら優莉架禱斗。宮村総理、いるか」

古葉と鍛治が表情を凍りつかせた。深浦将補も天井のスピーカーを仰いだ。

あわただしい物音が響く。総理官邸の危機管理センターにおいて、宮村総理がマイクの前に駆けつけたのかもしれない。ほどなく宮村の声が応じた。「私だ」

「総理。この音声通信は全国の自衛隊基地でもモニターできている。伝聞による曲解があってはならないから、総理以下全員にいちどに伝える」

シビックと総理官邸のあいだのやりとりだった。これまでにも何度かあったが、優莉架禱斗自身の声をきくのは初めてになる。

架禱斗の声がいった。「中東やアフリカの武装勢力の艦隊が、じきに日本近海に到達する。護衛の戦闘機群も同伴させている。いわばシビック全軍の日本への引っ越しだ」

「受けいれを許可しろというのか」

「おまえの許可など不要だ。アンゴラとイラク、リビアの油田部隊以外、俺の仲間がすべて日本各地に入港する。モリエンテスの各部隊が出迎えるから、総理は自衛隊をおとなしくさせとけ。主人に忠実な番犬のようにな」

「せめて平和な上陸だけでも約束してくれないか」

「寝ぼけたことをいうな。モリエンテスが奪った在日米軍イージス艦や潜水艦も合流し、艦隊は日本全国の不要な防衛拠点をすべて砲撃する。都市部も破壊し、人口を半減させる」

「無茶はよせ！　アメリカと戦争になるだけだ」

「ところが各武装勢力の艦隊は、難なく海を横切り、もう日本の一歩手前まで迫ってる。海上封鎖も臨検もなかった。大統領は利口だ。日本にいるすべてのアメリカ人の命と引き替えにしてまで、それらを強行しなかった」

「どこを攻撃しようというんだ」

「あいにくもう緊急事態庁による予報はない。今後の緊急事態庁は、シビック政権と下位組織である内閣とのあいだをつなぐ、連絡係として機能する。おまえは俺に直接口をきけなくなる。お伺いを立てるにはまず緊急事態庁に申しでろ」

「首領……。話し合いの余地はないのか。いまどこにいる？」

「近いうち皇居に引っ越す。おまえからの伝言は緊急事態庁からきく」

　ノイズが響いた。回線が切断され、通信は終了した。

　重苦しい空気が作戦司令室にひろがる。深浦将補は動揺とともにきいた。「接近する外国籍船の位置を把握できるか」

ブースにいる職員が応じた。「衛星からの情報を表示します」

壁のモニターに日本列島が映しだされた。どよめきが起こった。太平洋側から七隻の船影が接近中だった。

職員がいった。「戦術データリンクの機能が制限されているので、情報は充分ではありませんが……。午前四時前後には日本本土に到達可能な距離と速度です。四隻がタイコンデロガ級ミサイル巡洋艦に近い形状、三隻は軽空母と考えられます」

古葉一佐が苛立《いらだ》ちをあらわにした。「本格的な侵攻じゃないか！」

別の職員も報告した。「右のモニターをご覧ください。彼我不明《アンノン》機の接近情報です」

今度はアジア全域を網羅する地図だった。フィリピン、北朝鮮、ロシア。各地から非正規軍機が数機ずつ離陸し、すべて直線状に日本をめざしている。艦隊に先んじて本土上空に到達するだろう。まず制空権を盤石なものとしたうえで、海上から主力部隊を迎えるつもりだ。

最も遠方で不審な機体の離陸が観測されたのは、やはり中東だった。イエメンから戦闘機が一機飛び立った。同国の正規軍に配備のないＳｕ30。武装勢力の機体にちがいない。針路から察するにミャンマーに向かっている。航続距離的にそこで燃料補給したのち、ふたたび日本をめざす気だ。午前四時前後には、艦隊に追いつくかたちで到着可能だろう。全世界の武装勢力から空の支援が送りこまれてくる。

鍛冶一佐が怒りに身を震わせ、押し殺した声でささやいた。「なにもできないんですか」

静観するしかない。深浦将補は唇を嚙んだ。自衛隊はシビック政権下の国軍となってしまうのだろうか。空将補としてそれが本望といえるのか。

20

結衣は左手に拳銃《けんじゅう》を握り、ひとり屋外の暗がりを駆けていった。銃声がこだまする。篤志による援護射撃を背景に、大学棟のビルに接近した。

黒煙と土埃《つちぼこり》による濃霧は、しだいに晴れてきている。闇に紛れていられる時間もわずかしかない。足場の組まれた外壁に到達したが、悠長によじ登る余裕はなかった。正面のエントランスはむろん警備が堅い。ビルの外側を逆方向へと迂回《うかい》した。

角を折れた直後、巨漢と鉢合わせした。武装勢力の兵士だと瞬時に気づいた。結衣は敵の両肩に手をかけ、跳躍しながら左の太腿《ふともも》を敵の胸部に這《は》わせた。チェストリグに挿してあるアーミーナイフの柄を、結衣は膝《ひざ》の裏でしっかり挟んだ。壁を蹴《け》ってさらに伸びあがり、身体を水平方向に急速回転させ、ナイフの刃で敵の喉元《のどもと》を掻《か》き切った。

一秒とかからない接近戦術のひとつだった。結衣が着地したとき、敵は喉もとに手をやり、両膝《りょうひざ》をついた。声もなく前のめりに倒れこんだ。

男が腕力を振るう前に勝負をつける。これまでの経験により培われ確立されたセオリーといえる。音を立てないよう、ナイフをそっと地面に横たえる。結衣はまた走りだした。

凜香がモールス信号で伝えてきた場所が、すぐ目の前にあった。ロープに吊《つ》り下がった吊荷旋回制御装置、そこに取り付けられた鉄骨の束が、地上約一メートルに揺れている。

結衣は頭上を仰いだ。八階の側面に突きだしたアームがあり、その先端部の滑車にロープがかかっていた。ロープのもう一方の端は、六階の高さに位置している。そちらにも吊荷旋回制御装置が付いていて、大きな網袋がぶら下がっていた。凜香が窓から身を乗りだし、引き出しや椅子を網袋に投げこんでいる。網袋は大きく膨れあがり、かなりの重量になっていた。

当初は網袋の代わりに、鉄骨より重い資材がぶら下がり、一階まで降下していたのだろう。いま付近の地面に散らばる瓦礫《がれき》がそうだ。凜香は吊荷旋回制御装置の上に乗り、瓦礫を解放することで、鉄骨の重みにより上昇した。今度はそこに網袋をつけ、中身を重くしている。

結衣は吊荷旋回制御装置の上に立ち、ロープを握った。足でストッパーのレバーを蹴り、鉄骨を切り離した。

網袋の重みにより、結衣は急速に上昇しだした。ビルの外壁に平行し、一気に昇っていく。吊荷旋回制御装置のおかげで、ロープ一本でも水平方向への回転が防がれている。

強烈な風圧も一瞬にすぎなかった。結衣は六階の窓の外に達した。吊荷旋回制御装置が停止したとたん、振動で振り落とされそうになる。凜香の差し伸べた手を握った。吊荷旋回制御装置を踏みきって跳び、結衣は窓から六階に侵入した。

なかは薄暗かったが、かなり広い部屋だった。MRI検査室だとわかる。酷《ひど》い眺めだと結衣は思った。MRI装置の手前に兵士の死体が折り重なる。床に血液がぶちまけられていた。おそらく磁力を発生させたのだろう。アサルトライフルもことごとく銃身がねじ曲がっている。放置されているのも使えないからにちがいない。

窓の外に動きを察知したが、結衣は振り向かなかった。凜香がすでに拳銃を水平にかまえていたからだ。銃火の閃《ひらめ》きとともに銃声が轟《とどろ》いた。男の呻《うめ》き声がきこえ、人影が転落していった。

滑車とは別のロープがビルの外壁に垂れ下がっている。凜香が拳銃をスカートベルトに戻した。「さっきから馬鹿が何度となくロープ降下してくる」

この部屋に籠城《ろうじょう》していれば、それも当然だった。廊下側の分厚いドアは、固く閉ざされているとわかる。敵の侵入はいまのところ防げている。ひとまず安全地帯が築かれていた。

凜香がいった。「上の階にあいつが逃げた。なにが起きてるのか知らないけど、ヘリが飛んできて、屋上に着陸したみたい」

「あいつって誰？」

「わかるだろが」

つまり凜香の母親だ。市村凜は架禱斗と合流したのだろう。矢幡前総理も一緒にちがいない。おそらく最上階の十階にいる。すぐにヘリに搭乗できるからだ。

室内に人の動きをとらえた。ベッドの陰から身体を起こす。女だった。カジュアルな服装の二十代半ば。紗崎玲奈が立ちあがった。

おそらく凛香が、隠れているよう指示したのだろう。いまは脅威がないと判断したらしい。目尻《めじり》の吊りあがった大きな目、すっきり通った鼻筋。端整な顔が結衣に向けられていた。

会うのは鶴巻温泉の宿前、夜の駐車場以来だ。玲奈はなにかいいたげにじっと見つめてくる。

カタギに戻った大人の女と話すのは苦手だ。結衣は医療品棚に向かった。「武器になる物を探さないと」

棚は磁力の影響を受けないよう、強化アクリル製の扉に閉ざされていた。結衣は拳銃の銃床を叩《たた》きつけ、扉の錠を壊した。拳銃をスカートベルトに挟み、棚のなかの引き出しを漁《あさ》る。金属製のタワシや、目の細かい金網のロールが見つかった。

背後に玲奈が立つ気配があった。「結衣さん」

結衣は振りかえらなかった。「なんですか」

「いまのロープを使えば、外に下りられるでしょ。凛香さんと一緒に逃げて」

凛香が頓狂《とんきょう》な声を発した。「はぁ？　なにいってんの。玲奈さんはどうする気よ」

「わたしはここに残る。みんな地下空洞に避難させたんでしょ？　地下空洞に籠城したほうが安全」

「なら玲奈さんこそ下りるべきだろ。悪いけどさ、玲奈さんが二代目野放図を相手にしてたころとは、状況がちがうんだよ。三代目のトップがいってるんだからまちがいねえ」

「あなたたち姉妹は未成年でしょ。助けてくれたのには感謝してる。でももう罪を重ねてほしくない」

「あのさ」凜香が声を荒らげた。「罪とかいっても、この国にはもう裁判なんかありゃしねえの。シビック政権の独断で死刑になるだけ。いまは戦争。平時の人殺しとはちがうの！」

ふたりの議論を背にききながら、結衣は引き出しを開け閉めした。薬品の入った小瓶を見つけた。フルニトラゼパム注射液を希釈した睡眠薬。細い注射器もあった。こっそり針を小瓶のなかに差しいれ、プランジャを引き、シリンジのなかを液体で満たす。

「お願い」玲奈の声が静かにいった。「銃を一丁だけ置いていって」

絶句した凜香に代わり、結衣は玲奈を振りかえった。注射器は手のなかに握りこんだ。

結衣は玲奈を見つめた。「あなたに市村凜は殺せない」

玲奈がわずかにたじろいだ。「そんなつもりは……」

「ないって？　玲奈さん。市村凜を殺したいほど憎んでるけど、凜香の前じゃいうのが憚《はばか》られる、そう思ってるでしょ」

凜香がつぶやいた。「わたしは別にかまわないよ。自分でも殺《や》りに行く気でいたし」

すると玲奈は困惑のいろを深めた。「凜香さん……。そういう考えは持ってほしくない。実のお母さんを……」

結衣は低くささやきかけた。「玲奈さん。敵に捕まったふりをして、連行されるつもりですよね。市村凜に近づきしだい、隠し持った銃を使えばいいと思ってる。成功したとしても、その場で射殺されますよ」

「……わたしはそれでかまわない」玲奈が冷静さを取り戻した。「あなたには無理と思えるだろうけど、わたしはやり遂げる」

「市村凜を殺せないといったのは、そういう意味じゃありません。前に刺したじゃないですか。なぜ本気で心臓を狙わなかったんですか」

玲奈は口ごもった。結衣は玲奈から目を離さなかった。黙って返答をまった。

やがて玲奈は視線を落とした。「凶器を持ってたのはわたしじゃなかった」

「ナイフの先端を敵の胸に向けて、身体ごとぶつかって刺した。致命傷じゃなきゃ、もういちど抜いて刺せばいい」

「……そんなことは思いつかなかった」

「本当にそうですか？　二塩酸ヒスタミンにクエン酸、ヘパリン、納豆をメスに塗って、性犯罪者を刺したことがあるでしょ。傷口を止血できなくする方法」

玲奈の視線が床に落ちた。「おぼえてない」

「プールにナトリウムを投げこんで、水素爆発を起こしたこともある。わたしと発想が近い。武装半グレのやり方、ひととおりご存じですよね」

「だったらなに？」

「最初から復讐《ふくしゅう》が目的だったんでしょ」

「……ええ。そう」玲奈のまなざしにふたたび決意のいろが宿った。「だから今度こそ果たしたい」

「人を殺したことがありますか。みんな重傷どまりじゃないですか」

「あなたと凜香さんには、もう人を殺してほしくないと思ってる」

「でもあなたは殺《や》るんですか」

「あの女は」玲奈の目が潤みだした。「あんな女は生かしちゃおけない。なにがあっても殺してやりたい。それしか思わない」

「あなたのほうこそ人殺しになっちゃいけない」

「それは気遣い？　わたしは大人で、あなたたちは未成年でしょ。将来を考えて」

「架禱斗が支配する国で、将来なんか考えられない」

「お願いよ。結衣さん。黙って拳銃《けんじゅう》だけを預けて。わたしの好きにさせて」

心に鈍重な痛みが生じてくる。玲奈はもともと不幸な生い立ちではなかった。亜樹凪のように、のちに父親が悪人と発覚したケースともちがう。希望に満ちた高校生活を送っていた。十七歳のある日、妹が凶悪犯罪の犠牲になった。そこから人生が狂いだした。以降いまに至るまで苦しみつづけている。

結衣はきいた。「なぜ死のうとするんですか」

「咲良のことが……。妹のことが頭から離れない！」玲奈は泣きだした。瞬《まばた》きとともに涙が頬を流れ落ちた。「無意味だとはわかってる。だけど世のなかがこんなふうになって、あの女が支配者階級だなんて……。もう耐えられない！」

テコンドーの組手《マッソギ》と同様、玲奈はすばやく踏みこみ、凛香のスカートベルトから拳銃を奪いとった。

凛香がわざと動かなかったのはあきらかだ。だが結衣は間髪をいれず玲奈に抱きついた。身体を密着させ、強く抱き締めながら、玲奈のうなじに注射針を刺した。親指でプランジャを押しこむ。

玲奈がびくっと反応し、逃れようと抗《あらが》いだした。それでも結衣は腕の力を緩めなかった。

「やめて」玲奈が泣きながらうったえた。「あなたたちが行っちゃだめ。わたしが行くの」

「もういいから」結衣はささやいた。「玲奈さん。ひとりの大人として尊敬してます。でももう苦しんでほしくない」

「だめだってば!」玲奈は薬が効きだしたのを自覚したらしい。激しい動揺をしめしながら、早口にまくしたてた。「凜香さんにお母さんを殺させちゃだめ。あなたもそんなことしちゃいけない。人殺しはわたしでいい。わたしにはもうなにも……」

「あなたはただ人生を狂わされただけです。わたしや凜香みたいに、まちがって生まれてきたわけじゃない」

凜香もいつしか泣きだしていた。しゃくりあげながら凜香が告げた。「玲奈さん。わたしもできれば、咲良さんを取り戻してあげたい。わたしが生きてるのなんて目障りだよね。もう二度と現れないから」

玲奈が激しく首を横に振った。「そんなこと思ってない。お願いだから、無事な姿を見せて。いなくなったりしないで。ふたりとも」

結衣は玲奈にいった。「さよなら、玲奈さん。今後はすべて忘れて、悲しみのない日々を過ごしてください」

しだいに玲奈が脱力していくのがわかる。瞬きが増えだした。完全に瞼《まぶた》が閉じきったとき、最後の涙が溢《あふ》れだした。身体が重くなった。眠りに落ちた玲奈が、結衣の腕のなかにいた。

玲奈の手にはまだ拳銃がひっかかっている。凜香がそっと拳銃を取りあげた。

横抱きにした玲奈を、結衣はブースのなかに運んだ。床に寝かせる。ここならすぐには見つからない。玲奈の頰にかかった髪を、結衣は指先を伸ばし、静かに払いのけた。

凜香が玲奈を見下ろしながらたたずむ。手で涙を拭《ぬぐ》った。「なんでこんなに妹想いなんだよ」

「だから」結衣は玲奈の寝顔を眺めた。「もう辛《つら》さと決別してほしい」

人生にリセットがきく。玲奈の場合はそうだ。結衣とはちがう。ならその道を選べばいい。玲奈の胸の上に投げだされた白い手を見つめた。この手を血に染めてはならない。

結衣は凜香と顔を見合わせた。ふたりでブースをでた。MRI検査室を横切る。また窓の外に人影がいるのを、視界の端にとらえた。ロープに吊《つ》り下がる敵兵だった。凜香はそちらを向きもせず、拳銃を持つ手を伸ばし発砲した。被弾した兵士は転落していった。

床に雑多な物があふれている。一リットルサイズのポリボトルがふたつ転がっていた。結衣はうちひとつを拾った。棚にあった金属製タワシを、ちぎりながらポリボトル内にねじこむ。金網を二枚に破り、うち一枚を筒状に巻き、まっすぐなかに挿入した。拳銃の銃身をポリボトルの口に押しこむ。

玲奈が目覚めるまでに、この異常事態に収拾をつける。たとえすべてが終わった世界を、結衣自身が眺められなくとも。

凜香もまったく同じ作業を進めた。金網と金属製タワシの詰まったポリボトルを、拳銃の銃身に嵌《は》めこんだ。「不発弾を破裂させるわけにはいかねえな。玲奈さんのためにも」

結衣は分厚いドアに歩み寄った。「上に架禱斗が来てれば、不発弾の話はガセと確定。その場合は矢幡美咲もいる」

「前総理の奥さん？　なんで？」

「架禱斗の母親」

「あ？」凛香が目を丸くした。「マジでいってんの？」

「当然でしょ」

ドアのわきの壁を背にし、凛香が苦笑した。「ならどうあっても上まで行かなきゃ。そんな面白すぎる母親参観日、見ずに死ねるかよ」

結衣はドアのストッパーをつかんだ。「行くよ」

「わかった」凛香がポリボトルごと拳銃を水平にかまえた。

レバーをスライドさせ解錠した。一瞬の間を置き、結衣はドアを開け放った。

廊下にいた敵兵の位置を瞬時に把握した。結衣はポリボトルを右手でつかみ、左手の人差し指でトリガーを引いた。発射と同時にポリボトルの底に穴が開く。銃声は極度に小さくなっていた。ポリボトル内に放射されたガスが、金属製タワシをまんべんなく膨張させ、金網の筒の周囲を満たす。一発で即席の減音器《サプレッサー》ができあがった。二発目以降はさらに静かになった。

結衣は三人をつづけざまに撃ち倒した。残るふたりは凛香が仕留めた。この銃声なら最上階までは届かないだろう。結衣は凛香とともに廊下を駆けだした。

不意打ちに勝算がある。視界にとらえた敵兵を、確実に一発ずつ仕留めていく。隠《おん》密《みつ》行動だけに、敵に撃たせるわけにいかない。エレベーターの扉の前を通過した。行く手の防火扉は開放されている。上り階段が見えていた。凜香を先行させ、結衣は後方の守りを固めた。

階段の手前まで来た。そう思ったとき、わきのドアが弾《はじ》けるように開いた。暗視ゴーグルを装着した東南アジア系の兵士が、いきなり結衣のポリボトルを蹴《け》った。ポリボトルごと拳銃が飛んでいった。口髭《くちひげ》を生やした敵は俊敏で、突きと蹴りを矢継ぎ早に放ってきた。結衣は左右の手で攻撃を払い、身をよじって躱《かわ》した。

階段を上りかけていた凜香が、あわてた顔で振りかえった。「結衣姉!」

「先に行って!」結衣はすかさず指示した。

ぐずぐずしていれば階上の兵が異変に気づく。足をとめてはならない。凜香もそのことを充分に承知している。先に階段を駆け上っていった。

敵兵は疲れ知らずに、重いパンチとキックを繰りだしてくる。結衣はまともに打ち合わなかった。正面から力でぶつかって勝てる相手ではない。

だが遊んでいる暇はなかった。まっているのは一瞬の隙だった。結衣は髪からヘアピンをとると、こぶしの人差し指と中指のあいだに挟み、敵兵のこめかみに突き立てた。柔らかい局所を狙えば深々と突き刺せる。白目を剝《む》いた敵兵が絶叫しかけた。結衣は手で敵兵の口を塞《ふさ》ぎ、頭部を壁に強く打ちつけた。

頭骨の割りやすい角度も心得ている。硬い物に亀裂《きれつ》が入る音をきいた。敵兵はぐったりとして床にずり落ちた。

結衣はポリボトルと拳銃《けんじゅう》を拾った。不格好な手製のサプレッサーではあるが、いまは手放せない。銃声を殺しながら進めるだけ進まねばならない。凜香の姿が見えなくなった階段を上りだした。架禱斗の居場所に一歩ずつ迫っている。今度こそ逃がさない。

21

矢幡は粘着テープで全身を縛られた。両腕を後ろにまわし、両脚も足首にまで巻かれている。むろん立っていられる状態ではない。同じように拘束された錦織親子とともに、学園長執務室の床に転がっていた。

美咲が冷やかに見下ろしてきた。「総理の座から転落した政治家は哀れよね」

矢幡は美咲を睨《にら》みつけた。「私を殺すのか」

「あなただけじゃないでしょ。〝同窓会〟メンバー全員が道連れ」

「制圧もできていないくせに、なにが全員道連れだ」

架禱斗が歩み寄ってきた。「矢幡元総理。時間が経つのは早い。もう午前二時近い。あと二時間足らずで艦隊が日本各地を総攻撃する。ここも破壊対象のひとつになってる」

美咲が軽蔑《けいべつ》のまなざしを矢幡に向けてきた。「せっかくの学園があなたのせいで」元SPの錦織が美咲に抗議した。「あんたを警護してきた日々はまったくの無駄だった」

「いまさらなによ。息子さんと仲よく、自分たちの馬鹿さ加減を痛感したら？　律紀君。お父さんのおかげで救われなかった気分はどう？」

醍醐は美咲への憎悪を隠さなかった。「おまえが地獄に堕《お》ちろ」

「はん」美咲が鼻で笑った。「離婚した夫婦の子はこれだから」

矢幡は架禱斗を見上げた。「きみたちはヘリで撤退する気だろ。武装勢力も引き揚げざるをえない。午前四時の砲撃までに、未成年者たちはみんな学園から逃げるだけだ」

「そうはいかない」架禱斗が白いスティック状の機器をとりだした。「これがなにかわかるか？」

「さあな」

「結衣は〝同窓会〟メンバーを雨水用の地下空洞に逃がしてる。俺たちが気づいてないと高《たか》をくってる。だがあいにくそんなことはない。地下空洞の支柱すべてに、C4爆薬が埋めこんである。このリモコンで起爆できる」

矢幡は事情をよく知らなかった。だが少年少女らの退避場所を、架禱斗は予測したうえ、爆破可能な下準備をしてあったらしい。切迫のなかで矢幡はいった。「よせ。皆殺しにしてなんになる」

「全員が反体制派だ。しかもあいつらは結衣の心の支えでもある。いっぺんに失えば、結衣は絶望に打ちひしがれる」

「それで無気力になるとでもいうのか？　彼女の復讐心《ふくしゅうしん》がいっそう燃えあがるだけだ」

「勝手に燃えてればいい。そもそも結衣は無力だ。何度も死に瀕《ひん》したが、運よく仲間に命を助けられてきた。地下空洞の崩落とともに、そんな仲間はいっさいいなくなる」架禱斗は悠然と立ち去りかけた。

矢幡は架禱斗の背に語りかけた。「哀れな男だ。まだわからないらしいな」

架禱斗が足をとめた。振り向きもせずにきいた。「なにがだ」

「命を投げだしてでも、自分を助けようとする仲間が、おまえにいるのか」

「いるとも。大勢な」

「誰だ？　そこにいる司令官たちか？　死んでいったウェイ五兄弟か？　偽りの友情、ただ利権でつながってるだけの関係だろう。優莉結衣に味方する者たちは、損得勘定なんかで動かない。みんな彼女のためを想い、みずからの将来を犠牲にしながら、それでも助けようとしたんだ」

「愚民の集まりだな」

「ちがう。彼女の本当の強さが仲間を引き寄せてる。私も総理の任期に痛感した。誰もひとりでは生きられない。救いの手を差し伸べてくれる友達の存在こそ、強い人間である証明だ。きみはただ友達に恵まれない若造でしかない」

架禱斗は振りかえらなかった。軽く鼻を鳴らし、さっさと遠ざかった。

美咲はまだ近くに立っていた。醒《さ》めた目つきが矢幡を見下ろす。「あなたそんなに友達いたっけ？」

錦織が口をはさんだ。「矢幡さんのためなら、俺も命を投げだす覚悟だ」

「そうなってるわね」美咲が淡々といった。「命を投げだした結果、間もなく一緒に死を迎える。ほんと笑わせてくれる」

糠盛緊急事態庁長官が、コンデンサーマイクのついた機材を手に、架禱斗に歩み寄った。オーディオアンプに似ている。

「これをどうぞ」糠盛が機材を差しだした。「宮村総理の降伏宣言だけでは、国民の抵抗が収まりきっていない。矢幡前総理のほうが効果がある」

「そうだな」架禱斗が機材を小脇に抱えた。「雲英グループは一丸となってるか？今後はシビック政権下で経済界と産業界の中心になる」

「老いぼれの雲英秀玄《しゅうげん》名誉会長は、そもそもなにも知らない。息子とシビックのつながりにも気づかずにいた。いまになって泡を食ってる」

「グループ内企業の社長はみな、雲英秀玄の言葉に従う。あのじいさんが狼狽《ろうばい》したんじゃ混乱が起きる」

「手なずけてみせるよ。どうにもならなかったら殺して、遺言のみを各社に伝える」

「わかった。そのときこそあんたが雲英グループのトップだな」

糠盛は満足げにうなずいた。「まかせてくれ」

架禱斗が茄城に向き直った。「司令官ふたりに、全軍を率いて横須賀基地に向かうようにいえ。すでに基地はもぬけの殻だ。今後はシビック軍の総司令部になる。装甲車両で一時間もあれば着くだろう」

茄城が通訳した。イブラヒムとガルシア両司令官が、それぞれの側近に命令を下す。デスティノとエストバ解放戦線の兵士らが無線通信を始めた。エレベーター前に行列ができる。にわかに動きがあわただしくなった。

架禱斗が矢幡のもとに引き返してきた。マイク付きの機材を床に置く。矢幡にマイクを向けてから、アンテナを伸ばし、電源コードとLANケーブルが接続された。機材の側面には時刻表示があった。午前二時三分。

矢幡はきいた。「これはなんだ」

「午前三時から十秒間だけ、全国のラジオ放送につながる。すべての放送局が生中継でおまえの声を流す。海外の系列局にも届く。好きに喋《しゃべ》れ」

「どういうことだ」

「国民に詫《わ》びるもよし、憤るのもよし、反省するもよし。なにをいおうと、死を目前にしたあんたの肉声は、真実の響きを帯びる。大衆がいまだ抱きがちな、淡い幻想が打ち砕かれる」

「徹底抗戦を呼びかけるかもしれんぞ」

「その場合はみんなに死ねと強制したことになる。政治家として最後の仕事がそれでいいのか？　十秒しかない。おとなしくシビック政権への従属を呼びかけるのが最善だ」

矢幡は露骨にうんざりしてみせた。「結局それか」

「中東のいくつかの国のように、政情不安と混乱が長引けば、ろくなことにならないのを知ってるはずだ。日本人は運命に従順な民族だけに、おまえのひとことで大勢の命が救われる」

美咲が無表情に見下ろした。「氷川《ひかわ》きよしをアカペラで歌ってもいいのよ。カラオケ好きだったでしょ」

「きみへの罵詈雑言《ばりぞうごん》を並べ立てたほうがましだ」

むっとした美咲が反論しかけたが、架禱斗がその肩を軽く叩《たた》いた。母親をうながし遠ざかる。美咲はなおも矢幡を睨《にら》みつけ、息子とともに立ち去った。

架禱斗が美咲にいった。「ヘリに乗ってくれ。俺と糠盛長官、茄城が一緒だ。ゴメス総帥もな。艦隊の大半はモリエンテス兵が動かしてる」

そこに市村凜が近づき、当惑ぎみに話しかけた。「架禱斗。ここの六階に凜香と玲奈がいる。結衣もまだ学園内に……」

「砲撃で跡形もなく吹っ飛ぶ」架禱斗がきっぱりといった。「凜姉さんもヘリへ」

「……説明したでしょ」凛は抵抗の素振りをしめした。「家ごと燃やしても害虫は……」

「地下空洞に〝同窓会〟メンバーを残したまま、結衣が逃げだすとは思えない。あいつを直接仕留めるための舞台だったが、惜しくも時間切れだ」

「それでいいの?」

「俺たちが撤退すれば、結衣は地下空洞の仲間と合流する。天井を崩落させ一網打尽にできる」

「凛香を……いえ、玲奈をこのままほうっておけない。ふたりともこのビルにいるのに。いまごろこっちに向かってるかもしれないでしょ」

美咲が割って入った。「凛。自分で始末をつけたら? 前にも玲奈とは対峙《たいじ》したんでしょ」

架禱斗は真顔でうなずいた。「それがいい。凛姉さん、武装兵のなかから精鋭を選んで連れてけ」

「だ」凛は表情をこわばらせた。「だけど……」

「これもやる」架禱斗は白いリモコンを差しだした。「玲奈が抵抗したら、地下空洞を爆破すると脅せばいい」

凜はリモコンを受けとった。額に滲《にじ》む大量の汗のせいで前髪が濡《ぬ》れている。架禱斗を見つめ凜が問いかけた。「わたしが戻るまでヘリを待機させといてくれる?」

「あいにく時間がない」架禱斗は茄城を振りかえった。「ガルシア司令官に、凜姉さんの警護を命じる。六階にいる小娘ふたりを始末するよう伝えろ。終わったら凜姉さんを装甲車両に乗せ、横須賀基地に向かえばいい。明日には迎えに行く」

美咲が高慢な態度を凜に向けた。「しっかり自分の手で片づけてよ。支配者一族のお荷物にならないように」

凜はさも不快そうな顔をしたが、苦言は呈さなかった。同じ優莉匡太の元交際相手といえど、上下関係が築かれているらしい。ましてこの状況下で架禱斗の母親に逆らえるはずもない。それを充分にわきまえたうえでの態度だろう。

架禱斗は三十代のスーツに目を向けた。「長谷部とかいう奴。おまえも行け」

長谷部が愕然《がくぜん》とした。うろたえる反応をしめす。だが兵士のひとりがアサルトライフルを運んできて、長谷部の胸に押しつけた。

凜がさも嫌そうにぼやいた。「こんな奴と一緒に行けって? わたしを追いまわした捜査一課の刑事じゃん」

美咲がいっそう醒めた態度をとった。「いまは凜と同じく、新政権下で価値ある存在かどうか、試される立場にある。せいぜい頑張って実績をあげてよ。役立たずは要らない」

茄城の通訳を受けたガルシア司令官は、やれやれといいたげに、複数の部下に声をかけた。揃って市村凜の背後に控える。凜は仕方なさそうに歩きだした。長谷部も同様だった。一行が下り階段へと向かう。

床に横たわる智沙子に、日本人兵士が顎《あご》をしゃくった。「首領。こいつはどうします？」

智沙子の腫《は》れあがった顔は、いまやすっかり血の気が引いていた。人工筋肉繊維は重い鎧《よろい》と化し、瀕死《ひんし》の身体を床に押さえつける。それ自体が血液の循環を阻害しているようだ。

彼女をこんな状態にしたのは架禱斗だ。だが妹への情が捨てきれないのか、架禱斗は複雑な表情を浮かべた。「ヘリに運べ」

十階はしだいに人を減らしつつあった。兵士らがエレベーターで一階にピストン輸送されていく。架禱斗や美咲は上り階段に向かいだした。

矢幡は会議用テーブルを見た。イブラヒム司令官が架禱斗に渡したモバイル機器がある。もう用なしとばかりに置き去りにされている。

架禱斗が階段を上りながら美咲にいった。「旦那《だんな》に最期の別れを告げなくていいのかよ」

「べつに」美咲が振りかえり、無慈悲なまなざしで矢幡を見下ろした。「長い夫婦生活の果て、妻は夫の火葬に立ち会う運命だとか。でもわたし、立ち会わないって決めてたし」

それっきり美咲が背を向けた。屋上へと消えていく。兵士たちが智沙子を人工筋肉繊維ごと運びあげる。

階段の途中に足をとめた架禱斗が、厳かな声を響かせた。「前総理。武蔵小杉高校でジンがいったことをおぼえてるか。幹事長時代、イラクで人質になった日本人ボランティアやフリーカメラマンらに対し、自己責任論を展開したよな？　いまのあんたも自己責任か？」

矢幡はなにもいわず架禱斗を睨みつけた。架禱斗は冷やかに見かえすと、階段を駆け上っていった。

ヘリの爆音だけが響いてくる。気づけば学園長執務室はがらんとしていた。

錦織が顔をしかめた。「武蔵小杉高校で生き延びても、運命は変えられなかったってのか」

醍醐はため息まじりにいった。「チュオニアンではこんな目に遭わなかったよ。父さんと一緒にいてツキに見放された」

「すまん」

「……本気じゃないよ。やるだけのことはやった」

床に置かれた機材のマイクが、矢幡のひとことをまっている。皮肉なものだと矢幡は思った。総理という役職に三たび就き、広く国民に呼びかけたいと望んできた。それが役職を除き、実現する運びになった。国家そのものが滅亡に瀕したいまになって。

22

凜香は拳銃《けんじゅう》にポリボトルをあてがい、敵兵の不意を突きつつ、次々に射殺していった。九階で上り階段は終わり、廊下が延びている。十階へは別の階段に向かわねばならないようだ。

弾倉の予備は残り一本だった。からになった弾倉を抜き、交換したうえで、凜香は暗い廊下を突き進んだ。敵兵が気づく前に確実に仕留めていく。防弾ベストを撃っても意味がない。剝《む》きだしの顔面を常に狙った。

新たな階段の上り口に近づいた。凛香は射殺した敵兵のアサルトライフルを、とっさに奪いとった。ポリボトルと拳銃は投げ捨てる。階段を複数の靴音が駆け下りてくる。歩調から察するに、最初から攻撃の意思がある。もう凛香が隠密《おんみつ》行動をとる理由はなくなった。

敵の一行が踊り場をまわり、足ばやに階段を下ってきた。先陣を切るのはスーツ姿だったが、アサルトライフルを携えている。廊下に立つ凛香を見たとたん、ぎょっとして立ちすくんだ。

皮肉なものだ。母の市村凛と一緒に過ごし始めたとき、刑事たちの顔写真を見せられた。当時は警戒すべき連中だったからだ。こいつの写真もそのなかにあった。捜査一課の長谷部班長。いまは武装勢力側についたか。

長谷部はアサルトライフルをかまえようとした。だが凛香の銃撃のほうが早かった。防弾ベストも身につけない長谷部は、胸部に弾をまともに食らい、たちまち血に染まった。白目を剝き、口をぽっかりと開け、廊下につんのめってくる。床に叩《たた》きつけられる前に死んだのはまちがいない。

後続の武装兵らは、さすがに迂闊《うかつ》な行動を見せなかった。階段で姿勢を低くし、亀が甲羅のなかに首をすぼめるように、鼻から下を防弾ベストの陰に埋《うず》めた。ヘルメットと防弾ベストのあいだ、わずかな隙間にのぞく両目も、防弾ゴーグルが覆う。顔面を完全に防御しながら、視野だけは充分に確保されている。武装兵らが凛香を狙い、いっせいに銃撃してきた。

凛香は身を翻した。さも逃走するような動作をとる。敵の銃弾は凛香の行く手の床に跳ねた。凛香がそちらに向かうと予測し、敵が先攻し狙い撃ったからだ。だがそれは凛香のフェイントだった。弾が逸《そ》れているうちに、凛香はその場に留《とど》まったまま、完全に身体を回しきった。ふたたび敵兵に向き直るまでに、スカートのポケットから手榴弾《しゅりゅうだん》をつかみだしていた。遠心力を利用したサイドスローで、階段の中腹に投げつけた。

すべては一瞬の動作だった。結衣が教えてくれた、凛香の敏捷《びんしょう》さを最大限に生かすための身のこなし、そこに学んだ。

階段ですさまじい爆発が起きた。熱風が吹き荒れるなか、敵兵の肉体が四散する。アサルトライフルが数丁、ちぎれた腕に握られたまま宙を舞った。

銃声が途絶えた。だからといって敵を殲滅《せんめつ》したとはかぎらない。胃の内容物が放つ酸っぱいにおいを、敵部隊の人数ぶんだけ嗅《か》ぎとれれば、全員死んだと推定できる。凛香は前進をきめた。黒煙が濃厚に立ちこめるなか、階段を駆け上っていく。

踊り場に人影がふたつあった。うちひとりは一見して母親だとわかった。市村凛が恐怖に目を瞠《みは》り、武装兵の陰に隠れた。凛が怒鳴った。「ガルシア司令官! そいつを殺して」

そいつといった。自分の娘をそいつ扱いか。凛香は怒りに燃えた。ガルシアなるフィリピン系は、日本語がわからないのか、アサルトライフルの銃身を上に向けたままだった。なめるな。凛香はガルシアの顔面を銃撃しようとした。

だがガルシアの蹴《け》りが突如繰りだされた。靴底が凛香の腹に深々とめりこんだ。息が詰まる。嘔吐《おうと》感とともに前のめりになる。ガルシアがアサルトライフルの銃床で、凛香の頬を左右に殴りつけた。さらに銃身で突きを浴びせてくる。凛香は後方に吹っ飛び、階段から転げ落ち、廊下に突っ伏した。

痺《しび》れが痛みに変わるのをまたず、凛香はすぐに起きあがった。ガルシアがアサルトライフルを向けてきた。至近距離だ。凛香は側面に走るや壁を蹴り、みずから跳ねかえり床に伏せた。かろうじて狙いがさだまらず、ガルシアの発射した弾は、凛香の耳もとをかすめた。

そのときガルシアの向こうに市村凛が立った。右手を高々とかざす。その手にはなにやら白いリモコンが握られていた。

「やめな」凜が低い声を響かせた。「地下空洞を吹っ飛ばされたくなきゃね」

凜香のなかに緊張が走った。少年少女らを地下空洞に退避させたことを、敵は承知していたのか。しかし遠隔操作の爆発物など、こっそり仕掛けられたはずがない。凜香は一笑に付した。「ハッタリには飽き飽き」

だが凜は冷酷な表情を保った。凜香の考えを読んだように凜がいった。「爆薬は事前に仕掛けてあったの。結衣の計画なんか、架禱斗がとっくに予想済みだった」

嘘で相手を翻弄《ほんろう》するのは、母の常套《じょうとう》手段だった。その血を受け継いだ凜香も虚言が得意だ。だからこそわかる。いま凜は本当のことを口にしている。

動揺とともに迷いが生じる。ガルシアの前に身を晒《さら》していては、撃ってくださいと求めているに等しい。けれどもあくまで抵抗し、あわよくば反撃の機会を得ようとも、凜がリモコンのボタンを押すかもしれない。地下空洞に避難した全員の命が失われる。

以前の凜香なら思考停止も余裕だった。なにも考えず猪突《ちょとつ》猛進しか選ばなかった。いまはそうもいかない。アサルトライフルを持つ手ばかりか、膝《ひざ》まで震えてくる。凜香は吐き捨てた。「汚《きたね》えぞ！」

凜は勝ち誇ったような笑い声を発した。「なによその弱腰な態度。結衣の悪影響でも受けた？　わたしの子にはまるでふさわしくない」

「なら勘当しろよ。親子の縁が切れたら願ったりじゃん」

表情を険しくした凜が、ガルシアの背を軽く叩いた。「撃ち殺して」

必死に弾を避《よ》けようと動きまわったところで、射殺されるときをわずかに遅らせるだけだ。状況はなにも変えられない。このまま撃たれるしかないのか。

ガルシアの銃口が正円を描く。まっすぐこちらを狙い澄ましているとわかる。いまにも銃火をまのあたりにする……。

唐突に甲高い音を耳にした。熱風が凜香のわきをかすめた。ガルシアめがけ一直線に飛んでいく物体がある。なんと消火器だった。消火器のスナップとレバーが除去され、そこがジェット噴射口になっている。なかを空っぽにしたうえでガスを注入し、火をつけたのか。

砲弾のような消火器が、ガルシアの防弾ベストを直撃する。ガルシアは後方に弾《はじ》き飛ばされ、勢いでアサルトライフルを天井に発射した。銃火がガスに引火し、廊下に激しい爆発が起きた。高温を帯びた爆風が押し寄せる。凜香は片膝をつき凌《しの》いだが、アサルトライフルを飛ばされてしまった。ガルシアと市村凜は、揃って爆風に巻きこまれ、もんどりうって倒れた。

ふたりとも致命傷には至っていない。だがガルシアのアサルトライフルも遠くに投げだされている。顔じゅう血だらけのガルシアが身体を起こす。市村凜もふらつきながら立ちあがった。まだ右手にリモコンを握っている。

凜香の後方から結衣が駆けてきた。ここに来るまでに敵兵から奪ったのだろう、左右の手にアーミーナイフを握っている。凜香を追い抜きながら、右手のナイフを宙に放りだした。

すかさず凜香はナイフの柄をつかんだ。結衣とともにガルシアに突進する。行く手で市村凜が右手をかざした。リモコンのボタンを押すぞと脅している。しかし結衣にたじろぐようすはいっさいない。ガルシアに向け全力疾走しつづける。

結衣が状況を把握できていないはずがない。凜の握るリモコンについて、疑う素振りすらみせずにいる。すなわち結衣は、あれがなんなのかわかったうえで、躊躇《ちゅうちょ》の必要なしと判断している。凜がボタンを押してもかまわない、それが結衣のだした答えだ。なぜそう結論づけたかはわからない。それでも凜香は結衣を信じた。絶体絶命でも活路を開く。揺るぎなき存在、それは姉のためにある言葉だ。結衣がガルシアに立ち向かおうとしている。凜香も迷いなくそうすべきだ。

姉妹ふたりはガルシアの左右に迫った。ガルシアは死にものぐるいの形相になり、みずからのアーミーナイフを引き抜き、8の字に振りまわした。でたらめに見えて正確きわまりない動作だ。凛香と結衣の刃《やいば》を交互に弾いては、むしろ力で圧倒してくる。いつしか凛香は結衣とともに、後ずさるのを余儀なくされていた。一瞬でも気を抜けば、ガルシアのナイフに身体を貫かれる。だから攻撃しつづけるしかない。だが隙を狙って斬りつけようにも、ガルシアの刃がすかさずインターセプトする。凛香と結衣、両サイドに対し、完璧《かんぺき》な防御と反撃を維持している。

それでも結衣の速度はさらに増し、尋常でないほどの敏捷さに達した。振り幅の大きさとすばやさに反し、腕も脚も要所要所でぴたりと止まる。慣性の法則をまるで感じさせず、縦横無尽にナイフの軌道を変化させる。

プロの軍人の域に達している、再会後の結衣について、凛香はそう思ってきた。いまはそれすらうわまわる。ガルシアの顔に苦痛と疲労のいろが見えてきた。呼吸も荒くなってきている。結衣のほうは息ひとつ乱れていない。ガルシア以上の速度で、刃が絶え間なく攻撃を仕掛ける。

市村凛が興奮ぎみに応援しだした。「行けガルシア！　容赦すんな。小娘をふたりとも血祭りにあげろ！　かっ飛ばせー、ガルシ……」

結衣の低い蹴りがガルシアの膝頭《ひざがしら》に見舞われた。ガルシアが前のめりになった、その一瞬を結衣が突き、上腕を斬り裂いた。ガルシアが絶叫を発したとき、凛香も跳躍しながらナイフを水平に振った。鶴巻温泉の線路の脇、結衣がみせた技に倣った。逆手に握ったナイフで、ガルシアの喉《のど》もとを横一文字に切断した。気管を断たれたガルシアの叫びは濁りだした。最後に結衣のナイフが、ガルシアの右の眼球に突き立てられた。刃の尖端《せんたん》が後頭部に貫通する。ガルシアはものいわぬ肉塊と化した。両膝を床についたのち、勢いよく前方に突っ伏した。

凜香は顔をあげた。廊下で市村凜が恐怖のいろを浮かべている。またリモコンを握る手を高くかざした。

結衣が凜のもとに歩きだした。「おまえがうるさかったから死んだ」

市村凜はたじろぎながら壁を這《は》い、おろおろと横移動しだした。

とんでもなく倫理観の欠如した女が醜態を晒している。凜香は醒《さ》めた気分で見守った。この女は長いこと畏怖《いふ》の対象だった。いまはもうちがう。

母親に会ったとき、どんな感情が芽生えるのか、自分でも予想できなかった。実際に顔を合わせてからも当惑ばかりがあった。

いまになって理解できる。求めていたのは、ただ母という偶像だ。世間と同様、人並みに母と娘の関係を築きたい、そう願ってきた。それがどんなことなのか、曖昧模《あいまいも》糊《こ》としてつかみどころがなかった。見よう見まねで実現したかった。

けれども凜香自身こそ、どこにでもいる中三ではない。市村凜はもっと常識外れな女だった。凜香が追いかけていたのは理想でしかない。現実はどこにもない。どんな人格だろうと、母への情愛は消えないとの声がある。詭弁《きべん》もいいところだ。むしろこんな母を生かしておいた事実に、娘としての罪深さを感じる。薄々はわかっていた。やはりこれが答えだった。最低の母は母と認められない。けっして受容できない。憎悪の対象にしかなりえない。

凜香の胸に悲哀がこみあげた。この女がいなければ、生まれずに済んだ。こんな女が優莉匡太なんかとセックスしなければ。

市村凜が青ざめた顔で廊下を後ずさる。結衣が歩み寄っていく。凜はあわてぎみにドアノブをつかんだ。ドアを開け放ち、ただちになかに逃げこんだ。結衣が走りだした。凜香も全力で併走した。

優莉匡太と市村凜の子。産廃もいいところだ。この世を去る前に、父母ふたりの死を見届けてやる。それが果たされるのなら、あとは地獄に堕《お》ちてかまわない。

23

結衣がドアを開けたとたん、室内に潜んでいた敵兵が拳銃《けんじゅう》を向けてきた。だがその腕は至近距離ゆえ、わずかに肘《ひじ》が曲がっていた。結衣は瞬時にそれを見てとり、敵の腕を両手でつかんだ。合気道の応用で関節を極《き》め、最も曲がりやすいほうに曲げつつ、銃口を敵の顎《あご》に這わせる。人差し指を引き絞らせた。銃声が轟《とどろ》き、真上に血飛沫《ちしぶき》があがる。敵兵はその場に崩れ落ちた。

奪った拳銃が結衣の手のなかに残る。それを凜香に差しだした。凜香が訝《いぶか》しげに見かえす。

「持ってて」結衣はいった。

「なんで?」

「これからあんたの母親を殺す。気が変わったらわたしを撃ちなよ」

「いまさらそんなこと……」

「いいから。そこにいて、わたしの背中を狙ってて」

結衣はほの暗い室内を歩きだした。まだ内装工事の終わっていない、剝《む》きだしのコンクリート壁に囲まれた空間だった。建築資材もあちこちに放置してある。造りかけの浴室は壁がなかったが、バスタブだけは設置済みだ。

轟音《ごうおん》が響く。部屋のかなりの容積を占めるセメントのミキサーが、なぜか回転しつづけている。市村凛がスイッチをいれたのだろう。天井に延びる管は、水平方向に回せる仕組みだった。いま液状セメントの噴出口は、バスタブの真上に移動されている。それも凛の仕業か。ただしセメントは流れ落ちていなかった。

どこかの柱の陰に潜んでいるのは明白だった。結衣はゆっくりと歩いていった。すると市村凛の声がこだました。「結衣。小さかったころ、わたしと一緒に暮らした日々をおぼえてる？　楽しかったでしょ」

「おまえがわたしに人殺しをさせなきゃね」

「殺して当然の輩《やから》だった」

「ちがう。おまえが追いこんだ」

ミキサーの作動音が反響していても、結衣の選択的注意は、声の方向を正確にとらえる。凛が長く喋《しゃべ》れば、それだけ早く位置が割りだせる。

「ったく」凛がまくしたてた。「結衣。おまえ本当に嫌なガキ。あんな素晴らしい兄貴が、この世に天国を築いてくれてたのに……」

結衣は歩を速めた。つかつかと進むうち、靴音が近づいてくるのに耐えられなくなったのだろう、凛が柱の陰から飛びだしてきた。右手に握ったリモコンを、またも誇らしげにかざす。

卑屈な魔女のように前かがみになり、凜がひきつった笑みを浮かべた。「強がってもわかってる。おまえはこのボタンを押されちゃ困る。みんな死んじゃうよ？　綿谷蒼太も桐宇翔季も雲英亜樹凪も。地下空洞に爆薬が仕掛けてあるからな」

「おまえさ」結衣はいった。「人のこと、どう考えてんの」

「くだらねえ質問すんな！　時間稼ぎしたって状況は変わらねえんだよ。ボタン押されたくなきゃな、裸になれ。服をぜんぶ脱いで、あのバスタブに横たわれよ。セメント漬けにしてやっからよ」

「自分以外の他人は苦しもうが平気。っていうか苦しむほど嬉《うれ》しいとか？」

「説教にでも持ちこもうってのかよ！　大人のわたしを相手によ」

「教わった調査業のノウハウを、人の不幸をのぞき見する以外、なんにも生かせなかった変態女。そういう解釈でいいの？」

「玲奈はどうした！　連れてこい。てめえと抱き合わせてセメントの底に沈めてやっ……」

結衣は固めたこぶしで凜の顔面を殴りつけた。一発で鼻血を噴いた。よろめいた凜に対し、満身の力をこめさらに殴った。倒れかけた凜の顎を、瞬時にこぶしで突きあげた。

市村凜は仰向《あおむ》けに転倒した。後頭部を強く柱に打ちつけた。苦痛に顔を歪《ゆが》めるより、恐怖に目を瞠《みは》っている。まるで赤い口髭《くちひげ》のように、鼻血がふたすじ流れ落ちている。リモコンだけはしっかり握ったまま放さない。

「押すぞ！」凜はわめいた。「みんなぺしゃんこになる。内臓も骨も潰《つぶ》れて、悲惨な押し花と化すぜ。それでいいのかよ！」

結衣はローキックを凜の腹に食らわせた。凜の息が一瞬とまり、激しく咳《せ》きこんだ。よろめきながら凜が立ちあがろうとする。その胸部を手刀で水平に強打する。肋骨《ろっこつ》にヒビが入ったかもしれない。凜の顔が苦痛に歪み、掠《かす》れた叫び声を発すると、結衣は顔を蹴《け》り飛ばした。またも凜は床に叩《たた》きつけられた。

凜は死にかけの害虫のように、ゆっくりと動いた。なんとか仰向けになり、上半身をわずかに起こすと、尻餅《しりもち》をついたまま後ずさった。

血まみれの怯《おび》えきった顔がわめき散らした。「ボタンを押すぞ！」

結衣は凜の胸倉をつかみあげるや、鼻柱を殴った。凜が半回転し、顔から床に突っ伏した。

必死でもがきながら、凜は床から柱へと這い、なんとか身体を起こした。その顔面はいまや鼻血ばかりか、鼻水と涙、涎《よだれ》にまみれていた。癇癪《かんしゃく》を起こした幼児のように泣きじゃくりながら、凜が怒鳴った。「もう頭にきた。みんなぶっ殺してやる。結衣、おめえが殺したんだからな！」

　ボタンが押された。一瞬はなにも起きなかった。直後に縦揺れが突きあげてきた。結衣は窓の外に目を向けた。いつしか装甲車両はすべて校庭の端に撤退していた。地震も同然の強烈な揺れが襲うなか、校庭に亀裂《きれつ》が走った。たちまち広範囲に陥没していく。地下空洞の天井が崩落したにちがいない。砂煙が噴きあがり、嵐のごとく吹き荒れる。

　凜が甲高い笑い声を響かせた。「ざまねえな、結衣！　おめえのいいなりになって、地下に避難して震えてた奴らが、みんな阿鼻叫喚《あびきょうかん》の地獄絵図よ！　武装勢力が手薄になって、避難が捗《はかど》ったぶんだけ、被害も甚大……」

「誰も死んでない」

「……あ？」凜が目をぱちくりさせた。「ハッタリこいてんじゃねえぞ結衣」

「地下空洞にはもう誰もいない」

「馬鹿いうな。おめえは必死こいてガキどもを雨水管に……」

「不発弾の存在が安全の担保だった。でも架禱斗が来るからには、不発弾は埋まってない。不発弾がなければ、地下空洞に爆薬が仕掛けられた可能性がある」

「ほざけ。ガキどもをどこに逃がしたってんだよ」

「武装勢力のほとんどが大学棟の守備にまわった。幼稚舎と小学校舎は、数人の見張りがうろつくのみ。刑事たちが倒した。地下空洞にいた全員が、脅威のなくなった幼稚舎に避難した」

大学棟を除く四つの校舎から、雨水管が斜め下に延び、校庭下の空洞につながっている。雨水管は這《は》いあがれる角度だ。全員が小学校舎の向こう、幼稚舎に逃げても、武装勢力側は気づけない。

結衣は地下空洞への入口を、中学校舎の物置、ただ一か所にさだめた。ほかの蓋《ふた》を開けないようにすることで、敵に気づかれまいとした。だが架禱斗がそれを予測していたなら、あえて結衣を泳がせ、集団が地下空洞に避難するのをまつだろう。それまでは敵勢も、学園じゅうにある雨水管の蓋を開けないようにするはずだ。

そんな状況を逆手にとった。いまや地下空洞にいた全員が、幼稚舎のなかで息を潜めている。

市村凜が茫然《ぼうぜん》とした目で見かえした。「誰も……死んでない？」

「死んでない」

「……なめんな小娘！」凜がわめき散らした。「架禱斗に連絡して、幼稚舎を総攻撃させてや……」

結衣は跳躍し、肘鉄《ひじてつ》で凜の脳天を打ち下ろした。前のめりになった凜に、膝蹴《ひざげ》りを浴びせる。胸倉をつかみ、腹を何度も蹴りこむ。内臓が破裂した手応《てごた》えを得てもなお、凜の顔面を矢継ぎ早に殴りつづけた。凜が力尽きて倒れる前に、結衣は回し蹴りを浴びせた。横っ面を蹴り飛ばし、凜の全身を柱に衝突させた。

また凜が床にのびた。呻《うめ》き声を発し、這いながら逃げようとする。結衣は行く手にまわりこみ、胸倉をつかみあげた。

なおも怒りがおさまらない。結衣はいった。「おまえ最初から場ちがいだったろ。高校事変からでていけ！」

柔道の背負い技を食らわせる。凜の身体は宙を飛び、壁にぶつかったのち、バスタブのなかに落下した。

結衣はミキサーのレバーを引いた。天井を延びる管が振動する。バスタブの真上から液状セメントが噴出し、凜に降り注いだ。絶叫とともに凜が手足をばたつかせた。必死にバスタブから這いだそうとする。

泥のようなセメントにまみれた凜の上半身がのぞいた。結衣は足ばやに歩み寄り、凜をつかみあげると、また床に放り投げた。俯《うつぶ》せになった凜の脚を執拗《しつよう》に踏みつけ、骨を確実に折る。凜の叫び声が反響した。四つん這いで片脚をひきずり、凜が窓辺へと逃げようとする。結衣は凜の襟の後ろをつかみあげた。望みどおり窓際に引っぱっていく。そこで凜を強引に起きあがらせ、顔面を繰りかえし殴りつけた。

凜がぐったりしてのびようとする。結衣は凜の胸倉をつかんだ。無残に変形した凜の顔を、結衣は睨《にら》みつけた。

喉《のど》に絡む声で、凜がゆっくりとささやいた。「わたしは被害者。わたしは可哀想。小さいころにレイプされた。集団にマワされた。世のなかはクズ。わたしには好きにしていい謂《いわ》れがある」

「人のことをなんだと思ってるの」

「知るかよ。人とか」

「自分の娘でも？」

凜はにやりとした。脱力しきった全身のなか、表情筋だけは伸縮し、満面の笑みを作りだした。「生まれたての赤ん坊は、汚ねえ小動物と同じ。息の根を止めてやりたかったけど、匡太がガキをほしがってた。ドブに流しちまえば、すべて終わりだったのに」

「本気でいってんの」

「ガキなんてセックスのついでにできる濁り汁の結晶だろが！　あいつもマワされてやがんの。教えてやるよ。凜香って名前の由来はね、輪姦《りんかん》のリ……」

銃声が連続して轟《とどろ》いた。横っ腹に銃弾を受けた凜が、激しく痙攣《けいれん》しながらのけぞる。口から大量の血液が噴きあがった。割れた窓ガラスの外に、凜の全身が放りだされた。空中では絶命しなかったらしい。落下中も悲鳴を発していた。すぐにそれが途絶えた。

結衣は窓の外を見下ろした。九階から落下した市村凜が、ほとんどひしゃげつつ、大の字になって横たわる。身体のあちこちから赤い噴水があがっていた。

振りかえると凜香が立っていた。右手に握った拳銃《けんじゅう》の銃口に、ひとすじの煙が立ち上っている。

凜香の泣き腫《は》らした目が結衣をとらえた。押し殺したような声で凜香がいった。

「答えは自分で選んだ」

外気が吹きこんできた。ミキサーの作動音だけが反響しつづける。結衣は凜香をうながし歩きだした。凜香も結衣に歩調を合わせてきた。

世のなかはクズ、市村凜はそういった。結衣もそんなふうに感じることが多かった。ずっと最低の国だと思っていたのに、本当はまだ最低ではなかった、その事実を思い知らされた。いくらかましだった以前の国に戻さねばならない。
方法は単純だ。架禱斗を殺して自分も死ねばいい。

24

結衣は凜香とともに十階への階段を駆け上った。ふたりとも死体から拾ったアサルトライフルを携えている。残弾はわずかだった。敵との遭遇は最小限に留《とど》めたい。やけに静かに思える。階段を上りきると、広い部屋に行き着いた。暗がりに目を凝らす。フロア全体が執務室だとわかる。会議テーブルのわきに、粘着テープを全身に巻かれた、ミイラのような三人が横たわっていた。

錦織が真っ先にこちらに気づいた。「結衣！」

ほっとした顔になったのは息子の醍醐律紀、そして矢幡前総理だった。結衣は周囲を警戒しながら歩み寄った。敵兵の姿はない。凜香が小走りに駆けていき、ナイフで粘着テープの切断にかかる。

そのあいだ結衣は立ったまま、油断なく四方に目を光らせた。「架禱斗は？」

矢幡はやっと上半身が自由になり、身体を起こしかけた。「ヘリで飛んでいった。

彼の母親もだ」

「奥さんのことですよね」

「……知ってたのか？」

凜香が矢幡の足首を自由にしながら、ふんと鼻を鳴らした。「いつも母親をいい当ててんな、結衣姉」

室内の死角にも敵が潜んでいないと確認できた。結衣はアサルトライフルを腰の高さにかまえ、ゆっくりと窓辺に近づいた。せっかく闇に紛れていても、性急な動作は屋外からの目にとまってしまう。一秒に一歩が基本だった。

校庭を見下ろした。陥没地帯の周囲、敵兵らが装甲車両に分乗し、続々と移動を始めている。車列が校門をでていく。

結衣はつぶやいた。「撤退してる」

醍醐が粘着テープから解き放たれ、ようやく立ちあがった。「午前四時に砲撃があるんだよ」

「砲撃……？」

矢幡が神妙にうなずいた。「シビックの実動部隊全軍が、日本に拠点を移そうとしてる。艦隊や戦闘機群がこっちに向かってるらしい。ここを含む各地を吹っ飛ばす気だとか」

それで武装勢力は撤収を急いでいるのか。兵士の群れが我先にと車両に乗りこむ。どの車両も荒っぽい運転で校門からの脱出を競う。

兵士らは幼稚舎に目もくれない。最後に見張りを巡回させたりせず、このままひとり残らず遠ざかってくれるとありがたい。ふたたび戦闘が始まれば、さすがに〝同窓会〟メンバーには逃げ場がない。

凜香がきいた。「あとどれぐらい余裕があんの?」

応じたのは錦織だった。「いま二時五十二分だから、あと一時間と八分だ」

正確な時刻がわかるのか。架禱斗が人質の腕時計を没収しないとは思えない。結衣は振りかえった。「どこに時計が?」

錦織の目が床に置かれた物体に向いている。オーディオアンプに似た機材のパネルに、時刻のデジタル表示があった。奇妙な機材だった。上部にマイクを備え、電源コードとLANケーブルが延びている。

「これは?」結衣はたずねた。

矢幡が立ちあがった。「三時ちょうどに全国のラジオ放送とつながるらしい。十秒だけ演説の機会があたえられた」

現総理だけでなく前総理も屈服させた。架禱斗は矢幡のリアルタイムの発言を通じ、その事実を国じゅうに広めたいのだろう。結衣は提言した。「美咲夫人を信用するなと、広く注意を呼びかけるべきですね」

「美咲はじきにシビック政権の大物として表舞台に立つだろう。私がなにをいおうが、負け犬の遠吠《とおぼ》えとしか受けとられんよ」矢幡は会議テーブルに歩み寄った。「架禱斗の置き土産なら、ここにもうひとつある」

「なんですか」

矢幡がモバイル機器を取りあげ、結衣に差しだした。「智沙子さんが私たちを助けてくれた。これはその映像記録だ。デスティノのイブラヒム司令官が架禱斗に提出した」

結衣は受けとった機器をいじった。モニターに動画が再生された。激しく上下左右に揺れている。敵兵のヘルメットに装着されたカメラだとわかる。

智沙子がいた。かなりの接写だ。それだけ敵兵が肉迫していた状況を意味する。矢幡と錦織を庇《かば》うように背にし、イブラヒム司令官なる敵に抗《あらが》いつづけている。大写しになった智沙子の顔は、鼻のわきと顎《あご》のほくろが確認できた。そばかすもめだつ。それが結衣とのちがいだと知っていれば、智沙子だと識別できる。

内蔵スピーカーから錦織の声がきこえた。「まさかきみは、智沙子か」

結衣が映像に見いっているうちに、凜香が歩み寄ってきた。一緒に画面をのぞきこむ。

いきなりカメラが大きく揺れた。イブラヒムが体勢を崩したとわかる。醍醐の必死の形相が、一瞬だけフレームインした。どうやら醍醐が体当たりを食らわせたようだ。智沙子が手刀と蹴《け》りを見舞う。ふいに青白い稲妻がほとばしった。智沙子が目を剝《む》いてのけぞり、仰向《あおむ》けに地面に倒れた。

凜香が不安げにささやいた。「智沙子姉、捕まっちゃったのか」

醍醐も近づいてきた。「完全に動けなくなってたよ」

高電圧スタンガンで人工筋肉繊維のメカニズムを破壊したらしい。智沙子の本来は脆弱《ぜいじゃく》な肉体に、途方もない重量の負担をかけることになる。しかも映像のなかでイブラヒムは、智沙子の胸部にフルオート掃射を浴びせた。さらに馬乗りになり顔を殴りつける。殴打はいつ果てるともなくつづいた。

憤りがこみあげてくる。結衣はきいた。「智沙子はどこに?」

矢幡が深刻な面持ちで応じた。「架禱斗がヘリに乗せていった」

重苦しい気分でモバイル機器の電源をオフにする。矢幡が手を差し伸べてきた。結衣は機器を矢幡に渡した。

錦織がつぶやいた。「学園内の犠牲者はどれぐらいだろうな……」

結衣は首を横に振った。「ほとんどは無事です。幼稚舎に隠れてます」

「なに？」矢幡が驚きのいろを浮かべた。「本当か」

凜香がテーブルの上に腰かけた。「結衣姉ちゃんに抜かりはない」

「でも」結衣は懸念を口にした。「この先が難しい。敵が撤収しきったら、幼稚舎にいるみんなは、地上を走って逃げるしかなくなる。クルマも数台しかないし、全員が砲撃の範囲外まで遠ざかるなんて、とても……」

雷鳴に似た轟音《ごうおん》がビルを揺るがした。爆発音ではない。ジェット機が低空をかすめ飛んでいった。

錦織が矢幡からモバイル機器を受けとる。内蔵カメラレンズを窓の外に向けた。暗視機能が備わっているらしい。モニターには明るみを帯びた空が映っていた。そこを飛ぶ機影もはっきり確認できる。

ため息とともに錦織がいった。「自衛隊機でも米軍機でもない。たぶんミグ29です。機体や翼にはなんの表示もありません。北朝鮮の非正規軍か、ロシアの武装勢力でしょう」

矢幡が唸《うな》った。「どっちにしてもシビック軍の一派だな。もう戦闘機群は領空圏内に到着してる。護衛を万全にしたのち艦隊を迎える手筈《てはず》だ」

醍醐も表情をこわばらせた。「空からも見張られてるんじゃ、集団脱出も……」

錦織が険しい顔でうなずいた。「たぶんバレる」

「武装勢力が引き返してくる？」

「いや。艦隊到着まで間もない。より広範囲を砲撃するだけだ。どこにも逃げられない」

凜香が大仰に顔をしかめた。「それじゃ困る。なんのために自衛隊とかいるんだよ」

矢幡は会議テーブルに両手をついた。「自衛隊が出動しようにも、命令を下せる国のトップは優莉架禱斗だ。しかもシビックは先に在日米軍を掌握してる」

艦隊が到着したら、いっそう手も足もでなくなる。もう日本全土への攻撃は避けられない。絶望的な空気が充満していった。誰もが陰鬱《いんうつ》な面持ちで黙りこくった。

結衣は機材の時刻表示を見下ろした。午前二時五十八分。

「矢幡さん」結衣はきいた。「十秒間なにを話されるんですか」

「さあ」矢幡がため息まじりに応じた。「沈黙を貫こうと思ってた」

「ならマイクをお借りしていいですか」

「かまわないが……。どうする気だ？」

「深夜ＤＪみたいなもんです」結衣はマイクの前で腹這《はらば》いになった。「矢幡さんの奥様への私信だと、みんな理解するでしょう」

25

架禱斗はスーパーピューマのキャビンにいた。総理専用の大型ヘリだけに内装が豪華だ。六脚ずつ向かい合わせのシートは革張り、床にも赤い絨毯《じゅうたん》が敷かれている。壁に四十インチのテレビモニターまである。

機体側面のスライドドアに最も近い、端の席に架禱斗はおさまっていた。隣には母の美咲。次に通訳の茄城、糠盛長官とつづく。向かいには黒人のゴメス総帥。それ以外の席は、ゴメス側近のモリエンテス兵と、緊急事態庁の秘密戦闘兵らが埋め尽くす。

ただひとり智沙子だけは、シートわきの荷物スペースに横たわっていた。動かなくなった人工筋肉繊維は、まるで手がつけられない。関節が曲がらないため、等身大の人形を運ぶも同然だった。

シートに着席する全員が、ヘッドセットを身につけていた。飛行中の爆音がうるさいため、左右の耳を覆うイヤパッドが耳栓がわりになる。乗員どうしの会話はすべて、ヘッドセットのイヤホンとマイクを通じ、機内通話《インカム》で交わされる。

このシステムの便利なところは、キャビンとは別室のコックピットとも、難なく会話できることだ。パイロットの声がきこえてきた。「首領。新宿区百人町《ひやくにんちよう》一丁目上空です」

「できるだけ高度を下げろ」架禱斗はシートベルトを外すと、身を乗りだした。スライドドアを横滑りに開け放つ。

時刻は午前三時近い。JR新大久保《しんおおくぼ》駅周辺、外国人労働者が多く住む一帯が眼下にひろがる。あちこちに火の手があがっていた。家屋の火災ばかりではない。路上でもクルマが燃えている。消防やパトカーの出動がないため、地域全体に暴動が発生中だった。暴徒と化しているのは外国人ばかりのようだ。店舗からの略奪も目につく。

ヘリの超低空飛行により、地上に嵐のような強風が吹き荒れる。混乱に拍車がかかる。この高度を維持できるのも、銃を持たせない法律あってのことだ。コンゴ共和国ならこうはいかない。官憲のヘリとわかれば容赦なく発砲してくる。日本はあらゆる面で武力による占領が容易だった。

茄城がきいてきた。「ここも艦砲射撃の対象にしますか?」

「むろんだ。新宿まで被害が及んでもかまわない。歌舞伎町に再開発の機会をあたえられる」

上空を二機の戦闘機が旋回している。デスティノがイスラエル空軍から奪ったF35と、モリエンテスの南アフリカ共和国からの戦利品チーターEだった。世界各地から戦闘機が飛来している。すでに制空権は押さえた。あとは艦隊を迎えるだけになる。陽が高く昇るころまでに、日本の半分が焦土と化す。

美咲が声を弾ませた。「架禱斗。そろそろラジオの時間でしょ」

架禱斗は思わずため息をついた。「母さん。俺の前では、男といえば父さんしか知らなかったってことにしろよ。心から結ばれたのは優莉匡太だけって顔をしてほしいんだよ」

「わかってるけど」美咲はいつものようにへらへらと笑った。「嘉寿郎さんがなにを喋《しゃべ》るか、どうしても気になっちゃって。いいでしょ? 十秒で済むんだし」

苦笑しながら架禱斗はマイクに命じた。「ラジオを流してくれ。どの局でもいい」

イヤホンからラジオ放送の音声がきこえてきた。音楽はない。NHKの女性アナウンサーが淡々と喋るだけだ。「この時間はひきつづき、シビック新政権からの広報をお伝えしています。日本国憲法は白紙に戻っていますが、刑法および民法は当面、暫定的に踏襲されます。日本円の価値基準は据え置きとなる一方、預金差し押さえへの異議申し立てはできません。仮想通貨や有価証券類の蓄積は即没収となります」

声のトーンに愛想がない。強めのアクセントが北朝鮮の放送にも似ている。大衆を教育するためには、こんな喋り方が最も効果的だとわかる。行きすぎた自由は国の破滅を招く。歴史が証明している。民衆の生活制限には、厳格な刑罰をもって臨む必要がある。

アナウンサーがつづけた。「ここで矢幡嘉寿郎前総理より、現在の所感を十秒間、生中継でお送りします」

「きた！」美咲ははしゃぐ姿勢をしめした。

音声が沈黙した。架禱斗は耳を傾けた。ノイズが変調したのがわかる。森本学園の機材とインターネット経由でつながったのだろう。なにを喋ろうが滑稽《こっけい》にちがいない。

ところがきこえてきた声は矢幡ではなかった。結衣の声が静かに告げた。「美咲。優莉結衣だけど。森本学園でまってる」

それっきり音声は途絶えた。十秒の放送時間の大半が余っている。美咲が目を瞠《みは》った。茄城と糠盛も顔を見合わせた。

やがて女性アナウンサーの声が当惑ぎみにいった。「失礼しました。ひきつづきシビック新政権からの広報をお伝えします。全国コンビニエンスストア、ガソリンスタンドは一律、午後七時営業終了とし……」

糠盛がうろたえだした。「いまのはたしかに優莉結衣の声でしたよ」

「なんなの？」美咲の顔に怯《おび》えのいろが浮かんだ。「なぜ森本学園に戻れというの？」

挑発はあきらかだった。架禱斗はうんざりしながらいった。「母さん、動揺すんなよ。結衣が大学棟の十階に達した、それだけのことだ」

「でもどうしてわたしを……」

「母さんの新政権との関わりを示唆した」

茄城がうなずいた。「森本学園の名をだすことで貶《おとし》めようともしています」

美咲は途方に暮れたようすでこぼした。「わからない。わたしへの私信じゃなくて？」

架禱斗は鼻を鳴らした。「結衣は自分が生きてるとあきらかにした。大衆の武装蜂《ほう》起《き》を誘発し、内戦を煽《あお》ろうとしてる。矢幡に喋らせなかったのも、新政権側に混乱があると印象づけるためだ」

糠盛がハンカチで額の汗を拭《ふ》いた。「玉音放送よろしく録音にすべきだったな」

録音という前提では、矢幡がなにも喋らない。時刻が指定済みの生中継、それもたった十秒間だからこそ、思いのたけをぶちまける可能性があった。そこが聴きどころだと思っていたが、腰抜けの前総理め。結衣にマイクを譲ったか。

茹城が疑問を呈した。「中継先が森本学園だとリスナーが悟った場合、なにか問題があるでしょうか」

「ない」架禱斗は答えた。「矢幡がそこに囚《とら》われていると気づいたとしても、警察も自衛隊も出動できない。のこのこ森本学園に出向く馬鹿がいれば、間もなく艦砲射撃の餌食《えじき》になる」

美咲は落ち着きを取り戻してきたが、なおも不満顔で吐き捨てた。「せっかくシビック政権の女帝になろうってときに、前の森本学園スキャンダルに結びつけられるのは嫌よ」

糠盛が美咲をなだめた。「いまの放送を受け、あなたの権威性はより高まりますよ。恐怖政治の下では批判の声もあがりませんし」

パイロットの声が架禱斗のイヤホンに届いた。「首領。神奈川上空の警戒機から緊急連絡。森本学園に動きがみられるそうです」

架禱斗の神経に電気が走った。スマホをとりだしながらパイロットにいった。「機内のブルートゥースに接続してる俺のスマホ、画面表示をモニターにだせるか」

「はい。おつなぎします」

スマホの画面をタップする。架禱斗はアプリを操作した。森本学園周辺に待機させたドローンを浮上させる。

ドローンには暗視カメラが備わっている。スマホの画面表示と同じ映像が、キャビンのモニターにも大きく映しだされた。

美咲が驚愕《きょうがく》の声を発した。「なによあれ⁉」

暗視カメラが俯瞰《ふかん》で学園の敷地内をとらえている。幼稚舎から群衆があふれだしていた。少年少女ばかりだ。マラソン大会のような集団の疾走は、校門を抜けたのち、宅地造成地に延びる道へとつづく。

校庭に大規模な陥没が見てとれる。市村凜がリモコンのボタンを押したのだろう。だが〝同窓会〟メンバーどもは地下空洞にいなかった。ほぼ全員が幼稚舎に潜んでいたらしい。

架禱斗のなかに憤怒の炎が再燃しだした。結衣、またしても謀《たばか》ったか。いつまでもこざかしい妹だ。やたら勘も働く。地下空洞の爆破を予期するとは。

床に横たわる智沙子が、なぜかこちらに目を向けている。腫《は》れあがった顔からは、なんの表情も読みとれない。会話がきこえるわけがないだろう。智沙子はヘッドセットをつけていない。

美咲が情けない顔になった。「架禱斗。わざわざ森本学園に往復したのはなんだったの？　反乱分子を始末できず、結衣たちも殺せないまま。結局ぜんぶ艦砲射撃にまかせるんじゃ、わたしたち徒労だったわね」

そのひとことで吹っ切れた。架禱斗は茄城に怒鳴った。「ゴメス総帥に、艦隊への無線機を寄越すよういえ。俺が直接指示をあたえる」

「はい。あのう」茄城が困惑をしめした。「失礼ですが、どんな指示を発するおつもりですか？」

「全艦隊を森本学園沖に集結させる。戦闘機群もだ。すべての火力を集中し、森本学園を中心とした神奈川県全域を隈《くま》なく砲撃する。例外は横須賀基地のみだ」

「それは……。日本各地への攻撃が大幅に遅れます。全艦隊を集結させずとも、予定の攻撃範囲を若干広げるだけで……」

「家ごと燃やしても害虫は逃げる！　塵《ちり》ひとつ残してはならない。そのための全艦隊による総攻撃だ」

茄城は弱りきった顔でゴメス総帥に通訳した。ゴメスの眉間《みけん》に皺《しわ》が寄る。茄城と議論を始めた。

美咲が微笑した。「妹を殺すのに、とうとう艦隊出撃？　正気なの？」

むろん正気だと架禱斗は思った。「庭にいっぺんに除草剤を撒《ま》いておいてよかった、そう思える日が来る。それとも母さんは反対か？」

「いえ、全然。嘉寿郎さんや反乱分子、凜香に篤志もいるんでしょ。全艦隊で足りる？」

大陸をも壊滅させるほどの総火力を、ちっぽけな神奈川県に集中する。蟻一匹どころか微生物ひとつ生き長らえるものではない。架禱斗はいった。「千パーセント以上の勝率だよ」

ゴメス総帥は茄城の説得を受け、渋々ながら側近に命令を下した。黎明期《れいめいき》の携帯電話のような、やたらと大きな受話器型の無線機がとりだされる。架禱斗は無線機をゴメスから受けとり着席した。またシートベルトを締め直す。

これで今度こそ結衣は終わりだ。海外から日本に到着する軽空母三隻、ミサイル巡洋艦四隻。ほかに米軍から乗っ取ったイージス艦十隻、潜水艦六隻。全砲門を開き集中攻撃してやる。神奈川県民九百万人の命など、初めから人口削減の対象内だ。シビック政権に楯突《たてつ》く者は生かしておかない。

架禱斗はヘッドセットを外し、大きな無線機に呼びかけた。「こちらホーク1《ディスイズホークワン》、首領《チーフ》から全艦隊《トゥオールステーションズ》。すべての命令に優先する最重要指令を下す。全艦隊《ディスイズザプライムダイレクティブプライオライズドトゥオールオーダーズ》、全戦闘機群は針路を《オールフリーツエンドオールスクアドロンズチェンジコオ》……」

いきなりなにかが飛びかかってきた。架禱斗は息を呑《の》んだ。智沙子の顔が目の前にあった。隣で美咲が悲鳴をあげている。智沙子は架禱斗に絡みつき、無線機を奪おうとしてくる。絶えず唸《うな》り声を発し、両手の爪で掻《か》きむしるさまは、まさしく猛獣だった。

間合いに完全に入りこまれたため、架禱斗も容易に反撃できなかった。シートベルトに固定されたせいもある。キャビン内の全員がそうだった。ゴメス総帥や側近たちも異変をまのあたりにしながら、立ちあがるのが遅れている。

智沙子の顔は無残に腫れあがり、いたるところ痣《あざ》だらけだった。それでも必死の形相が見てとれる。開ききらない瞼《まぶた》の下で、両目が潤みだしていた。架禱斗を凝視する智沙子のまなざし。言葉はなくとも、なにをうったえたがっているか、明白に読みとれた。

結衣を殺させまいとしている。凜香も篤志も、そのほか大勢の命も奪わせまいと躍起だった。

ヘリの爆音が響くなか、ヘッドセットもなしに、架禱斗らの会話がききとれるはずがない。そう油断していた。なのに智沙子の耳に届いていた。まさか友里佐知子の血筋ゆえの聴覚か。

稼働しない人工筋肉繊維を纏《まと》いながら、架禱斗に飛びかかること自体、まったく想像を絶していた。智沙子の本来の筋力ではまともに立てないはずだ。よほどの精神力が肉体を突き動かしたのだろうか。

智沙子の両手が無線機をしっかりとつかむ。開放された側面ドアの外へ、無線機を投げようとしている。

架禱斗の握力に勝るはずはなかった。智沙子に奪いとれるとも思えない。

だが架禱斗は圧倒されだしていた。間近に睨《にら》みつけてくる智沙子の目。結衣にうりふたつだった。変形した顔にもかかわらずそう感じさせる。双子ゆえ似通っている、もはやそのレベルではない。結衣の心が宿ったかのようだ。声なき声がはっきり告げてくる。父の遺志など継がせない、架禱斗のおこないは許さないと。

半ば茫然自失《ぼうぜんじしつ》となり、架禱斗は智沙子を見つめていた。智沙子も架禱斗から、けっして視線を逸《そ》らさなかった。唸り声に嗚咽《おえつ》が交じりだしている。智沙子の虹彩《こうさい》に架禱斗の顔が映りこんでいた。固唾《かたず》を呑む架禱斗の表情がそこにあった。

いまになって智沙子は目覚めた。完全に自我を確立した。智沙子は架禱斗の味方ではなかった。結衣と一心同体だ。しかも揺るぎない信念に支えられている。これほどまでに強い思いに接したことはかつてない。世界じゅうの戦場でも出会わなかった。

これが妹の素顔なのか。

いきなり眼前に稲妻が走った。智沙子がのけぞった。茄城が高電圧のスタンガンを、智沙子の背に押しつけていた。痺《しび》れは架禱斗にも伝わってきたが、智沙子が感じる苦痛はこんなていどではない。まさに四肢がちぎれるほどの激痛にちがいない。智沙子の全身が痙攣《けいれん》した。架禱斗を見つめる智沙子の目に涙があふれた。表情がぼんやりとし、腕も脚も脱力していく。

とてつもなく哀しいまなざしが、いま架禱斗をとらえている。幼少のころ何度かまのあたりにした。友里佐知子にもらわれていく日、智沙子はこんな視線を架禱斗に投げかけた。

おそらく長男である架禱斗に、守ってほしいと願っていた。智沙子の真意はそのあたりにあった。いまになって気づかされた。

茄城が智沙子を突き飛ばした。智沙子の身体は機外に放りだされ、人形のごとく宙を舞った。

架禱斗は眼下を眺めた。低空飛行だけに、民家の屋根がはっきり見てとれる。あまり裕福そうでない住宅地の一角だった。路上に智沙子が横たわっている。絶命はひと目でわかる。住民たちが駆けつけ、智沙子の周りを囲んだ。こちらを見上げる顔もある。

操縦席からの遠隔操作だろう、スライドドアが自動的に閉じた。吹きつける風が途絶える。架禱斗はシートにおさまったまま、キャビン内に向き直った。母の美咲は慄《りつ》然《ぜん》としている。糠盛も凍りついていた。

茄城はひとり近くに立ち、さも得意げにいった。「どうかご注意を。その無線機は重要です。投げ捨てられていたら、艦隊の一斉攻撃に支障が……」

架禱斗はシートベルトを外し、ゆっくりと立ちあがった。茄城が言葉を切り、不安げに架禱斗を見かえす。架禱斗はこぶしを固め、瞬時に茄城の頰を殴りつけた。体勢を崩した茄城を蹴《け》り、キャビンの床に転がす。

美咲が悲鳴に似た声を発した。「架禱斗！」

殺してやりたいところだ。だが通訳がいなくては困る。架禱斗はふたたび着席しシートベルトを締めた。ヘッドセットのマイクでパイロットに指示する。「旗艦軽空母ダスマダに針路をとれ。ダスマダの甲板に着陸、ゴメス総帥らはそこで降りる。その後すぐ離陸し、俺を総理官邸に運べ」

「了解」パイロットの返事がきこえた。機体が大きく傾き、旋回を開始する。

美咲が笑顔を向けてきた。「わたしも軽空母に乗りたい！　彼らと一緒に降りてもいいでしょ。一斉砲撃をじかに見物したいし」

架禱斗は膝《ひざ》の上の無線機を眺めていた。美咲を視界の端にとらえてはいる。そちらを向く気になれなかった。しばらく無視するうち、美咲も視線を逸らした。

艦隊への指令をまだ発していない。遅らせるわけにいかない。だが一分以内ならかまわないだろう。架禱斗は目を閉じた。智沙子に一分間の黙禱《もくとう》を捧《ささ》げる。胸に疼《うず》く感情のすべては、それをもって忘れる。ふたたび目を開いたとき、首領として新たな日本を指導する。いささかのためらいも残すことはない。

26

夜空が藍《あい》いろを帯びだしている。暁《あかつき》を迎えた。いまや廃墟《はいきょ》と化した森本学園の敷地内が、うっすらと見渡せるようになってきた。海岸の岩場に打ち寄せる波、その向こうにひろがる海原も、ぼんやりと浮かびあがりつつある。

校庭は広い範囲にわたり陥没していたが、校舎側には影響がない。大学棟のすぐ外の地面に、死体が仰向《あおむ》けに横たわる。市村凜だった。落下とともに身体全体が潰《つぶ》れ、後頭部や背中は土のなかにめりこんでいる。目と口を開いたまま、蠟人形《ろうにんぎょう》のように表情が凍りついていた。

玲奈がその近くに立ち、凜の死体を眺めている。長いこと身動きひとつせず、ただ視線を落としつづける。

結衣は凜香とともに、少し離れた場所に立っていた。ふたりで玲奈のようすを見守る。

なにを話しかけるべきかはわからない。玲奈が目覚めてから、まともに向き合うのさえためらわれた。

市村凜の死を除き、世のなかのろくでもない状況は、まだ少しも変わっていない。玲奈には眠っていてほしかった。けれども睡眠薬を継ぎ足すわけにいかなかった。破滅のときが迫っている。

クルマが徐行してきた。ぼろぼろの日産エクストレイル。フロントガラスは失われ、車内が容易に見通せる。運転しているのは篤志だった。車体が玲奈の近くに停まった。

降車した篤志がクルマの側面にまわり、後部ドアを開けた。乗っていた中年男に手を貸す。砂埃《すなぼこり》にまみれたスーツが、よろめきながら外にでてきた。

玲奈が驚きの声を発した。「坂東さん⁉」

坂東と呼ばれた男は、肩と上腕に添え木を縛りつけていた。腹にも包帯代わりの布が厳重に巻きつけてある。篤志による応急処置にちがいない。片脚を引きずりながら、ゆっくりと玲奈に近づく。平時なら瀕死《ひんし》の重傷と見なされる身体だろう。疲弊しきった坂東の顔が玲奈を見つめた。「紗崎……」

はっとした玲奈が駆け寄り、坂東を支えた。玲奈の目にたちまち涙が滲《にじ》みだした。

ふたりは言葉を交わさなかった。坂東が市村凛の死体を見下ろす。愕然《がくぜん》とした表情で玲奈を見つめる。玲奈は首を横に振った。

玲奈が殺したわけではない。そう悟ったからだろう、坂東の表情が和らいだ。と同時に、苦しげに咳《せ》きこみだした。玲奈が気遣いをしめす。篤志が坂東に駆け寄り、ふたたび手を貸しながら、クルマの後部座席へと連れ帰った。坂東はしんどそうに乗りこむと、ため息とともに目を閉じ、シートに身をあずけた。

ほどなく玲奈がこちらに向き直った。結衣は視線を下げた。凛香も同様だった。

無言のまま玲奈が歩み寄ってくる。すぐ近くに玲奈が立っても、結衣は顔をあげずにいた。

　やがて玲奈が嗄《か》れぎみの声でささやいた。「これはなに？」

「知りません」結衣はぼそりと応じた。

「なんで？」玲奈の声は震えだした。「もう人殺しはしてほしくなかったのに」

　凜香が気まずそうに弁解した。「戦争だよ。平時とはちがう」

　玲奈はいっそう哀しげな顔になった。「あなたたちは未成年の市民でしょ。軍人じゃないのに」

　結衣は玲奈に目を向けた。「身内のことです。犯罪だというのなら、いまこの学園にも刑事たちがいます。わたしを逮捕するでしょう。でもどこに連行するんですか」

「……こんなことをしても咲良は喜ばない」

「喜びますよ」結衣は真剣な思いとともに玲奈を見つめた。「あなた自身がいちばんよくわかってるはずです。あの女が死ななきゃ、過去と決別できなかった」

「わたしのなにがわかるの？」

「なにもかも」結衣はまたうつむいた。「復讐《ふくしゅう》のため凶悪犯になった。あの手この手で罪を逃れつづけたんでしょ。妹への想いが唯一の心の支え。それと同時に枷《かせ》にもなってた」

凛香が表情を変えず、ただ結衣を眺めてきた。結衣は見かえさなかった。玲奈は戸惑いをしめしている。理解できるはずだ、結衣はそう思った。結衣と玲奈は似た者どうしだ。

玲奈が静かにつぶやいた。「罪を背負うのはわたしでよかった」

結衣は否定した。「あなたには殺せない良心があった。わたしはこのために生まれてきたんです」

「このためって……?」

市村凛、矢幡美咲、そして優莉架禱斗。優莉匡太の愛人と長男を殺す。異常者どもの暴走に終止符を打つ。身内にしかできない。そのための運命を背負わされている。生きてきた価値もそこだけにある。

靴音が近づいてきた。結衣はそちらに目を向けた。

錦織親子はそれぞれの手にアサルトライフルを携えていた。矢幡を護衛しながら歩いてくる。三人とも煤《すす》や汗で顔が黒ずみ、服も埃だらけになったうえ、袖《そで》や裾《すそ》が破れていた。

矢幡が憔悴《しょうすい》のまなざしで遠くを眺めた。幼稚舎の方角だった。まだ少年少女たちが駆けだしては、校門の外に逃走していく。併走する梅田や綾野の姿もある。神藤刑事や宮園弁護士は、小学生らとともに先陣を切り、すでに退避したときく。ほかにも顔見知りの大人たちがちらほらいたが、結衣には言葉を交わす機会さえなかった。

篤志が物憂げな顔で歩み寄ってきた。「高校舎の駐車場にあったクルマは、ぜんぶ破壊されてた。中学校舎に突っこんだ一台だけが、なんとか動かせた」

結衣はいった。「矢幡さん、乗ってください。錦織さんも付き添って。醍醐君も」

矢幡が浮かない表情でささやいた。「子供たちが徒歩で逃げてるなか、私がクルマで追い抜くわけにいかない」

凜香が小声で提案した。「途中で乗せれるだけ乗せてあげりゃいいんじゃね？　いまさら違反もないだろうし」

一同は沈黙した。夜中には耳に届かなかった波の音が意識に上る。ひと晩を通じ、これだけの静寂は得られなかったとわかる。

クルマに乗って全力で走ったところで、艦砲射撃から逃れられるとは考えにくい。さっき学園の周りにドローンが浮上していた。闇に紛れていたが、奥多摩で見たのと同じ、架禱斗のドローンだった。爆薬は備えず、監視専用と思われた。もう集団避難の光景をとらえたにちがいない。

ただちに空爆があってもおかしくないが、いまだにその気配がなかった。すなわち三十分以内に始まる砲撃に、架禱斗はすべてを委《ゆだ》ねている。クルマで全力疾走しようとも、午前四時を迎えたとき、そこは破壊対象の範囲内だろう。ここにいる大人はみな、とっくに理解している。誰がクルマに乗ろうが、いまさらたいした問題ではない。

結衣は篤志にきいた。「いま何時？」

篤志が腕時計を見た。「三時三十六分」

あと二十四分か。結衣はクルマへと歩きだした。「載せてる荷物、ぜんぶ降ろせば？」

「そうだな」篤志が歩調を合わせてきた。「車内のスペースをできるだけ空ければ、それだけ大勢乗れるだろ」

「いままでの犠牲者はどれぐらい？」

「銃を持ってた連中が多く死んだ。チュオニアン帰りの中高生だ」

後ろをついてきた凜香がいった。「さっき名前を伝えきいた。PじゃなくAの区分だった奴らばかりだよ」

被虐待者ではなく虐待者。いじめっ子は性根が臆病《おくびょう》な反面、銃を使えるようになったとたん、やたら好戦的になる。生得的に暴力に訴えたがる、そんなところがあるらしい。チュオニアンでもそうだった。ここではその性格のせいで命を落とした。勇敢な死ととらえるかどうかは、人それぞれだろう。

日産エクストレイルに近づいた。篤志がリアハッチを開ける。もう武器はほとんど残っていなかった。予備の弾倉が詰まった箱がいくつかと、手榴弾《しゅりゅうだん》が二個。ただし弾倉と弾はいずれも、いま結衣たちの持つアサルトライフルに適合しない。ほかには着替えや寝袋、岩国祥一の家から奪ってきた生活雑貨類。それらを車内から運びだし、地面に投げ落とした。

ポリ袋にスマホが八つおさめてある。岩国の家にいた性犯罪者どもから巻きあげた代物だ。どれも電源が入っていない。結衣はひとつずつ手にとった。本来は平らなはずの画面の膨らみは、リチウムイオンバッテリーの膨張をしめす。正規品でない安物を使うとそうなる。あの手の不良どもの所持品にはわりと多い。最も膨らみの大きいスマホ一個を、結衣はスカートのポケットにいれた。

篤志は作業の手を休めなかった。「おまえが七歳のころ、六本木の金持ちのガキにいじめられた。おぼえてるか」

思いだしたくもない。結衣はきいた。「なんでそんな話すんの」

「俺はなにもできなかった」

「ひ弱なモヤシだったもんね。一緒にボコられた」

「親父が逮捕されて以降、俺は身体を鍛えた」

「痩《や》せた薄幸そうな美少年のほうが好みだった」

篤志が見つめてきた。「本気でいってんのか？」

「架禱斗よりは好きだったよ」

荷物をすべて降ろし終えた。篤志がリアハッチを手荒に閉じた。「俺もおまえが嫌いじゃなかった」

凜香はアサルトライフルを杖《つえ》がわりにし、銃床に寄りかかっていた。にこりともせずにこぼす。「ブタゴリラがなんかいってら」

すると篤志は、凜香をヘッドロックで抱えこみ、運転席に引きずっていった。「来い」

「おい！」凜香はじたばたと暴れた。「なにすんだよ、放せ！」

後部ドアはずっと開けっぱなしだった。坂東ひとりが乗りこんでいる。錦織が矢幡に乗るよう勧めた。

矢幡が結衣に向き直った。「きみはどうする気だ」

「ここに残ります」結衣はささやいた。

「なぜだ？」矢幡が信じられないという顔になった。「さっきラジオ放送で、私の妻に呼びかけたな。ここでまってるときみはいった。あれとなにか関係があるのか？」

錦織の諭すような目が結衣に向けられた。「いまさら夫人がここに降り立つなんて、まずないと思うぞ」

「いいから」結衣は急《せ》かした。「乗ってください。醍醐君も」

玲奈が強い口調で抗議してきた。「ここにひとり残るなんて許さない」

結衣は玲奈を見かえした。「あなたもクルマに乗って」

「あなたを置いてはいけない」玲奈が反論した。

「どこにいようと生き延びれないのは同じ」

「なら死に場所は自由に選ばせて。あなたが残るのなら、わたしも残る」

醍醐が同意をしめした。「俺もだ」

口をつぐむだけで空気が冷えきる。そんな重い沈黙が生じた。玲奈の表情が曇りだした。醍醐も当惑のいろを浮かべた。

もし玲奈や醍醐がここに残ったとしても、艦砲射撃をまつあいだ、いったいなにができるのだろう。絶望しかなくとも、万にひとつの可能性に賭《か》けるのなら、行けるところまで行くべきではないのか。ふたりはそんな答えに到達せざるをえない。

やがて醍醐があきらめたようにつぶやいた。「俺たちが駄々をこねると、それだけ出発が遅れるな」

玲奈が目を閉じた。両手で顔を覆い、肩を震わせて泣きだした。

結衣はささやきかけた。「玲奈さん」

指のあいだから涙がこぼれ落ちる。玲奈の顔がわずかにあがった。「きょう死ぬとしても、あなたのおかげで、わたしは区切りをつけられた。これで心置きなく咲良のもとに行ける。わたしはあなたを忘れない」

「わたしも……」

また静寂が訪れた。矢幡がクルマに乗りこむ。錦織もつづいた。醍醐は目で別れを告げてきた。結衣はうなずいてみせた。

最後に玲奈がためらいがちに乗った。せつないまなざしが車内から見上げてくる。

運転席の篤志は、なおも凜香を抱えこんでいた。凜香は助手席で暴れながら怒鳴った。「結衣姉は留《とど》まるのかよ⁉　ならわたしも降りる。手を放せブタゴリラ！」

篤志は片手でエンジンをかけ、ステアリングを切りだした。「あばよ、結衣」

クルマが動きだした。しだいに速度があがっていく。凜香の叫び声も消えつつある。

切れかかったテールランプが明滅しながら遠ざかる。

やっと静けさが戻った。また波の音がきこえてくる。結衣は手榴弾を二個つかみあげた。応急処置にロキソニンテープも使えそうだった。それらをポケットにおさめ、アサルトライフルを片手に歩きだす。

広大な廃墟《はいきょ》には、もうほかに誰もいない。結衣ひとりきりだった。海のほうへと歩いていく。前方から潮風が吹きつけてきた。

半壊状態の大学棟の向こうに足を運んだ。学園の敷地と、海岸の岩場との境界には、フェンスが未設置だった。

藍《あい》いろの空がさっきより明るくなっていた。それでも水平線はまだおぼろだった。ただし点のような船首が、早くも複数浮かびあがっている。

来た。なんと十数隻か、それ以上いるようだ。艦隊がここに集結したらしい。予想はしていた。架禱斗も念がいったことだ。

結衣はアサルトライフルを放りだした。スマホの電源をいれる。画面に表示された文字は、やはり歪《いびつ》に浮きあがっていた。

ほどなく電話の着信があった。結衣は鼻を鳴らした。森本学園から位置情報電波を発するスマホ。登録が誰の名義だろうと、いま所持しているのは結衣。そう見抜かれている。

結衣は通話ボタンをタップした。「船多すぎじゃね？」

「全艦隊をそこに差し向けてやった」

「喜べ」架禱斗の声が低く告げてきた。「全艦隊をそこに差し向けてやった」

「おまえの母親はどこよ」

「俺は止めたが、結衣のリクエストを受けるといって、旗艦軽空母ダスマダに乗った。モリエンテスのゴメス総帥と一緒に艦橋にいる。もう少し近づいたら手を振ってやれ」

「さっさと撃ったほうがよくない？」

「全艦が浅瀬の手前まで接近し、神奈川全域を砲撃する」

「費用対効果悪すぎ」

「そうでもない。おまえを殺せるのならお釣りがくる」

「殺せたらね」

「結衣」

「なによ」

「智沙子が死んだ」

静止画のような海の彼方《かなた》、少しずつ艦隊の船首が大きくなる。変化はそれだけだった。いまや形状も明瞭《めいりょう》に見てとれる。いつしか軍艦にも詳しくなった。ミサイル巡洋艦やイージス艦。架禱斗のいった軽空母も数隻いる。

まだ海岸は穏やかだった。波の音だけが反復している。結衣はスマホにささやいた。

「架禱斗。わたしと智沙子が、お腹をすかせて泣いていたとき、メロンパンを分けてくれたことがあったでしょ」

「忘れた。それがどうした」

「後にも先にも、あれが唯一、架禱斗にやさしさを感じたときだった」

「命乞《いのちご》いか？」

「ちがう。メロンパンの感謝はいま述べてやった。あとは殺意と復讐心《ふくしゅうしん》しかない」

返事をまたず、結衣はスマホの通話を切った。

艦隊が徐々に近づいてくる。闇が明るくなるにつれ、海上に張りだした陸地も、うっすら見てとれるようになった。左端は房総《ぼうそう》半島と三浦《みうら》半島の尖端《せんたん》。右端には伊豆《いず》半島。そのあいだに浮かぶのは大島《おおしま》だ。むろんどの陸地の間隔も大きく開いている。艦隊の相模湾への進入には、なんの支障もない。間もなく砲撃が始まる。見える範囲のすべてを焼き尽くす火力が襲うだろう。

背後に凜香の声がした。「渋谷１０９、結衣姉と行きたかった。そろそろ夏もののバーゲンが始まるし」

結衣は振りかえった。汚れて破れた井野西中の夏の制服、凜香がアサルトライフルを片手に立っていた。

「なにしてんの」結衣はきいた。

「わたしも残る」凜香が歩み寄った。「篤志の腕を嚙《か》んでやった。あいつの馬鹿力が緩んだ隙に、助手席から飛び降りた」

「来なくていい」

「どこにいても一緒なんだろ？　好きにさせろよ」

思わずため息が漏れる。結衣は海に目を戻した。「渋谷１０９のバーゲンって、BTSがポスターのやつ？」

「そう」凜香が横に並んだ。「六階のアンクルージュが安売りするって」

「あんなヒラヒラしたの着るのかよ」

「着せてやりてえ。結衣姉ちゃんにも」

「シビック政権下でもバーゲンあるの？」

「ないってんなら、いまのうちに架禱斗兄を殺しとかないと」凜香は海の彼方を見つめ、茫然《ぼうぜん》とした面持ちになった。「うわぁ……」

言葉を失うのもわかる。いまや艦隊は、艦橋から砲塔の形状まで、はっきり視認できるようになっていた。まるで戦時中のニュースフィルムだった。二十隻前後の軍艦が、横一列にひろがり、相模湾に入ろうとしている。

のみならず空の彼方に、鳥の群れのような黒点が数十浮かぶ。戦闘機だろう。ほどなく全機が艦隊に追いつく。

凛香が結衣の手を握ってきた。結衣は凛香を眺めた。潤みがちな凛香の目が見かえした。

「結衣姉」凛香が泣きそうな顔で切実にいった。「最期に一緒にいれて、よかっ……」

空に甲高く響く物体の飛行音。たちまち大きくなる。砲弾だとわかった。大学棟の外壁が砕け、火球が膨れあがった。ビル全体が大爆発を起こす。瓦礫《がれき》が放射状に撒《ま》き散らされる。間髪をいれず、付近の地面にも火柱があがった。周囲のそこかしこで噴火が生じる。

結衣は凛香と抱き合いながら、その場に伏せた。一回の爆発の規模にかぎっても、手榴弾《しゅりゅうだん》やロケットランチャーの比ではなかった。広範囲が瞬時に吹き飛び、地表が大きく抉《えぐ》られる。もはや大学棟は跡形もなくなっていた。その奥に位置する高校舎も、たちどころに粉砕されていく。

艦砲射撃は正確きわまりなかった。一分足らずで学園の敷地内を隈《くま》なく破壊し尽くすだろう。どこにも逃げ場があろうはずがない。

耳鳴りが襲う。聴覚がほとんど機能しなくなっていた。それでも爆発音の合間に、かすかに凜香の泣き声がききとれる。

「結衣姉」凜香がしがみついてきた。「結衣姉……」

時間がとまったように感じる。結衣は凜香の頭をそっと撫《な》でた。砂埃《すなぼこり》にまみれた凜香の顔があがった。目を丸くして見つめてくる。

このままでは終わらない。結衣は身体を起こした。海に向かって立つ。艦隊の砲塔が次々と火を噴いていた。潜水艦も浮上し、ミサイルらしき物を垂直方向に放つ。戦闘機群が追いつきつつある。じきに空爆も始まるかもしれない。

結衣は左手に持ったスマホを、親指でタップした。左手だけでいじる。ブラウザを開き、黒革表紙のファイルにあったとおり操作する。

国のITセキュリティは驚くほど杜撰《ずさん》だ。税金で業者に丸投げしているせいだろう。環境省のリモートアクセスもそのひとつだった。いちおう暗号化されてはいるが、友里佐知子はそれを解読していた。一見意味不明な記号も図形も、認識に従いタップしていく。座標一覧が表示された。北緯三四度四〇分、東経一三九度四〇分を選択する。ファイヤーウォールを突破するまで、少し時間がかかる、ファイルにそう書いてあった。

架禱斗はケータイ電波の位置情報を傍受するため、この付近を停波しなかった。それが運の尽きになる。

背後で激しい爆発が起きた。熱風が吹き荒れるなか、結衣は旧約聖書の一節をつぶやいた。「モーセが手を海上に差し伸ばすと、主はひと晩じゅう強い東風で海原を退かせ、海底を陸地とされた。水は分離した」

画面がクリック可能になった。結衣はスマホを一瞥《いちべつ》し、左の親指でタップした。

27

矢幡美咲は、旗艦軽空母ダスマダ内、広大な艦橋に立っていた。

まるで高層ビルのワンフロアのような空間だった。設備も洗練されている。操舵《そうだ》のほか、各部署への司令塔となるブースが整然と並ぶ。ガラス張りの壁の向こう、正面には陸地が見えている。派手な爆発の連続が目視でも確認できる。

美咲は歓喜の声を発した。「すごーい！　ディズニーワールドのエプコットの花火より、何千倍も見応《みごた》えがある」

近くに立つ糠盛緊急事態庁長官が苦笑した。ゴメス総帥が振りかえり、茄城にたずねる目を向ける。美咲がなにを喋《しゃべ》ったか気になったのだろう。茄城が通訳の必要なしとばかりに肩をすくめた。

砲撃の発射のたびに艦体が揺れる。側面の窓に目を向けた。横並びのミサイル巡洋艦も一斉砲撃している。どこに視線を向けようと見応えだらけだ。すべては息子が成しえた戦果だった。その事実が興奮に拍車をかける。

艦橋で立ち働くクルーは全員、黒人のモリエンテス兵だった。双眼鏡で前方を監視していた艦長が、ゴメス総帥になにやら告げた。少しブレただけでも、対象が見えなくなるからか、艦長はしっかり双眼鏡を水平に持ちつづけた。その状態でゴメス総帥がのぞきこむ。

ゴメスは身を退かせた。驚きの表情が浮かんでいる。艦長と顔を見合わせ、次いで美咲を振りかえる。なにかを喋った。

茄城が通訳した。「あなたに見てもらいたいと」

美咲は妙に思いながら近づいた。艦長がなおも双眼鏡を保持している。いったいなんだろう。美咲は接眼レンズをのぞいた。

陸地が極端に拡大されて見える。手前は岩だらけの海岸、その向こうは森本学園の敷地内だった。美咲ははっとした。爆発のなかに女子高生がたたずむ。優莉結衣だ。髪とスカートが爆風になびいている。近くでは凛香が、両手で頭を抱えながらうずくまる。結衣は左手にスマホを下げていた。

気分が著しく昂揚《こうよう》しだした。夫はどこだろう。だがまずは結衣と凛香だ。美咲は叫んだ。「あそこに一発ぶちこんで！」

そのとき異変が起きた。突如として艦橋の床が大きく傾いた。

黒人兵らがいっせいに転倒した。美咲も両手を振りかざし、かろうじて艦長に抱きついた。だが艦長も体勢を崩している。ふたり揃って床につんのめった。

きしむような音が響き渡った。美咲は痛みに耐えながら身体を起こした。周りで糠盛や茄城も突っ伏している。かなりの急角度だった。立っていられる者は誰もいない。書類やタブレット端末、雑多な物が床にぶちまけられ、たちまち傾斜を滑り落ちていく。

近くのブースの制御卓につかまり、美咲はなんとか身体を起こした。窓の外を見たとき、愕然《がくぜん》とする光景がひろがっていた。

海面が斜めに切り立っていた。それだけ艦体が傾いている現状を意味する。しかも波間には、異常な泡の噴出が見てとれる。まるで海全体が沸騰したかのようだ。

けたたましいブザーが鳴り響く。ミサイル巡洋艦四隻が沈没しかかっている。ほかの軽空母も同じありさまだった。潜水艦は冗談のように垂直に立ち、海の藻屑《もくず》と消えつつある。視界にあるすべての艦に異常事態が発生していた。

「なによ」美咲は必死に叫んだ。「なにが起きてるの⁉」

ゴメス総帥と艦長、副長が激しく議論している。茄城が割って入り、彼らの言語でたずねた。副長が血相を変え、早口にまくしたてる。そのうちまた強い衝撃が襲った。またも全員が同時に倒れた。

むろん美咲も例外ではなかった。全身を硬い床に打ちつける。痺《しび》れるような痛みのなか、憤りと苛立《いらだ》ちが湧き起こった。美咲は茄城に怒鳴った。「どうにかしてよ!」

「無理です」茄城が慌てふためきながら応じた。「副長の話では、メタンの泡が大量発生しているそうです。海水とは密度が異なるため、艦の浮力が失われています」

思わず耳を疑った。浮力が失われる。そんな事態が発生しうるのか。

窓ガラスの向こう、上空にも惨劇がひろがっていた。戦闘機が次々と錐《きり》もみに墜落し、海面に突っこんでは爆発する。一機がミサイル巡洋艦を直撃し、双方とも瞬時に砕け散った。

美咲は啞然《あぜん》とした。「戦闘機まで……」

艦長と副長がさかんにわめきあう。茄城が切羽詰まった声を響かせた。「戦闘機のエンジンがメタンを吸いこみ、酸欠で不完全燃焼を起こしています」

「立て直してよ！　そこにいる人は艦長でしょ!?」

ゴメス総帥が制御パネルをしきりに叩《たた》く。パネルのすべてのランプが消灯していた。操舵のみならず、あらゆるコントロールがまるで利かないらしい。艦橋は喧噪《けんそう》に包まれていた。誰もが大声で怒鳴りあっている。

茄城が床を這《は》いながら美咲に近づいてきた。「爆発で電磁波が発生してるそうです。レーダーもコンパスも利きません。電子機器はすべてアウトです」

「そんな話ききたくない！」美咲は動揺とともに声を張った。「艦を水平に戻してよ。そのために働いてる連中でしょ！　わたしが乗ってるのに、こんな目に遭わせるなんて、架禱斗がただじゃおか……」

糠盛のわめき声がきこえた。「ぶつかる！」

イージス艦の舳先《へさき》が、窓ガラスの外に迫っていた。舵《かじ》が利かないらしい。直後に強烈な縦揺れが襲った。美咲は高く跳び、天井に頭を打ちつけ、またも床に落下した。衝突によりガラスが割れ、爆発の火柱が目の前に立ち上った。糠盛の全身が炎に呑《の》まれていく。服や肌、肉が一瞬にして焼かれ、糠盛の姿は骨だけになった。

大量の海水が滝のごとく流れこんできた。クルーたちの絶叫ばかりが反響する。傾斜の下方にいた者は、全員が急流に押し流された。

美咲がいる場所はまだ水中に没していない。ただ豪雨のように海水が降りかかる。這っているうち、水が上がってきた。床面はもはや垂直に近づいている。ゴメス総帥が手足を振りかざしながら落下し、海水のなかに没した。苦しげに溺《おぼ》れる顔が何度かのぞいた。頼りがいがありそうに見えた黒人が、いまや情けなく急流に翻弄《ほんろう》される。そのひ弱さ加減に美咲は腹を立てた。やがてゴメス総帥は力尽きたように消えていった。

床に固定された椅子にしがみつき、美咲はなんとか落下を免れていた。だが同じ椅子に茄城も抱きついている。椅子の支柱がきしみだした。

このままではふたりとも落ちてしまう。美咲は茄城に命じた。「飛びこみなさい」

茄城は怯《おび》えきった顔で、ひたすら首を横に振った。

怒髪天を衝《つ》くとはこのことだ。美咲は激しく憤り、茄城を蹴落《けお》とそうとした。椅子をつかむ茄城の手を、繰りかえし蹴りこむ。だが茄城は猛然と反撃し、逆に美咲を蹴ってきた。

美咲はわめいた。「このキョロ充！　役に立たないばかりか、なんて暴挙を働くの！」

　そのとき頭上から落ちてきた兵士が、茄城にぶつかった。兵士と茄城は絡みあったまま海面に転落していった。茄城も急流のなか手で空《くう》を掻《か》きむしり、必死に救いを求めていたが、ほどなく見えなくなった。

　ざまを見ろ。女帝に楯突《たてつ》いた報いだ。風見鶏《かざみどり》で日和見主義者の糞《くそ》通訳め。

　だが断末魔の悲鳴に似た声が、艦橋のあちこちにあがる。美咲は頭上を仰いだ。思わずつぶやいた。「嘘でしょ」

　いまや艦橋側面の窓が天窓と化していた。完全に空を仰いでいる。炎に包まれた機体が墜落してくる。まっすぐこちらに迫りつつある。

　巨大な火の玉が艦体に衝突した。爆発にともなう炎の壁が、一気に下降してきた。兵士たちが燃え尽くされていくのを、美咲はまのあたりにした。堪《たま》りかねて手を放した。落下の風圧に失神しそうになる。コンクリートのような硬い表面に叩きつけられた。激痛に全身が痺れ、あらゆる感覚が喪失する。骨が折れたにちがいない。気づけばそこは海面だった。水はクッションにならなかった。

　艦橋に流入した海水は激しく渦巻いていた。美咲はほかの兵士らや浮遊物とともに、ぐるぐると回転しつづけた。嘔吐《おうと》感が襲う。何度となく顔が海中に没しては、また浮上する。鼻孔も辛い塩水に満たされる。息ができない。地獄のような苦しみだ。

頭上がやたら明るくなった。肌を焼き尽くす熱風が吹きつける。爆発の炎が眼前に肉迫してきた。美咲は叫んだ。「うわぁー！　架禱斗ー！」

首から上が一瞬に焦げ、黒々と炭化した。そこまで美咲の認知は維持された。海中に没したのも、脳の片隅で自覚できていた。しかし意識はそこで途絶え、美咲は永遠の闇の底に沈んでいった。

28

架禱斗はひとりスーパーピューマのキャビンに搭乗していた。

頭のなかが真っ白になった。無線機から最期にきこえたのは、軽空母ダスマダの艦橋からの、集団の絶叫だった。母の悲鳴もたしかに交ざっていた。

やたら大きな受話器型無線機を、架禱斗は膝《ひざ》の上に横たえ、チャンネルをいじりまわした。ノイズばかりがかえってくる。どの艦ともつながらない。のみならず戦闘機群からも応答がない。

あわててスマホをとりだす。タップしアプリを起動した。しかしドローンはすべてオフラインになっていた。森本学園周辺の状況がまったく確認できない。

架禱斗はヘッドセットを装着し直した。コックピットのパイロットにたずねる。

「艦隊になにが起きた?」

イヤホンにパイロットの声が届いた。「横須賀基地からの観測によると、相模湾にメタンの泡と電磁波が広範囲に発生……。艦隊と戦闘機群は全滅だそうです」

「なに?」

「全滅です。首領」

「旗艦は?　軽空母ダスマダもか」

「……はい」

放心状態というものを、架禱斗はおそらく人生で初めて体験した。全身の力が抜けた。シートベルト一本だけが、なおも架禱斗を座席に押し留《とど》める。

母は死んだのか。本当か。艦隊と戦闘機群の全滅。にわかには信じがたい。受容するなど無理な相談だ。

なにも考えたくない。いや考えねばならない。なぜメタンの泡など発生したのだろうか。

MHコンシール弁。資源開発を急いだ政府による愚行の傷痕《きずあと》。関東地方は七か所。

うち一か所は相模湾の入口、房総半島の先端と大島の中間付近にある。

内部に泡が溜《た》まらないよう、弁はときどき開放される。よって遠隔操作が可能になっているが、相模湾入口だけはフェリーの航路にあたるため、常に閉鎖状態だった。福島第一原発と同じく、周辺への環境破壊を食いとめる目的で、対症療法が常態化していた。問題視されながらも泡が溜まりぎみだったと考えられる。あの海域のMHコンシール弁すべてを、いちどに開放したとしたら。

結衣は気づいたのだろう。座標がフェリーの航路と重なっていることに。しかしどうやって操作したのか。シビックの第三次調査資料までに掲載はなかった。ほかの省庁と同様、環境省のオンラインシステムは今後、洗いざらい調べあげる予定だった。これが結衣の仕業だとしたら、なぜ先に知りえたのか。

まさか友里佐知子の収集した情報か。結衣たちが森本学園に持ちこんだ、あの銃器類もそうだ。どこかに友里の遺産が隠されていたのか。

東京湾観音、もしくは山手トンネルあたりか。友里絡みの犯罪の拠点で、取り壊されていない場所といえば、それらふたつにかぎられる。だが山手トンネルは都心の重要な交通網ゆえ、シビックの占領後、厳重な監視下に置かれていた。

やはり東京湾観音だろう。迂闊《うかつ》だった。母の素性を知るのは智沙子だけのはずだ。

けれども結衣は智沙子と一緒になった。智沙子は母の足跡を探求できないが、結衣はちがった。

母親の遺産。架禱斗にはなにもない。失うのはずっと先だと思っていた。前後不覚におちいる。母は死んだのか。戦場で知り合いが命を落とした、そんな報告を受けることは頻繁にあった。あっけないものだといつも思わされた。それと同様、母もふいにいなくなってしまったのか。

混乱した思考が落ち着きだすや、架禱斗は事実を認識せざるをえなくなった。途方もない憤怒の念が全身に漲《みなぎ》り満ちる。結衣が殺した。隣に座っていた、あの少々うざったい、馴《な》れ馴れしい笑顔の母はもういない。艦隊も戦闘機群も失われた。シビックは主戦力をもがれた。くだらない作り話のようだ。だがすべては現実だった。架禱斗はたちまち激昂《げっこう》した。

なにを手をこまねいている。あのいけ好かない友里佐知子の忘れ形見、シビックの財政にも甚大な損害をもたらしてきた張本人。生意気で不快きわまりない妹、結衣をただちに抹殺すべきだ。あいつを生かしておいてなるか。

架禱斗はヘッドセットのマイクにきいた。「メタンの泡も電磁波も、もうおさまってるな?」

「はい」パイロットの声が応じた。「発生は一瞬だけだったようです」

なら飛翔体《ひしょう》の着弾にはなんの影響もない。架禱斗は決断を下した。「横須賀基地に停泊中の攻撃型潜水艦に緊急指令を送れ。核ミサイル発射、目標森本学園」

米軍が日本に核を持ちこまないなど、しらじらしい欺瞞《ぎまん》を信じる者は少ない。ミサイルサイロがわりの原潜が、常に海軍基地に待機している。発射コードも解析済み、すべてのシステムはシビックの手中にあった。いま使わないでいつ使う。

パイロットの声が動揺に震えだした。「首領。核爆発となると放射能被害が深刻に……。都心にも距離が近すぎます」

口答えする気か。架禱斗は癇癪《かんしゃく》を起こした。「逆らう者は殺す！　ただちに核ミサイルを発射しろ！」

29

森本学園の敷地は、もう跡地と呼ぶのがふさわしい。辺りに見えるのは瓦礫《がれき》の山ばかりだった。あちこちで火が燃え盛り、黒煙が立ちこめる。

ただし海岸の岩場に近い一帯には、もともと建物がなかったせいもあり、さして被害が及んでいない。周りは開けた砂漠のようになっていた。結衣はそこにたたずみ、黙って海を眺めた。

凜香が歩み寄ってきた。並んで海を眺める。茫然《ぼうぜん》とした面持ちで凜香がつぶやいた。

「すげえ……」

遠くに地獄絵図がひろがっている。艦隊はすべて転覆していた。半分以上の艦は海中に没した。残る数隻も舳先《へさき》を垂直に突きだすのみ。墜落後の戦闘機の残骸《ざんがい》も波間に揺れている。

メタンの海。フェリーの航路に重なる海域だけに、MHコンシール弁は頻繁に開放できない。大量の泡が蓄積されている可能性があった。いちどに開放すれば数秒間、海面はメタンの泡だらけになる。

危険な賭《か》けだった。架禱斗を挑発しておいた結果、思惑どおり艦隊が現れた。結衣は動じなかった。相模湾の入口は、房総半島の先端と大島に挟まれ、横幅に限りがある。艦隊は密集せざるをえない。すべての艦がMHコンシール弁に近づく。

凜香が笑いだした。屈託のない笑顔だった。「結衣姉ちゃん、ほんと常軌を逸してやがる。艦隊と戦闘機群をやっつけたかよ！　そんな女子高生、有史以来ひとりもいねえよ！」

結衣は冷静だった。「シビックは戦力のほとんどを失った。きっと誰かが反撃の狼煙《のろし》をあげてくれる」

「そうだよね……。誰かが」

戦争が終結したあとのような静けさが、海岸付近に漂っていた。潮風を頬に感じる。波が岩にぶつかっては白い飛沫《しぶき》を立てている。

凜香が身を寄せてきた。結衣の肩に頭をもたせかける。「結衣姉。わたしたち、やっと死ねる」

次になにが起きるのか、凜香にも予想がついているのだろう。横須賀基地の武装勢力は存続している。架禱斗がこのままでおさまるわけがない。今度こそ逃げられない。

結衣はささやいた。「だからわたしひとりで留まっていったのに」

「いったじゃん」凜香の声が涙に濁りだした。「最期は好きなようにしたかったんだよ」

感傷に胸を締めつけられる。結衣は凜香の肩に手をまわし、そっと抱き寄せた。凜香も拒まず、むしろ両腕でしっかりと抱きついてきた。

凜香はまた泣きだしていた。「結衣姉。ありがとう」

「なにが」

「原宿でわたしを殺さなかった。沖縄ではわたしのことを考えてくれた」

「あんたはこんな人生を歩む子じゃなかった。本来の凜香に戻ってきてる。それが嬉《うれ》しかった」

「いま嬉しかったっていった？」

「……いってない」

「いったでしょ。嘘つくなよ」凜香は涙をこぼしながら笑った。「わたしたち、よくやったよね。短い人生だったけど」

「世のなかもったいないことをする。少子化なのに十代の命ばかり散らせて」

「だよね。でもクズみたいな大人たちの数も、わたしたちがそれなりに減らしてやった」

結衣は相模湾に浮かぶ艦隊の惨状を眺めた。「きょうは大幅記録更新」

「そう。結衣姉ちゃんは、この国の未来に希望をつないだよ」凜香の声がしだいに小さくなった。「結衣姉ちゃんには生き延びてほしかった」

「よしてよ。いまさら」

「架禱斗兄を殺したら、自分も死ぬ気でいたろ？」

「まあね。果たせなかったけど」

「もし殺せてたとしても、結衣姉には絶対に死なないでほしかったんだよ。架禱斗兄が死んだから、もう思い残すことはないとか、そんなふうに考えてほしくない。結衣姉には生きつづける義務があるんだよ」

「ない」

「もう。なんで否定するんだよ!」凜香の顔があがった。怒りをぶつけるより、切実にうったえる面持ちで凜香がいった。「〝同窓会〟に集まった人数を見たろ? みんな危険を承知で、それでもここまで来ずにはいられなかったんだよ」

「わたしがいなくても反体制派は集うものでしょ」

「わかってねえな。誰もがクズみたいな国に絶望してたけど、結衣姉のおかげで希望を感じられたんだよ。法律が助けてくれねえ世のなかじゃ、死ぬしかねえじゃねえか。でも結衣姉がいたからみんな生きられた」

「きょうはもう誰も助からない」

「それでもみんな感謝してる。結衣姉に会えて喜んでる。結衣姉にも生きることをあきらめてほしくなかった」

「凜香もだよ」

「わたしみたいなゴミは……」

「ＭＲＩ検査室で玲奈さんの命を助けたんでしょ？　どれだけ大きいことかわかる？　市村凜の娘が、母親のようにならなかった。玲奈さんはわたしなんかより、凜香に感謝してる」

潮風が凜香のショートボブを揺らしている。涙に濡《ぬ》れた凜香の顔に、また微笑が戻りだした。ごく自然な笑みだった。「死んだら人生がリセットされるとか、ないのかな。結衣姉ちゃんとはきょうだいのままで、ほかの親のもとに生まれたい」

同感だった。結衣はうなずいた。「ピッキングからハッキングまで、いまある知識なんか、ひとつもなくていい」

「ストーリーエフェクトやキャップカットを使いこなせりゃいいよね。インスタやティックトックを上げてるだけの毎日を送りたい。渋谷のマルキュー行って、エスパやアイヴのコンサートにも行って」

「ケプラーは？」

「ガルプラ観てる暇あった？」

「あったよ」

「じゃ、あんまりいまと変わらないか」

結衣は凜香と笑いあった。互いの過去をすっかり否定し、こうありたいと望んできた姉妹になりきっている。最初は無理やり感があったが、いまでは自然な関係が築けたと実感する。

こんな無意味で平凡な時間を、ずっと過ごせてきたなら。

遠くで轟音《ごうおん》が響いた。ふたりは東の空に目を向けた。三浦半島を挟んだ向こう側から、光点が打ちあがったのが視認できる。雲の切れ間に見え隠れしつつ上昇していく。

凜香が悲哀のいろを漂わせ、結衣に向き直った。なにかをいおうとしている。また目に涙が溢《あふ》れだした。思いを言葉にできないらしい。

気持ちはわかっている。結衣は凜香を抱き締めた。

「結衣姉ちゃん」凜香が嗚咽《おえつ》のなかでささやいた。「怖いよ」

「だいじょうぶ。一緒にいるから」

「姉ちゃんみたいに度胸が据わってる女になりたかった。ほんとはいつも怖くて」

「わたしだってそう……」

空を仰いだ。高いところまで昇った光点が、ゆっくりと放物線を描き、こちらに落ちてこようとしている。

核ミサイルだ。目標はここだろう。学園から逃げだした少年少女たちも、篤志の運転するクルマも、核爆発の範囲から逃れられない。

凜香も空を見上げていた。大粒の涙を滴らせながら、凜香が気丈にいった。「流れ星みたい。あれに願いごとをいえば来世でかなう？」

「なら」結衣も微笑してみせた。「犯罪者の家以外に生まれたい」

「できれば貧しくない家に」凜香がつづけた。「ほかのきょうだいもみんな、善人に生まれてほしい。あと智沙子姉が喋《しゃべ》れて歩けるように」

「……凜香が妹であってほしい」

「わたしも」凜香は泣きながら笑った。「結衣姉。生まれ変わっても結衣姉がいてほしい」

爆音が頭上に迫る。ミサイルの弾頭がはっきり見てとれる。凜香が顔を伏せた。身体が震えている。ふたりで地面にしゃがんだ。結衣は凜香を強く抱き締めた。

視野が涙に揺らぐのも、これが最後になるのだろう。すべてが無に帰す。生まれる前に戻るのと同じだ。そう考えれば喜ばしい。悲劇の人生を歩みださずに済むのだから。

耐えがたいほどの騒音が鳴り響き、執拗《しつよう》に鼓膜を破ろうとする。周りが明るくなった。ミサイルの噴射が辺りを照らしだす、そこまでの距離に接近している。頭上に大きな物体が迫ったとわかる。いま直撃する。

目も眩《くら》む閃光《せんこう》に包まれた。体感したおぼえがないほどの、途方もなく高温を帯びた突風が襲う。竜巻のようにふたりの身体は舞いあがった。周りの地面に亀裂《きれつ》が走り、大小の土塊が浮遊しだした。落雷そのものを全身に受けたも同然の衝撃が走る。想像を絶する大音量のノイズが脳を揺さぶる。

ミサイルの爆発により、空中に巨大な火球が膨張した。爆風の嵐が横殴りに襲う。結衣と凜香は無数の土塊とともに飛ばされた。海とは逆方向に激しく転がる。

身体を静止できない。回転はいつ果てるともなくつづいた。だがやがて速度が低下していき、結衣は暗黒のなかに突っ伏した。

息ができない。なにも見えない。地面に顔を埋《うず》めているせいだと気づいた。結衣はもがき、必死で顔をあげた。

熱風がすさまじい。辺りは陽炎《かげろう》のように歪《ゆが》んでいた。荒野と化した一帯に、凜香が横たわっている。土砂が身体の半分を覆っていた。

結衣は海のほうに目を向けた。火球はまだぼんやりと空に残っている。けれどもしだいに重力に引っぱられ、正円から縦長の楕円《だえん》に変形しつつ、海面へと崩れていく。

核爆発が起きたのか。しかしきのこ雲には見えない。まだ自分には意識がある。そう思ったとき、頭上を銀いろの機体が低空でかすめていった。ふたつ並んだ尾翼、ふたつのノズルからの赤い噴射。戦闘機が一機、海から陸上へと飛んでいくのを、結衣はまのあたりにした。

30

百里基地の司令棟、作戦司令室で深浦将補は、唖然《あぜん》としながら壁のモニターを見上げていた。

ブースの職員が、ヘッドセットの片耳だけを浮かせ、興奮ぎみに振りかえった。「核ミサイル撃墜。核弾頭は海に落ち起爆せず」

古葉一佐が目を瞠《みは》った。「誰が撃ち落とした？　あの機影は……？」

「イエメンからミャンマー経由で飛来したＳｕ30」職員は無線に耳を傾けるように、ヘッドセットを手で押さえつけた。「岬美由紀《みさきみゆき》二尉です！」

鳥肌が立った。深浦将補はモニターの前に駆けだした。Ｓｕ30の機影は東方に転進し、まっすぐ横須賀に向かっている。衛星のセンサーが空中爆発をふたつ観測。次いで在日米軍横須賀基地と、近海に停泊する空母ロナルド・レーガンにも大規模爆発が認められた。

あのラジオ放送だ。美咲ではなく岬への呼びかけだった。深浦はそう直感した。

職員が怒鳴った。「岬元二尉のSu30が、R73空対空ミサイル二基を発射、シビック側のF35と早期警戒機を撃墜」

別の職員も早口に報告した。「Su30、空対艦ミサイルで横須賀基地の原潜を撃沈後、空母ロナルド・レーガンの甲板に爆弾を投下」

にわかに喧噪《けんそう》に包まれた作戦司令室内で、深浦はSu30の軌跡を目で追った。信じられないほどすばやい。シビックの戦闘機を次々と返り討ちにし、在日米軍の地上レーダー設備を破壊していく。

岬美由紀元二等空尉。女性自衛官の戦闘機パイロット、元イーグルドライバーから、臨床心理士に転身。友里佐知子のテロ計画を二度にわたり打ち砕いた。いまでは千里眼の渾名《あだな》は岬美由紀を意味する。イエメンから帰国できないときいていたが、彼女による戦闘機の奪取は、国内でも日常茶飯事だった。

ラジオの声は優莉結衣と名乗った。彼女が生存していただけでも驚きだ。矢幡前総理が演説したのでは、ミサキといえば夫人と解釈されてしまい、秘められたメッセージが岬美由紀に伝わらない。代わりに結衣が森本学園にいると知らせた。戦闘機による支援が必要だと。

優莉結衣は優莉架禱斗に対抗しているのか。占領下にある国家の膠着《こうちゃく》状態は、きょうだい喧嘩《げんか》により打開の糸口をつかんだのか。

職員の声が響き渡った。「シビックが乗っ取った在日米軍の対空兵器は、Su30を追えていません！　岬元二尉が米軍の防空管制システムを破壊したためと思われます」

鍛治一佐が昂《たか》ぶったようすで告げてきた。「いまなら反撃にでられます！」

防衛大臣は死に、宮村総理は捕虜となっている。総理による降伏の言葉を信じるのなら、自衛隊は国軍編入のときをまつしかない。だがシビック政権など断じて認められない。これは侵略軍との戦いだ。自衛隊には自国防衛の義務がある。

深浦将補は周囲に声を張った。「第7航空団は首都奪回の作戦行動にでる！　横須賀基地を始めとするシビックの拠点を空爆。陸上自衛隊による総理官邸突入の空からの支援にも備えろ。各飛行隊長はブリーフィングルームに集合」

有事に想定された状況より、はるかにあわただしい作戦司令室を、深浦は足ばやに歩きだした。古葉と鍛治を率いブリーフィングルームに向かう。敵艦隊と戦闘機群の主力は相模湾で壊滅、シビックの残存勢力はわずかだ。これが最終決戦になる。どうあってもこの国から追い落とす。

31

架禱斗はスーパーピューマのキャビンにいた。港区《みなとく》上空、総理官邸の一歩手前まで戻ってきている。スライドドアを開け放ち、南南西の彼方《かなた》をじっと見つめていた。核ミサイルはたしかに相模湾上空で真っ赤な光を放った。しかしあれは核爆発ではない。

奥多摩で篤志がいった。架禱斗、きのこ雲は見えたかよ。その声が脳裏に再生された。

許しがたい事態だった。断じて許せない。無知蒙昧《むちもうまい》なきょうだいどもが、こぞって長男の足を引っぱる。人類史に残る偉大な業績を、稚拙な倫理観で潰《つぶ》そうとしてくる。智沙子、篤志、凜香。どいつもこいつも、相応の地位を約束してやったというのに、愚劣きわまりない反逆者どもに成り下がった。

そして誰よりも結衣。幼少期に息の根を止めておくべきだった。あの悪魔の申し子め。

架禱斗はヘッドセットのマイクを通じ、パイロットに命じた。「森本学園に引きかえせ」

「……申しわけありません」パイロットの声が戸惑いがちに応じた。「もういちどご命令を」

「森本学園に向かえといってる」

「あのう……。いま核ミサイルが……」

「核爆発は起きてない。メタンガスの影響もとっくにおさまってる。電磁波など発生していない」

「首領。非武装のヘリで飛びつづけるのは危険です。百里基地から戦闘機の発進が複数確認されました。わが軍はもう制空権を失っています」

　架禱斗のなかでなにかが切れた。座席を立ち、コックピットにつづくドアに手をかける。ドアを開け放つや、ジャケットのホルスターから拳銃《けんじゅう》を抜いた。

　コックピットにはパイロットとコパイロットが並んで座っている。いずれも日本人、シビックの非正規雇用者になる。架禱斗はその背後に立った。パイロットのうなじに拳銃の銃口を突きつける。

「空耳か？」架禱斗はきいた。「俺に意見したようにきこえたが」

　パイロットが全身を硬直させたのがわかる。コパイロットの顔も緊張していたが、反抗的な目が架禱斗をとらえる。すばやくシートベルトを外し、架禱斗に挑みかかろうとする。だがそんな動きでは、形勢の逆転など不可能だ。架禱斗はコパイロットの額を撃ち抜いた。脱力した身体が、キャノピーの外に見える上空を仰ぎ、副操縦士席の背に身をあずけた。

息を呑《の》んだパイロットが、あわてぎみに針路を設定し直す。「森本学園に向かいます」

「そうだ。最短距離を直進しろ」架禱斗はパイロットの背に告げた。「元の日本なんか望むな。非正規雇用者に厳しい」

32

空はかなり明るくなった。すでに日の出を迎えたのかもしれない。東には三浦半島と房総半島が連なる。水平線もくっきりしてきた。ここから見るかぎり、太陽はまだのぞいていなかった。

それでも辺りは明瞭《めいりょう》に照らしだされている。森本学園はさっきの艦砲射撃により、すでに廃墟《はいきょ》と化していたが、ミサイルの至近距離での爆発後、もはや不毛の荒野となっていた。

瓦礫《がれき》の大半は砂と土に埋もれた。遠くに市街地が見えるものの、この区画にかぎれば、まるで文明の滅んだ大地のようだった。

凜香はまだ地面に横たわったままだ。結衣は近くにひざまずき、砂まみれの凜香を揺さぶった。「凜香。起きて、凜香」

しばらく凜香は無反応だったが、そのうち苦しげにむせだした。咳《せき》とともに口から砂が噴きあがる。

ようやくぼんやりと目が開いた。虚空を眺めるまなざしが、結衣の顔をとらえる。凜香が喉《のど》に絡む声でささやいた。「結衣姉」

ほっとして結衣は地面に座りこんだ。力んでいた身体を多少は弛緩《しかん》させられた。

凜香はゆっくりと上半身を起こした。辺りを見渡しながらいった。「あの世かと思ったら、がっかりさせやがる」

「まだ森本学園」結衣はつぶやいた。

「数百年後の光景って感じだけどな」

「あいにく十分ていどしか経ってない」

「……核ミサイルに吹っ飛ばされたんじゃなかった？」凜香が安堵《あんど》のため息をつき、

穏やかにきいてきた。「結衣姉。またなんかやったのかよ?」

やったうちには入らない。今度ばかりは勝算もなかった。会ったこともない、どこにいるかわからない岬美由紀に呼びかけても、ただ闇雲に助けてと叫ぶに等しい。最後の望みを託した小細工だった。盗聴を警戒し、矢幡たちにはあえて意図を伝えなかった。

それでもミサイルの第二波が飛んでこない以上、情勢は大きく変化したのだろう。横須賀基地のある東のほうから、さかんに轟音《ごうおん》が響いてくる。遠雷に似たジェット機の飛行音も、ひっきりなしに耳に届く。

シビック側は岬美由紀への隠しメッセージに気づかなかった。反撃が始まったのなら幸いだ。本来ならこれは大人の仕事だった。女子高生が身を削ったところで、少額のバイト料すらでない。

凜香が立ちあがりかけたが、顔をしかめながら尻餅《しりもち》をついた。「痛っ……」

「どうかした?」結衣はきいた。

「左の踵《かかと》が……」

結衣は軽く触れた。凜香がびくっと反応する。結衣はそっと凜香の靴を脱がせ、靴下をずらした。

踵が黒ずんでいた。内出血を起こしている。症状からみるに、靭帯《じんたい》が損傷してもなお無理をつづけたのだろう。捻挫《ねんざ》よりも深刻な状態に思える。

近くの小さな岩を転がしてきて、凜香の左足の下に敷く。スカートのポケットからロキソニンテープをとりだした。消炎剤のテープを、踵を中心に縦横に巻いた。

いまはこれしかできない。結衣はいった。「安静にしてて」

「こんなところで？」

「内戦状態の国じゃたぶん病院は満員……」

結衣は口をつぐんだ。聴覚に集中する。微音が風に運ばれてくる。

凜香がまた不安げな顔になった。「なに？」

辺りを見まわした。土に埋もれた布の端が目にとまる。それをつかんで引っぱりだした。かなり大きな布だった。カーテンだとわかる。いまは泥だらけだった。だからこそ役に立つ。黄土いろに変色した布を、凜香の身体の上にかけた。全身をすっぽりと覆い尽くす。

「なんだよ」凜香が布の下で咳《せ》きこんだ。

「身動きしないで。声もださないで」結衣は土のなかをまさぐった。尖《とが》った物が見つかるたび、布の四隅に刺してまわった。

いてほしくない」
「結衣姉」凜香のくぐもった声がきこえる。「なにか起きるんならわたしも……」
だが結衣は布ごしに凜香の額をそっと撫《な》でた。「寝てて。あんたにはこれ以上傷つ

布の下の凜香は黙っていた。いまどんな顔をしているのか、見ずに済むのは幸運かもしれない。別離にともなう辛《つら》さが、少しは緩和される。

アサルトライフルを手に、結衣は立ちあがった。少し離れると、泥まみれの布は地面と一体化して見えた。

さっきからヘリの爆音が接近しつつある。布の四隅を留めたとはいえ、ヘリのメインローターから発生する風を受ければ、たちまち吹き飛んでしまう。凜香のいるところから、かなり距離をとる必要があった。結衣は走りだした。

ヘリが急速接近してくる。爆音からかなりの大型だとわかった。結衣は音のする方角をとらえ、そちらにまっすぐ向かっていった。

砂埃《すなぼこり》の舞いあがる空から、急に黒い影が出現した。思いのほか低空を飛来してきた。総理専用ヘリのスーパーピューマ。武蔵小杉高校事変の報道で目にしたのと同じ機体だった。

向こうも結衣の存在に気づいたらしい。メインローターに発生する砂嵐に結衣を巻

きこむべく、いっそう肉迫してくる。地上数メートルで空中停止飛行《ホバーリング》に転じた。機体を横に向けるや、スライドドアが開け放たれる。

ジャケット姿の架禱斗が片膝《かたひざ》をつき、アサルトライフルをこちらに向ける。だが結衣はすでに手榴弾《しゅりゅうだん》をつかみだしていた。ヘリに投げつけると、ただちに地面に伏せた。

銃撃音が鳴り響いた。架禱斗の動体視力は卓越していた。高く上がった手榴弾が撃破され、空中で爆発した。機体にはなんの損傷もおよばなかった。

しかしヘリは爆風を避けるべく、地面すれすれまで降下してきた。結衣の狙いはそこにあった。瞬時に跳ね起き、ヘリに向かって走る。爆発にともなう煙と、砂埃による視界不良のなか、結衣は開放されたスライドドアに飛びこんだ。

キャビンの床に転がる。架禱斗はアサルトライフルごと振りかえると、片手でヘッドセットを外し、床にかなぐり捨てた。結衣は即座にもう一個の手榴弾をつかみ、左手だけでピンを抜いた。

架禱斗を巻き添えに自爆できれば目的は果たされる。だが架禱斗が猛然と襲いかかり、銃のストックで結衣の手を強打した。手榴弾が外に放りだされ、少し離れた地面で爆発、大量の土煙が噴きあがる。

結衣はアサルトライフルをかまえようとしたが、それは架禱斗も同様だった。狭いキャビンでは両者の距離が近すぎた。狙いをさだめられず、銃剣術で敵の銃身を払い合った。架禱斗が間合いに踏みこんでくる。結衣も迷わず飛びかかった。横にしたアサルトライフルどうしで鍔迫《つばぜ》り合いが始まった。

ヘリは超低空飛行をつづけ、ひたすら荒野の地表上をさまよう。しだいに凜香の居場所に接近していった。結衣は不安になり、開放されたスライドドアの外を一瞥《いちべつ》した。強風が吹き荒れる。覆ってあった布が飛ばされた。凜香の横たわる姿があらわになった。架禱斗がはっとして、結衣を突き飛ばした。アサルトライフルを凜香に向ける。けれども凜香は仰向《あおむ》けに寝たまま、すでに自前のアサルトライフルで架禱斗を狙っていた。銃撃による跳弾の火花が、スライドドア周辺に散った。架禱斗がとっさに躱《かわ》そうとしたものの、ふいに足を滑らせた。アサルトライフルが機外に落ちた。

好機にちがいない。結衣は起きあがり、自前のアサルトライフルで架禱斗を狙った。ところがヘリが大きく傾いた。凜香の銃撃から逃れようと、パイロットが機体を急上昇させたらしい。結衣は転倒した。アサルトライフルが手を離れ、傾斜した床を滑った。架禱斗が飛びつこうとする。結衣も唯一の武器を追った。だが機体はさらに傾き、アサルトライフルは外に放りだされた。

武器を取り逃がしたとき、結衣と架禱斗は間近に這《は》っていた。互いに目が合う。即座に跳ねた起きると、ふたりとも同時に蹴《け》りを繰りだした。側面からの蹴りを双方が食らい、またも重心が崩れ、その場につんのめった。架禱斗がジャケットの懐から拳銃《けんじゅう》を抜く。結衣は座席の下に備え付けてあった工具を投げつけた。架禱斗の手から拳銃が飛んだ。拳銃はキャビンの隅に転がった。

架禱斗は素手で挑みかかってきた。腕のリーチは架禱斗のほうが長かった。喉《のど》もとをつかまれる一方、結衣の手は架禱斗に届かない。途方もない握力が絞めあげてくる。結衣は足払いをかけ、架禱斗を転倒させたものの、絞めあげる手からは逃れられなかった。ふたりは絡みあいつつ床に倒れこんだ。架禱斗が上になり、両手で結衣の首を圧迫してきた。馬乗りの架禱斗が両手に体重を乗せる。気管が潰《つぶ》れる。結衣は苦しくなり、手足をばたつかせた。

爆音のなかに音声をきいた。近くに落ちたヘッドセットのイヤホンだった。パイロットの声が怒鳴っている。「首領！　敵機です」

その声は架禱斗の耳にも届いたらしい。架禱斗が機外に目を向ける。結衣も架禱斗の視線を追った。接近中の攻撃ヘリ、アパッチ数機をとらえた。

撃墜必至の状況ゆえ、架禱斗は苛立《いらだ》ちをあらわにした。片手を結衣の首から放し、ヘッドセットをつかむや、口もとに寄せた。「回避しろ！　総理官邸に向かえ」

架禱斗の胴体がわずかに浮いた。結衣は片膝で架禱斗の下腹部を突きあげた。架禱斗が呻《うめ》きながら横に転がる。結衣は跳ね起きた。あわてて呼吸を回復しようと試みる。たちまち息苦しくなってむせた。

機体が激しく揺れるため、ふたりとも体勢が安定しない。ヘリは高度をあげたうえ、猛スピードで直進しつづける。

鈍重そうに見える大型ヘリは、一見のろく思えるが、実際には最高時速二百七十五・五キロを誇る。都心までまっすぐ飛んだ場合、たった十分しかかからない。架禱斗の長い脚が速射砲のように繰りだされる。結衣は手刀でわきに弾《はじ》きながらまわりこんだ。しかし座席が邪魔になり、架禱斗と距離をとれない。いつしか開放済みのスライドドアを背にしていた。足を滑らせそうになる。

架禱斗がその機を突かんと、猛然と結衣に突進してきた。結衣の胸倉をつかみあげ、機外へ放りだそうとする。実際に結衣の両足が浮き、身体はスライドドアの外に露出した。飛行にともなう風圧を全身に受ける。けれども結衣は架禱斗の腕にしがみつき、けっして放さなかった。機体の外側を片脚で蹴り、勢いをつけ反転しつつ、架禱斗ごとキャビン内に倒れこんだ。

後ずさり架禱斗と距離を置く。結衣は息を切らしながら、壁を背にし直立した。架禱斗も真向かいに立ち、ひたすら結衣を睨《にら》みつけてくる。

鬼気迫る形相で架禱斗がつぶやいた。「処刑は俺自身の手で実行するべきだった」

「架禱斗。なんでずっとそんな喋《しゃべ》り方なの。凄味《すごみ》があるとでも思ってる?」

「十五までの俺と一緒にするな」

「あまり変わってないのにかよ」

ヘリの振動が減少した。機体も水平になりつつあった。その機を逃さず、架禱斗がまたも突進してきた。上段への蹴りはフェイント、ただちにローキックが襲うのを、結衣は予期していた。座席の上に跳び乗り、架禱斗に回し蹴りを浴びせた。一瞬早く架禱斗が身を退かせる。結衣の足は架禱斗の顎《あご》をかすめるに留《とど》まった。それでも架禱斗が重心を崩したのはたしかだった。結衣は座席の背を蹴った。つづけざまに架禱斗に跳び蹴りを放った。今度は胸部を確実にとらえる。防弾ベストを着ていない架禱斗の胸に、結衣の靴底がめりこんだ。架禱斗は苦痛の呻きを発し、キャビンの床に転がった。

肋骨《ろっこつ》を折ったとまでは思えない。結衣は急ぎ寝技に持ちこもうとした。架禱斗の背後にまわり、首に左腕を絡みつける。喉仏《のどぼとけ》をしっかりと絞めあげる。ところが架禱斗の身体は異常に柔らかかった。結衣の横腹に肘鉄《ひじてつ》を食らわす。ふいに苦痛が生じたせいで、結衣は腰を浮かせてしまった。架禱斗のこぶしが容赦なく浴びせられた。結衣は滅多打ちにされた。全身に痺《しび》れるような痛みをおぼえながら、勢いで後方に転がった。

立ちあがった架禱斗が不敵に歩み寄ってくる。「父はこの国の機能不全に気づいていた。母もだ。それを是正する努力を積みあげてきた。なのになんでおまえが邪魔する。友里佐知子が早々に見捨てた、でき損ないの妹のくせに」

ローキックが連続して襲ってくる。結衣は背中を蹴りこまれた。激痛に思わずのけぞった。だがそのおかげで視線の先、座席の下に拳銃を見つけた。とっさにそれをつかみだす。架禱斗の頭部や胸を狙う暇はない。床にほぼ平行し、水平方向に数発を発射した。

架禱斗が苦痛の呻きを短く発した。当たったのだろうか。ところが結衣は髪の毛をつかみあげられた。架禱斗は結衣を背負い投げにし、キャビンの壁に叩《たた》きつけた。結衣は逆さまになり、衝突した壁からずり落ちた。拳銃が床を滑っていく。

一時的にせよ隙だらけになっている。架禱斗が駆けつけ、次なる攻撃を仕掛けてくるにちがいない。わかっていながらも体勢が立て直せなかった。結衣は焦燥に駆られつつ必死にもがき、なんとか俯《うつぶ》せになった。同時に妙な気配を感じる。おかしい。なぜ架禱斗は詰め寄ってこない。

架禱斗は激痛に耐えるように、表情を著しく歪《ゆが》めていた。前かがみになり片手を脚に伸ばす。右のむこうずねに銃創ができていた。血が流れ落ちている。

並みの人間なら失神する痛さだろう。これだけの傷を負いながら、結衣を投げ飛ばすとは尋常ではない。だがさすがに架禱斗の動きは鈍りだした。落ちている拳銃を拾いに向かおうにも、右脚を引きずらざるをえなくなった。

結衣は先んじて拳銃に飛びつこうとした。しかし架禱斗は驚くべき強靭《きょうじん》さをしめし、こぶしの突きを結衣の顔に食らわせてきた。自分の鼻血が飛び散るのを目にした。結衣はまたも仰向けに転倒した。

拳銃が俯角《ふかく》で狙い澄ましてくる。結衣は倒れたまま、架禱斗のむこうずねを蹴った。銃声が響き渡ったが、架禱斗は激痛のせいで前屈姿勢になっていた。狙いは逸《そ》れ、弾は壁にめりこんだ。結衣は床を這いながら遠ざかった。

なおも架禱斗の不屈の精神力が発揮される。ただちに体勢を立て直した架禱斗が、ふたたび結衣を拳銃で追いまわしてくる。

そのとき機首がいきなり下がった。ヘリが急速に降下していく。墜落か。いや都心のビル群が見えている。間もなく総理官邸に着くようだ。ヘリは垂直降下ではなく、斜め下方の目的地をめざしている。

また振動が激しくなった。架禱斗の拳銃が連続して火を噴いた。結衣は座席の陰に逃げこんだ。やがて銃声が途絶えた。結衣は顔をあげた。架禱斗の拳銃のスライドが、後退したまま固まっている。弾を撃ち尽くした。

結衣は傾斜の下手に位置していた。架禱斗は上手にいる。片脚を負傷しながらも、架禱斗はわざと床を滑り落ち、急速に接近してきた。結衣の髪をわしづかみにする。ところが機体は突然水平になった。架禱斗は後方へと転がった。

縦揺れの衝撃が一回、それっきりヘリは静止した。結衣は機外に目を向けた。ニュース番組で見覚えのある、ガラス張りの建物が間近にあった。総理官邸だった。ヘリは官邸前の緑地に着陸していた。

架禱斗が機外に転がりでる。右足を引きずりながらも、かなりの速さで官邸へと遠ざかった。周囲の武装兵らに大声で呼びかける。「ヘリに結衣がいる。撃て!」

緑地に展開する兵士たちがこちらに向き直った。だがパイロットは銃撃を恐れたらしく、ヘリが上昇を始めた。

このまま飛んでいくわけにはいかない。結衣は機外へと跳躍した。真下に駆けつけた兵士に身体ごとぶつかっていく。倒れた兵士の腰を両太腿《りょうふともも》で挟み、アサルトライフルを奪いとった。兵士の頭に一発見舞ってから、周りにフルオート掃射する。至近の五人ほどの頭部を一瞬で撃ち抜いた。

結衣は身体を起こした。官邸へと駆けだす。無謀ともいえる突進だった。緑地には身を潜められる遮蔽物《しゃへい》がない。四方八方に敵がいて、結衣ひとりに銃撃してくる。狙いがさだまるのも時間の問題だった。

ところが背後に閃光《せんこう》が走るや、爆発音が轟《とどろ》いた。熱風が結衣の背を突き飛ばした。周りの兵士たちも薙《な》ぎ倒された。

爆風が吹き荒れるなか、結衣は後方を振りかえった。離陸したばかりのヘリが、直後に墜落し横倒しになった。いまや炎に包まれている。陸上自衛隊のアパッチが低空を旋回していた。

この機は逃せない。結衣は立ちあがり、総理官邸へと全力疾走した。身体を起こした兵の頭を次々に撃ち抜き、ジグザグに駆けていく。

官邸の透明な壁を射撃した。ガラスが粉々に砕け散る。結衣は建物内に踏みこんだ。やはりニュースでよく観る場所だとわかった。総理のぶら下がり会見が行われる、いわばエントランスロビーだ。いま待ちかまえるのは記者でなく、シビックの武装兵たちになる。物陰から飛びだしてくるたび、兵士らを確実に仕留める。結衣は奥の通路へと駆けこんだ。

架禱斗がいた。正面の閉じていくエレベーターの扉、その向こうに架禱斗の姿があった。銃撃したが間に合わず、扉が閉じきった。通路の兵士たちが向き直ったが、狙われる前に結衣はアサルトライフルを掃射した。視界にいる敵はすべて床にくずおれた。

兵士の死体のチェストリグから手榴弾《しゅりゅうだん》をつかみとる。ピンを抜き、エレベーターの扉に投げた。結衣は木目調の太い柱の陰に隠れた。こぶしで叩き、柱の中身が硬い金属だと確認する。さすが総理官邸、防弾遮蔽性にすぐれている。

爆発が建物を揺るがした。非常ベルが鳴り響き、黒煙が充満し始める。スプリンクラーが作動し、豪雨のごとく水を撒《ま》き散らす。結衣はずぶ濡《ぬ》れになりながら、エレベーターに駆け寄った。

黒焦げの扉が大きく歪《ゆが》み、半開きになっていた。隙間の向こう、エレベーターを吊《つ》るロープに損害はなく、正常に稼働しているとわかる。結衣は隙間に身をねじこむと、エレベーターシャフトに身を躍らせた。

暗い縦穴、落下は数メートルだった。架禱斗が乗った金属製の箱が降下していく。その箱の屋根に結衣は着地した。衝撃に架禱斗が気づかないはずがない。だしぬけに箱の内部から発砲があった。屋根に無数の穴が開く。結衣は転げまわりながら全力で回避した。

強い振動とともに箱が停止した。うつむいた姿勢の結衣は、慣性の法則で身体が屋根に叩きつけられた。完全に突っ伏した姿勢になりつつも、銃弾で開いた穴から箱のなかをのぞく。架禱斗がエレベーターから駆けだすのが見えた。

結衣は箱の屋根の点検用ハッチを開け、なかに飛び下りた。エレベーターの箱の床に着地するや、開いた扉の向こう、地下通路が目に入った。架禱斗が足を引きずりながら逃走し、ガラス戸に達する。振り向きもせずこちらを指さした。「あいつを殺せ！」

通路にいた兵士たちが銃撃してくる。結衣は頭から通路に飛びこみ、前方に滑りながらセミオートで小刻みに狙撃《そげき》した。動作は常に結衣が一瞬のみ先制していた。通路の兵士たちが血飛沫《ちしぶき》をあげ突っ伏す。ただちに起きあがり、ガラス張りの地下室に飛びこむ。

コンクリート壁のモダンな内装、モニタースクリーンと会議用の円卓からなる部屋。やはりテレビで見慣れた閣僚が、驚愕《きょうがく》の表情をこちらに向ける。結衣の指はアサルトライフルのセレクターをセミオートに保った。スーツのなかに点在する四人の武装兵を、近い順にすばやく狙撃する。やはり頭部のみを狙った。四人はほぼ同時に倒れた。

もうひとりの武装兵、髭面《ひげづら》の巨漢が円卓の陰から飛びだした。宮村総理を羽交い締めにし、アーミーナイフを喉元《のどもと》に突きつける。閣僚たちがどよめき、宮村は目を剝《む》いた。

だが結衣は冷静にアサルトライフルをかまえていた。宮村の顔の陰にわずかにのぞく、武装兵の髭面に狙いをさだめ、トリガーを引き絞った。銃火の閃《ひらめ》きとともに銃声が轟く。武装兵の頭部は弾《はじ》け飛び、ナイフが投げだされた。頭部を半分失った死体が、膝《ひざ》から崩れ落ちた。

宮村が恐怖に立ちすくんでいる。物陰に隠れていた閣僚らが、そろそろと顔をのぞかせる。

わりと若い寺坂文科大臣が啞然《あぜん》としながらつぶやいた。「武蔵小杉高校……。冬服だね。衣替えはまだだが」

それ以前にいまは閉校している。結衣は弾切れ寸前のアサルトライフルを投げだし、兵士の死体から同種のG36を奪いとった。

信じられないという顔で宮村が見つめてきた。「優莉結衣さんか？」

「架禱斗は？」結衣はきいた。

閣僚たちがいっせいに部屋の隅を指さす。堀野秀子法務大臣がひきつった顔でいった。「非常階段」

結衣は駆けだした。鉄扉を蹴《け》り開け、暗い通路に飛びこむ。背後から宮村の声が響いた。「シビックの輸送ヘリが兵力を送りこんできてる。危険だぞ！」

非常灯が照らす無機質な通路は、急傾斜の上り勾配《こうばい》だった。行く手に上り階段があった。だがそこに達するや、けたたましい銃撃音とともに、視野がせわしなく点滅した。金属製の手すりやステップを銃弾が貫通する。結衣は頭上にフルオート掃射した。何階か上の踊り場にいた架禱斗が、ドアの向こうに逃れるのが見えた。陽光が射しこんでいる。あの高さは地上にちがいない。

一気に階段を駆け上っていく。目の前のステップに、細いワイヤーが張ってあるのを、瞬時に見てとった。わきに仕掛けてある手榴弾のピンに結わえてある。こざかしい。結衣は速度を緩めず、ワイヤーを飛び越え、なおも駆け上った。選択的注意でワイヤーを視認するたび、難なく飛び越えていく。

階下で集団の靴音があわただしく響いた。追っ手の武装兵らが階段を駆け上ってくる。結衣は振りかえりもせず、ただ上をめざしつづけた。ほどなく追っ手がトラップに引っかかり、下方で激しい爆発が起きた。男たちの絶叫がこだまする。爆風が噴きあがってくる寸前、結衣は前転しながら、地上へのドアから飛びだした。

ふたたび陽射しの下に戻ったとき、辺りに爆音が轟いていた。目の前に巨大な輸送ヘリが着陸中だった。CH47チヌーク、前後に二基のメインローターを備える、クジラのような巨体。以前に甲子園球場に着陸したのと同型機だとわかる。コックピットのわずかに後ろの側面にドアがあり、いまは開いていた。兵士が架禱斗を引っぱりあげている。アスファルトの広場には、そこかしこに兵士らが展開していた。

結衣は輸送ヘリに駆けだした。向き直った兵士たちを、発砲の体勢に入った順から撃ち倒していく。架禱斗が銃声に気づいたらしく振りかえった。結衣を指さし、なにやら怒鳴った。声は爆音に掻《か》き消されたが、殺せのひとことだろう。結衣は機体のドア付近に立つ兵士を射殺した。兵士はアスファルト上に転落したものの、架禱斗の姿は機内に消えた。

輸送ヘリが垂直方向に離陸する。結衣は跳躍し、ドアのなかに転がりこんだ。機体は前後に揺れつつ、急速に上昇していった。

コックピット方面の通路から敵兵が襲ってきた。結衣は敵兵の顔面を確実に撃ち抜き、機体後方のキャビンへと走った。

短い通路を抜けると、かなりの広さを誇るキャビンに、敵勢がまちかまえていた。

だがようすが変だ。発砲をためらう素振りが見てとれる。結衣はその理由に気づいた。

キャビンの容積の半分を満たす積み荷。五段に重ねられた金属製の棚のなかは、砲弾ばかりだった。銃撃は御法度にちがいない。兵士の群れの奥、苦い顔の架禱斗が、前屈姿勢でたたずんでいる。

結衣にとっては好機以外のなにものでもない。砲弾を爆発させれば架禱斗を道連れにできる。迷わず銃口を砲弾に向けた。

ところが巨漢の敵兵が頭上から降ってきた。結衣はつんのめり、アサルトライフルが奪われた。フィリピン系の兵士らがいっせいに襲いかかってくる。無数のナイフの刃《やいば》スイングと突き、わずかな隙間を結衣はかいくぐった。ひとりの敵の関節を極《き》め、刃を逆に喉元に突き刺す。柄をつかみナイフを引き抜き、敵の刃を打ち払いながら、確実に腕や腹を切り裂いていく。

十八の女子高生が軍人と戦うのは無理、そういいたがる大人は、ろくにオリンピックを観ていない。身体能力のピークは十代後半だ。と同時に世間の大人たちは、軍人についても過大評価している。プロの傭兵《ようへい》には映画に憧《あこが》れただけの、信じられないほどのヒョロ男も多い。心身ともに鍛えあげた手合いは十人にひとりぐらいだ。そういう奴らにしても、ゼッディウム兵の精鋭レベルとなるとかぎられる。

シビック三大武装勢力の兵士は、さすがに強靭《きょうじん》な輩《やから》どもが揃っている。だがときどき呆《あき》れるぐらいの低レベルが交ざる。接近戦術ではそいつらを利用する。先に殺して肉体の盾とし、その陰から周囲の敵に反撃する。

砲弾の積み荷の谷間、幅の限られた通路状の空間だけに、敵勢はいっせいに向かってこられない。結衣はその環境を最大限に活用した。前後に現れた敵兵から繰りだされる攻撃に対し、縦横に躱《かわ》しつつ反撃する。敵を刺した直後に蹴り将棋倒しにする。集団に動揺が見られれば、迷わず間合いに飛びこんで仕留める。リーチが短ければ蹴りで凌《しの》ぎ、手近な敵を斬り裂いたのち、あらためて向かってきた敵に刃を突き立てる。

力での押し合いになった時点で負ける。敏捷《びんしょう》性がすべてだった。結衣は床に伏せ、敵兵らの膝頭《ひざがしら》を斬り裂くや、膝のバネで伸びあがった。敵の眼球を抉《えぐ》りながら、腹を蹴り飛ばす。空間が生じれば飛び回し蹴りを浴びせ、数人をまとめて倒し、ただちに首筋を掻き切った。

血飛沫と絶叫のなかを、結衣は絶えずナイフを振りながら猛進しつづけた。返り血を全身に浴びていた。敵兵はひとりとして銃を装備していない。すなわち結衣に奪われるのを恐れ、銃を投げ捨てたのち戦闘に臨んでいる。ならばキャビンの奥には銃が山積みになっているはずだ。

眼前に立ちふさがった最後のひとりの喉《のど》を刺し貫く。敵兵が仰向《あおむ》けに倒れると、その向こうに架禱斗が立っていた。血走ったまなざしが結衣をとらえる。

いまや結衣は積み荷の谷間を抜け、キャビンの奥に達していた。そこにはあるていどの空間があった。予想どおり隅に銃器類が集められている。

結衣はそこに飛びつこうとした。架禱斗が阻止せんとつかみかかってくる。ふたりが揉《も》み合いになったとき、これまでよりも強烈な揺れが襲った。結衣と架禱斗は揃って倒れ、銃器類も辺りにぶちまけられた。

機体が大きく傾いている。下になった側の壁に丸い窓があった。外のようすが見えている。結衣は愕然《がくぜん》とした。

かなりの低空飛行だった。眼下にひろがるのは港湾に築かれた米軍基地だった。横須賀だとわかる。架禱斗が武装勢力の拠点に向かうよう指示したのだろう。だが架禱斗はこの状況を予想していなかったにちがいない。

一帯はまさに戦場と化している。埠頭《ふとう》のあちこちに火の手があがっていた。森本学園でも見かけた装甲車両が爆発炎上している。建物も軒並み燃え盛り、大空に黒煙を噴きあげる。

アパッチが基地上空を旋回しつづける。自衛隊機とおぼしきF35も飛び交う。まばらに対空砲火もあるが、空爆により次々に潰《つぶ》されていく。埠頭を大勢の武装兵らが逃げ惑う。

この輸送ヘリも被弾したらしい。灰いろの煙を噴出しているのが、窓の外に見てとれる。埠頭がみるみるうちに迫ってきた。結衣はキャビン内を見まわした。架禱斗が積み荷の谷間を逃げていく。ただちに追おうとしたが、機体がさらに大きく傾き、積み荷が崩れだした。たちまち通路が塞《ふさ》がれた。

墜落も同然の着地による縦揺れが機体を貫いた。結衣は銃器類とともに天井まで跳ねあがり、またも床に叩《たた》きつけられた。痛みを堪《こら》えつつ、機体が水平に静止したのを悟る。操縦士はなんとか不時着に持ちこんだようだ。

結衣は身体を起こした。アサルトライフルを一丁つかみ、荷崩れした砲弾の山の上を乗り越えていった。周辺の爆発にともなう震動が機内まで伝わってくる。このヘリも空爆を受けるかもしれない。架禱斗はもう機体から脱出しただろう。犬死《いぬじに》には意味がない。

積み荷はキャビンから通路まであふれていた。砲弾の山の傾斜を下っていき、通路からドアに達した。結衣は機外に飛び下りた。

メインローターはまだ停止せず、嵐のような強風が吹き荒れている。周りは大混乱だが、火を噴くのは高射砲ばかりだ。兵士らは逃げることに必死だった。結衣と目が合っても、銃を向けることなく、ただ走り去っていく。

架禱斗はどこに消えたのか。結衣は油断なく視線を配った。

選択的注意のなせるわざか、見覚えのある敵兵が目にとまった。くせ毛に鷲鼻《わしばな》のアラブ系。ジープが動かないらしく、車体の側面を蹴《け》り、部下たちを怒鳴りつけている。

総理公邸からのテレビ中継に映っていた顔。イブラヒム司令官。智沙子が倒れたのちも、執拗《しつよう》に銃撃し、馬乗りで殴りつけた男だ。

結衣はそちらに向かいだした。こんな状況下でも結衣を銃で狙おうとする輩どもがいる。動きを察知するたび、結衣は腰の高さのアサルトライフルをそちらに向け、最小限の動きで敵兵を撃ち倒していった。

近づいてもイブラヒムは結衣に気づかない。結衣は指で環《わ》をつくると、甲高く口笛を吹いた。

振りかえったイブラヒムの顔が凍りついた。まさに幽霊にでくわしたような表情だった。無理もない。智沙子がよみがえったように見えているのだろう。

結衣はイブラヒムに銃口を向け、ただちにトリガーを引いた。セミオートで三発ほど発射しながら、急所はわざと外した。イブラヒムは絶叫とともに倒れた。

周りの敵兵は反撃せず、蜘蛛《くも》の子を散らすように逃げていった。結衣はゆっくりと歩み寄り、イブラヒムを見下ろした。肩を撃ち抜かれたイブラヒムが、恐怖のまなざしで結衣を仰ぎ見る。

「架禱斗は？」結衣はきいた。アラビア語の発音はよくわからない。ゆっくりと一字ずつ発音した。「か、い、と」

イブラヒムが震える手で指さした。結衣はその方角を一瞥《いちべつ》し、思わず息を呑《の》んだ。

全幅五十メートルはある軍用輸送ジェット機が、ゆっくりとこちらに前進してくる。左右の翼に二基ずつ、合計四基のジェットエンジンを備える。米軍のC17だった。基地内に滑走路などない。だが機体の行く手には幅広のゲートがあり、その向こうは基地の敷地外のようだ。一般道を直進するつもりか。それで離陸可能なのだろうか。

人の視界は下方七十五度まで見える。イブラヒムがこっそりホルスターから拳銃《けんじゅう》を抜く動作に、結衣はとっくに気づいていた。アサルトライフルの銃口をイブラヒムの額に向ける。イブラヒムがぎょっとしたとき、結衣はトリガーを引き絞った。発射の反動を両腕に感じる。銃弾がイブラヒムの頭骨を撃ち抜き、脳髄がぶちまけられた。

目の前をC17が横切っていく。荷台後方のハッチは、車両昇降用のスロープを兼ねているが、いまは閉まりつつあった。

結衣は追走した。爆風と震動のなかを全力疾走していった。架禱斗は海外脱出を図っている。このまま逃がすわけにいかない。

C17が速度をあげている。結衣は地面を蹴り、大きく跳躍した。チャンスはいちどきりと認識していた。手が届かなければ、もうC17との距離は開く一方になる。だが結衣の左手はハッチの上端をつかんだ。両手で懸垂の要領により、身体を引き上げる。さすがに体力が消耗しつつある。腕が震えるばかりで、なかなか肘《ひじ》を曲げられない。

強い振動に振り落とされそうになった。C17がゲートを突き破った。一般道に進入していく。正確には米軍基地内の私道かもしれない。アメリカの道路のように幅が広かった。片側四車線、両翼の先が街路樹を薙《な》ぎ倒す。

空港の滑走路は車道と同じに見えて、じつは分厚いアスファルトを敷いているが、ここは事情が異なる。結衣の足もとでアスファルトが縦横に割れ、地面の赤土がのぞいていた。離陸のやり直しは不可能だろう。

それでもC17は恐れを知らず、徐々に速度を増していく。ジェットエンジンの噴射音が甲高く響き渡った。熱が辺りの景色を陽炎《かげろう》のように揺らす。周辺のスレート屋根が軒並み吹き飛んだ。

歯を食いしばり、必死に身体を引き上げた。閉じる寸前のハッチの向こうに、間一髪、結衣は頭から転がりこんだ。

ハッチの向こうは、倉庫や体育館と見まがう広大な空間だった。天井に剝《む》きだしの鉄骨と配管が縦横に走る。床は金属板だった。かまぼこ型の内部は、壁もなくほぼがらんどうで、コックピットだけが別室となる。まだ人影は目にとまらないものの、前方のようすはよくわからない。

友里佐知子の黒革表紙のファイルに書いてあった。このキャビンは七十七トンもの貨物を収容できる容積がある。

いま白色灯に照らしだされたキャビン内には、ジープやトラック数台が縦列駐車している。タイヤは床の突起物によりロックされていた。結衣は車体の陰に身を潜めた。

機首が急角度で上がっている。前進するには厳しいほどの勾配《こうばい》だった。

アサルトライフルで車両のガソリンタンクを撃ち抜けば、爆発により機体に穴が開くだろう。墜落に至らしめられるかもしれない。だがまだ架禱斗の存在が確認できていない。

機体が徐々に水平になりつつある。高度一万メートルに達したと思われる。ジェット機は空気抵抗の少ない高度の飛行により、航続距離を長くできる。架禱斗の目的地が中東かアフリカか知らないが、高度一万メートルは必須《ひっす》だろう。

結衣は身を屈《かが》めたまま、車体の陰を進んでいった。まだ人影を見かけないが、乗員らの気配はある。数人がキャビン前方に集うにすぎないようだ。ぼそぼそと話し声が耳に届くが、過度に反響するせいできき取れない。

縦列駐車の先頭車両はジープだった。まだキャビンの中央付近だ。ここより前方は、なにもない空間で、隔壁にコックピットへの扉だけが見える。その手前に、六人ほど武装兵がうろついていた。

武装兵とは別に、防弾ベストを身につけない迷彩服がふたり、なぜか床にしゃがみこんでいる。こちらに背を向け、なにやら作業中だった。六人の武装兵はふたりを守っているようでもある。

だしぬけに苦痛の叫びが響き渡った。架禱斗の声に似ていた。迷彩服らは架禱斗の脚を治療しているとも考えられる。

まだ銃撃できない。架禱斗の顔をたしかめる必要がある。結衣は少しずつ位置を変えたが、迷彩服ふたりが邪魔になり、横たわる姿すら確認できない。

そのうち武装兵ひとりの目がこちらに向いた。はっとする反応をしめす。銃口に狙い澄まされる前に、結衣は先攻し武装兵の額を撃ち抜いた。ほかの五人が結衣に向き直る。だが結衣はわざと車両のガソリンタンク付近に潜伏していた。敵勢が射撃をためらう。結衣は立ちあがるやフルオート掃射を浴びせ、五人の頭部を一瞬にして粉砕した。

しゃがんでいたふたりの迷彩服が、それぞれ腰のホルスターから拳銃を抜いた。結衣はセミオートに切り替え、トリガーを二回つづけて引いた。ふたりの胸部に三発ずつ銃弾を見舞う。左右に分かれてふたりが倒れる。その向こうに、ジャケット姿が仰《あお》向《む》けに横たわっていた。架禱斗だった。床には包帯やガーゼのほか、よくわからない雑多な物が散らばっている。

架禱斗が上半身を起こした。結衣を睨《にら》みつけるや拳銃を拾いにかかる。だが結衣は架禱斗を狙わなかった。即座に至近の車両に向き直り、ガソリンタンクにフルオート掃射を食らわせた。

目の前ですさまじい爆発が生じた。制服が燃えると同時に、結衣は爆風に吹き飛ばされた。キャビンの内壁に背を強く打ちつける。アサルトライフルが手を離れた。しかし放射状にひろがる圧力は唐突に途絶えた。機体の床に大穴が開き、今度はあらゆる物が機外に吸いだされていく。車両が飛ぶように消えていった。武装兵らの死体、床に落ちた銃器類も一掃された。

緊急気圧低下《エマージエンシープレツシヤードロツプ》。警告の自動音声とブザーが鳴り響く。激しい縦揺れと傾きが断続的に生じる。コックピットでは操縦士らが、必死に機体を水平に保とうとしているにちがいない。

酸素量が減少したせいか火災もおさまった。制服も一部が焦げただけで済んだ。結衣は内壁の鉄骨につかまりながら、架禱斗を目で捜した。吸いだされてはいないはずだ。なのに姿が消えている。依然として強風が吹き荒れるなか、辺りに警戒の視線を配った。

架禱斗がいきなり視野に飛びこんできた。負傷している右脚で回し蹴《げ》りを浴びせてくる。鉄棒で殴りつけられるも同然の痛みが、結衣の上腕に走った。結衣は弾《はじ》き飛ばされ宙に舞った。床の穴に吸いこまれそうになる。

しかし気圧が内外で釣り合いがとれたらしい。強風がおさまり、結衣は床に叩《たた》きつけられた。痺《しび》れる身体を無理に動かし、その場で立ちあがる。

信じられない光景が目の前にあった。架禱斗が仁王立ちしている。負傷した右脚は、ズボンの膝《ひざ》から下を破いたうえで、銀いろのロングブーツを履いていた。よく見ればそれはブーツではない。人工筋肉繊維だ。おそらく銃創に応急処置をほどこしたうえで、防弾仕様の人工筋肉繊維で覆い尽くした。ギプスがわりになるばかりか、強靭《きょうじん》な筋力を発揮する。

架禱斗は負傷をまったく感じさせない走りで、結衣との距離を詰めてきた。左を軸脚とし、人工筋肉繊維の右脚を高々と上げ、縦横に蹴りを繰りだしてくる。結衣は腕で横に払ったが、骨が砕けるほどの痛みを感じた。架禱斗はいちども右脚を下げず、キックを連発しつづける。しかもそのあいだにも、左足をよじりながら、少しずつ接近しつつあった。結衣は後ずさりながら、一定の間合いを保とうとしたが、ふいに架禱斗が片足で踏みこんできた。前蹴りをまともに食らったうえ、踵落《かかとお》としを浴び、結衣は床に叩き伏せられた。

だが倒れたままになってはいられない。結衣は自分にいいきかせた。いまこそ涙を力に変えろ。ほとばしる感情のすべてが武器になると思え。

左手を床に這《は》わせ、そこを軸に身体を水平方向に急速回転させる。架禱斗の軸脚に足払いをかけた。人工筋肉繊維にガードされていない左足首を蹴り飛ばした。架禱斗は転倒した。しかし結衣がつづけて攻撃を見舞う前に、架禱斗は後転し間合いを広げ、離れた場所に立ちあがった。

結衣も身体を起こした。腕や脚の痺れがおさまらない。感覚が麻痺《まひ》している。膝を立たせるのも困難だった。息を切らしながら、かろうじて直立の姿勢を保つ。

架禱斗の側にも消耗が見てとれる。いかに人工筋肉繊維に守られようと、右脚には甚大な負傷を抱えている。蹴るたび衝撃は内部まで伝わるはずだ。

　白色灯が消え、キャビンが真っ暗になった。床の大穴から射しこむ外光のみでは、ほとんどなにも見えなかった。だがすぐに黄いろい非常灯が点《つ》いた。非常灯は一定間隔を置き、ゆっくりと点滅する。架禱斗の獣のような目つき、滴る汗が、闇に消えてはまた現れる。

　痣《あざ》と擦り傷だらけの架禱斗の顔は、すさまじい憤怒のいろに満ちていた。架禱斗が声を張った。「おまえ終わったな。パラシュートは一個も積んでない」

「おまえの運命も一緒でしょ」結衣はいった。

「よくも俺の母を殺したな」

「もっと早く死ぬべき女だった」

　架禱斗の目に焦燥があった。結衣はこのまま墜落してかまわないと思っている。架禱斗は命をつなぎたがっているらしい。その生への執着がいまは弱さとなる。双方を取り巻く情勢も心理に影響を与える。結衣の知り合いばかりの〝同窓会〟メンバーは、ほとんどが助かった。架禱斗に残されたものはなにもない。

「結衣」架禱斗がつぶやくようにきいた。「サイコパスじゃなかったのか」

「前はたぶんそうだった。でもいまはちがう」

「おまえに同情心が育てば、弱体化するはずだった。人質をひとりとられただけでも狼狽《ろうばい》するにちがいないと」

「人質を千人とられてもかまわないよう、先手を打つ癖ができた」

架禱斗の表情が微妙に変化した。かつて見た父親そっくりの顔。結衣はそう思った。

「そうか」架禱斗がいった。「情が育ったおまえは、より隙がなく、抜け目のない人間になったわけか。殺すのなら情など持たない、自分さえ大切にしていなかったころに殺すべきだった」

「いまでも自分なんか大切じゃない」

「恐ろしく強くなったわけか、おまえは」

結衣は黙って架禱斗を見つめた。やはり父の面影が重なる。異常な父は子供たちの暴力的成長を、あろうことか健全とみなしていた。殴りあいの喧嘩《けんか》を感慨深げに見守った。そこに愛情がかけらでもあったのかどうか、いまでも答えはわからない。

架禱斗は父親から目をかけられていた。年長者で発育も早かった。ゆえに知力も体力も、ほかのきょうだいより発揮できて当然だった。結衣にはそれだけのちがいに思えていた。だが架禱斗にとっては重要な意味があったのかもしれない。父からの愛情を本物と受けとっていたのだろうか。

「ききたいんだけどさ」結衣はいった。

「おまえに質疑の自由なんかない」

「だからさ。そういう態度はやめてって」結衣はうんざりしながらこぼした。「むかしはそんな喋《しゃべ》り方じゃなかったじゃん」

架禱斗は警戒を解かなかったが、それでもわずかに声のトーンが変化した。「なにがいいたい」

「お父さんが好きだった？」

「ふざけるな」

「本気できいてんの。いまこの場で答えて損がある？」

「なにを疑問に思ってる」

「べつに。架禱斗があの糞親父《くそおやじ》が好きだったってんなら、ただの思いこみじゃねえのかって。あいつに好きになる要素があったかよ」

「この世を変えようとしてた」

「それ友里佐知子に出会ってからじゃね？　もとはただの半グレじゃん」

「反体制を貫くだけでも尊敬に値する」

「兄貴自身の正当化のためでしょ。信念をぐらつかせないためにも、崇拝の対象が必要だったけど、友里は母親じゃないから憎んでた。父親しかいなかった」

「なんのために正当化が必要だというんだ」

「なんのために国を滅ぼして、みんなに嫌われるセフィロスをめざすの」

「人類史はまちがった方向に進んでる。現代の最高権力者として君臨し、なにもかも根本から正してやる」

「みんな笑わなくなって、怖がって、泣いてんじゃん。それが最高権力者とやらのやることかよ」

「どいつもこいつもまちがってた。是正するためには懲罰が必要だ」

「なにがどうまちがってたの」

「平等を謳《うた》いながら差別に明け暮れてた」架禱斗が声を荒らげた。「世間は俺たち一家を弾圧しただろうが！」

「結局それよね」

沈黙が生じた。機体の揺れが大きくなっている。複数の警告音が重なりあい、やたらと騒々しい。それでも結衣はこの状況に静寂を感じていた。

架禱斗もなにかを悟ったらしい。落ち着きを取り戻しつつある。「おまえも差別されただろ。なぜいつも高校の制服を着てる？　ひとり疎外されるのが怖いからだ」

「ちがう。架禱斗のせいで大勢死んだ。わたしは被害者の無念を代表してる」

「おまえが代表？　それこそ自己正当化だ。差別され孤立した過去を否定してる」

「してない。でも十七歳まで嫌われてたのはお父さんのせい。お父さんの遺志を継ぐ長男がいれば、うちのきょうだいはみんな今後も嫌われる。凜香も篤志も、弘子も伊桜里も耕史郎も瑠那も」

「大義のためには犠牲がつきものだろ」

「中卒ってどっかのアニメとかでおぼえた台詞《せりふ》しかでてこない。大義とか笑わせる」

「おまえも最終学歴は中卒になるだろうが！」

「世の悪い面ばかり見て、いい面を見ていない。それがうちの家族の過ちだった。犯罪者すべての過ちでもある。理解できりゃ酌量の余地がある。理解できなきゃ死ねばいい」

「俺に説教するな！」架禱斗が猛然と襲いかかった。

　右脚の硬い蹴《け》りが矢継ぎ早に浴びせられる。結衣は胸や腹を抉《えぐ》られ、よろめきながら後ずさった。床に開いた大穴に落ちそうになる。架禱斗がその機を逃さず、徹底的に蹴りこんでくる。結衣は架禱斗の太腿《ふともも》にしがみついた。重心を前に移し、強引に架禱斗とともに倒れこむ。ふたりは穴の縁で、かろうじて床に転がった。

架禱斗の両脚が結衣の胴体を蟹挟《かにばさ》みにした。強く圧迫され、結衣は激痛にのけぞった。背骨がいまにもへし折られようとしている。

鍛え抜かれた架禱斗を相手に、力で敵《かな》わないことは百も承知だ。それでも生き延びてきたのには理由がある。結衣は歯を食いしばり、スカートのポケットからスマホをつかみだした。

人工筋肉繊維ならウェイ五兄弟による処刑時に着せられた。ゆえに特徴はわかっている。身体にフィットしてはいるが、防弾効果を維持するため、必要以上に収縮しない。蟹挟みで内股《うちまた》の筋肉に力をいれていれば、人工筋肉繊維のブーツと脚の外側とのあいだに、わずかな隙間が生じる。

結衣はその隙間にスマホを滑りこませた。異物が入った感覚があったからだろう、架禱斗は結衣を蹴り飛ばし、いったん距離を置いた。結衣は後方に転がったものの、すぐに立ちあがった。

架禱斗は前屈姿勢で手を右脚に伸ばしていた。だが結衣が突進すると、架禱斗は反射的に身がまえた。先に架禱斗が右の蹴りを放ってきた。すかさず結衣は回し蹴りを繰りだした。結衣の踵《かかと》が架禱斗の右脚を強打した。

銃声に似た破裂音が轟《とどろ》いた。架禱斗の顔が苦痛に歪《ゆが》み、絶叫を発した。

らしくない、そう感じさせるよろめきの末、架禱斗はその場にばったりと倒れた。

高一のころの甲子園の再現だった。リチウムイオンバッテリー内にガスが溜《た》まり、膨張した状態のスマホに、強い衝撃を与えると爆発する。爆風は防弾仕様の人工筋肉繊維を突き破れない。逆にブーツのなかに深刻な被害を引き起こす。骨まで砕け散っただろう。

右脚の人工筋肉繊維の隙間から、おびただしい量の流血があふれだす。顔面蒼白《そうはく》の架禱斗が、両腕の力でなんとか上半身を起こした。膝《ひざ》はまるで立たなかった。

結衣は歩み寄った。もう架禱斗に反撃の手段などあろうはずがない。間近に立ち、架禱斗を見下ろした。

架禱斗の目は闘志を失っていなかった。だが焦点が定まらず、絶えず虚空を見つめていた。息も絶えだえに架禱斗がつぶやいた。「漫画みたいにはいかねえ。きょうだい対決の最後、感動的な言葉の応酬があると思ったら大まちがいだ」

そもそも期待していない。結衣は醒《さ》めた気分でいった。「その右脚のショボい第二形態で終わりかよ」

すると架禱斗は意外にも笑いを浮かべた。「煽《あお》りスキルだけは、おまえが最初から強かった」

架禱斗の右手がゆっくりと背中にまわる。ジャケットの裾《すそ》から拳銃《けんじゅう》をつかみだした。結衣はすばやくその手を押さえた。しかし架禱斗も承知していたはずだ。こんな緩慢な動作で結衣を撃てるはずがない。拳銃は結衣に差しだすつもりだったのか。

拳銃を架禱斗の手からひったくる。コッキング済みのグロック17。武蔵小杉高校事変で撃ったのを思いだす。あのときより軽く感じる。結衣はきいた。「こんなの持ってて、なんでいままで撃たなかった？」

「さあな」架禱斗が力なくささやいた。「機体に穴が開いたら困るからじゃねえか」

ならば床に大穴が開いたのちも、発砲を控える必要はない。長男なりに最終対決に仁義を通したのか。あるいはただ奥の手として温存し、いざというとき裏をかこうとしただけか。

断じて認めないだろうが、架禱斗が悟っていたのはたしかだ。このまま逃亡できても未来はないと。

架禱斗が物憂げにいった。「親父は潜伏先の岐阜で捕まった。母が居場所を売ったからな」

「父親を尊敬してたくせに、そんな母親と仲よくするなんて冷たい話」

「そうだな」架禱斗の視線が落ちた。「おまえのいうとおりだったかもしれねえ。俺は自己実現のため、父の愛情を信じたかった」

疲弊しきり憔悴《しょうすい》しきった長男の顔。中年のように老けこんで見える。だが父の顔とは少しちがう。かつて架禱斗は気性が荒かった。歩む人生がちがっていれば、歳を重ねるうち、こんなふうに大人びることもあったかもしれない。そう感じさせるような面持ちだった。

長男ゆえ親とまともに向き合った。親を理解することが長男の務め。幼少期にそのような心がまえがあったとしてもふしぎではない。それらが少年期の架禱斗を形成していった。架禱斗は寂しがり屋だと結衣は思った。きょうだいのほかの誰よりも。

架禱斗がうつむいた。「結衣。俺を撃つ前に、ひとこと……」

ジェットエンジンの轟音《ごうおん》が絶え間なく響いてくる。架禱斗の声がほとんどきこえなくなった。結衣は前かがみになり、架禱斗に顔を近づけた。

いきなり架禱斗の視線が睨《にら》みつけた。ジャケットのポケットにいれた右手が、すばやく引き抜かれる。こぶしの先に鋭い刃《やいば》が突きだしていた。架禱斗の怒鳴り声がこだました。「死ね!」

結衣は動作を予期していた。頭をわずかに振って躱《かわ》すと、瞬時に架禱斗の右手首をしっかりとつかんだ。ぎょっとして架禱斗が見つめてきた。

凶器を一瞥《いちべつ》する。皮肉にもヨンジュのジャマダハルだった。戦利品として架禱斗の手に渡っていたのだろう。

左手で架禱斗の右手首をつかみ、右手には拳銃を握っている。結衣はなにも狙わずトリガーを引いた。金属音だけが奏でられた。むろん軽さから承知済みだった。結衣は淡々といった。「弾、入ってねえじゃん。そうこなきゃ」

拳銃を投げだすや、結衣は架禱斗の関節を極《き》め、瞬時に肘《ひじ》を曲げさせた。架禱斗の顔がひきつった。ジャマダハルの刃の尖端《せんたん》を、架禱斗の顎《あご》に突きつける。そのまま押し上げようとしたが、架禱斗も結衣の腕をつかみ、全力で抗《あらが》ってきた。

出血多量で顔面蒼白にもかかわらず、架禱斗は途方もない握力を発揮する。しかしやはり五体満足のときとはちがう。結衣の筋力と拮抗《きっこう》している。つかみあったふたりの腕が、互いに激しく震えだした。結衣は歯を食いしばり、刃を架禱斗の顎に突き上げんとした。架禱斗も死にものぐるいで押し戻そうとする。

充血した架禱斗の目が間近に睨みつけてきた。「おまえなんかに……」

結衣も満身の力をこめつづけた。沸きだすあらゆる感情、滲《にじ》みでる涙のすべてを、いま腕力に変換する。腹の底から声を絞りだした。「馬鹿親のもとに行け！」

全体重を左足にかけ、血を噴く架禱斗の右足を、蹴《け》りこむも同然に踏みつけた。架禱斗の顔が苦痛に歪んだ瞬間、筋力の拮抗が崩れた。結衣の両手が唐突に架禱斗の右肘を押し上げる。ジャマダハルの刃が架禱斗の顎に深々と突き刺さった。開いた口のなかに刃の貫通が見てとれる。眼球が飛びだしそうなほどに目が見開かれていた。

架禱斗の手を払いのけ、結衣はジャマダハルの把《と》っ手を握るや、下方に引き抜いた。大きく水平に振り、架禱斗の首を刎《は》ねた。頸椎《けいつい》のあいだの椎間板《ついかんばん》を断つ、独特の手応《てごた》えがあった。架禱斗の頭部は胴体から切り離され、キャビンの床を転がり、穴から機外へと消えていった。

人工筋肉繊維に固定された右脚のせいで、首から下の身体は、奇異な姿勢にくずおれた。なおも切断面から血を噴きつつ、脱ぎ捨てられた服のように、床の上に小さくまとまった。

結衣は息を切らしていた。無言で架禱斗の死体、いや死骸《しがい》と呼ぶにふさわしい姿を、長いこと眺めつづけた。

異常な両親のもと、増長した長男のせいで、多くの命が失われた。幼少だったから責任がない、そんなのは戯言《たわごと》だ。架禱斗が乱暴者なのはみな知っていた。半グレ以外の大人も見て見ぬふりをしていた。凶悪犯になる素質に、絶対に周りが気づいていている。その時点で死を恐れず、誰かがぶつかっていかねばならなかった。

そんな大人はどこにもいなかった。だから結衣がその役割を負わされた。ものいわぬ醜悪な物体と化した架禱斗に、結衣は背を向けた。足ばやにコックピットへの扉に向かう。間髪をいれず開け放った。

パイロットとコパイロットが、揃って振りかえった。どちらもアラブ系だった。コパイロットが拳銃をつかみだした。

人殺し集団シビック、最後の生き残りども。結衣はジャマダハルでコパイロットの首を刺し貫いた。奪った拳銃でパイロットに発砲する。銃火をまのあたりにし、銃声を耳にした。薬莢《やっきょう》が排出され、硝煙のにおいを嗅《か》いだ。パイロットの額を撃ち抜いた。操縦桿《そうじゅうかん》が手前に倒れたからだろう、機首が急激にあがった。結衣はもう踏みとどまろうとしなかった。ただ状況に身をまかせた。背中から後方へと飛ばされる。キャビンの天井が見えた。手放した拳銃とジャマダハルが宙を舞った。

結衣は床に開いた大穴から外に飛びだした。仰向《あおむ》けのまま落ちていった。空を迷走するC17が視界を遠ざかっていく。高度一万メートルからの自由落下だった。風圧がすさまじい。息ができない。だがすべてがスローモーションのように感じられていた。

なにもかも終わった。これでよかったのか。答えは自分がだすものではない。

夕陽に赤く染まった武蔵小杉を、結衣はひとり下校した。濱林澪が追いかけてきて、優莉さん、そう呼んだ。澪は吹奏楽部への入部を勧めてきた。

あんな日々もたしかにあった。平穏そのものに思えた。けれども悪夢は始まっていた。運命から逃れようはなかった。

砲弾のような速度で落下しつづけようとも、ゆりかごのように思えてくる。薄れゆく意識のなかで、結衣は最後にぼんやりと思った。生まれてくる前に戻るのと同じだ。こんなに歓迎できる瞬間はほかにない。

33

結衣は激しく咳《せ》きこんでむせた。目が開いた。強烈な風圧が押し寄せる。

なんとまだ落下中だ。結衣はその事実に気づいた。地上は見えている。半分は陸地、あとの半分は海だった。どこなのか知るよしもない。

下半身には直接、強烈な風が叩《たた》きつけられる。スカートがめくれあがり、激しくはためく。太腿《ふともも》まで素脚だ。制服での落下は空気抵抗もほとんどない。

意識の回復とともに恐怖もよみがえってくる。もしや地面に叩きつけられるまで、気を失わないままか。一瞬の死にすぎなくても、当人はその数十倍の時間を感じるかもしれない。頭を撃てば即死だが、結衣が見てきた死体の顔は、いつも苦痛に歪《ゆが》んでいた。

結衣は目を閉じた。最期の刑罰だろう。死の絶望と苦しみを味わう、それは不可避の運命にちがいない。覚悟はきめていた。ひとり受容するしかない。

吹きすさぶ風の音が、大勢のざわめきに思えてくる。ひときわ甲高い声が告げてきた。凛香の声だった。結衣姉ちゃんには生き延びてほしかった。

よしてよ。結衣はつぶやきを漏らした。いまさら。

けれども凛香の声がつづいた。もし殺せてたとしても、結衣姉には絶対に死なないでほしかったんだよ。架禱斗兄が死んだから、もう思い残すことはないとか、そんなふうに考えてほしくない。結衣姉には生きつづける義務があるんだよ。

ない、と結衣は答えた。

凛香のじれったそうな顔が脳裏をよぎる。もう。なんで否定するんだよ!

はっと息を呑《の》んだ。我にかえったも同然に、結衣は目を見開いた。まだ地上が遠くにある。落下中という恐るべき事実が、ふたたび認知にのぼる。

だがさっきとは感覚が異なっていた。父が死刑になり、長男を殺し、自分も死ぬだけか。クズと同じか。本当にそれでいいのか。

そうではないとの思いこそ、自分を支えてきたのではないのか。ちがう人生を証明したかったのではないか。血筋など運命ではない。才能を継承しようと、心までは同化しない。自分は自分だ。でなければなんのために生きているのか。

思いがそこに及び、結衣の神経はにわかに研ぎ澄まされた。生きているかぎり、あきらめるにはまだ早い。絶望などありえない。

さっきまで意識を失っていたのは、高度一万メートルだったからだ。そう気づいた。高所では空気が薄く、呼吸に必要な酸素が充分でない。それゆえ低酸素症を発症した。

しかし高度七千メートルを割ったいま、吸いこむ酸素量が地上に近づく。意識が戻ったのはそのせいだ。

落下速度は際限なく上がっていくのではない。一万メートルからのダイブだろうと、落ち始めてわずか数秒で、速度は頭打ちになる。たしか時速三百キロ前後。身体を水平に保てば二百キロまで減速できる。

結衣は両腕と両脚を伸ばした。幼少期からフライトスーツでムササビのごとく飛び、風圧を味方にするすべを心得ている。いまも落下速度が緩和されたのがわかる。地上まであと二分以内。

なぜ自由落下について知識があるのか。高校生になってから本で読んだからだ。

驚くべきことに、高度一万メートルでの飛行機事故から生還した人は、四十二名にものぼる。パラシュートなしの落下が、即死を意味するわけではない。

スカイダイビングと同じく、身体を水平にした落下時には、前後左右への移動がわりと容易になる。結衣は全身を傾け、落下地点を陸にするよう調整した。海をめざすのは愚かしい。水の密度は緩衝材の役割を果たさない。この速度でぶつかればコンクリートに落ちるのと同じく、全身がばらばらになる。

落ちるなら雪原、たしか本にそう書いてあった。この季節には難しそうだ。第二候補は沼だった。パラシュートなしの落下事故で、高度のギネス記録保持者は、セルビア人の客室乗務員の女性。彼女は森林地帯に落ちた。松林の枝で衝撃を和らげられたものの、頭蓋骨《ずがいこつ》一か所と脚二か所、椎骨《ついこつ》三か所を骨折した。枝が身体に刺さる懸念もある。緑を落下地点に選ぶと、別の危険が生じるかもしれない。

誰にも頼れない。果てしなく広い大空のなか、結衣は孤独だった。むろん誰のせいにもできない。

だからこそ自分の勇気が試される。全力で生をつかもうとした結果、やむをえず訪れる死なら、そのとき初めて受容できる。絶望に打ちひしがれるのは、ただの敗北でしかない。

少子化なのに十代が死んでいる場合ではない。そんな思いも生じる。自殺など褒められはしない。

結衣は恐怖を振り払うべく、本の記述のなかから、都合のいい部分を抜粋した。生還者は十八歳以下が多かったはずだ。子供は大人より骨格が柔軟、筋緊張も少ない。女性は皮下脂肪が多いため、内臓器官が保護されやすい。体重が軽ければ、それだけ落下速度が抑えられる。

年齢は上限ぎりぎり、体重も同身長のなかでは軽い、自分の場合はそんな条件つきになる。体脂肪を減らす努力は、かえってマイナスに働いたか。いや筋力が不充分なら、飛行機から放りだされるのをまたず、すでに生き延びてはいなかった。

生きる、ただそれだけを信じる。周りからなにをいわれようが、どんな目を向けられようが関係ない。自分の人生だ。命を価値あるものにできるのは自分だけだ。

眼下は海沿いの平地、ほとんどが農地だとわかる。フライトスーツで横浜《よこはま》ランドマークタワーから飛びだした、あの直後と同じぐらいの高度だと感じる。すなわち二百九十六メートル。自由落下はもう残り五秒と考えられた。

いま真下の畑に黄土いろの山が見えている。干し草の山に思えるがどうなのだろう。

そんないろをした乾燥土の塊だったら終わりだ。しかし質感を見極めている暇はない。体勢を変えねばならないからだ。両脚を揃え、両腕で膝《ひざ》を抱える。踵《かかと》は上空に向ける。これが生存率を最大限に高める姿勢のはずだ。

数秒が数分にも感じられた。地上までどれだけの距離か視認できない。さすがに五秒は経過しただろう。まだ地上に着かないのだろうか。

そう思ったとき、今度こそ世界の終わりのような衝撃が、結衣の全身を貫通した。四肢を引きちぎられるも同然の苦痛が襲う。なにがどうなっているのか、まるでたしかめられない。嘔吐《おうと》のなかに血の味がひろがる。後頭部が地球に高速衝突した。それっきり視界は暗転し、すべての感覚を失った。

34

矢幡嘉寿郎は喪服を着ていた。黒いスーツに黒のネクタイ姿だった。

森本学園で命を散らせた未成年たちの遺族を訪ねてまわった。犠牲者は十九名、みなチュオニアンから帰還した中高生だった。警視庁が角間良治《かくまりょうじ》死刑囚から押収したデータベースによれば、全員がPでなくA。矢幡の秘書がそのように報告してきた。意味がよくわからなかった。後日あらためて調査書に目を通さねばならない。

十九名の死者で済んだのは、あの地獄の戦場を思えば幸いだった。誰のおかげかは考えるまでもない。

午後に矢幡は東京慈恵会《じけいかい》医科大学附属病院を訪ねた。ひところのあわただしさを考えると、院内には規律が戻りつつある。野戦病院のごとく、廊下やロビーまで担架があふれている修羅場はない。

集中治療室のある特別棟の通路には、SPが等間隔に立つ。みな信頼できる精鋭たちだった。

主治医の澤田《さわだ》が矢幡とともに通路を歩いた。澤田は深刻な面持ちで告げてきた。「先に申しあげておきます。身動きひとつできません」

矢幡は驚いた。「骨折八か所だが命に別状はないと……」

「全身をギプスで固めているからです。擦り傷や打撲だらけだったので、肌という肌に軟膏《なんこう》を塗りこんだうえ、骨の矯正のため固定しました。回復を早めるため不便を強いていますが、やむをえません」

「発見されたのは北海道の苫前町《とままえちょう》だったとか」

「直径二十メートル、高さ九メートルの干し草の山に突っこんだそうです。ふつう落下中には地面と識別できません。彼女は選択的注意にすぐれていたと考えられます」

「信じられない。たしかにパラシュートなしの降下で助かった事例はあるときくが……」

「あるていど状況に慣れていたんでしょう」澤田医師が声をひそめていった。「横浜ランドマークタワーから、フライトスーツで逗子《ずし》に飛んだという噂は、おそらく本当だと思います。そういう訓練を幼少期から受けてたんです。証拠はないそうですが」

ドアの前に錦織が立っていた。まだ顔の傷が癒《い》えていない。自分も同じだと矢幡は思った。互いに目を合わせたが、言葉は交わさない。外にいるときはいつもそうだ。

錦織がわきに引き下がる。澤田医師が静かにドアを開けた。

狭い病室だった。ベッドはひとつのみ。横たわるのは真っ白の巨大な物体。彫刻はいっさいなく、つるりとした表層だが、ファラオの柩《ひつぎ》の形状に似ている。ギプスはそれぐらい厚く、わずかに丸みを帯びながら、優莉結衣の全身をすっぽりと覆っている。頭部から爪先《つまさき》までギプスのなかだ。腕も脚も伸ばした状態で固定されていた。たしかにあらゆる関節を曲げる自由がない。

矢幡は澤田医師にきいた。「ふたりきりにしてもらえますか」

「ええ、どうぞ。顎《あご》の骨の治療のため、食事は控えており、栄養は点滴で補給します。

でも小声で喋《しゃべ》ることはできます。かなりくぐもった声ですが」

澤田医師は錦織とともに、ドアの外に消えていった。矢幡は病室内にたたずんだ。ゆっくりとベッドに歩み寄る。作り始めの彫刻に似た、おおまかな頭部と胴体のフォルム。それも本来の結衣の身体より、はるかに大きかった。唯一露出しているのは目もと周辺だけだ。顔に縦五センチ、横十五センチほどの、ゴーグル状の開口部がある。そこに結衣の両目がのぞく。

鼻柱に内出血の黒ずみが見える。結衣の目は開いていた。ただし左右は不揃いだった。右の瞼《まぶた》がひどく腫《は》れている。虚《うつ》ろな虹彩《こうさい》がぼんやりと矢幡を眺めた。

「やあ」矢幡は静かに声をかけた。「座っていいか」

返事らしき呻《うめ》き声がかすかに応じた。矢幡は枕元の椅子に腰かけた。なにから切りだすべきか迷う。ため息とともに矢幡はいった。「お見舞いの花を持参したかったんだが、この部屋には置けない規則だといわれてね。ギプスがとれるまでの辛抱だそうだ」

しばし沈黙があった。結衣の籠《こ》もりぎみの声がささやいた。「花は要りません。総理」

思わず苦笑が漏れる。矢幡はうなずいた。「日本の統治が回復した。私が総理に復帰できたのも、きみのおかげだよ」

「六十五はまだ若いですよ」

「なんの話だ？」

「髪もふさふさだし。いまからお見合いしても、お相手は大勢いるでしょう」

内に感傷を伴いながらも、また笑わざるをえない。いまの発言が結衣の気遣いだと、
矢幡にはわかっていた。「錦織君とともに独り身でね。たまに盃《さかずき》を交わすのを楽しんでる。律紀君もじきに酒が飲める年齢になる」

「総理」結衣がつぶやくようにいった。「凜香や篤志には、なんの罪もありません」

こんな言葉をきくのも予想できていた。矢幡は応じた。「やはり妹や兄のことを、真っ先に気にかけてるんだな」

「特に凜香。虫も殺せない中三です」

「さすがに信じられないな」

「死刑はわたしひとりで」

矢幡は深く長いため息をついた。「身内の弁護のためだけに生き延びたのか」

「悔いを残したくないだけです」

結衣の両目が疲れたように閉じた。呼吸は安らかだった。しばらくするとまた目が

開いたものの、ただ虚空を眺めている。

「なあ優莉さん」矢幡は居住まいを正した。「見てほしい物がある。ただし、あの日の辛《つら》さを思いだすこともあるだろうから、嫌なら目を閉じてほしい。すぐに消すよ」

スマホをとりだした。画面をタップし、動画を再生する。けさのテレビのニュース映像を、そのままカメラで撮影してきた。

キャスターの声がいった。「武蔵小杉高校事変における新たな映像を入手しました。武装勢力の一員のヘルメットに付けられたカメラがとらえたものと思われます。ご覧のように、矢幡首相とSPを庇《かば》っている女子生徒は、先日亡くなった優莉智沙子さんとみられ……」

結衣が目を閉じた。矢幡はあわててスマホを遠ざけ、画面をオフにした。音声も途絶えた。

気まずい空気が漂う。結衣のささやきには抗議の響きが籠もっていた。「武蔵小杉高校じゃなく森本学園。時期もつい最近。数秒後には茄城が映りこむはずでしょ」

「カットさせてもらった。武装勢力の装備で区別がついてしまうからね。私が匿名で提供したのは、この無難な一瞬の映像だけだ。智沙子さんと私、錦織君だけが映ってる」

「ほくろで智沙子とわかるから、武蔵小杉高校事変で暴れたのは智沙子だって？」

「智沙子さんは新宿区の住宅街の路上で見つかった……。住民らが人工筋肉繊維を着た智沙子さんの遺体を確認してる」

世間は仰天した。緊急事態庁下の報道では、智沙子はそれ以前に死んだことになっていた。結衣もウェイ五兄弟に処刑されたと報じられている。矢幡政権下の警視庁は、それらが誤報と発表し直した。

なにより人々を驚かせたのは、人工筋肉繊維の存在だった。智沙子は五体満足も同然に動けたことが判明した。

矢幡はいった。「きみの犯行が疑われるすべての現場のなかで、犯人の汗や皮膚片を採取可能だったのは、葉瀬中学校のみだ。緊急事態庁下の医療報告は信用できないため、あらためて鑑定がおこなわれた。葉瀬中の遺留物は、きみじゃなく智沙子さんと証明された」

一卵性双生児のDNAの識別は困難だ。少し前までは不可能だった。過去の鑑定に何度かまちがいがあってもふしぎではない。現在ではDNAのメチル化に基づく性質のちがいや、ミトコンドリアDNAの変異率の差により、両者は区別できる。矢幡政権下での慎重な鑑定により、法的効力を持つ結果が得られた。

結衣が異論を唱えた。「葉瀬中だけじゃありません。友愛育成園や津久井浜南《つくいはまみなみ》高校から、わたしのDNAが検出されたはず」

「たしかにそうだ。でも智沙子さんのDNAも見つかってる。森本学園もそうだ。暴力を振るったのは智沙子さんで、きみは常に被害者だった」

「ちがいます」

「辻舘鎚狩《つじたてがり》殺害現場、チュオニアン、清墨学園、与野木農業高校、ラングフォード兵器試験場、墜落した旅客機、ベアトリス・スクールからは、遺留物の採取が不可能。甲子園署も証拠なしと報告」

「事実はちがう」

「きみ単独のDNAがたしかめられたのは、麻布《あざぶ》の慧修学院高校のみ。きみが校長に、ホンジュラス行きの危険性を警告しに行ったとき、階段の手すりに残った汗だ。これまできみと疑われたすべての犯行は、すべて智沙子さんの仕業……」

「ちがいます。絶対にちがう！」結衣が声を荒らげた。「武蔵小杉高校事変の直後なら、校舎にわたしのDNAがあった」

「もともときみが通っていた学校だ。きみの遺留物はあって当然だろう。いまの映像が、武蔵小杉高校事変時の証拠となる。これで晴れてきみは全容疑から外れる」

結衣の目が潤みだしていた。「なにひとつ事実じゃない……」

「〝同窓会〟メンバー全員が証言してる。現場にいたのはきみじゃなかった。ラジオ放送も録音。きみは発言を強制されただけ」

「武蔵小杉高校での証言が、ひとつのいろに染まるはずがない。溝鹿《みぞしか》先生にきいてください。新沼亮子《にいぬまりょうこ》さんにも」

「警察が調書を揃えてる。ふたりの証言もあったよ。というよりふたりとも〝同窓会〟メンバーだ。きみが会わなかっただけで、森本学園に来ていたし、無事に生き延びてる。素顔のきみに接した人間は、みんなきみを慕ってる」

結衣が震える声でささやいた。「なにもかも智沙子のせいにするなんて……」

矢幡は内ポケットに手をいれ、小さな透明ビニール袋をとりだした。なかには紙切れが一枚おさまっていた。

警察から預かってきた証拠品のひとつだ。矢幡は問いかけた。「智沙子さんと最後に会ったとき、彼女がなにかを書き残した記憶はないか」

「……森本学園に突入する寸前。智沙子は筆記具を求めました。でも書いた物はポケットにしまいこんで、見せてくれなかった」

「この紙がそうだな？　智沙子さんの着衣のポケットから見つかった。彼女の筆跡なのもあきらかになってる」矢幡はビニール袋を結衣の目に近づけた。小さな子供の書いたような拙《つたな》い字がそこにあった。

ぜんぶわたしの犯こう　ちさこ

結衣が目を瞬《しばた》かせた。しだいに涙が浮かびだした。

矢幡はビニール袋を内ポケットに戻した。「彼女は罪を背負う覚悟だった。きみのために」

「だからって」結衣は涙声でうったえた。「映像証拠を捏造《ねつぞう》してまで、なにもかもぜんぶ智沙子に押しつけるなんて……」

「頼む」矢幡は切実にいった。「私だって彼女の名誉を傷つけたくない。智沙子さんは私のために、捨て身で戦ってくれた。しかも敵に捕らえられ命を落としてしまった。でもいま失いたくないものがある。きみだ。多くの人々にとってもそうだ」

「嘘で塗り固めた人生なんか送りたくない」

「それをいわれると辛い」矢幡はうつむいた。「前にもいったと思う。家でも国会でも、私の嘘はすぐバレる。ずっとそう感じてきた。でも私はもっと大きな嘘にだまされてきた。私が日本の危機を招いたんだ」

ただ言葉にするだけでも、自分への呵責《かしやく》に耐えられなくなる。悲哀が胸を締めつけてくる。かつて美咲は魅力的な女性に見えた。彼女の潑剌《はつらつ》とした言動も、矢幡にとっては安らぎだった。彼女にはなんでも話した。一緒に歳を重ねてきた、そんな実感があった。あの日々が欺瞞《ぎまん》に満ちていたと、いまでも信じたくはない。それでも現実は受けいれねばならない。

矢幡はいった。「この歳になると、妻がどんどん愛《いと》おしく思えるものだよ。私は弱い人間だった」

結衣が静かに否定してきた。「総理は強い人です。国を守ろうとした」

「そう思うのなら」矢幡は思わず語気を強めた。「きみも再出発してくれ。国民は私にまたチャンスをくれた。きみにも新しい人生を踏みだしてほしい」

「……なにがあるんですか」

「自分に誇りを持てる将来だ。きみの前には誰もいなかった。優莉匡太と友里佐知子の子はもういない。いま私の前にいるのはひとりの女子高生だ。これからはきみが、きみ自身として歩んでいく」

「また犯罪を重ねるだけです」

「この場で誓ってくれないか。二度と暴力は振るわない、犯罪を犯さないと」

「わたしは大量殺人鬼です」

「ちがう。それはきみの人生ではないんだ。そう信じて受けいれてほしい。でなければ……」胸が詰まる思いだった。涙を堪《こら》えるうち声が震えてくる。矢幡は静かにうったえかけた。「智沙子さんが可哀想じゃないか。死んでいった罪のない友達みんなも」

武蔵小杉高校の地獄の光景。いまでも悪夢にうなされる。命を落とした若者たちの哀しげな顔が忘れられない。記憶が薄らぐことはおそらく永遠にない。数多《あまた》の無念を背負い、それでも歩きださねばならない。

結衣にもその一歩を踏みだしてほしかった。失われた将来がいくつもある。そこになにかが遺された。無駄にできるはずがないではないか。

長いこと沈黙があった。結衣がぼそりといった。「わたしは逮捕されるべきです」

「なんの罪で？」

「……やめてください」結衣の声が辛《つら》そうにささやいた。

「きいてくれ」矢幡は心から語りかけた。「私たちは変わらなきゃいけない。国も、省庁も、警察も。私も、きみもだ。これから私の政権は弱者に目を向ける。誰も見捨てたりしない」

「財政が苦しくなりませんか?」

思わず笑いがこぼれる。そんなことまで意識がまわる高校生はめずらしい。だがそこは政治家としての腕の見せどころだろう。矢幡はそう思った。

シビックの詐欺に遭い、偽油田に踊らされた。それ以前に二千億円を奪われてしまった。矢幡政権ではすべて公にした。ときには正直に伝えることが信頼回復の足がかりとなる。国際関係は良好になりつつある。今後は努力しだいだろう。本当の意味での総理にならねばならない。

矢幡は身を乗りだし、結衣の目をのぞきこんだ。「ひとつききたい。もう夏も終わりだ。きみの進路は? 就職か? 進学か?」

「泉が丘高校を退学処分になってると思うので……」

「そんなことは心配しなくていい。じきにきみの不起訴が確定する。校長は処分を撤回するよ」矢幡はゆっくりと立ちあがった。「進路は?」

「できれば進学……」

「そうか。今年は特殊な事情を考慮し、どの大学も願書の受付を大幅に遅らせてるよ」

「総理」結衣の声にためらいの間が生じた。「いえ。やっぱりいいです」

「なんだ？　なんでもきいてほしい」

「智沙子は捕虜になったあと、苦しい目に遭いませんでしたか？」

「……いや」矢幡は首を横に振ってみせた。「架禱斗にも妹への情があったみたいでね。大学棟に入ってからは暴力など振るっていない。丁重に屋上のへりに連れて行ったと思う」

結衣は眠るように目を閉じた。「感謝してます」

それっきり結衣は黙りこんだ。本当に寝てしまったかのように、なんの反応もしめさない。

やはり嘘が下手だ。結衣も見抜いているのだろう。それでも矢幡の下手な嘘をききたかったにちがいない。感謝してますと結衣はいった。そのひとことには、そんな意味が籠《こ》もっている。

若者を苦しませ、まして死なせてしまう国家に、なんの価値があるだろう。

ここに十八歳の少女がいる。最悪の環境に生まれ、人生を終わらせるところだった。いま優莉結衣に必要なのは安らぎ以外にない。深い眠りにつけばいい。

全身をギプスで固められた痛ましい姿がある。矢幡は目で別れを告げた。ドアを開け部屋をでる。

った。錦織がこちらを見た。挨拶《あいさつ》などせず、すぐにまた周囲に視線を配る。SPの務めだった。

心のなかで錦織にささやきかけた。今度こそお互いに、永遠の伴侶《はんりょ》と呼べる女性と出会おう。そのために日々精進し、非の打ちどころのない、成熟した大人をめざすしかない。この歳からでもやれる。人生に不可能はないと教わった。

矢幡は歩きだした。錦織とSPらが歩調を合わせてくる。新たな歴史の幕開けにちがいない。どれだけ困難でも、国家はかならず再興する。

35

翌年の春を迎えた。空は晴れていたが、目に映る色彩は淡く、風の感触もいくらか柔らかい。

結衣は新丸子《しんまるこ》駅の西口改札をでた。住吉《すみよし》書房新丸子店の前、商店街の入口を兼ねる、小規模なロータリーがあった。

かつての通学路を歩きだす。ふと近くのガラス張りの窓に目がとまった。自分の姿が映りこんでいる。

卒業式の日を迎えたわりには、真新しすぎるブレザーにスカート姿だった。高校事変が起きる前と同じ自分がそこにいた。治るのが遅かった顔の内出血も、もうめだたなくなっている。全身の関節も問題なく機能していた。長い黒髪が微風に揺れている。いまの結衣を見ても、澪はまだ不機嫌な猫と形容するだろうか。自分ではもうそんなふうに感じない。

ふたつのコンビニの狭間《はざま》を抜けていった。辺りに同じ制服の男女生徒が目につく。本当に以前の通学風景のままだ。

武蔵小杉高校は来年度から復興することになった。あちこちの学校に散りぢりになっていた在校生はみな、きょう三月一日、武蔵小杉高校で卒業式を迎える。結衣も泉が丘高校から単位修得証明書を発行してもらった。かつての学校に再編入されたうえで、卒業というあつかいになる。

美容室アビントの角を左に折れた。保育園の角を右に折れる。住宅街のなかの生活道路を抜けるうち、ひとりの大人の女性が前を歩いていた。すらりと瘦《や》せた身体を、フォーマルなレディススーツに包んでいる。

結衣は先に声をかけた。「玲奈さん」

紗崎玲奈が振りかえった。控えめな微笑が浮かぶ。遠慮がちに結衣に並び、玲奈は歩きだした。「出勤前に、卒業式の始まりだけでもつきあおうと思って」

「汐留《しおどめ》のスマ・リサーチ社ですか。ちょっと遠いでしょう」

「平気。きょうは急ぎの調査もないし」玲奈は穏やかにいった。「大学合格おめでとう」

「そこそこの偏差値のとこですし」

「大学事変は願い下げ」

「わたしも」結衣は歩きつづけた。「調査業には復帰しないんじゃなかったんですか」

「トラウマがもうなくなった。あなたのおかげで」玲奈の顔は憑《つ》きものが落ちたように爽《さわ》やかだった。「せっかくだから、以前の知識と経験を生かした仕事で、人の役に立ちたいと思ったの」

「坂東さんは元気でしょうか」

「一家揃って新居を探してる。前より高いローンを組んでるって。課長に昇進したから」

「へえ。捜査一課長に……」

武蔵小杉高校の校門が見えてきた。ずっと閉鎖されていたが、いまはむかしの賑《にぎ》わいが戻っている。制服が続々と吸いこまれていく。ひさしぶりの再会を喜びあう声が、そこかしこであがっていた。

校門のわきにリッターバイクが停めてある。近くにずいぶんめだつ女性がたたずんでいる。小顔にサングラス、抜群のプロポーションに羽織るスプリングコート、デニムに包まれた細く長い脚。年齢は不詳だった。アラサーっぽく見えるが、アラフォーかそれ以上の、妙な落ち着きも漂わせる。

目が合うと女性がきいた。「優莉結衣さん？」

「はい？」結衣は見かえした。

女性が歩み寄ってきた。サングラスを外す。彫りが深かった。大きな瞳《ひとみ》が間近に見つめてくる。背はそんなに高くない。細身に思えたが、わずかな動作でも、ずいぶん鍛えているとわかる。

結衣には見当がついた。「岬美由紀さんですか」

美由紀がどこか感慨深げなまなざしになった。因縁の相手だった母親の面影を見てとったのかもしれない。けれども美由紀の顔に緊張はなかった。「会えて嬉《うれ》しい」

なんとなく気圧《けお》される存在感だった。結衣は玲奈を指ししめした。「こちらは……」

「紗崎さんですよね？」美由紀は玲奈に目を移した。「警視庁の合同事情聴取で……」

「あー」玲奈が納得のいろを浮かべた。「二度ほど顔を合わせましたよね」

「入れ替わり立ち替わり、大混雑の事情聴取だったから、話しかける機会もなくて」

「わたしもです。あなたが岬さんだったんですね。千里眼の」

「探偵の探偵」美由紀は微笑した。結衣に向き直り、美由紀が厳かにいった。「これから四年間、大学生よね」

「就職の勧誘もあったんですけど、ディエン・ファミリーとか反社ばっかりだったので」

「まともな会社からの誘いはなかった？」

「いちおう外資系から手紙が……。なんとかコンサルティングっていう」

「ああ。ちょっかいをださないように伝えとく」

「知り合いですか」

「永遠に忘れてだいじょうぶ」美由紀は満足そうな笑みとともに、ゆっくりと後ずさった。「よかった。性格もよさそうで」

そんなことをいわれた例《ため》しがない。結衣は首を横に振った。「内面はちがうかもしれませんよ」

「いいえ。ひと目見てわかった」美由紀はバイクにまたがると、ヘルメットをかぶった。エンジンをかけながら美由紀が告げてきた。「じゃ元気でね。優莉さん。紗崎さんも」

バイクが走り去る。美由紀の背を見送ったのち、玲奈が結衣に目を戻した。「お母さんについて、いろいろ尋ねなくてよかった？」

苦笑が漏れる。結衣はすなおな気持ちをささやいた。「赤の他人にすぎません。友里佐知子なんて」

ふたりで校門のなかに歩いていく。今年は早くも満開の桜が咲き誇っていた。来賓や保護者の受付は別にある。玲奈はそちらに向かいだした。「結衣さん。またね」

結衣はうなずいた。玲奈の後ろ姿が遠ざかると、自然に校舎へと目が移った。隅々まで綺麗《きれい》に塗り直されている。割れたガラスもすべて入れ替えられていた。

ふいに濱林澪の笑顔が視野に飛びこんできた。「結衣！」

結衣は面食らった。近づく足音にまったく気づかなかった。それだけ緊張が解けていたのを自覚する。さも嬉しそうな澪のまなざしを見かえすうち、思わず笑みがこぼれてくる。「おはよ。澪」

竜山里緒子と真向定華も一緒だった。当たり前ながら、みな武蔵小杉高校の制服を着ている。里緒子が話しかけてきた。「優莉さん。ずいぶん雰囲気変わったね」

「そう」定華も同意した。「なんだか丸くなった」

ふたりが笑っていると、別の女子生徒が近づいてきた。

なんとなく見覚えのある、ギャル系の女子生徒がこわばった笑みで、封筒二枚を差しだしてきた。「優莉さん。これプレゼント。濱林さんにも」

澪が意外そうな顔で受けとった。「ありがと……」

ギャル系の女子生徒は、なぜか潤みがちな目で結衣を見つめていた。ためらいをのぞかせていたが、やがて吹っ切れたように結衣に抱きついた。「本当にありがとう、優莉さん。あなたさえよければ、いちばんの友達になりたい」

照れ笑いを浮かべ、ギャル系は身を翻した。一目散に遠ざかっていく。

「嘘」澪が封筒の中身を引っぱりだしていった。「これアイヴのファンミのチケットじゃん」

里緒子が詰め寄った。「マジで？　新沼さんがそんな貴重な物くれた？」

結衣は驚いた。「新沼さんって？」

定華がふしぎそうな顔をした。「新沼亮子さんだよ。わたしたちと同じクラスだったでしょ」

ずいぶん痩《や》せていた。以前の亮子は肥満しきっていた。いまは女子のなかでもとりわけ痩身《そうしん》だ。人はずいぶん変わるものだった。

里緒子と定華の連れらしき女子グループが声をかけてきた。ふたりは嬉しそうにはしゃぐと、結衣に片手をあげ、グループとともに遠ざかっていった。

結衣と澪はふたりきりになり、体育館へと歩きだした。澪がささやいた。「なんだか夢みたい」

たしかにそうだ。ただし眠りにともなう夢とはちがう。誰もが意識的に理想を思い描き、それを実践している。ここにいる生徒らはみな、努めて明るく振る舞っていた。無理にでもアオハルを取り戻したがっている。そんな機会に恵まれただけでも幸運だった。

今度は太りぎみの男子生徒が駆け寄ってきた。黒縁眼鏡の萩本翔大《はぎもとしょうだい》が、鼻息荒くB5サイズの小冊子を押しつけてきた。「優莉さん！　これ前にいってた同人誌。そ、そのうち感想きかせてほしい。それじゃ」

萩本も逃げるように走り去った。表紙は結衣の写真、この学校の制服姿だった。二年のころ、多摩川の土手を歩く結衣を、望遠で隠し撮りしたのだろう。頭上にハインドヘリ二機がコラージュしてある。ページを繰ると、第一家庭科室に立て籠《こ》もったときのサバイバル術が、イラスト付きで解説してあった。

「へえ」澪がのぞきこんだ。「萩本君って絵が巧《うま》いね」

桜の木に寄りかかっているスーツに、結衣は気づいていた。だがあえて無視して通り過ぎようとした。

教師の溝鹿武治《たけはる》があわてたようすで飛びだし、前方に立ちふさがった。「まった。どうして先生に挨拶《あいさつ》しない」

澪は本気で驚いたらしい。「溝鹿先生。こんなとこにいるとは思わなかった」

溝鹿がうわずった声で告げてきた。「あのう、優莉。先生も〝同窓会〟に参加してな。森本学園にも行ったんだ。会う機会がなかったのは残念だが……」

「へえ」澪はなおも口をはさんだ。「メンタル強いですね。世界じゅうからバッシングを受けて、もう教員はつづけられないだろうって噂されてたのに」

「先生も被害者だ。そのう、無実の訴えが認められてから、徐々に社会にも浸透してきたっていうか」

結衣には溝鹿の狙いがわかっていた。「小説のネタ、見つかりましたか」

「あ、いや。きみのことを題材にしようなんて、少しも思ってないが」

　すると澪が悪戯《いたずら》っぽく笑った。「萩本君に先を越されてますよ」

「なに？　萩本がどうした？」

　さっきもらった同人誌を、結衣は溝鹿に手渡した。それを見るよう目でうながし、その場から立ち去る。背後で溝鹿がぶつぶつと、結構うまくまとめてんな、そうこぼしている。

　結衣と澪は体育館の入口に達した。開放された扉のなかを眺める。

　まだ誰もいないが、卒業式の準備は整っていた。クラスごとに並んだパイプ椅子。両脇の保護者席。斜め前方の来賓席。正面の舞台には、県旗と国旗、校旗が並ぶ。演壇には花が飾られている。わきにピアノも据えてあった。

　ここは二度にわたり戦場になった。いまはもうその名残もない。壁も床もすっかり張り替えてある。

　澪の目にうっすらと涙が浮かぶ。結衣の手をとった。喜びに満ちた澪の表情を眺めるうち、結衣の胸にもせつない感情がこみあげてきた。満開の桜は、きっと生まれ変わりにちがいない。散っていった数多《あまた》の命もいまここにある。澪の手を握りかえす。この日を迎えられてよかった。

36

凜香は軽自動車の後部座席に乗っていた。

サイドウィンドウの外から、脆《もろ》い春の陽射しが照らしてくる。江東《こうとう》区の住宅街は平穏な静寂のなかにあった。

二十三区内とはいえ、この辺りの風景は田舎より田舎然としている。これといって大型施設もない。シビック政権の三日天下でも、兵力は送りこまれなかっただろう。

中学の卒業間近だが、ほかの都道府県に出向く際の義務として、凜香は制服姿だった。隣に乗る五女の弘子は学校に通っていない。巻き髪にレザージャケット、不良風の生意気ないでたち。同じ十五歳だが、凜香と異なる母のもとに、数か月差で生まれた妹になる。

運転席にいるのは弘子の母、岸本映見《きしもとえみ》だった。中古の軽自動車を徐行させながら、しきりに街並みを見まわす。「このへんじゃなかった?」

「さあ」凜香はじれったさとともにこぼした。「わたしも来たことないからさ」

弘子が顔をしかめた。「なに? 人ん家《ち》のクルマに便乗しといて、行き先もはっきりしてねえの？」

凜香はむっとした。妹をとっちめてやりたくなるが、結衣や篤志に禁止されている。苛立《いらだ》ちを募らせ、凜香はまくしたてた。「もともとうちの家族とは関わらない前提なんだよ。ほんとなら誕生日順で六女になるけど、カウントされてねえし」

「わたしの妹？　いまさら優莉匡太の子だなんて知らせる必要あんのかよ」

「そりゃわたしも気が進まねえけどさ。義務教育期間が終わったら、わかってることは伝えなきゃいけないいんだって」

「なんでその役割を凜香姉ちゃんが負うんだよ」

「結衣姉はきょう卒業式にでてる」

「どうせつきあうのなら結衣姉ちゃんがよかった」

思わず舌打ちした。凜香は弘子の胸倉をつかみ、強く揺さぶった。弘子が大仰に悲鳴を発する。

運転席の映見が苦言を呈した。「もう、またなの？　ふたりとも幼稚園児じゃないんだから」

弘子を突き放すや、凜香は吐き捨てた。「絶交してやる」

「こっちの台詞《せりふ》」弘子がいった。

映見がやれやれという態度でつぶやいた。「五分ぐらい前にも絶交してたでしょ」

凜香は憤然とし、サイドウィンドウに目を向けた。すると脇道の先に、気になる物を見つけた。「まって。ひょっとしてあれかも」

クルマが停まった。凜香はドアを開け、車外に降り立った。ひしめきあう小ぶりな民家の向こう、赤い鳥居が見えている。

弘子が顔をのぞかせた。「一緒に行く?」

「どっかにクルマを駐車してから、映見おばさんと一緒に来てよ。わたしが先にようすをみるから」

凜香はクルマを離れた。脇道を歩いていく。鳥居の奥には細い参道が延びている。住宅街の狭間《はざま》だが、想像したより規模が大きい。

石畳の参道を進んでいくと、わきに手水舎《ちょうずや》があった。二番目の鳥居をくぐり、やや広めの空間にでる。左右に狛犬《こまいぬ》があった。拝殿や社務所はもっと奥だ。

若い巫女《みこ》がひとり、竹箒《たけぼうき》で地面を掃いている。広口袖《そで》の白衣に緋袴《ひばかま》姿だった。長い黒髪を背中で一本に束ねた垂髪が揺れる。すらりとした痩身《そうしん》だが、曲げた腰の位置から、かなり脚が長いとわかる。背丈は凜香と同じか、少し高いぐらいに思えた。

たぶんこの子だろう。なんとなくそう感じさせるものがある。きょうだいに共通する、父親の遺伝子が醸しだす、独特の雰囲気を漂わせる。

凜香は声をかけた。「瑠那」

巫女が手をとめ振りかえった。まだ幼さが残る一方、大人びたところもある小顔。透き通るような色白の肌に、恐ろしく整った目鼻立ち。二重まぶたの大きな瞳《ひとみ》が、じっと凜香を見つめた。

37

静寂に包まれた体育館に、学年主任の厳かな声が、マイクを通じ響き渡った。「卒業証書、授与」

例年の武蔵小杉高校では、卒業生代表ひとりだけが壇上にあがり、卒業証書を授与される慣わしだったらしい。今年は卒業生全員が順に前にでて、ひとりずつ校長から卒業証書を受けとる、そんな段取りになった。

学年の総数が半減したせいもあるだろう。だがそれより、生徒全員の思い出を重視した決定にちがいない。

結衣は三年C組の席にいた。隣は濱林澪だった。もともと澪とは出席番号が近かった。あいだにいた生徒らは、あの忌まわしい日に命を落とした。

五十音順で澪のほうが先に呼ばれる。結衣はその次だった。授与式はつつがなく進んだ。ほどなく卒業証書がひととおり行き渡った。

校長は五十代後半の峯森《みねもり》だった。教頭とともに高校事変の生存者でもある。峯森校長の式辞が始まった。

式辞の結びに近づくにつれ、峯森の声が震えだした。「卒業生のみなさんの前途に、幸多からんことを……。いま生ある喜びを、心より実感できる私たち全員に、幸多からんことを祈念しまして、式辞といたします」

保護者席にハンカチで目もとを拭《ぬぐ》う姿が、少なからずあった。結衣はわずかに視線を落とした。けさからずっと誰もが、なにごともなかったかのように振る舞おうとしてきた。それでも事実はねじ曲げられない。人の傷が癒《い》えるまで、相応に時間を要する。

学年主任の声が告げた。「卒業生代表挨拶《あいさつ》。卒業生代表、三年C組、優莉結衣」

はい。結衣は返事をして立ちあがった。澪が微笑とともに見送る。視線を逸《そ》らしてはならない、そんな規則だが、結衣は澪を見かえした。澪の目に涙が浮かんでいる。

結衣は無言でうなずいた。

前にでて階段を上った。舞台中央の演壇を挟み、結衣は校長と向かいあった。スタンドマイクが結衣に向けられている。

一礼したのち、結衣は峯森校長を見つめた。見かえす峯森の表情は、早くも感極まっていた。

やはり視線を交わしながら話すのは難しい。結衣はうつむいた。小声で低く告げる。

「きょうはわたしたちのため、卒業式という素晴らしい式を開いていただきまして、ありがとうございます。ご来賓の皆様、保護者の皆様。お忙しいなか、わざわざ参列していただいたこと、心より感謝申しあげます。この学校で過ごした日々が、きのうのことのように思いだされます……」

自分の言葉が徐々に小さくなり、自然に消えいっていくのを、結衣は耳にした。暗記した言葉を忘れたわけではない。ただ話せなくなった。沈黙が長くつづく。峯森校長の穏やかなまなざしが先をうながした。

結衣は思わず目を閉じた。鋭く胸をよぎる感傷が、斬りつけるような痛みをもたらす。

地歴室で澪とふたりきり、自習を申し渡された。矢幡総理が訪問中だった。静寂のなかに銃声が鳴り響いた。

とになる。すべての根源は長男にあった。

もっとずっと前に、人生を変えられていたなら。凜香のいうように、ほかの親のもとに生まれていたら。

卒業式のきょう、犯罪者ではない父や母が、保護者席で見守ってくれたかもしれない。乱暴者でない架禱斗、大人しい性格のままの篤志が、結衣の卒業を祝うこともありえた。うりふたつの姉、智沙子が健全に育っていれば、一緒に卒業の日を迎えられた。

学校からの帰り道、凜香や弘子を交え、舞い散る桜の下で笑いあえただろう。健斗はきっと喜んでくれた。詠美と手をつないで歩く、その感触がてのひらに伝わってくるようだ。

どれだけ求めても、人並みの幸せは得られなかった。不可避の運命だった。

わずかに目を開ける。視野はしきりに波打っていた。ふたたび目を閉じると、大粒の涙が頰を流れ落ちていった。とりとめもない感情があふれだす。震えがおさまらない。嗚咽《おえつ》を堪《こら》えようとして、結衣はしゃくりあげそうになった。

「優莉さん」峯森校長が静かにいった。「矢幡総理の訪問がきまったとき、私はきみが在学していることを隠そうとしました。きみが隔離されたのは、私のせいなんです」

「いえ」結衣は涙声を絞りだした。「当然のご判断です……」

いつしか峯森校長の目は真っ赤に染まっていた。老練な印象に似合わず、泣き顔を隠そうともせず、峯森校長が告げてきた。「優莉結衣さん。私たちはみんな、あなたのこれからを信じ、受けいれるときめました。あなたも私たちを……。少しずつでいいから、信じて受けいれてほしい。道を誤ることがあっても、私たちはきっと学んでいくから」

さざ波のように耳に届くのは、保護者席で手を叩く音だと気づいた。やがて万雷の拍手と喝采《かっさい》へと変わっていった。

閉じかけた目には、いっそう涙が凝縮され、ぼやけた光の集合体だけが映った。こんなに周りを警戒せず、ただ知覚を閉ざすのは、おそらく物心ついて初めてだった。ほんの少しなら許されるだろう。胸のうちに生じる感情に浸りきり、甘くやさしい赦《ゆる》しの心に身を委《ゆだ》ね、なにも知らない少女のように安らぐことを。

本書は書き下ろしです。

高《こう》校《こう》事《じ》変《へん》 XII

松《まつ》岡《おか》圭《けい》祐《すけ》

令和4年 3月25日　初版発行

発行者●堀内大示

発行●株式会社KADOKAWA
〒102-8177　東京都千代田区富士見2-13-3
電話　0570-002-301（ナビダイヤル）

角川文庫 23101

印刷所●株式会社暁印刷
製本所●本間製本株式会社

表紙画●和田三造

●お問い合わせ
https://www.kadokawa.co.jp/（「お問い合わせ」へお進みください）
※内容によっては、お答えできない場合があります。
※サポートは日本国内のみとさせていただきます。
※Japanese text only

ISBN 978-4-04-112334-8　C0193

◇◇◇

角川文庫発刊に際して

角　川　源　義

第二次世界大戦の敗北は、軍事力の敗北であった以上に、私たちの若い文化力の敗退であった。私たちの文化が戦争に対して如何に無力であり、単なるあだ花に過ぎなかったかを、私たちは身を以て体験し痛感した。西洋近代文化の摂取にとって、明治以後八十年の歳月は決して短かすぎたとは言えない。にもかかわらず、近代文化の伝統を確立し、自由な批判と柔軟な良識に富む文化層として自らを形成することに私たちは失敗して来た。そしてこれは、各層への文化の普及滲透を任務とする出版人の責任でもあった。

一九四五年以来、私たちは再び振出しに戻り、第一歩から踏み出すことを余儀なくされた。これは大きな不幸ではあるが、反面、これまでの混沌・未熟・歪曲の中にあった我が国の文化に秩序と確たる基礎を齎らすためには絶好の機会でもある。角川書店は、このような祖国の文化的危機にあたり、微力をも顧みず再建の礎石たるべき抱負と決意とをもって出発したが、ここに創立以来の念願を果すべく角川文庫を発刊する。これまで刊行されたあらゆる全集叢書文庫類の長所と短所とを検討し、古今東西の不朽の典籍を、良心的編集のもとに、廉価に、そして書架にふさわしい美本として、多くのひとびとに提供しようとする。しかし私たちは徒らに百科全書的な知識のジレッタントを作ることを目的とせず、あくまで祖国の文化に秩序と再建への道を示し、この文庫を角川書店の栄ある事業として、今後永久に継続発展せしめ、学芸と教養との殿堂として大成せんことを期したい。多くの読書子の愛情ある忠言と支持とによって、この希望と抱負とを完遂せしめられんことを願う。

一九四九年五月三日

『高校事変』を超える、
壮絶な女子高生の復讐譚と不可解な謎――

JK

松岡圭祐

2022年5月25日発売予定

発売日は予告なく変更されることがあります。

角川文庫

最後のパズルのピースか、新章か——

高校事変 XIII

角川文庫

出版界にニューヒロイン誕生！

謎解き文学ミステリ

好評発売中

『écriture 新人作家・杉浦李奈の推論』

著：**松岡圭祐**

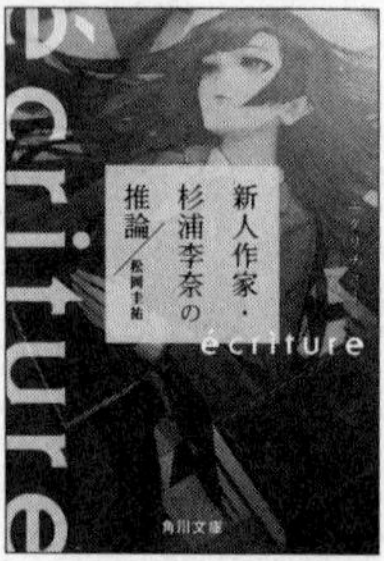

ラノベ作家の李奈は、新進気鋭の小説家・岩崎翔吾との雑誌対談に出席。後日、岩崎の小説に盗作疑惑が持ち上がり、その騒動に端を発した事件に巻き込まれていく。真相は一体？　出版界を巡る文学ミステリ！

角川文庫

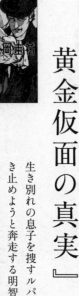

角川文庫ベストセラー

高校事変 松岡圭祐

武蔵小杉高校に通う優莉結衣は、平成最大のテロ事件を起こした主犯格の次女。この学校を突然、総理大臣が訪問することに。そこに武装勢力が侵入。結衣は、化学や銃器の知識や機転で武装勢力と対峙していく。

高校事変 II 松岡圭祐

女子高生の結衣は、大規模テロ事件を起こし死刑になった男の次女。ある日、結衣と同じ養護施設の女子高生が行方不明に。彼女の妹に懇願された結衣が調査を進めると暗躍するJKビジネスと巨悪にたどり着く。

高校事変 III 松岡圭祐

平成最悪のテロリストを父に持つ優莉結衣を武装集団が拉致。結衣が目覚めると熱帯林の奥地にある奇妙な〈学校村落〉に身を置いていた。この施設の目的は？日本社会の「闇」を暴くバイオレンス文学第3弾！

高校事変 IV 松岡圭祐

中学生たちを乗せたバスが転落事故を起こした。過酷な幼少期をともに生き抜いた弟の名誉のため、優莉結衣は半グレ集団のアジトに乗り込む。恐怖と暴力が支配する夜の校舎で命をかけた戦いが始まった。

高校事変 V 松岡圭祐

優莉結衣は、武蔵小杉高校の級友で唯一心を通わせた濱林澪から助けを求められる。非常手段をもも辞さない公安警察と、秩序再編をもくろむ半グレ組織。新たな戦闘のさなか結衣はあまりにも意外な敵と遭遇する。

角川文庫ベストセラー

高校事変 Ⅵ　松岡圭祐

クラスメイトからいじめの標的にされた結衣は、修学旅行中にホテルを飛び出した。沖縄の闇社会を牛耳る反社会勢力と、規律を失い暴走する民間軍事会社。いつしか結衣は巨大な抗争の中心に投げ出されていた。

高校事変 Ⅶ　松岡圭祐

新型コロナウイルスが猛威をふるい、センバツ高校野球大会の中止が決まった春。結衣が昨年の夏の甲子園で、ある事件に関わったと疑う警察が事情を尋ねにきた。半年前の事件がいつしか結衣を次の戦いへと導く。

高校事変 Ⅷ　松岡圭祐

心機一転、気持ちを新たにする始業式……のはずが、結衣と同級の男子生徒がひとり姿を消した。その裏には、田代ファミリーの暗躍が――。深夜午前零時を境に、生きるか死ぬかのサバイバルゲームが始まる！

高校事変 Ⅸ　松岡圭祐

優莉結衣と田代勇次――。雌雄を決するときがついに訪れた。血で血を洗う抗争の果て、2人は壮絶な一騎討ちに。果たして勝負の結末は？　JK青春ハードボイルド文学の最高到達点！

高校事変 Ⅹ　松岡圭祐

『探偵の探偵』の市村凜は、凜香の実母だった。これまで隠されていた真相が明らかになる。一方、国際交流でホンジュラスを訪れていた慧修学院高校3年が武装勢力に襲撃される。背後には〝あの男〟が！

角川文庫ベストセラー

高校事変 XI　松岡圭祐

日本で緊急事態庁が発足。そんな中、結衣の異母妹である凛香は「探偵の探偵」紗崎玲奈の行方を追っていた。やがて結衣が帰国を果たし、緊急事態庁を裏で操っていた優莉架禱斗が本性を露わにしていく――。

クラシックシリーズ
千里眼完全版　全十二巻　松岡圭祐

戦うカウンセラー、岬美由紀の活躍の原点を描く『千里眼』シリーズが、大幅な加筆修正を得て角川文庫で生まれ変わった。完全書き下ろしの巻まである、究極のエディション。旧シリーズの完全版を手に入れろ!!

千里眼
The Start　松岡圭祐

トラウマは本当に人の人生を左右するのか。両親との辛い別れの思い出を胸に秘め、航空機爆破計画に立ち向かう岬美由紀。その心の声が初めて描かれる。シリーズ600万部を超える超弩級エンタテインメント!

千里眼
ファントム・クォーター　松岡圭祐

消えるマントの実現となる恐るべき機能を持つ繊維の開発が進んでいた。一方、千里眼の能力を必要としていたロシアンマフィアに誘拐された美由紀が目を開くと、そこは幻影の地区と呼ばれる奇妙な街角だった――。

千里眼の水晶体　松岡圭祐

高温でなければ活性化しないはずの旧日本軍の生物化学兵器。折からの気候温暖化によって、このウィルスが暴れ出した! 感染した親友を救うために、岬美由紀はワクチンを入手すべくF15の操縦桿を握る。

角川文庫ベストセラー

千里眼 ミッドタウンタワーの迷宮　松岡圭祐

六本木に新しくお目見えした東京ミッドタウンを舞台に繰り広げられるスパイ情報戦。巧妙な罠に陥り千里眼の能力を奪われ、ズタズタにされた岬美由紀、絶体絶命のピンチ！　新シリーズ書き下ろし第4弾！

千里眼の教室　松岡圭祐

我が高校国は独立を宣言し、主権を無視する日本国へは生徒の粛清をもって対抗する。前代未聞の宣言の裏に隠された真実に岬美由紀が迫る。いじめ・教育から心の問題までを深く抉り出す渾身の書き下ろし！

千里眼 堕天使のメモリー　松岡圭祐

『千里眼の水晶体』で死線を超えて蘇ったあの女が東京の街を駆け抜ける！　メフィスト・コンサルティングの仕掛ける罠を前に岬美由紀は人間の愛と尊厳を守り抜けるか!?　新シリーズ書き下ろし第6弾！

千里眼 美由紀の正体 (上)(下)　松岡圭祐

親友のストーカー事件を調べていた岬美由紀は、それが大きな組織犯罪の一端であることを突き止める。しかし彼女のとったある行動が次第に周囲に不信感を与え始めていた。美由紀の過去の謎に迫る！

千里眼 シンガポール・フライヤー (上)(下)　松岡圭祐

世界中を震撼させた謎のステルス機・アンノウン・シグマの出現と新種の鳥インフルエンザの大流行。一見関係のない事件に隠された陰謀に岬美由紀が挑む。F1レース上で繰り広げられる猛スピードアクション！